SÉRIE NOIRE

Collection créée par Marcel Duhamel

JØRN LIER HORST
& THOMAS ENGER

QUE LE MEILLEUR GAGNE

TRADUCTION DE *MARIE-CAROLINE AUBERT*

nrf

GALLIMARD

Cet ouvrage a été publié avec le concours
de Marie-Caroline Aubert

Titre original :
NULLPUNKT

« Allons-y. »

Dernières paroles de Gary Gilmore
avant son exécution.

PROLOGUE

Dimanche 9 mai 1999

La radio crépita dans la voiture de police.

— *0-1 appelle toutes les unités disponibles pour Agmund Bolts vei à Teisen.*

Alexander Blix regarda Gard Fosse.

— C'est tout près, dit-il.

Blix enfonça la pédale d'accélérateur tandis que Fosse attrapait le micro sur le tableau de bord.

— 0-1, ici Fox 2-1, annonça ce dernier. Nous sommes à Tventenveien, à une minute.

Blix activa le gyrophare bleu et la sirène, alors que d'autres crépitements envahissaient l'habitacle.

— *Fox 2-1, ici 0-1. Coups de feu possibles. Des actes de violence domestique ont déjà été signalés à cette adresse.*

Violence domestique, songea Blix. On l'avait plusieurs fois appelé pour ce genre d'incidents, mais jusqu'ici, sans coups de feu.

Il bifurqua dans Agmund Bolts vei après le cimetière Østre Gravlund, accéléra de nouveau et passa à vive allure devant plusieurs immeubles avec balcons donnant sur la rue. Des voitures étaient garées de part et d'autre de la chaussée et des bouleaux plantés à intervalles réguliers.

Ils étaient entraînés pour ce genre de situations. Et c'est ce qu'ils attendaient avec impatience, arriver les premiers sur une vraie scène de crime. Pendant un an, ils avaient été des bleus, assis à l'arrière de la voiture de patrouille, et maintenant, ils étaient aux commandes. Les mains de Blix serraient fort le volant.

— C'est sûrement ici, dit Fosse en désignant un petit groupe de badauds.

Blix freina brutalement et arrêta la voiture en travers de la chaussée. Il coupa le moteur et la sirène, mais pas le gyrophare.

— Ça venait de là, cria une femme aux deux flics quand ils bondirent hors de la voiture.

Du doigt, elle indiquait une petite maison blanche.

— Au bruit, ça avait tout l'air d'un gros calibre, ajouta un homme.

— Est-ce que quelqu'un est sorti depuis les coups de feu ? demanda Blix. Ou est entré ?

La femme secoua la tête.

— Combien de personnes vivent là ? ajouta Fosse.

— Quatre, répondit une autre passante. Ils ont deux petites filles, mais je crois qu'il n'y en a qu'une à la maison en ce moment.

Blix jura tout bas.

— Très bien. Rentrez chez vous et n'en bougez pas. Et fermez vos portes à clé.

La petite foule commença à se disperser et Blix poussa le portillon du jardin.

— Tu prends de ce côté-ci, et moi de l'autre, indiqua-t-il à Fosse en pointant du doigt la droite et la gauche de la façade.

— Tu ne comptes pas entrer, tout de même ? protesta Fosse.

— On a tiré un coup de feu et il y a peut-être un enfant à l'intérieur.

— La sécurité d'abord, dit Fosse, répétant le mantra de leur instructeur de l'école de police. On doit attendre les renforts.

Blix connaissait les directives. La situation requérait qu'ils restent à l'écart et observent en attendant les collègues. Mais on n'était plus à l'école.

— Les renforts risquent de ne pas arriver avant dix minutes, et nous ne sommes même pas sûrs d'avoir ce temps-là devant nous.

Il regagna la voiture, ouvrit le coffre, déverrouilla le compartiment qui abritait les armes de service et récupéra la sienne, dans laquelle il chargea six munitions. Fosse intervint :

— Écoute, on doit…

— Allons aider cette enfant, si elle est vraiment là-dedans, l'interrompit Blix en passant brusquement devant lui.

Il s'avança vers la porte d'entrée et lorgna à travers la vitre épaisse qui occupait la partie supérieure du battant. Ne vit rien.

Il pivota vers son collègue.

—Tu as l'intention de rester planté là ?

Fosse se balança d'un pied sur l'autre et avoua :

— Ça ne me dit rien de bon.

— À moi non plus, rétorqua Blix, mais il faut faire quelque chose.

Il longea le côté de la maison et se dressa sur la pointe des pieds devant l'unique fenêtre aménagée dans le mur de pignon. Elle était trop haute pour qu'il puisse apercevoir quoi que ce soit. Il poursuivit son chemin pour se trouver dans un petit jardin sur lequel la neige s'était accrochée. Les buissons étaient brun foncé et leurs branches en bataille. Il repéra une balançoire rouillée et une véranda délabrée. Des coussins éparpillés sur les fauteuils. Des bouteilles de bière vides jonchaient le plancher, un cendrier débordait de mégots.

Blix progressait avec précaution, craignant que le bruit de ses pas ne révèle sa présence. Le salon était muni de baies vitrées, mais le reflet empêchait de voir à l'intérieur. En plus, il avait conscience d'être exposé aux regards.

Il tourna les talons et repartit vers la porte d'entrée. Fosse était retourné s'asseoir dans la voiture. Il parlait avec le central. Blix brancha son oreillette et entendit l'opératrice préciser que la voiture de patrouille la plus proche était à douze minutes d'eux.

Blix inspira à fond, arma l'épaule et s'attaqua au battant. La porte s'ouvrit avec un grand craquement. Il fit deux pas en avant. S'arrêta. Tendit l'oreille. Pas un bruit.

Ou alors… Était-ce un gémissement ? On avait reniflé ? Quelqu'un avait dit « chuut » ?

Il continua, pistolet dressé, laissant la porte ouverte derrière lui dans l'espoir que Fosse change d'avis et le suive.

Un couloir l'emmena au cœur de la maison. Les lattes du plancher grinçaient. Il jeta un coup d'œil dans la première pièce, recula aussitôt la tête. Des toilettes, un petit lavabo. Répéta l'opération dans la pièce suivante. Vide également. Il inspira fébrilement. Tendit l'oreille avec une attention renouvelée. Toujours rien.

Mauvais signe.

La porte de la cuisine était entrouverte. Blix la poussa tout doucement. Elle craqua également. Il l'ouvrit en grand.

Une femme était allongée sur le dos, sans vie, la tête tournée sur le côté, si bien qu'il croisa ses yeux vides grands ouverts. Par terre à côté d'elle avait commencé de se former une large flaque de sang que le tapis tissé absorbait peu à peu.

Il déglutit. Perçut une pulsation insistante dans sa gorge et sa poitrine. Il retint sa respiration quelques secondes, leva son arme et pénétra dans la cuisine en veillant à ne pas marcher dans le sang. S'accroupit, chercha le pouls de la victime, ne trouva rien. Il se releva et parla à voix basse dans le micro fixé à son revers.

— 0-1, ici Fox 2-1 Alpha. Une femme est morte, abattue. Je répète, une femme est morte, abattue.

La radio émit un léger crépitement. En s'écartant du corps, Blix aperçut le trou béant au milieu de la cage thoracique.

— *Collationnez, 0-1.*

— N'approchez pas !

La voix, rauque et nerveuse, provenait de plus loin dans la maison. Blix stoppa net. Il tendit le cou pour voir, au-delà de l'embrasure, à l'intérieur du salon. Devant une table à plateau de verre se tenait un homme, pistolet en main. Le canon était pointé sur la tête blonde d'une petite fille qui ne devait guère avoir plus de cinq ans. Elle pleurait en silence. Secouée de frissons et de sanglots.

— N'approchez pas ! répéta l'homme. Sinon, je tire. Je vous tire dessus, tous les deux.

Il enfonça l'arme dans les cheveux de l'enfant.

Blix espérait qu'elle n'avait pas vu le corps dans la cuisine. Qu'elle n'avait pas vu la femme mourir.

— Doucement, dit Blix, conscient que sa voix manquait de fermeté.

— Posez votre arme.

— Je vous en prie, ne…

— Posez. Votre. Arme.

L'homme approchait de la quarantaine. Barbu, suant, une courte tignasse de cheveux hirsutes. Il écarta le pistolet de la tête de la fillette pour le braquer sur Blix. Pas de tremblements, aucune nervosité, rien que du désespoir.

La petite ferma les yeux, les larmes ruisselant le long de ses joues.

— Ne faites pas de bêtise, tenta Blix, cherchant à se rappeler tout ce qu'il avait appris en formation, ce qu'il fallait faire et dire dans ce genre de situation.

Maintenant qu'il y était confronté, aucune stratégie ne lui venait à l'esprit. Il fallait improviser. Essayer de faire entendre raison à cet individu.

Son esprit dériva vers Merete, qui l'attendait à la maison.

Elle n'avait jamais approuvé le métier qu'il avait choisi. L'avait toujours mis en garde contre les dangers qu'il aurait à affronter.

Blix pensa à Iselin, trois ans à peine.

Il baissa son arme.

— Comment vous appelez-vous ? demanda-t-il en s'efforçant de maîtriser sa respiration.

L'homme ne répondit pas.

— La maison va être cernée d'ici quelques minutes. Vous ne pourrez pas sortir d'ici.

— Elles sont à moi ! se mit soudain à gémir l'homme. À moi !

— Oui, et vous allez les voir grandir, acquiesça Blix en cherchant des yeux une seconde petite fille, mais il n'en voyait qu'une.

— Personne ne va me les enlever ! Vous entendez ?

— Je vous entends, mais par pitié, n'aggravez pas la situation.

— Posez cette arme, insista l'homme d'un ton encore plus désespéré. Je ne le répéterai pas. Sortez d'ici. Je suis chez moi !

Blix écouta, à l'affût des sirènes, de Fosse.

— Je ne peux pas faire ça, dit-il en regardant de nouveau la petite fille et s'efforçant de ne pas penser à la sienne. Je ne peux pas partir alors que vous …

L'homme lui coupa la parole :

— Vous avez cinq secondes.

Blix tourna son regard vers lui. Un maillot de corps blanc crasseux dont l'échancrure laissait entrevoir des poils frisés, des traînées de transpiration sur l'estomac…

— Je vous en prie.

— Cinq.

Il n'allait pas passer à l'acte. C'étaient des menaces dans le vide.

— On ne pourrait pas s'asseoir et…

— Quatre.

Blix prit une grande inspiration, déglutit.

— … discuter de tout ça…

— Trois.

Blix serra plus fort son arme.

— Pensez à votre fille, à tout ce dont vous la priveriez…

— Deux.

Ce type a l'air complètement cinglé, songea Blix. Il releva son arme.

— Elle n'a que cinq ans, c'est ça ?

L'index de Blix commença à fléchir sur la détente.

— Un.

Il va le faire, se dit alors Blix. *Nom de Dieu, il va vraiment le faire.*

C'est alors qu'une détonation retentit.

1

Le fond de l'air était frais. Blix rabattit les revers de sa veste sur son cou et avança péniblement vers l'hôtel de police. Il leva les yeux sur les neuf étages de verre et d'acier, envahi comme chaque fois par un sentiment d'humilité. Il introduisit son passe, composa le code et pénétra dans le bâtiment où régnait déjà une agitation fébrile.

Il atteignit l'ascenseur, soulagé de ne pas avoir eu à bavarder avec quelques collègues. Au sixième, il attrapa un gobelet de café avant de prendre place à sa table dans l'angle le plus éloigné du vaste bureau en open space.

Comme toujours, il était le premier à arriver. Il avait constaté que, depuis son quarantième anniversaire, il se réveillait de plus en plus tôt, bien avant que son alarme ne retentisse. Mais il n'y avait rien pour passer le temps dans son appartement et au moins, au bureau, il était sûr de trouver du café.

Il suspendit sa veste au dossier de sa chaise, empila quatre assiettes sales de la cantine et les déposa sur la table voisine de la sienne. Puis il alluma son ordinateur et sirota son café en attendant que tout ça se lance.

C'était devenu une sorte de rituel : chaque matin, il jetait un coup d'œil au site Internet de l'émission *Que le meilleur gagne*. Aujourd'hui, les visages de presque tous les concurrents étaient barrés : il n'en restait que quatre dans la maison.

Dont Iselin.

Au poste, tout le monde était au courant, mais personne n'y faisait allusion. Du moins pas devant lui.

Blix s'était vigoureusement opposé à ce qu'elle participe à l'émission, bien qu'il n'ait pas véritablement su de quoi il s'agissait. Il aurait préféré qu'elle prenne un job ou entre à la fac. Pour clore la discussion, Iselin avait déclaré avec fermeté qu'elle ne voulait pas qu'il mette les pieds au studio pendant les retransmissions en live.

Il ne lui avait pas parlé depuis.

Il cliqua sur les images. Iselin dormait toujours. La caméra était en mode nuit, et l'image verdâtre, à l'écran, offrait un contraste faible. Il put cependant constater qu'elle avait rejeté sa couverture en patchwork dans son sommeil. Paradoxalement, il se sentait plus proche d'elle en cet instant, en la regardant par l'intermédiaire d'un objectif, qu'il ne l'avait été ces dernières années.

Pendant les premières semaines de diffusion de l'émission, il avait mal vécu le fait qu'elle apparaisse à la télévision, et apprécié qu'elle utilise le patronyme de Merete plutôt que le sien. Depuis quelques jours pourtant, il éprouvait malgré lui une certaine fierté à l'idée que sa fille soit considérée comme digne de recevoir le prix d'un million de couronnes.

Il cliqua sur la fenêtre des commentaires et y trouva les obscénités habituelles. Il l'avait avertie que les téléspectateurs discuteraient de son apparence physique, de ce qu'elle disait et de la manière dont elle se comportait. La plupart étaient négatifs mais on pouvait relever quelques messages d'encouragement et de soutien.

Blix perçut un mouvement près de lui qui lui fit tourner la tête. Gard Fosse se tenait à côté de son bureau, un classeur sous le bras.

— C'est un peu tôt dans la matinée pour les sites pornos, non ? lui demanda son supérieur avec un sourire.

Blix le regarda calmement avant de se connecter au fichier des condamnations criminelles et de porter sa tasse à ses lèvres.

— Bonjour, patron, lui répondit-il, doutant que son ironie soit perceptible.

— J'aimerais que tu t'occupes de la nouvelle, poursuivit Fosse d'un ton plus sérieux.

Blix le considéra avec étonnement.

— Moi ?

— Elle sera là à 9 heures, précisa Fosse en jetant un regard acéré à la pile d'assiettes sales sur le bureau voisin.

Visiblement, c'était la place attribuée à la nouvelle.

Il ouvrit le dossier qu'il tenait sous le bras et commença à lire :

— Sofia Kovic. Vingt-six ans. À moitié croate. Diplômée de l'école de police il y a cinq ans, figurant parmi les meilleures de sa promotion. Elle a passé deux ans à Majorstua et trois à la prévention du crime.

Fosse tendit la feuille où étaient consignés ces renseignements à Blix, qui la prit sans enthousiasme.

— Elle a été embauchée pour respecter un quota quelconque ? demanda-t-il.

— Candidature spontanée qui s'est révélée la plus qualifiée, répondit Fosse. J'espère que tu lui réserveras le meilleur accueil. Et autre chose, ajouta-t-il en feuilletant le dossier, je t'ai organisé une session de tir jeudi.

— Très bien, marmonna Blix.

— Tu ne peux pas indéfiniment remettre ça à plus tard, ton permis expire la semaine prochaine.

— J'ai dit très bien.

Fosse s'attarda un instant, le regard fixé sur Blix, avant de pivoter sur les talons et de s'engager dans le couloir en direction de son vaste bureau.

Blix le suivit des yeux. Comme leurs chemins avaient divergé, songea-t-il. Ils avaient été condisciples, ils avaient patrouillé ensemble. C'étaient les meilleurs amis du monde, à une époque.

Il n'arrivait pas à interrompre le film qui commençait à se dérouler dans sa tête. L'appel qui les avait conduits à Teisen. Le gyrophare bleu. Les sirènes. Comment ça avait mal tourné ensuite.

2

Emma Ramm rangea sa bicyclette dans le vestibule et ôta ses chaussures. La promenade l'avait épuisée, mais elle trouva encore la force de compléter l'exercice par quelques pompes. Elle alla se servir un verre d'eau à la cuisine et but une grande gorgée en sortant son téléphone pour visiter les sites de célébrités américaines, au cas où il se serait produit quelque chose d'intéressant durant la nuit. TMZ mentionnait une effraction dans la maison de Mariah Carey à Bel Air. Le magazine *People* rapportait une altercation entre Christina Aguilera et Pink. Voilà des infos qu'elle pouvait utiliser. Avant de poser son téléphone, elle consulta news.no et constata que son reportage sur Vendela Kirsebom avait les honneurs de la première page. Encore une journée où des gens avaient accédé à la célébrité, pour diverses raisons, bonnes ou mauvaises.

Combien de temps supporterait-elle de s'occuper de ce genre de choses ? Elle rêvait de s'attaquer à des sujets plus intéressants. Un domaine lui permettant de prouver qu'elle était une bonne journaliste, pas seulement une blogueuse spécialisée dans les people.

Il était 8 heures. Elle avala un deuxième verre d'eau et alluma le téléviseur. Les infos principales défilèrent en bas de l'écran. Il y avait encore eu un attentat-suicide à Kaboul. Une bagarre entre gangs s'était mal terminée à Malmö. Le niveau de chômage avait atteint un chiffre record en Espagne. Et la météo annonçait une journée froide avec ciel dégagé dans la capitale de la Norvège.

Pendant qu'Emma faisait des étirements, les présentateurs de *Bonjour, Norvège* accueillaient les téléspectateurs pour vingt minutes d'une production grand public.

L'un d'eux, un binoclard au visage rond et aux cheveux bouclés, se pencha vers l'avant avec nervosité. Il jeta un coup d'œil à sa collègue avant de rajuster ses lunettes et de commencer :

— Eh bien, chers téléspectateurs, voici ce dont nous devions parler lors des minutes à venir.

Il brandit un livre qu'Emma reconnut aussitôt : *Numéro un pour toujours*, de Sonja Nordstrøm.

— Mais l'autrice, qui devrait se trouver parmi nous sur le plateau, semble avoir été retardée.

Emma sourit. C'était typique de Nordstrøm. Elle n'en faisait qu'à sa tête. Ce n'était pas pour rien qu'Anita Grønvold, la boss d'Emma à news.no, la qualifiait de supergarce.

— Nous devrons donc patienter un instant avant d'en savoir plus sur l'autobiographie dont tout le monde parle déjà alors qu'elle n'est pas encore dans les librairies, même si personne n'a la moindre idée des révélations que nous réserve l'autrice.

La coprésentatrice, une femme aux longs cheveux

blonds, prit le relais. Elle paraissait incroyablement vive et alerte de si bon matin.

— Effectivement, un halo de mystère entoure la publication de cet ouvrage, enchaîna-t-elle, cherchant la caméra du regard. Sonja Nordstrøm a indéniablement mené une vie excitante. Elle a gagné tout ce qu'il est possible de gagner en… quand on a… fait tout ce qu'elle a accompli.

Emma ricana face à l'évidente ignorance de la journaliste et se resservit un verre.

L'autre présentateur intervint :

— Aujourd'hui est un jour très spécial pour Sonja Nordstrøm, celui de son cinquantième anniversaire, et elle a décidé de marquer le coup en publiant ce livre.

— Espérons juste qu'elle arrive parmi nous, surenchérit la présentatrice en affichant un sourire exagéré. En attendant, accueillons sur notre plateau Petter Due-Eriksen, le producteur de l'émission la plus hot de notre chaîne, *Que le meilleur gagne*.

Un homme costaud d'une cinquantaine d'années prit place sur le canapé. Un micro était attaché à sa chemise définitivement trop serrée.

— Petter, l'émission touche à son terme, n'est-ce pas ? Il ne reste plus que quatre participants et, ce soir même, ils ne seront plus que trois, si je ne me trompe ?

— Exactement, et c'est là que ça devient vraiment intéressant.

Emma baissa le son et enleva son haut de jogging. Elle avait écrit presque chaque jour sur ce nouveau concept de télé-réalité et elle en avait sa claque. Dix participants étaient enfermés ensemble dans une maison équipée de caméras partout. Il n'y avait vraiment rien à dire de plus sur le sujet. Elle saisit son mobile et songea à appeler Sonja Nordstrøm, mais elle se ravisa. La supergarce n'allait pas répondre au téléphone si tôt le matin. D'ailleurs, Emma avait rendez-vous avec l'éditeur de Sonja dans une heure.

Elle finit de se déshabiller et se dirigea vers la salle de bains, prenant soin de pousser le loquet quand bien même elle vivait seule.

3

Le siège des éditions Soleane se trouvait Kristian Augusts gate, en face du café Amsterdam. Aucun logo voyant ne dominait l'entrée. Une plaque discrète, sur la porte, indiquait que le bureau ouvrait à 9 heures.

Emma vérifia l'heure à sa montre et envoya un texto à Amund Zimmer, le patron de Soleane, pour le prévenir qu'elle l'attendait dehors comme convenu. Deux minutes plus tard, un sexagénaire en surpoids sortit, un exemplaire de *Numéro un pour toujours* dans une main, un portable dans l'autre.

— Emma ? demanda-t-il.

Elle acquiesça d'un signe de tête.

— Désolé, fit-il en brandissant son téléphone comme pour expliquer son léger retard.

— Pas de problème. Je suis tellement contente de pouvoir me procurer un exemplaire du livre avant sa sortie.

— Tenez, dit Zimmer en le lui tendant. Écrivez quelque chose de sympa dessus.

— Vous savez ce qu'elle a de prévu pour aujourd'hui ?

lança Emma au moment où l'éditeur se retournait pour rentrer dans l'immeuble.

Elle montra du doigt la photo de l'autrice en couverture du livre.

La question ne sembla pas prendre Zimmer au dépourvu mais il eut l'air gêné, comme s'il avait espéré qu'elle ne la lui poserait pas. Il passa la main dans ses mèches blondes et grimaça. Au même instant son portable sonna. Il y jeta un bref coup d'œil avant de répondre :

— Non.

— Non ?

Il secoua la tête.

— Vous ne savez vraiment pas pourquoi Sonja Nordstrøm ne s'est pas présentée ce matin sur le plateau de *Bonjour, Norvège* ?

— Non. Je n'ai pas encore réussi à la joindre.

— Est-ce habituel de sa part qu'elle n'honore pas ce genre de rendez-vous ?

Amund Zimmer haussa légèrement les épaules.

— Sonja Nordstrøm s'est toujours comportée un peu comme une diva, mais je ne peux répondre précisément qu'en ce qui concerne ses rendez-vous avec nous. Nous l'avons trouvée cent pour cent professionnelle. Aussi me semble-t-il étrange qu'elle ne soit pas venue à l'émission de ce matin. Ça ne lui ressemble pas d'avoir une panne d'oreiller.

Le téléphone de l'éditeur se remit à sonner. Il consulta brièvement l'écran et, une fois de plus, choisit de ne pas répondre.

— Qu'aviez-vous prévu d'autre pour elle aujourd'hui ? insista Emma.

— Eh bien… elle devait aller dans un tas d'endroits. La télé le matin, puis la radio. Une conférence de presse est programmée dans nos locaux à midi, et presque tous les journaux du pays ont dit qu'ils seraient représentés. Connaissant les médias, il y aura probablement d'autres interviews à la télévision et à la radio dans l'après-midi et la soirée. Nous lui avons demandé de réserver toute sa journée pour ça et elle était d'accord. Elle s'y était préparée.

Dans la main de Zimmer, le téléphone avait cessé de sonner.

— Elle finira bien par se manifester, dit Emma.

— Oui, je suppose, confirma Zimmer avec un sourire fuyant. Certainement.

Son téléphone se remit à sonner.

— Il faut que je retourne au bureau, ça…

Il brandit l'appareil.

— Merci pour le livre, dit Emma. J'ai hâte de le lire.

— Je vous en prie.

Zimmer s'engouffra dans l'immeuble tout en prenant l'appel. Emma resta quelques secondes debout dans la rue, pensive, avant de chercher le numéro de Sonja Nordstrøm dans ses contacts et de l'appeler.

« *Bonjour, vous êtes sur le répondeur de Sonja Nordstrøm. Je ne peux vous parler pour le moment…* »

Emma réfléchit aux possibilités qui se présentaient : devait-elle s'installer dans son café habituel et parcourir le livre ou bien…?

Un tram passa en cliquetant. Le numéro 18. Emma savait qu'il allait dans la direction d'Ekeberg, là où vivait Sonja Nordstrøm. Elle se mit à courir et le rattrapa à l'arrêt Palais de Justice.

4

Le plastique se fissura quand Blix mordit l'extrémité de son stylo. Il se laissa aller contre son dossier et regarda l'autre bout de la salle, où Gard Fosse présentait la nouvelle recrue à Tine Abelvik et à Nicolai Wibe, deux enquêteurs qui travaillaient dans le service depuis aussi longtemps que lui.

Pour Blix, c'était inconcevable que Fosse soit parvenu à se hisser à la tête de l'unité de crimes violents sans avoir en lui une once d'aptitude aux investigations. Ou bien, songea-t-il en recrachant une écharde de plastique, c'était précisément cela, la raison de son ascension.

Que Sofia Kovic soit originaire du sud de l'Europe était facile à deviner : elle avait des cheveux bruns mi-longs, des yeux sombres et un teint carrément plus mat que n'importe lequel de ses nouveaux collègues. Dix ans plus tôt, elle n'aurait pas eu la taille minimum requise pour entrer à l'école de police.

Fosse tendit le bras en direction de Blix. Alors qu'ils approchaient, Kovic remit de l'ordre dans sa chevelure en secouant la tête. Blix posa son stylo, ôta quelques morceaux de plastique de sa langue et se leva pour lui serrer la main.

Ils échangèrent des plaisanteries, Kovic sourit, révélant des dents très blanches, et elle lui dit :

— J'ai entendu parler de toi.

Blix ne s'attendait pas à autre chose. Cela faisait longtemps que ce qui était arrivé à Teisen dix-neuf ans plus tôt figurait au programme de l'école de police. L'épisode avait même reçu un nom : « le drame de Teisen ».

— Blix va vous montrer comment ça se passe ici, expliqua Fosse à la jeune femme. Ceci sera votre poste de travail.

Kovic regarda autour d'elle. Blix dit bonjour à Wibe et Abelvik, rapatria quelques documents sur son propre bureau et alla déposer la pile d'assiettes sales en haut du meuble qui abritait les dossiers.

Fosse échangea un rapide regard avec lui et lâcha « Bon je vous laisse », avant de tourner les talons. Blix, un sourire crispé aux lèvres, le suivit du regard tandis qu'il saluait aimablement des policiers qui venaient d'arriver.

— Eh bien, dit-il en pivotant vers Kovic, qu'est-ce qui t'a donné envie de venir travailler avec nous ?

Elle s'assit sur une chaise.

— Je crois que je peux faire du bon boulot ici, répondit-elle sans hésitation. En faisant ce pour quoi je suis douée.

— Et qu'est-ce que c'est ?

— Recueillir des informations, analyser des cas, élaborer des hypothèses, renverser des vérités établies et proposer des solutions différentes. En d'autres mots, enquêter, conclut-elle après avoir marqué une pause.

Blix la considéra en faisant tourner le stylo entre ses doigts. Le bref discours de la jeune femme semblait tout droit sorti d'un manuel. Ça aurait impressionné Fosse.

— Ce serait bien aussi que tu puisses résoudre quelques affaires, dit Blix, et il cala le bout du stylo dans sa bouche.

Kovic posa le mince dossier transparent que lui avait remis le service d'ICT et alluma l'ordinateur. En attendant qu'il se lance, elle consulta son mobile, mais elle le reposa aussitôt.

— Alors, c'est comment, d'avoir Fosse comme chef? demanda-t-elle.

Voilà qui est franc et direct, pensa Blix. Il ravala la réponse qui lui brûlait la langue et, à la place, se contenta de :

— C'est OK, pas de problème.

— OK?

— Oui, confirma-t-il, ne prenant pas la peine de développer.

En réalité, Fosse et lui avaient des conceptions radicalement opposées sur ce qu'était le métier d'enquêteur. En résumé, la théorie et la pratique. Blix suivait son instinct, Fosse le règlement.

— Il veut que je te montre comment on travaille, reprit-il en récupérant au hasard sur son bureau plusieurs dossiers d'affaires en cours.

Ils firent un bruit sourd quand il les laissa tomber sur le bureau de Kovic.

— Voilà comment on procède ici, dit-il avec un sourire contrit. Une affaire après l'autre. Bienvenue chez les fous.

5

Emma descendit à l'arrêt proche de Jomfrubråten. Elle avait profité du trajet en tram pour passer quelques coups de fil à des personnes qu'elle connaissait dans l'immeuble de TV2. Et appris qu'un taxi devait venir chercher Sonja Nordstrøm à 7 h 30. En creusant avec suffisamment de détermination, elle avait fini par obtenir le nom et le numéro de téléphone du chauffeur. Daniel Kvam. Elle l'avait immédiatement appelé mais était tombée sur la boîte vocale.

Les dix dernières minutes du trajet en tram, elle avait feuilleté les premiers chapitres de *Numéro un pour toujours*, dont elle était convaincue qu'il allait faire sensation. Athlètes, entraîneurs et membres de la famille de Nordstrøm en prenaient pour leur grade et elle accusait plus ou moins ouvertement un coach d'avoir sexuellement abusé d'elle.

Le téléphone d'Emma se mit à sonner au moment où elle traversait Kongsveien.

— Bonjour, ici Daniel Kvam. C'est vous qui m'avez appelé ?

— Oui, répondit-elle en se présentant. Merci de me

rappeler. C'est au sujet d'une course que vous deviez faire ce matin tôt. Vous deviez passer prendre Sonja Nordstrøm à Ekeberg à 7 h 20, c'est bien ça ?

— C'est exact, mais ça n'a rien donné.

Emma fronça les sourcils.

— J'ai attendu devant chez elle pendant quinze bonnes minutes, mais elle n'est jamais venue.

— Vous ne l'avez pas appelée ?

— Si, mais je suis tombé sur sa boîte vocale. Alors je suis allé sonner à sa porte, mais toujours rien. Finalement, je suis reparti.

Emma le remercia et raccrocha. Elle se trouvait maintenant devant la magnifique villa de Nordstrøm, près de Kongsveien. La propriété devait couvrir au moins 400 mètres carrés, et un imposant garage peint en blanc y était adossé. Des matériaux de construction enveloppés dans du plastique et divers emballages étaient entassés devant une des portes du garage. Des boîtes en épais carton marron.

Le portillon était ouvert. Emma en déduisit que Sonja Nordstrøm avait dû quitter les lieux en voiture tôt le matin, ou la veille au soir. Bref, qu'elle avait pris la fuite. Le cirque médiatique décrit par Amund Zimmer avait de quoi couper les moyens à n'importe qui, même au plus aguerri.

Emma s'engagea sur l'allée asphaltée qui menait à la maison. Elle sonna à la porte, entendit le carillon, puis rien. Elle recommença, personne ne vint lui ouvrir. Reculant de quelques pas, elle leva les yeux vers les fenêtres de l'étage, mais aucun visage ne l'observait derrière les rideaux. Et il n'y avait aucun bruit. Elle pressa encore une fois la sonnette, sans plus de résultat. Sur une inspiration soudaine, elle essaya la poignée et découvrit avec stupeur que la porte n'était pas fermée à clé. Elle lâcha la poignée mais le battant continua de s'ouvrir lentement. Passant discrètement la tête, elle entrevit un vestibule spacieux au sol carrelé de noir. Et, par terre dans le fond, quelque chose qui l'intrigua. Un portemanteau renversé. Elle aperçut également quelques échardes de verre dispersées devant un cadre qui avait dû être un miroir en pied.

Emma s'immobilisa et cria :

— Sonja Nordstrøm ?

Elle tendit encore une fois l'oreille et n'obtint pas davantage de réponse.

Le son de ses chaussures sur les dalles de l'entrée résonna dans toute la maison. Elle appela de nouveau, et nota que sa voix tremblait. Sa nervosité ne l'empêcha pas de s'aventurer plus loin, dans un grand hall dont les dalles dessinaient un damier. Elle veilla à ne pas marcher sur les éclats du miroir brisé.

Un haut plafond et les ampoules éclatantes d'un lustre allumé. Un escalier menant à l'étage. Emma continua à appeler Sonia Nordstrøm, en vain. Elle regarda dans l'élégante cuisine – surfaces étincelantes, réfrigérateur et cuisinière en acier brossé et, là aussi, des dalles noires au sol. Deux verres à vin sur le plan de travail, à côté d'un exemplaire de *Numéro un pour toujours*. Elle cria une dernière fois, n'entendit rien… quoique… Si, elle avait entendu quelque chose.

Suivant le son, elle quitta la cuisine pour pénétrer dans

ce qui avait tout l'air d'un salon. La télévision était allumée sur une chaîne sportive. Au milieu de l'écran, un dossard était fixé avec de l'adhésif. Numéro Un. Emma le considéra pendant quelques secondes. *C'est bizarre*, songea-t-elle, en saisissant la télécommande pour éteindre l'appareil. Et en une fraction de seconde, elle prit conscience de l'immobilité mortelle qui s'était emparée des lieux.

— Sonia Nordstrøm ? appela-t-elle d'une voix qui portait à peine.

Elle recommença en forçant le ton, sans plus de résultat. Et soudain, elle voulut ne plus être là. Il fallait qu'elle parte. Vite.

Elle s'élança, faillit déraper sur le tapis du hall mais se rattrapa à temps. Elle devait lutter contre l'envie de se retourner en courant, pour regarder si quelqu'un la surveillait ou la pourchassait.

Une fois dehors, elle retrouva sa respiration normale. Refermant la porte derrière elle, elle se demanda ce qu'elle devait faire. Un chat surgit de sous un buisson et disparut au coin de la maison. Emma sortit son téléphone et appela Kasper.

Elle avait rencontré Kasper Bjerringbo quelques mois plus tôt à Gothembourg, lors d'un séminaire sur le journalisme en ligne. Il avait travaillé plusieurs années pour l'unité de recherches sur les activités criminelles de l'agence Ritzau.

— Eh bien, tout arrive, dit Kasper avec un épais accent danois.

— Salut Kasper ! Tu es occupé ?

— Oui, en tout cas je le suis à l'instant.

Emma sourit et sentit la chaleur lui monter aux joues.

— Je suis content de t'entendre, dit Kasper. Ça faisait longtemps.

— Exact.

— C'était… on était bien, non ?

Elle revit ses boucles brunes, son sourire irrésistible, son corps nu, musclé.

— C'est vrai.

Jusqu'aux petites heures du matin quand, épuisée, elle avait éprouvé le désir de regagner son propre lit.

— J'ai besoin d'un coup de main, expliqua-t-elle. De tes conseils.

— À quel sujet ?

— Tu as l'expérience de… des disparitions ?

— Justement, on a une affaire qui fait du bruit au Danemark en ce moment.

— Ah bon ?

— Oui, un footballeur porté disparu depuis un peu plus d'une semaine. Tu en as peut-être entendu parler ?

Cela ne disait rien à Emma, mais elle ne s'intéressait pas beaucoup au football.

— Et pourquoi cette question ?

Emma ne savait pas exactement ce qu'elle pouvait lui révéler. Sans donner le nom de Nordstrøm, elle raconta à Kasper le rendez-vous manqué pour l'émission de télévision et la maison vide qu'elle avait trouvée porte ouverte.

— J'ai peur qu'il lui soit arrivé quelque chose, conclut-elle.

Kasper resta quelques secondes silencieux. Emma l'imaginait assis à son bureau, jouant avec ses boucles brunes.

— Écoute, tu n'as pas vraiment le choix. Il faut que tu contactes la police. Et tu dois leur dire que tu es entrée à l'intérieur de la maison, parce que si tu leur caches cette information, cela risque de se retourner contre toi ensuite.

Emma leva les yeux vers la façade, espérant apercevoir le visage de Nordstrøm à une fenêtre. Kasper avait raison, bien sûr. Il ajouta :

— La police te prendra sûrement au sérieux, surtout s'il s'agit de quelqu'un de connu.

— Merci. Je savais que je pouvais compter sur toi.

— Mais de rien. Sinon, comment ça va, de ton côté? ajouta-t-il après une pause.

— Ça va.

— Tu n'envisages pas de venir à Copenhague un de ces jours?

— Je ne crois pas, répondit Emma en souriant.

— Quel dommage.

Oui, songea Emma, c'était sans doute dommage.

— Bon, je dois y aller maintenant, affirma-t-elle avant de le remercier une dernière fois et de mettre fin à la communication.

Aussitôt après, elle ferma les yeux et secoua la tête. *Mon Dieu, quelle idiote.* Copenhague et Kasper pourraient être très agréables. Jusqu'à ce que se pose la question : où dormirait-elle? Le bruit de la circulation sur Kongsveien la ramena à la réalité. *Allons-y*, se dit-elle, et elle composa le numéro de la police.

6

Le téléphone vibra dans la poche de Blix. Le numéro qui s'afficha figurait dans ses contacts sous « TV Eckhoff ». Eckhoff travaillait pour la boîte de production responsable de *Que le meilleur gagne*. Il avait participé à l'élaboration du concept de l'émission. Pendant le tournage, il servait d'intermédiaire entre les participants et leurs familles.

— Blix à l'appareil.

— Ici Even Eckhoff, d'Enter Entertainment.

Blix éloigna sa chaise du bureau et se tourna légèrement. D'habitude, il parlait volontiers avec les gens, mais quelque chose dans l'attitude d'Eckhoff le mettait mal à l'aise. Sa voix. On avait l'impression qu'il insistait pour vendre à Blix quelque chose dont celui-ci ne voulait pas.

— C'est au sujet de la diffusion en live ce soir, expliqua Eckhoff.

Blix se représenta sa fille assise sur le canapé à côté du présentateur de l'émission, puis la caméra qui zoomait sur Merete et son nouveau compagnon. Tous les deux avaient assisté à chacun des live. La production encourageait la présence des familles et des amis des participants. Pour capter leurs réactions et leurs émotions, mais aussi pour qu'ils consolent ceux auxquels le vote du public n'avait pas permis de rester.

— J'ai parlé à Iselin, poursuivit Eckhoff. Elle apprécierait vraiment de vous voir dans le public ce soir.

— Elle a dit ça ?

— Eh bien, elle a dit que c'était OK si je vous le demandais.

Blix en fut touché. Évidemment, il était prêt à prendre la main que lui tendait Iselin, mais il n'avait aucune envie de se retrouver assis à côté de Merete et de Jan-Egil.

— Je vais y réfléchir, répondit-il.

— Nous devons réserver des places dans l'auditorium, aussi vous serais-je reconnaissant de nous donner votre réponse le plus tôt possible.

— Entendu, dit Blix. Mais maintenant, il faut que je vous laisse.

Il raccrocha, rapprocha son siège de la table et jeta un coup d'œil à Kovic avant de s'affairer à son ordinateur. Peu après, Fosse apparut sur le seuil, tenant à la main une feuille arrachée à un carnet. Il fonça vers Blix et Kovic, avec un air important qui agaça Blix.

— Je veux que vous vous occupiez d'une affaire de personne disparue, annonça Fosse.

— La prévention des crimes ne peut pas s'en charger ? demanda Blix.

— Ce sont eux qui nous ont demandé de nous en charger. Ils sont submergés par une autre affaire.

— Et les patrouilles d'agents en tenue ?

— Leur temps moyen de réactivité est de quatre-vingt-dix minutes.

Il agita la feuille en l'air.

— Une journaliste nous a appelés pour nous signaler ça. La personne disparue n'est autre que Sonia Nordstrøm… Ça la fichera mal si on a négligé l'info, ajouta-t-il après une pause.

Kovic se leva et lui prit le papier des mains.

— La prodigieuse Sonja ! apprécia-t-elle avec enthousiasme.

— Une journaliste ? protesta Blix. On ne devrait pas attendre qu'un membre de la famille signale la disparition, avant de foncer ?

— Nordstrøm a manqué deux enregistrements aujourd'hui, un pour la radio et l'autre à la télé, et sans prévenir. La journaliste se trouve à son domicile actuellement. Elle dit que la porte d'entrée de la maison n'était pas fermée à clé et que personne ne répond à l'intérieur. Alors vous y allez, vous constatez ce qu'il y a à constater et vous reprenez les choses à partir de là.

Kovic avait déjà enfilé sa veste. Fosse la remercia d'un sourire avant de faire volte-face, prêt à déléguer une autre tâche. Blix se leva pesamment de sa chaise en poussant un long soupir.

7

La police lui avait demandé d'attendre. D'abord, elle resta assise sur les marches, puis, trouvant désagréable de tourner le dos à la maison vide, elle alla s'installer sur un banc en fer forgé à côté de l'entrée.

Elle sortit son ordinateur portable de son sac et regarda ce qu'annonçaient les journaux en ligne. Tous parlaient de l'autobiographie de Nordstrøm.

Elle était droguée, titrait *VG*. L'article parlait de la plus sérieuse rivale de Nordstrøm tout au long de sa carrière, Cecilie Krogsæther. La photo d'illustration la montrait sur la plus haute marche du podium, lors du marathon de Berlin auquel Nordstrøm n'avait pas participé cette année-là. Les affirmations de Nordstrøm étaient développées en dessous : elle avait vu Krogsæther s'injecter plusieurs fois des substances. Et elle citait le médecin tchèque de sa rivale, qui aurait laissé entendre que dans les veines de Krogsæther coulait un sang impur.

L'article de *Dagbladet* était du même tonneau. Ils avaient contacté l'avocat de l'athlète. Il avait affirmé que ces allégations étaient absurdes et menacé d'engager des poursuites.

En piochant un peu dans chaque article, Emma récrivit un papier qui tenait la route et coupa là où il fallait. Elle ne faisait pas ça souvent, mais elle savait qu'Anita Grønvold attendait qu'elle sorte quelque chose. Ça ne lui prit que quelques minutes. À la fin, elle promettait aux lecteurs de partager avec eux au fil de la journée d'autres histoires croustillantes issues de l'autobiographie. Elle appuya sur la touche « Publier » puis elle reprit le livre et s'attaqua aux accusations d'abus sexuel, prenant des notes au passage. Elle allait devoir contacter quelqu'un dans le milieu de l'athlétisme : le nom du coach n'était pas cité et elle avait besoin qu'on lui indique des pistes. Nordstrøm aurait subi cette agression lorsqu'elle n'avait que quinze ans.

Ensuite, Emma cliqua sur la page d'accueil de sa rédaction, sur laquelle figurait une vidéo censée attirer les lecteurs. Après un montage de photos illustrant la carrière de Nordstrøm, *Les Chariots de feu* de Vangelis en fond sonore, une voix mâle s'éleva sur un ton théâtral :

Quand elle avait quatre ans, le père de Sonja Nordstrøm lui demanda si elle voulait être la meilleure entre toutes. Oui, répondit Sonja. Alors, tu dois m'écouter, affirma-t-il. Elle accepta. Quatorze ans plus tard, Sonja Nordstrøm remportait sa première médaille de championne du monde. Douze autres suivraient. Mais la réussite avait un prix. Dans son autobiographie sans détour, l'athlète parle de victoires et de défaites, d'amis et d'ennemis, et surtout de relations difficiles avec tous ceux qui s'approchaient de près.

Suivaient d'autres vidéos montrant Nordstrøm en haut de divers podiums, célébrant la victoire, levant les bras, mais faisant preuve d'une certaine retenue, comme si elle ne pouvait pas vraiment donner libre cours à sa joie. Aucun des journaux en ligne n'avait jusqu'alors mentionné sa récente disparition.

Emma jeta un coup d'œil à la maison avant d'entamer la rédaction d'un nouvel article. Le titre se résumait à un seul mot : *Disparue*.

8

Le portillon en fer forgé donnant sur la rue était ouvert et battait sous le vent. Blix gara la voiture sur le trottoir, le long de la clôture.

Kovic sortit les notes que Fosse lui avait remises.

— La journaliste s'appelle Emma Ramm, lut-elle à Blix. Elle travaille pour news.no.

Le diaphragme de Blix se contracta violemment.

— Comment ? dit-il d'une voix tremblante.

Kovic répéta. Blix déglutit plusieurs fois.

— Un problème ? lui demanda Kovic.

Blix fut incapable de lui répondre, il ne réussit même pas à croiser son regard inquisiteur. Il se contenta de marmonner.

— Je me demandais s'il y avait quelque chose qui n'allait pas, tu es devenu tout pâle, soudainement.

La gorge serrée, il lui indiqua d'un geste qu'ils feraient mieux de descendre de voiture. Il lui fallut un moment pour s'extraire de son siège. Il avait eu chaud à l'intérieur et il fut soulagé de sentir le vent lui fouetter le visage. Il fit un pas de côté afin de conserver son équilibre, empoignant la figurine qui décorait le portillon avec tant de force que ses jointures blanchirent. Enfin il leva les yeux sur la jeune femme assise sur un banc à côté de l'entrée de la maison.

Blix sentit son cœur cogner contre sa poitrine et une suée l'envahit.

— Je te laisse poser les questions, marmonna-t-il à l'adresse de Kovic en s'effaçant pour qu'elle passe la première.

Emma Ramm se leva et salua Kovic, qui s'écarta pour présenter Blix. Il tendit la main en espérant que la jeune femme ne remarquerait pas combien elle était moite.

— Depuis quand êtes-vous là ? demanda Kovic.

— Quarante minutes. La porte n'est pas fermée à clé, mais Nordstrøm n'est pas chez elle.

Blix la dévisagea. Elle avait des cheveux blonds à hauteur d'épaule, joliment coiffés. Des yeux bleu vif, un nez fin et des pommettes saillantes. Ses dents, régulières, étaient très blanches.

— Vous êtes entrée ? demanda Kovic.

— Oui, j'ai jeté un coup d'œil. Il y a un miroir brisé dans le hall.

Blix et Kovic échangèrent un regard.

— Mais vous ne pouvez pas affirmer qu'elle n'est pas chez elle ? demanda la policière. Pas à cent pour cent ?

— Pas à cent pour cent, non, admit Emma, légèrement penaude.

Blix s'éclaircit la gorge.

— Allons-y.

Kovic lui emboîta le pas en demandant à Emma de les attendre dehors. Blix redressa les épaules et s'efforça de concentrer son attention sur sa mission. Quand ils furent dans le hall dallé de noir, il lança :

— Bonjour ! C'est la police.

Kovic lui indiqua le portemanteau renversé et le miroir brisé sur le sol.

— Une pièce après l'autre, décréta Blix.

Ils entreprirent de fouiller la maison. Chaque fois qu'ils entraient dans une pièce, Blix s'attendait à y trouver Nordstrøm. Dans la salle de bains, veines tranchées. Pendue au lustre du salon. Au lit, un flacon de somnifères vide à côté d'elle. Mais elle n'était pas là. Ni au rez-de-chaussée, ni à l'étage, ni au sous-sol. Sa voiture était stationnée dans le garage.

Blix alla inspecter l'appentis à outils pendant que Kovic essayait d'obtenir davantage de détails d'Emma Ramm. Il fit ensuite le tour du jardin et, finalement, sortit son téléphone de sa poche. Il savait qu'il devrait appeler Fosse mais il n'avait pas le cœur à lui parler maintenant. À la place, il composa le numéro de Tine Abelvik et lui exposa où il se trouvait et ce qu'ils avaient vu.

— J'ai un mauvais pressentiment, dit-il. Tu peux demander à Ann-Mari Sara de venir pour prendre en main l'aspect technique des choses ? Et j'aimerais que toi et Wibe commenciez l'enquête de votre côté, ajouta-t-il avant qu'Abelvik ait pu lui répondre. Relever les appels téléphoniques de Nordstrøm, interroger les membres de sa famille, contacter son cercle d'amis, comme d'habitude.

— Je vais faire de mon mieux, promit Tine Abelvik.

Blix mit fin à la communication et retourna devant la maison.

— Elle veut une déclaration officielle, dit Kovic en désignant Emma Ramm, qui écrivait sur un bloc-notes à quelques pas d'eux.

La journaliste se retourna et vint vers eux en agitant son bloc-notes.

— C'est pour mon article.

Blix la dévisagea. Ses pensées se télescopaient, affluant du fond de son cerveau. Il ne parvenait pas à en isoler une seule. Il tenta de se concentrer sur ce qui se passait présentement.

— Qu'avez-vous à déclarer à propos de cette affaire ? demanda Emma.

— Il est encore un peu tôt pour se prononcer, répondit Blix et il toussota avant d'ajouter : Mais nous avons ouvert une enquête.

— De quel genre ?

— La procédure habituelle, dit-il évasivement, ne voulant pas se laisser embarquer dans les détails.

— Une investigation, donc…

Blix acquiesça de la tête.

— Quel est votre nom, déjà ? Excusez-moi, vous me l'avez dit mais je ne l'ai pas saisi correctement.

Blix hésita un instant avant de répondre :

— Alexander Blix.

Rien n'indiqua, pendant qu'Emma prenait note, que le nom lui disait quelque chose.

— Avec *ks* ou *x* ?

— Un *x*. Les deux avec un *x*, Alexander et Blix.

— Je peux donc vous citer, dire que vous avez ouvert une enquête ?

Blix croisa son regard, où il lut de la détermination et de la vivacité. Rien de plus. Rien qui permette de penser qu'elle savait qui il était.

— Tenez, dit-il en sortant son propre carnet, sur lequel il griffonna son numéro de téléphone qu'il lui tendit. Vous pouvez m'appeler pour prendre contact si vous avez d'autres questions.

Elle le remercia et tourna les talons. Blix la regarda s'éloigner. Quand elle fut hors de vue, il ferma les yeux un instant et se concentra sur sa respiration. Il avait chaud au visage et de la sueur coulait entre ses omoplates.

— Qu'est-ce qu'on fait maintenant ? demanda Kovic.

— On attend l'arrivée des techniciens, répondit-il sans lui faire face. Dans l'intervalle, on peut aller interroger le voisinage, des fois que quelqu'un aurait remarqué quelque chose.

9

Emma avait presque terminé *Numéro un pour toujours*. Après sa visite de la maison de l'autrice, Emma avait directement filé vers son repaire préféré, Kalle liker alle – « On aime Kalle » –, un petit café à l'angle de Sofies plass et de Frydenlundgata. La plupart de ses articles avaient été rédigés à la table du fond, dans la salle du premier étage.

Ce qui la frappait le plus, alors qu'elle avançait dans sa lecture, était la façon dont Nordstrøm s'employait activement à détruire sa propre réputation. Son texte fourmillait d'allégations, pour certaines grossières et diffamatoires et qui ne manqueraient pas d'avoir des conséquences pour elle. Emma espérait qu'elle avait écrit tout ça preuves à l'appui et que la maison d'édition s'était protégée juridiquement. Faute de quoi, cela se terminerait devant les tribunaux.

Plusieurs médias avaient maintenant eu vent de la disparition de Nordstrøm. Certains avaient repris le commentaire de Blix cité par Emma, la mentionnant heureusement comme source première. L'histoire enflait de minute en minute. Emma la repéra également sur les réseaux sociaux.

Beaucoup de Norvégiens s'inquiétaient de ce qui était arrivé à Sonja Nordstrøm, icône nationale.

Et maintenant, qu'allait-elle faire ?

Emma revint à la page de titre. Le livre avait été écrit en collaboration avec le journaliste sportif Stian Josefson. Emma savait qu'il avait touché des indemnités de départ quelques années plus tôt, lorsque *Aftenposten* avait dû procéder à un plan social. Elle décida de l'appeler, se félicitant que les tables voisines soient inoccupées.

Une voix morose lui répondit.

— Je vais éteindre mon téléphone, dit Josefson. Non, je n'ai pas la moindre idée de l'endroit où elle se trouve, et je n'ai aucun commentaire à faire sur le contenu du livre. Compris ?

Emma comprit surtout qu'il était sur le point de raccrocher.

— C'est un très bon livre, s'empressa-t-elle de dire. Il est bien rédigé. Je suppose que c'est vous qui l'avez écrit plutôt qu'elle.

Le silence s'installa, momentanément.

— Eh bien, oui. Merci.

Emma chercha la fonction enregistrement sur son téléphone.

— Cela a dû être un exercice intéressant, dit-elle d'une voix aussi mielleuse que possible.

Son expérience du journalisme people lui avait enseigné que les plus réfractaires se détendaient quand on les flattait. Comme Josefson ne réagissait pas, elle ajouta :

— Puis-je vous demander comment vous avez obtenu

ce contrat ? Est-ce l'éditeur qui vous a contacté ou est-ce parce que vous connaissiez bien Sonja Nordstrøm ?

— À vrai dire, c'était mon idée, je le leur ai proposé.

— Vous êtes donc allé trouver l'éditeur…

— Non, j'ai d'abord mis plusieurs mois à convaincre Sonja, et en réalité…

Il s'interrompit, comme soudainement découragé, avant de reprendre :

— Que vouliez-vous savoir, en fait ?

— On dirait presque que vous regrettez…

Elle sentit qu'il hésitait.

— Un peu, admit-il. Sans doute à cause de tout ce scandale. Je ne m'attendais pas à …

— À quoi ?

— Rien, finit-il par dire.

—Vous avez eu des nouvelles de Sonja aujourd'hui ? demanda Emma après quelques secondes.

— Non.

— Vous n'avez aucune idée de l'endroit où elle pourrait être ?

— Pas la moindre.

— Quand lui avez-vous parlé pour la dernière fois ?

— Hier soir.

— Elle vous a paru comment ?

— Comme d'habitude. À part…

Il s'interrompit.

— À part quoi ? insista Emma.

— Non, rien.

Emma entendit des bruits de fond. Des voix, un brouhaha. Josefson se trouvait dehors.

— Avez-vous parlé ensemble de la stratégie promotionnelle avant la parution ?

— Vous croyez que j'avais mon mot à dire ? grommela Josefson.

Visiblement, il avait l'intention de répondre lui-même à sa question, aussi Emma ne dit-elle rien.

— Je n'étais qu'un instrument pour elle, comme tant d'autres, enchaîna-t-il. Quant à l'éditeur… ils se fichent de ce que je pense.

Emma commença à griffonner, espérant qu'il allait poursuivre. Mais non.

— Donc vous ne savez pas du tout où elle pourrait être ?

— Non, et ça m'est égal. J'ai fait ma part. Maintenant, je ne peux plus vous parler.

Et il coupa la communication.

Emma resta pensive quelques secondes avant de ranger son téléphone. Stian Josefson était en colère, songea-t-elle. Mortifié. Il n'était pas inhabituel qu'un coauteur dans son cas soit ignoré une fois que le livre avait attiré l'attention du public.

Le témoignage de Josefson était maintenant sa quatrième contribution concernant Nordstrøm. Cependant, tout ce qui touchait au livre commençait visiblement à perdre de son intérêt. Ce que voulaient les lecteurs, et surtout elle, c'étaient des réponses au mystère de sa disparition.

Elle sortit le bout de papier où était inscrit le numéro de téléphone d'Alexander Blix, se demandant si le moment était venu de prendre contact avec lui. Mais il lui avait donné carte blanche, n'est-ce pas ? Elle décida de lui envoyer d'abord un texto, ne voulant pas paraître désespérée, ou agaçante. Elle l'appellerait plus tard.

10

L'enquête auprès des voisins du côté nord de la rue ne donna pas grand-chose. La plupart n'étaient pas chez eux. Une vieille dame qui habitait deux rues plus loin affirma cependant avoir vu à plusieurs reprises un homme conduisant une voiture noire rendre visite à Sonja Nordstrøm. Le petit-fils de cette voisine, gérant d'une concession automobile, possédait la même, une Volkswagen Tiguan. Voilà tout ce que Blix avait noté sur son carnet quand il retourna à la maison de Nordstrøm où Ann-Mari Sara devait être arrivée.

La technicienne de scène de crime engagea la camionnette en marche arrière dans l'allée menant à l'entrée. Pendant que son équipe enfilait la tenue réglementaire, Blix lui rapporta ce qu'ils avaient observé, Kovic et lui, pendant leur inspection superficielle des lieux.

— Pour moi, c'est un enlèvement, conclut-il.

Sara acquiesça d'un signe de tête et passa à son tour la combinaison blanche de protection. Elle avait la réputation d'être taciturne, mais également consciencieuse, méthodique et concentrée. Blix aimait bien travailler avec elle.

Son téléphone sonna. C'était le numéro qu'il avait enregistré sous « Journaliste ». Alors qu'il refusait l'appel, Kovic revint de sa tournée de porte-à-porte.

— On tient peut-être quelque chose, annonça-t-elle en désignant la maison d'à côté. Il y avait une voiture hier soir devant chez Nordstrøm.

— Quel genre de voiture ?

— Le voisin n'a pas su dire, il l'a juste entendue, il était déjà dans sa chambre. Elle est arrivée, le moteur a tourné pendant quelques minutes, puis elle est repartie.

Le téléphone de Blix se remit à sonner. « Journaliste ». Il désactiva la sonnerie et laissa l'appareil vibrer dans sa poche.

— Il était quelle heure ?

— Le voisin était devant la télévision, selon lui ça devait être juste après le journal du soir sur NRK.

— Ce qui nous donne quoi ?

— J'ai vérifié. Hier soir, le JT s'est terminé à 10 h 30.

Blix se retourna, regarda du côté du portillon et vit que deux badauds s'étaient approchés.

— Y a-t-il un poste de péage dans le coin ?

— Je vais voir ça, dit Kovic en prenant note. On a autre chose à faire ici ?

— Oui, encore une.

Blix monta les marches et appela Ann-Mari Sara. Elle vint vers lui en baissant son masque.

— Il y a un exemplaire du livre de Nordstrøm dans la cuisine. Il me le faut.

Sara le dévisagea.

— Tu veux que je le sorte de la scène de crime ?

— Je ne pense pas qu'on l'ait assommée avec, répondit-il.

Sara réfléchit un instant.

— Laisse-moi d'abord prendre quelques photos, dit-elle avant de disparaître de nouveau à l'intérieur.

Le téléphone vibra dans la poche de Blix. Il l'en sortit et constata qu'il avait reçu plusieurs messages. L'un d'eux émanait de « TV Eckhoff » : Blix avait-il décidé s'il assisterait à l'émission ce soir ? Oui, il avait pris sa décision, il irait.

Mais Sonja Nordstrøm risquait de contrarier ses projets.

Il s'apprêtait à répondre à Eckhoff lorsque Sara réapparut, tenant à la main un sachet à indices contenant le livre.

— Tu aurais pu l'acheter dans une librairie sur le chemin du retour, dit-elle en le lui tendant.

— Mais nous aurons fait économiser quelques couronnes au service, répondit-il en souriant.

Le téléphone n'arrêtait pas de vibrer dans sa poche. « Gard Fosse », cette fois. Avec un soupir, Blix accepta.

— J'apprends que tu as ouvert une enquête, lança le boss.

— C'est un privilège que je possède encore, riposta Blix sèchement.

Pour une fois, il n'y eut pas de réponse.

— Sara vient d'arriver, ajouta-t-il en jetant un coup d'œil du côté du portillon, où il reconnut le visage d'un journaliste du *Dagsavisen*. On pourrait aussi avoir une voiture de patrouille, pour tenir les curieux à distance ?

Fosse mit quelques secondes à répondre.

— Je vais voir si nous avons quelqu'un de disponible, dit-il avant d'aborder ce qui était, Blix l'avait deviné, le véritable objet de son appel. Pour ce qui est de la presse, j'en fais mon affaire.

Cela fit sourire Blix.

— Bien sûr, dit-il, tout étonné de ne laisser filtrer aucune ironie dans sa voix. Autre chose ?

Son téléphone recommença à vibrer.

— Tiens-moi au jus, dit Fosse avant de couper.

Blix fit défiler les messages qu'il n'avait pas encore lus. L'un venait d'un numéro qu'il n'avait pas dans ses contacts :

Du nouveau au sujet de Sonja Nordstrøm ? Emma Ramm news.no

Blix était sur le point de l'ignorer mais il se ravisa et tapa succinctement : *Pas encore.*

— Tiens, dit-il en tendant à Kovic le sachet en plastique contenant le livre. Lis-le pour voir s'il y a quelque chose qui pourrait nous intéresser.

Ils regagnèrent la voiture et le téléphone de Blix vibra au moment où il montait à bord.

Oublié de vous dire : la télé était allumée. L'ai éteinte, touché à rien d'autre.

Blix ne répondit pas mais il enregistra le numéro sous « Emma ».

11

Blix écarta son assiette, s'essuya la bouche du revers de la main, se connecta au site de *Que le meilleur gagne* et cliqua successivement sur les différentes fenêtres de l'émission en live. Il découvrit Iselin dans le jardin, assise sur un banc, une couverture sur les épaules, le regard dans le vague. Blix crut un instant que l'image était figée, mais il vit sa fille lever la main et se frotter les yeux.

Kovic se laissa tomber sur sa chaise, au bureau voisin.

— On a relevé un poste de péage sur Kongsveien et un autre sur Sandstuveien.

Blix interrompit la retransmission vidéo.

— J'ai demandé la liste de tous les véhicules qui les ont franchis hier soir et pendant la nuit, poursuivit Kovic. Ils n'ont pas de photos des voitures, mais j'ai lancé une recherche pour toutes les stations-service et autres caméras de surveillance des environs.

Blix approuva d'un hochement de tête. Kovic savait prendre des initiatives, il n'y aurait pas à beaucoup s'occuper d'elle en dehors de questions purement pratiques, où se trouvait l'armoire à fournitures et à qui s'adresser s'il n'y avait plus de café. Il n'avait pas toujours eu cette chance avec d'autres nouvelles recrues.

— Sois attentive aux Volkswagen Tiguan noires. Elle a reçu la visite de quelqu'un qui en conduisait une.

Gard Fosse apparut au fond de la pièce et, du seuil, tendit le doigt dans leur direction.

— On fait le point chez moi, leur lança-t-il.

Blix inspira à fond et se leva, suivi de Kovic.

Nicolai Wibe était déjà assis à la table de conférence dans le bureau de Fosse. C'était un costaud, qui avait une expérience comme agent infiltré. Un peu plus jeune que Blix, débraillé, il avait des manières directes. Pia Nøkleby, la juriste de la police qui s'occupait des aspects légaux de l'affaire, y siégeait également.

— Abelvik ne va pas tarder à nous rejoindre, annonça Fosse en prenant place à son tour. Alors, que savons-nous ?

Blix s'installa, comme d'habitude, tout au bout de la table, près de la porte, et leva les yeux vers son chef. Exercer son métier était pour lui source de plaisir. Il était extrêmement compétent et n'ambitionnait pas d'atteindre les plus hauts échelons de la hiérarchie. Grades et galons ne l'intéressaient pas. N'empêche, il était piqué au vif quand on lui faisait remarquer que Gard Fosse s'était élevé plus haut dans la hiérarchie que lui. Il prit la parole :

— Sonja Nordstrøm ne s'est pas présentée à l'émission de TV2 ce matin. Un taxi devait passer la chercher chez elle à 7 h 20. Il est reparti après avoir attendu quinze minutes en vain.

Blix lança un regard à Kovic, qui assura.

— La dernière personne qui ait, à notre connaissance,

été en contact avec elle est son éditeur. Ils ont échangé quelques SMS hier soir au sujet du programme promotionnel d'aujourd'hui.

Elle baissa les yeux vers ses notes avant de reprendre :

— Il s'appelle Amund Zimmer. Il doit venir plus tard faire sa déposition.

Pia Nøkleby griffonna quelques notes sur une feuille.

— Nordstrøm était ensuite attendue à la radio, reprit Blix, ainsi qu'à la maison d'édition pour une conférence de presse. J'ai essayé de contacter Stian Josefson, le journaliste qui a cosigné le livre, mais il ne répond pas au téléphone.

Nøkleby hocha la tête. Wibe s'octroya une nouvelle prise de tabac.

— Le téléphone de Nordstrøm n'émet aucun signal. Nous ne pouvons pas tracer sa position.

— Où a-t-il été localisé pour la dernière fois ? demanda Nøkleby.

— J'ai lancé une requête auprès des télécoms pour obtenir un historique de ses communications, répondit Wibe en haussant les épaules. Nous n'aurons sans doute rien avant demain.

— Je peux me charger de ça, proposa Kovic. J'ai beaucoup travaillé sur les traces numériques.

Wibe lança un regard en coin à Blix qui acquiesça.

— Alors, vas-y, dit Wibe à Kovic. Je ne suis pas mécontent d'en être débarrassé.

Tine Abelvik apparut sur le seuil. Enquêtrice expérimentée, cela faisait huit ans qu'elle travaillait avec Blix. Elle s'autorisait encore, dans certains cas, à se laisser guider par ses émotions. D'une certaine façon, cela la rendait encore plus performante, estimait-il.

— Désolée, dit-elle en s'asseyant. J'ai réussi à joindre la fille, Liselotte. Elle vit à Londres. Elle ne semble pas très liée avec sa mère. Elles se sont parlé au téléphone la semaine dernière, mais n'ont rien dit qui puisse nous être utile.

Elle feuilleta son carnet.

— Après quoi j'ai parlé à son ex-mari. Ça fait un bail qu'ils n'ont pas été en contact. Il a suggéré que nous regardions du côté de son chalet d'été, à Hvaler. Elle y séjourne de temps en temps. J'ai donc demandé à la police locale de vérifier.

— Très bien, dit Fosse en hochant la tête.

— Qu'avons-nous d'autre ? demanda Pia Nøkleby.

Kovic rendit compte des enquêtes de voisinage, mentionnant la voiture qui aurait quitté l'allée de Nordstrøm à 10 h 30 la veille. Elle fut interrompue par la sonnerie du téléphone sur le bureau de Fosse.

— J'ai demandé à Ann-Mari Sara de nous appeler, expliqua-t-il en branchant le haut-parleur.

— Qu'avez-vous pour nous ? demanda-t-il.

L'accent du Nord de Sara retentit dans la pièce.

— Je ne pense pas qu'elle ait quitté sa maison de son plein gré, il y a des traces de lutte dans le grand hall, et sa brosse à dents est toujours là. Ainsi que sa trousse de toilette, dans un placard de la salle de bains. Son passeport est rangé dans un tiroir de la cuisine et son sac à main est resté dans le salon, son porte-monnaie et ses clés de voiture à l'intérieur.

Le portable de Blix, posé devant lui, se mit à vibrer. Un appel d'« Emma ». Il le saisit vivement et le fourra dans sa poche pour étouffer le son.

— Est-ce que vous avez trouvé le téléphone portable de Nordstrøm ? demanda-t-il à Ann-Mari Sara.

— Il n'est pas dans la maison, répondit-elle. Mais il manque un tapis.

Fosse se pencha en avant.

— Un tapis ?

— On peut voir qu'il y avait un tapis sur le sol de l'entrée. Assez grand pour qu'on enroule quelqu'un dedans.

— Pour déplacer un corps ? suggéra Wibe.

— Oui, mais nous n'avons pas relevé de traces de violences physiques. Il n'y a pas de sang.

— Mais il aurait pu y en avoir sur le tapis ?

— Oui, sans doute, quoique je puisse dire d'expérience qu'une violence extrême produirait des éclaboussures faciles à repérer.

— Autre chose ? demanda Fosse.

— Il y avait un homme dans la maison. Nous avons trouvé des traces de sperme sur les draps.

— Récentes ?

— Impossible à dire. D'ailleurs, ça pourrait aussi bien être le sperme de plusieurs hommes. On en saura plus quand on l'aura analysé, mais ça pourrait avoir un lien avec les verres à vin.

— Mais encore ?

— Deux verres et une bouteille de vin traînaient sur le comptoir de la cuisine. Nordstrøm a reçu quelqu'un.

— Les empreintes ?

— Prélevées sur les deux verres. Mais je n'aurai pas de résultat à vous communiquer aujourd'hui.

— Très bien, alors, dit Fosse, s'apprêtant à raccrocher. On vous laisse poursuivre votre travail.

— Une dernière chose, dit Ann-Mari Sara. Et je n'aime pas ça.

Fosse resta assis, la main en suspens, et tourna les yeux vers Blix. D'habitude, Sara n'exprimait pas d'opinion personnelle.

— Il y a un dossard scotché sur l'écran de télévision.

— Un dossard ? s'étonna Kovic.

Blix fronça les sourcils. Il ne l'avait pas remarqué non plus. Leur examen rapide de la maison était centré sur la découverte de signes de vie, ou de mort.

— C'est celui que Nordstrøm portait pour le marathon de Stockholm. Le numéro un, expliqua Sara.

Le silence se fit dans la pièce. Au bout de quelques secondes, Blix demanda :

— Quelle est ton interprétation ?

— Ce n'est pas facile à formuler. Mais c'est un geste curieux. Comme si quelqu'un voulait marquer son passage.

— Tu veux dire une sorte de message à notre intention ? risqua Wibe.

— Je ne sais pas, mais qui dit dossard dit ligne de départ, non ? Ou est-ce que ça pourrait signifier l'inverse, qu'on a franchi la ligne d'arrivée, qu'on a atteint… ?

Pendant un moment, personne ne réagit. Sara reprit la parole :

— Quoi qu'il en soit, je ne devrais pas spéculer. Mais maintenant, vous êtes au courant.

Blix se creusait la cervelle pour essayer de voir ce que cela pouvait signifier. Un dossard, associé à la possibilité qu'il soit arrivé quelque chose à une personnalité de premier plan comme Sonja Nordstrøm, ça le mettait sur les charbons ardents. Il n'avait qu'une hâte, se lancer dans l'action. Cela faisait longtemps qu'il n'avait ressenti pareil enthousiasme. La sensation lui avait manqué.

12

L'affaire Nordstrøm tenait la vedette du journal de 16 heures sur la chaîne d'infos. Un reporter, debout devant la maison de l'athlète, faisait son récit en direct.

Lovée sur le canapé, Emma ramena ses pieds sous elle. Ça l'embêtait de ne pas avoir pensé à prendre des photos, de l'intérieur comme de l'extérieur, lorsqu'elle était là-bas. En fait, ça ne lui avait même pas effleuré l'esprit. Sans doute parce qu'il n'y avait pas de célébrités à photographier, comme c'était le cas d'habitude. Anita aurait peut-être osé publier deux ou trois vues de l'intérieur de la villa, du moins si la police avait confirmé qu'aucun crime n'y avait été commis. Mais à en croire le reporter de la télévision, ils ne laissaient rien filtrer.

Le téléphone sonna. C'était lui. Le policier.

— Ici Emma, dit-elle, avec un peu trop d'empressement.

— Alexander Blix. Vous m'avez envoyé un message ?

— Oui. Merci de m'avoir rappelée. Nous nous sommes rencontrés devant la maison de Sonja Nordstrøm plus tôt dans la journée.

— Oui, je me souviens.

— Je me demandais juste s'il y avait du nouveau.

— Rien de concluant.

Emma saisit un stylo dont elle ôta le capuchon avec ses dents.

— Comment se déroule l'enquête?

— Il faudra vous adresser au superintendant Gard Fosse. C'est lui qui traite avec la presse.

— Mais vous m'avez rappelée ! protesta-t-elle.

— J'espérais que vous auriez quelque chose de plus à me révéler, marmonna Blix en s'éclaircissant la gorge. Un détail qui vous serait revenu à l'esprit.

— Oh, je vois, dit-elle, déçue, car elle avait besoin d'un élément nouveau pour écrire son article. Qu'avez-vous pensé du dossard ? Ça pourrait être une sorte de message ?

— Il est trop tôt pour avoir une quelconque interprétation.

— Quand même, vous avez eu le temps de vous faire une idée plus approfondie que moi de ce qui est arrivé. Je n'ai fait que passer la tête par la porte.

Il ne lui répondit pas, mais il lui demanda :

— Avez-vous touché à quoi que ce soit quand vous étiez à l'intérieur ?

— Non, à rien sauf à la télécommande.

— Bon.

Il y eut un bref silence. Blix s'éclaircit la gorge et reprit :

— J'ai vu que vous avez interviewé Stian Josefson. Vous sauriez où il se trouve ?

Emma n'en revenait pas. Blix avait lu son article !

— Non, répondit-elle. Je ne l'ai pas interviewé face à face.

— Vous écrivez qu'il a parlé à Nordstrøm hier.

Emma changea son téléphone d'oreille. Le côté sérieux du ton de Blix la rendait prudente.

— Eh bien ?

— Vous ne précisez pas si c'était au téléphone ou chez elle. Il a donné une indication à ce sujet ?

Emma repensa à l'entretien et se sentit idiote. Elle aurait dû poser la question à Josefson.

— Non, répondit-elle, embarrassée. Il a brusquement mis fin à la conversation. Pourquoi, c'est un suspect ?

— Nous reconstituons les mouvements de Nordstrøm au cours des dernières vingt-quatre heures, expliqua le policier.

— Je peux vous citer ?

— Pour ce genre d'info, il faut que vous parliez d'abord à Gard Fosse.

— D'accord.

— Je peux vous donner sa ligne directe, ajouta Blix.

Emma le remercia. Ça lui faciliterait la tâche.

— Pas la peine de lui dire que ça vient de moi.

— Il y a quelque chose en particulier que je devrais lui demander ? insista Emma en espérant que le policier lui en révélerait davantage.

— Oui. Si selon lui, il est possible que Sonja Nordstrøm ait été kidnappée.

13

Blix quitta l'hôtel de police à 19 h 25, quatre heures après que ça avait commencé à sérieusement chauffer dans la brigade. Debout devant l'entrée principale, Gard Fosse paraissait enchanté sous les feux d'une caméra de télévision. La gravité de son expression masquait ce qui était, Blix le savait, pure délectation.

La nouvelle d'un éventuel enlèvement de Sonja Nordstrøm avait été abondamment relayée par les médias. L'athlète avait été treize fois championne du monde sur différentes distances de fond et de demi-fond. Les agences de presse du monde entier avaient commencé à appeler vers 17 heures et Pia Nøkleby avait dû diffuser un communiqué qui n'avait cependant pas suffi à écarter les journalistes sportifs et les spécialistes des affaires criminelles.

L'après-midi et la soirée s'étaient écoulés sans que les enquêteurs progressent beaucoup. Ils s'étaient entretenus avec les proches de Nordstrøm et avec les personnes dont elle parlait dans le livre, mais cela n'avait débouché sur rien. Le seul qu'ils n'avaient pas réussi à joindre était Stian Josefson, la « plume » de Nordstrøm.

Il n'y avait pas de place où se garer devant l'immeuble de TV2 et Blix dut aller en chercher une à trois rues de là, le long du square de la Gullhaug Torg. Quand il entra dans le hall de la station de télévision, il ne restait que cinq minutes avant l'émission. Il s'immobilisa un instant, désorienté, ne sachant où diriger ses pas. Une jeune fille se leva derrière un comptoir d'accueil. Un émetteur radio était fixé à son chemisier par un clip et elle avait une oreillette dans l'oreille droite.

— Je peux vous aider ? demanda-t-elle.

— Je viens assister à *Que le meilleur gagne*.

— Les portes du studio ferment dix minutes avant le début de l'enregistrement.

— Ma fille est une des candidates, expliqua Blix. Iselin Skaar. Je suis son père, Alexander Blix.

La jeune hôtesse lui lança un regard sceptique. Après le divorce, Iselin avait opté pour le nom de sa mère.

Il songea à montrer son insigne pour pouvoir entrer, mais préféra utiliser un autre moyen.

— Demandez à Even Eckhoff, il doit avoir réservé un siège pour moi.

L'hôtesse consulta sa montre avant de parler dans le micro. Des craquements résonnèrent dans son oreillette, mais Blix n'entendit pas ce qui était dit.

— Je vous reçois cinq sur cinq, répondit la jeune fille, comme si elle participait à une opération militaire. Je vous accompagne, dit-elle à Blix en se dirigeant vers la porte la plus proche.

À l'intérieur, l'obscurité était totale. En venant vers Blix, Eckhoff se prit le pied dans un câble mais il parvint de justesse à se dégager et le rejoignit en boitillant. Il portait un costume bleu marine, une chemise blanche à col ouvert et une oreillette ; à la main, il tenait un clipboard.

— C'est super que vous ayez pu vous libérer, dit-il en serrant la main de Blix. Je pense que vous allez apprécier le test d'aujourd'hui.

Les tests étaient des dilemmes éthiques ou moraux auxquels étaient soumis les participants soit avant de pénétrer dans la maison, soit après, lors de leur séjour. Leur réaction et l'adéquation de leur choix aux valeurs morales du public se reflétaient dans les votes, celui qui en obtenait le plus était celui qui était jugé digne de remporter le pactole.

En entendant Eckhoff se vanter d'avoir conçu les différents tests sur lesquels se fondait l'émission, Blix songea à quel point il détestait les gens qui ont besoin de toujours ramener la couverture à eux. À cet égard, cet homme lui rappelait Fosse.

— Je vous ai réservé une place, dit Eckhoff. Suivez-moi.

Il s'avança entre les rangées de sièges de l'auditorium. Blix en repéra un à côté de Merete. Elle aperçut son ex-mari et agita vigoureusement le bras pour qu'il vienne s'asseoir près d'elle. Blix remercia Eckhoff de son aide et s'engagea dans l'allée, marmonnant des excuses au passage.

— Dix secondes, cria un technicien.

Merete se leva et serra brièvement Blix contre elle. Il tendit la main à Jan-Egil, le dernier boyfriend en date de Merete, qui resta assis mais lui serra la main avec un sourire qui n'engageait à rien.

— Cinq secondes !

Un type coiffé d'écouteurs gigantesques leva la main et

entama le compte à rebours, un doigt après l'autre. Puis le thème musical familier de l'émission s'écoula des haut-parleurs. Des écrans suspendus au plafond déployèrent les titres d'introduction. Le présentateur se tint prêt devant une des caméras. Un homme encouragea le public à crier et à applaudir, tandis que la caméra glissait doucement sur les visages. Enfin le réalisateur de l'émission fit un grand geste pour inciter le présentateur à démarrer.

— Bonsoir, chers téléspectateurs, bienvenue à *Que le meilleur gagne!* Je suis Tore Berg Tollersrud. Il ne reste plus que quatre concurrents dans la maison. Et à la fin de cette soirée, ils ne seront plus que trois!

Le public poussa des cris d'acclamation quand on le sollicita, brandissant des pancartes. Et Tollersrud s'écria :

— Rencontrons les concurrents!

Neuf semaines durant, Iselin et les autres avaient vécu dans la maison construite pour l'occasion, équipée de matériel dernier cri. Vingt-six caméras et quarante-huit micros étaient installés çà et là, tant à l'intérieur que dans un espace ménagé autour, où les participants pouvaient faire de l'exercice et fumer s'ils en avaient envie. On pouvait souscrire, via les pages web de l'émission, à un abonnement permettant d'accéder à toutes ces caméras et suivre celle que l'on choisissait au moment où on le voulait. Un passage reliait la maison au studio où étaient filmées les émissions en live. Un rideau coulissant se leva et les quatre derniers compétiteurs s'engagèrent l'un après l'autre sur la scène tandis que le présentateur déclinait leur identité. Iselin venait en troisième. Elle avait revêtu la robe bleue qu'elle portait lors du premier live.

En avançant vers le canapé où l'attendaient les deux premiers, elle leva les yeux vers le public. Blix agita la main, sa fille ne parut pas le remarquer. Il écouta attentivement les applaudissements et les cris d'encouragement mais ne sut évaluer si elle était plus populaire ou non que les autres.

Tollersrud ouvrit le bal par quelques questions d'ordre général qui les concernaient tous les quatre et bientôt Iselin fut dans la ligne de tir, alors qu'il l'interrogeait sur la semaine précédente.

— Nous vous avons observée de près, commença-t-il, et nous avons remarqué que vous vous êtes pas mal tenue à l'écart.

— On a vécu les uns sur les autres pendant plusieurs semaines, rétorqua-t-elle. Maintenant que nous sommes moins nombreux, c'était ma première occasion d'être un peu tranquille.

Les spectateurs rirent.

— Alors, vous êtes prête pour une nouvelle semaine ?

— Tout à fait.

Blix sentit son téléphone vibrer dans sa poche. Il l'en sortit le plus discrètement possible. C'était Tine Abelvik.

— Tu ne peux pas éteindre ça un moment ? lui chuchota sèchement Merete.

Blix refusa l'appel et remit l'appareil dans sa poche.

Tollersrud, qui en avait fini avec ses présentations, se retourna face à la caméra.

— Et maintenant, chers amis, nous voilà prêts pour le test de cette semaine ! Pour nous aider à décider lequel de ces concurrents mérite de gagner, nous les avons suivis en caméra cachée, histoire de découvrir qui ils sont réellement… quand ils ne savent pas qu'on les filme.

Blix regarda Eckhoff, qui se tenait sur le côté de la scène, un grand sourire aux lèvres. Son crâne rasé luisait sous les spots.

— Il y a environ trois semaines, avant votre entrée ici, poursuivit Tollersrud en pivotant vers le canapé, chacun de vous a trouvé un billet de cinq cents couronnes.

Les quatre jeunes s'entre-regardèrent. Deux se mirent à rire, le troisième se prit la tête dans les mains. Iselin hocha pensivement la sienne.

— Vous vous rappelez probablement quelle a été votre réaction. Eh bien, ce soir, le public va également la connaître.

Berg Tollersrud s'adressa au concurrent le plus proche.

— Qu'est-ce que vous avez à dire, Arild ?

Arild était un petit exploitant agricole venu de Hjartdal. Dans l'esprit de Blix, c'était le Fermier.

— Ben, je ne sais pas, je…

— Où avez-vous trouvé le billet de cinq cents couronnes ?

Le Fermier posa une main sur sa cuisse.

— À côté de ma voiture, juste devant le magasin où je fais mes courses d'habitude.

— Et qu'est-ce que vous en avez fait ?

Même de sa place, Blix pouvait voir que le Fermier avait les joues cramoisies.

— Ben, j'avais pas le temps de chercher à qui il pouvait appartenir.

— Je ne vous juge pas, Arild, dit Berg en souriant. Loin de là. Ici, il n'y a pas de bonne ni de mauvaise réponse.

Le portable de Blix recommença à vibrer dans sa poche. Il l'ignora.

— Eh bien, voyons ça ! proposa le présentateur.

Les larges écrans montrèrent les plans sélectionnés par les caméras cachées. Le Fermier apparut au volant d'une vieille Nissan rouge et se gara. Un homme chauve passa à sa hauteur et laissa tomber un billet de cinq cents couronnes sur l'asphalte. Blix sourit en reconnaissant Eckhoff, qui marchait avec la raideur des acteurs amateurs conscients d'être dans le champ de l'objectif. Le Fermier ne sembla pas le remarquer, mais, quand il repéra le billet par terre, il le ramassa promptement pour le fourrer dans sa poche. Quand il regarda autour de lui, ce n'était manifestement pas pour chercher qui pouvait l'avoir perdu mais bien pour vérifier que personne n'avait surpris son geste. La fin de la séquence fut accueillie par les rires et les applaudissements de l'assistance.

Blix perçut de nouveau une vibration dans sa poche. Un texto, cette fois. Il repêcha l'appareil sans regarder du côté de Merete. Encore Abelvik :

Le téléphone de Nordstrøm vient d'être activé.

Blix écrivit en retour :

Où est-elle ?

Conscient du regard de Merete posé sur lui, il s'efforça de l'ignorer, ainsi que le coup de coude qu'elle lui donna.

Un autre message arriva :

Où es-tu ? On a besoin de toi ici.

Blix se pencha vers son ex-femme et lui murmura à l'oreille :

— Je dois prendre un appel.

— Là, tout de suite ? répondit-elle, haussant les sourcils.

Blix acquiesça et se leva.

— Tu vas revenir ?

Il ne répondit pas et commença à se glisser vers l'extrémité de la rangée en s'excusant plusieurs fois. Au même moment, sur scène, Tore Berg Tollersrud lança :

— Ne bougez pas, nous revenons tout de suite.

Cela tombait bien, car plusieurs personnes facilitèrent la progression de Blix en se mettant debout. Il vit Iselin se lever du canapé et balayer la salle des yeux. Leurs regards se croisèrent pendant une fraction de seconde. Blix agita la main mais elle ne bougea pas, se contentant de le fixer. Il lui indiqua, d'un signe, qu'il allait juste prendre un appel et qu'il reviendrait, mais elle était concentrée sur autre chose.

Dehors, le jour baissait. Blix composa le numéro d'Abelvik.

— Qu'est-ce qui se passe ?

— Le cimetière de Gamlebyen.

Blix mit quelques secondes à réagir.

— Quelqu'un est déjà en route ? demanda-t-il tout en marchant vers sa voiture.

— Oui, Wibe, ainsi qu'Ann-Mari Sara. Kovic et moi démarrons à l'instant.

— Tu as essayé de l'appeler ?

— Qui ?

— Nordstrøm.

— Bien sûr. Elle ne répond pas.

Blix accéléra le pas.

— On devrait aussi envoyer une ambulance là-bas. Si Nordstrøm y est, elle aura peut-être besoin de secours.

— Kovic a déjà prévenu les urgences d'une éventuelle admission.

Blix se retourna pour regarder l'immeuble de la télé, pensa à Iselin et jura intérieurement.

— Bon, très bien. Retrouvons-nous à l'entrée nord, dit-il.

14

Blix se gara derrière une voiture de patrouille. Tine Abelvik, Nicolai Wibe et Sofia Kovic attendaient devant l'entrée du cimetière tandis qu'Ann-Mari Sara avançait vers eux en tenant deux torches électriques.

L'air était vif et d'un froid mordant. En s'approchant, Blix releva les pans de son col. Abelvik brandit un téléphone dans sa direction.

— Nous l'avons localisée ici, lui expliqua-t-elle, mais avec une marge de précision de deux cents mètres. Il va falloir qu'on explore un secteur assez large.

Sara lui remit une lampe.

— Kovic vient avec moi par ce côté, dit-il en tendant la main. Les autres prennent l'autre direction.

L'herbe était humide entre les tombes. Le ronronnement de la circulation sur l'autoroute E18 leur parvenait en bruit de fond. Des lumières palpitaient aux façades des immeubles surplombant les falaises d'Ekeberg.

Blix et Kovic choisirent chacun un chemin en bordure des tombes et entamèrent parallèlement leur progression malaisée, séparés par une vingtaine de mètres, balayant le terrain du regard, braquant leur lampe entre les tombes et les arbres. Quelque part derrière eux, Abelvik cria le nom de Blix. Il fit demi-tour et s'élança en courant, Kovic sur ses talons.

— Par ici ! s'écria Tine Abelvik, arrêtée devant l'entrée d'un abri à outils.

— C'est Nordstrøm ? demanda Blix.

Elle secoua la tête en regardant à l'intérieur.

— C'est un homme.

Blix dirigea le faisceau de sa lampe dans la cabane. L'homme, couché sur le côté, bougeait lentement le bras. Il devait avoir une soixantaine d'années, portait une salopette d'ouvrier. Son visage était couvert de sang. Il luttait pour dire quelque chose, mais les mots ne voulaient pas sortir.

Abelvik s'accroupit auprès de lui et le réconforta d'une voix apaisante en lui passant un bras autour des épaules.

— L'ambulance sera là dans trois minutes, annonça Wibe en remisant son téléphone dans sa poche.

— Parfait, dit Blix tout en regardant autour de lui. Sara, reste ici. Vérifie s'il a des papiers d'identité sur lui. Nous autres, on continue à chercher Nordstrøm.

Il se retourna vers Abelvik.

— Tu es sûre que son téléphone a été localisé dans le coin ?

Abelvik consulta son propre mobile et confirma :

— On est quasiment dessus.

Ils se déployèrent pour reprendre la recherche. Derrière eux, une lueur bleue pulsait au-dessus des tombes.

— Appelez-la, commanda Blix. On suivra le son.

Wibe récupéra son mobile et demanda :

— Vous avez son numéro ?

Abelvik ouvrit son carnet et il tapa les chiffres sous sa dictée. Une sonnerie retentit. Ils échangèrent un regard. Le bruit provenait de quelque part au centre du cimetière.

— Nom de Dieu ! s'exclama Wibe.

Le son augmentait au fur et à mesure qu'ils avançaient. Blix pressa l'allure, quadrillant l'espace devant lui avec sa lampe torche. Jetant un coup d'œil par-dessus son épaule, il vit que les secours avaient rejoint la cabane à outils.

La sonnerie persistait sur sa droite. Une clairière. Il obliqua, contourna un monument funéraire et se trouva soudain devant une fosse ouverte. Il réussit à s'arrêter à quelques pas du bord, se pencha et regarda au fond. Il n'y avait là qu'un téléphone mobile. Un iPhone de couleur dorée.

Alors la sonnerie cessa.

15

Le gyrophare de l'ambulance projetait des ombres intermittentes sur le cimetière de Gamlebyen. Cela agissait comme un aimant sur les habitants sortis courir ou se promener dans la fraîcheur de cette soirée d'automne. Blix avait posté des agents en tenue pour bloquer l'accès du cimetière. Il jeta un coup d'œil à son portable. Gard Fosse avait appelé deux fois et Merete, trois. Elle lui avait également envoyé plusieurs SMS. Il ne les lut pas. En revanche, il rappela son supérieur et lui fit un bref compte rendu de la situation.

— Qu'est-ce que ça signifie, le téléphone de Nordstrøm au fond d'une tombe ? s'enquit ce dernier.

— Aucune idée, admit Blix.

Fosse soupira.

— N'ébruitons pas la chose tant qu'on n'en sait pas plus.

Blix considéra les badauds qui se pressaient le long des murs du cimetière. L'éclair d'un flash lui fit penser qu'il devait aussi y avoir des journalistes parmi eux. Abelvik s'approcha de lui.

— C'est le croque-mort, expliqua-t-il en désignant l'ambulance, à bord de laquelle Wibe, assis à côté d'une civière, prenait la déposition du blessé. Børre Simonsen. Il habite tout près. Il a entendu dire qu'il allait pleuvoir cette nuit, il est donc passé afin d'étendre une bâche sur une tombe creusée pour demain. Pendant qu'il bâchait, on l'a attaqué et assommé.

Blix s'approcha de l'ambulance et, s'arrêtant à quelques pas derrière Wibe, écouta l'interrogatoire.

— Je l'ai repéré plus tôt dans la journée pendant qu'on creusait, racontait le croque-mort d'une voix chevrotante. Il nous regardait travailler.

Wibe s'aperçut de la présence de Blix dans son dos.

— Voici mon supérieur, l'inspecteur en chef Blix, précisa-t-il à Simonsen, puis, se tournant vers Blix, il ajouta : M. Simonsen me disait qu'un type rôdait dans le coin aujourd'hui, un drogué apparemment.

Il reporta son attention sur le croque-mort.

— Vous pourriez nous le décrire ?

Børre Simonsen se concentra.

— Il était à peu près de ma taille, un peu plus d'un mètre quatre-vingts, et il avait une barbe de huit jours. Une trentaine d'années, je dirais. Mais on ne sait jamais trop, avec ce genre de type.

Wibe prit quelques notes avant de demander :

— Des signes distinctifs ? Des cicatrices, un nez busqué ?

Simonsen fouilla dans sa mémoire.

— Il avait les cheveux mi-longs, en bataille. Plus

beaucoup de dents, j'ai l'impression. C'est souvent le cas chez les toxicos.

De nouveau, Simonsen eut besoin de réfléchir.

— Et aussi, je crois qu'il avait une marque de brûlure, ici, sur une joue, précisa-t-il en levant la main du côté gauche.

— Une brûlure, vous pensez, ou une tache de naissance ?

— Je suis pas vraiment sûr. En tout cas, elle était rouge.

— Vous êtes certaine que c'était du côté gauche ? insista Wibe.

— Ça oui. À peu près grosse comme une pièce de cinq couronnes.

Tout en notant, Wibe regarda Blix en haussant les sourcils, comme pour lui demander s'il avait des questions à poser.

— Vous avez remarqué s'il avait un téléphone ? demanda Blix.

— Un téléphone ? Non, c'est ..., hésita Simonsen, sollicitant de nouveau sa mémoire. Il n'en avait pas dans la main, en tout cas, mais dans sa poche peut-être, je saurais pas vous dire.

— Vous aviez déjà vu cet homme avant ? Ici, dans le cimetière ?

Simonsen secoua la tête.

— Ça arrive, que des gens se réfugient dans la cabane à outils, ou y volent quelque chose ?

— Non, c'est jamais arrivé.

Blix remercia le croque-mort et fit un signe de tête

à Wibe avant de se diriger d'un pas lent vers la tombe ouverte sous la lumière glauque.

Ann-Mari Sara avait revêtu la combinaison de protection et descendait par une échelle en alu dans le fond de la tombe. L'écran du téléphone s'éclaira quand elle le saisit.

— Il y a plein de messages et d'appels sans réponse, constata-t-elle en le glissant dans un sachet à indices transparent.

— Il va te falloir combien de temps pour l'exploiter ? demanda Blix.

— Je ne peux pas te dire comme ça, mais tu sauras l'essentiel demain matin en reprenant le travail.

— Autre chose ?

Ann-Mari Sara considéra le monticule de terre à côté de la tombe.

— On a là de bonnes empreintes de pied, celles du croque-mort bien sûr, mais on voit qu'il y a eu plus d'une personne.

Elle remonta par l'échelle et Blix lui tendit la main pour l'aider.

— Tu penses à celle qui a jeté le téléphone là-dedans ?

— Probablement.

Kovic et Abelvik surgirent de l'obscurité.

— Un témoin a remarqué un homme quittant le cimetière vers 19 h 30, dit Kovic. Ça pourrait être notre suspect.

— Il y a deux ou trois journalistes qui attendent dehors, ajouta Abelvik. Je leur dis d'appeler Fosse ?

Blix secoua la tête.

— Pour l'instant, et officiellement, ceci n'a rien à voir

avec Nordstrøm. Je vais leur parler. Leur servir la salade habituelle, qu'on cherche des témoins, mais je vais mettre la pédale douce. Bon, on se retrouve au QG dans une demi-heure.

16

L'ordinateur moulinait plus vite le soir qu'aux heures de bureau. Blix entra l'adresse de *Que le meilleur gagne*. C'est le Fermier qui avait dû quitter la maison. Iselin était toujours dans la course. L'idée effleura soudain Blix que, finalement, il était fort possible que sa fille remporte le jackpot. Un million de couronnes. Un sacré coup de pouce pour démarrer une vie d'adulte.

Blix leva les yeux. Les enquêteurs étaient en train de prendre place autour de la table de conférence au milieu du grand bureau en open space. La salle était conçue pour faciliter les investigations du tout-venant mais également pour qu'on puisse y conduire les opérations concernant les affaires majeures. Des tableaux étaient déployés sur les murs ainsi que des écrans plats de téléviseurs. Une horloge digitale indiquait 22:43.

Il ferma la page du site de *Que le meilleur gagne* et se leva, emportant ses notes jusqu'à sa place habituelle au bout de la table.

— Cela fait plus de vingt-quatre heures que personne n'a eu de nouvelles de Sonja Nordstrøm, commença-t-il.

La police locale s'est rendue à son chalet de Hvaler et a constaté que l'endroit n'avait pas été occupé depuis un certain temps. On n'a relevé aucune activité de ses cartes de crédit. Des techniciens de l'informatique essaient en ce moment de s'introduire dans son ordinateur et sur ses boîtes mail. Ann-Mari Sara examine son téléphone portable, à la recherche de traces d'ADN et d'empreintes digitales. Sa messagerie est saturée, mais nous avons besoin de son code d'accès pour pouvoir en connaître le contenu.

Fosse se tenait debout à l'autre extrémité de la table, serrant contre lui un classeur à anneaux. Blix se dit qu'il allait d'un instant à l'autre monter sur ses grands chevaux. Il poursuivit néanmoins :

— Nous devons absolument retrouver le junkie du cimetière.

— J'ai quelques contacts parmi cette faune-là, intervint Wibe. Ce sont des oiseaux de nuit, je peux m'y mettre dès qu'on aura terminé ici.

— Parfait, dit Blix.

Fosse s'avança.

— Quelqu'un a lu le bouquin ?

Blix chercha le regard de Kovic. Il savait qu'elle l'avait commencé, pourtant elle ne dit rien.

— Eh bien, moi, oui, poursuivit Fosse. Pas intégralement, mais j'ai lu les passages les plus importants ainsi que la presse du jour à ce sujet. Il y a un certain nombre de personnes qui auraient de bonnes raisons de vouloir régler son compte à Sonja Nordstrøm.

Il s'approcha d'un tableau blanc et saisit un marqueur

vert. C'était empiéter sur les prérogatives de Blix, qui ne réagit cependant pas.

Le stylo crissa sur la surface du tableau alors que Fosse inscrivait *Cecilie Krogsæther* en lettres maladroites.

— Elles étaient ennemies jurées lorsqu'elles étaient en concurrence, expliqua-t-il. Nordstrøm affirme qu'elle prenait des substances prohibées.

— Cette pauvre créature efflanquée ne peut pas avoir fait de mal à Nordstrøm, objecta Wibe.

— Non, mais il est possible qu'un de ses admirateurs ait mal supporté que Nordstrøm salisse sa réputation et soit derrière… ce qui s'est passé.

— Peu de gens savaient ce qu'il y a dans le livre avant sa sortie en librairie aujourd'hui, fit remarquer Kovic.

— Il n'empêche, s'entêta Fosse. Krogsæther ou ceux qui ont des liens avec elle doivent être considérés dans le cadre de l'enquête. Il en va de même pour Morten Forsmo.

— Qui c'est, ça ? demanda Abelvik.

— Il a longtemps été le coach de Nordstrøm. Même s'il n'est pas dit spécifiquement que c'est lui qui l'a agressée sexuellement, c'est tout comme. Faire l'objet publiquement de ce genre d'accusation, ça peut vous donner envie de vous venger.

— Mais l'argument s'applique aussi à lui, commença Kovic. Comment pouvait-il savoir que…

— Il a pu l'apprendre autrement, l'interrompit Fosse. Par des bruits de couloir, que sais-je ? En tout cas, il faut qu'on sache à quoi s'en tenir à son sujet. Et il a eu des problèmes d'argent et d'alcool à une époque, ai-je lu sur *VG*

Nett, ajouta-t-il en inscrivant le nom de Forsmo sous celui de Krogsæther.

Blix n'aimait pas du tout voir ainsi Fosse devant le tableau, faisant sa démonstration avec suffisance. Les infos qu'il leur débitait étaient sans intérêt, ils avaient déjà vérifié tout ça. Il leur faisait simplement perdre leur temps. Mais c'était le boss.

— Et puis il y a Arne Rakvåg, insista Fosse. L'ex-mari de Nordstrøm. Dans le livre, elle lui reproche de trop boire et évoque ce que beaucoup qualifieront de manque de libido.

— Bon sang, elle parle aussi de ça ? grommela Abelvik.

— Le sexe fait vendre, tu sais, affirma Fosse, consultant de nouveau ses notes. À moins que quelqu'un de SNS Sportswear n'essaie de lui mettre la pression.

Il inscrivit *SNS Sportswear* sous *Rakvåg*.

— Si l'on en croit la rumeur, elle envisage depuis un moment de vendre ses parts de la société. Ça aurait une incidence néfaste sur le cours de l'action, vu que, dans l'esprit des gens, SNS Sportswear, c'est Sonja Nordstrøm.

— Les actionnaires vont donc perdre de l'argent, commenta Abelvik.

Fosse acquiesça.

— Dans les cercles financiers, certaines personnes sont en contact avec des hommes de main, expliqua-t-il. Il pourrait y avoir quelque chose de ce genre…

— Mais c'est peut-être tout simplement quelqu'un qui veut lui soutirer de l'argent, intervint Kovic. Ils l'auront kidnappée et essaient de la faire raquer.

Fosse eut un petit sourire condescendant.

— Si le but est de lui extorquer du fric, ce serait plus

malin d'enlever sa fille. Franchement, ce n'est pas facile, pour une personne séquestrée, de réunir l'argent de sa propre rançon.

Fosse considéra les enquêteurs devant lui avant de s'approcher de la table et d'y déposer le stylo avec l'air déterminé de celui qui a marqué un point. Puis il quitta la salle.

Conscient que tous les regards étaient fixés sur lui, Blix se passa la main dans les cheveux et prit la parole.

— Il y a autre chose derrière cette affaire.

— Quoi donc ? demanda Abelvik.

— Je ne sais pas. Mais tout semble suivre une scénographie soignée. Vingt-quatre heures après la disparition de Sonja Nordstrøm, son téléphone portable est activé de manière à ce que nous le trouvions au fond d'une tombe vide. Si le mobile est lié à quelque chose qui est dit dans le livre, je ne vois pas l'intérêt d'une pareille mise en scène.

Wibe acquiesça. Blix poursuivit :

— Visiblement, cela a un sens. On veut nous faire passer un message.

— C'est exactement ce que voulait dire Ann-Mari Sara au sujet du dossard retrouvé dans la maison.

Le silence s'abattit sur la salle, jusqu'à ce que Wibe lâche, avec un soupir :

— Il y a un malade qui traîne dans le coin, et il nous manipule.

Cette pensée avait déjà traversé l'esprit de Blix.

17

L'enregistrement de l'émission diffusée en direct la veille avait été mis en ligne au cours de la nuit. Blix le survola en prenant son petit-déjeuner, et s'arrêta sur le passage où Iselin trouvait le billet de cinq cents couronnes. La vidéo provenait d'une caméra de surveillance installée dans une épicerie. Les premières images suivaient Iselin en plongée, de biais, au moment où elle ramassait un panier et s'avançait dans le magasin.

Une autre prise de vues montrait un billet de cinq cents couronnes que l'on laissait tomber par terre juste avant qu'Iselin s'engage dans une travée. Elle le ramassa, regarda autour d'elle, ne vit personne à proximité. Elle se dirigea vers une autre travée où se trouvaient plusieurs clients, mais elle ne s'approcha pas d'eux. Elle déposa quelques articles dans le panier et se dirigea vers les caisses.

Le visage du garçon qui tenait la caisse et ceux des autres clients étaient floutés. La vidéo ne comportait pas de son, mais Blix vit Iselin déposer ses achats sur le tapis, dire quelques mots au caissier et désigner du doigt un point derrière elle avant de tendre le billet de cinq cents. Le garçon le prit, le cala près de la caisse et commença à taper le prix des articles. L'enregistrement se terminait sur un plan d'Iselin payant et quittant le magasin.

Blix sourit, satisfait. Là-bas, dans le studio, Tore Berg Tollersrud se tourna vers Iselin :

— Avec le recul, Iselin, tu es sûre d'avoir eu la bonne réaction ?

Elle bougea un peu sur le canapé avant de répondre :

— Oui, sur le moment, j'ai pensé que c'était ce qu'il fallait faire.

Tollersrud appuya son index en travers de sa bouche, comme s'il soupesait sa réponse.

— Voyons ce qui s'est passé ensuite.

La vidéo repartit. Le caissier servit le client suivant, puis un autre, mais dès qu'il eut quelques minutes de tranquillité, il jeta un regard furtif alentour, saisit le billet et le glissa dans sa poche.

Tollersrud réapparut à l'écran.

— Qu'en penses-tu, Iselin ? Tu es toujours sûre d'avoir réagi comme il fallait ?

Iselin réfléchit un instant.

— Oui, tout à fait. Je n'y peux rien si ce garçon à la caisse s'est comporté comme un idiot.

L'un des concurrents d'Iselin s'esclaffa et Tollersrud sourit. Il s'adressa aux autres :

— Et vous, alors ? Vous trouvez qu'Iselin a bien réagi ?

Comme aucun d'eux ne levait la main, le présentateur interpella le candidat assis au bout du canapé, légèrement penché en avant, un petit sourire satisfait aux lèvres.

— Pour moi, elle a eu à la fois raison et tort, répondit-il.

Son nom s'inscrivit en bas de l'écran : Toralf Schanke, trente et un ans, menuisier.

— Comment ça ?

— Raison, parce qu'on ne doit pas prendre le bien d'autrui. Tort, parce qu'elle a transmis le cas de conscience à quelqu'un d'autre.

Blix quitta cette fenêtre et cliqua sur le profil d'Iselin. Il lut quelques commentaires que des téléspectateurs avaient envoyés la veille au soir. Ces agressions en ligne le mettaient en colère. Écrire de telles horreurs sur Iselin alors qu'ils ne la connaissaient même pas. Il avait envie de les attraper, un par un, et de les corriger.

Blix passa ensuite à un plan live de sa fille, endormie sous une courtepointe bleu ciel. Son pied droit en dépassait et le tissu était froissé, comme si elle avait eu une nuit agitée.

Il la contempla encore quelques instants, puis ses pensées glissèrent vers Emma. Devait-il lui parler maintenant ? Tout bien réfléchi, non, mieux valait ne rien remuer.

18

Emma grimpa quatre à quatre les marches qui menaient au bureau en open space équipé d'écrans larges et de surfaces blanches immaculées. D'autres blogueurs étaient déjà sur place mais elle ne se sentait pas d'humeur à bavarder si tôt le matin et se contenta d'en saluer un ou deux d'un signe de tête. Elle pouvait compter sur les doigts d'une main le nombre de fois où elle s'était rendue dans les bureaux de news.no, mais aujourd'hui il n'y avait pas moyen d'y échapper. Anita l'avait convoquée.

Elle trouva sa boss devant la machine à café.

— Excellent démarrage, hier, lui dit Anita en se versant une tasse. Maintenant, il n'y a plus qu'à mettre les gaz.

Elle eut un sourire vague avant de demander à Emma, d'un haussement de sourcils, si elle souhaitait un café. Emma déclina.

— Alors, allons voir Henrik.

Anita inclina la tête en direction de la salle de conférences toute proche où les attendait un homme absorbé dans une conversation téléphonique. Henrik Wollan était le reporter crimes de news.no. Emma et lui étaient ensemble à l'école de journalisme et ils avaient débuté à news.no à peu près en même temps.

— Je vous ai convoqués tous les deux parce que la disparition de Sonja Nordstrøm est maintenant une affaire criminelle. Et parce que je voudrais charger Emma de la couvrir.

Anita but une gorgée de café. Wollan se pencha sur la table et réagit :

— Avec tout le respect que je te dois, Anita, Emma a zéro expérience dans la couverture d'affaires criminelles. Ce ne serait pas mieux qu'elle continue à écrire sur les célébrités…

— Non, l'interrompit Anita, en les fixant des yeux. Emma peut nous apporter un regard différent justement parce qu'elle n'a pas cette expérience. Et après tout, c'est elle qui a fait sortir l'histoire. Je veux que vous collaboriez, tous les deux.

Elle répéta le mot « collaboriez » en détachant les syllabes avec emphase, avant d'ajouter :

— Et d'ailleurs, Sonja Nordstrøm *est* une célébrité.

Emma se sentit pousser des ailes, tout en se disant qu'elle n'était pas ravie de devoir partager ses trouvailles avec un type aussi suffisant que Wollan. Déjà du temps de leurs études, il tenait son propre talent en haute estime et chaque fois qu'il publiait un nouveau blog ayant un vague intérêt journalistique, il l'étalait sur tous les réseaux sociaux, assorti en général de fanfaronnades à peine dissimulées. Emma n'avait jamais vraiment compris pourquoi Anita l'employait, sauf qu'il avait le tabloïd dans le sang.

— Maintenant, dit Anita, dites-moi ce que vous pensez de cette affaire et de la manière dont il faudrait la couvrir, selon vous.

19

Blix se servit son café matinal avant de s'asseoir devant son ordinateur. Aucune nouvelle instruction ne l'attendait concernant l'affaire Nordstrøm, qui était, pour l'instant, officiellement classée « Femme disparue de plus de dix-huit ans ».

Kovic s'approcha.

— J'ai reçu la liste des appels passés de son portable, dit-elle en se laissant tomber sur sa chaise.

Elle alluma son ordinateur, ouvrit sa boîte mail puis une pièce jointe envoyée par le centre de Telenor.

Blix fit rouler sa chaise pour la rejoindre. Le lourd fichier Excel contenait des données brutes qui auraient été plus faciles à lire si on avait pris la peine de les formater mais il parvint à trouver un sens aux colonnes et lignes de communications téléphoniques.

Kovic effaça l'utilisation de données et ils se retrouvèrent devant un plan d'ensemble des appels et messages entrants et sortants. Elle traça une ligne rouge pour séparer ce qui datait d'avant et d'après la disparition de Sonja Nordstrøm.

Le dimanche 7 octobre à 21 h 54, Nordstrøm avait reçu un texto, après lequel tout avait été notablement calme pendant près de vingt-quatre heures, jusqu'à ce que le téléphone soit activé et localisé dans le cimetière de Gamlebyen.

— Qui est-ce ? demanda Blix en désignant le dernier message.

Kovac vérifia le numéro : Amund Zimmer, Soleane Forlag.

— Son éditeur. L'heure correspond en gros à ce qu'il a déclaré lorsque nous l'avons interrogé.

Sous la ligne rouge défilait une longue liste de SMS entrants, tous passés dans la minute après 20 heures, quand l'appareil était activé. Il y avait également des appels, mais aucune conversation n'ayant été enregistrée, ils avaient dû être basculés sur la boîte vocale après la fin de la sonnerie. Un numéro en particulier se détachait, précédé du préfixe +45, celui du Danemark. Les colonnes des heures et des dates indiquaient que c'était le numéro entrant au moment où ils avaient trouvé le portable dans la tombe.

Blix posa l'index sur l'écran.

— Tu peux retrouver le propriétaire ?

Kovic ouvrit une page Internet danoise consacrée à la recherche d'individus. Aucune correspondance. Elle recommença avec d'autres sites similaires mais n'obtint pas plus de résultat.

— Numéro sur liste rouge. Je peux envoyer une requête à la police danoise pour qu'ils nous aident à l'identifier, mais cela risque de prendre du temps. Ils nous feront sans doute remplir un formulaire de demande officielle.

Blix acquiesça. Le traçage électronique était un excellent outil, mais mettre les infos au jour pouvait se révéler fort compliqué.

— Vas-y, dit-il en manœuvrant sa chaise vers son bureau.

20

Si Emma devait travailler avec Wollan, cela ne signifiait pas pour autant qu'elle était obligée de s'asseoir à côté de lui. Aussitôt la réunion terminée, elle prit son vélo et fila chez Kalle, où elle se réfugia à sa table habituelle.

Ayant commandé un grand latte chaud, elle remarqua avec satisfaction que plusieurs sites Internet à l'étranger avaient repris son premier article révélant la possibilité que Sonja Nordstrøm ait été enlevée. Ça ne lui était jamais arrivé avant. Même si c'était gratifiant, elle ne pouvait s'empêcher de penser qu'elle ne méritait pas cet honneur. Elle n'aurait jamais pu écrire ça si Alex Blix ne lui avait rien suggéré. Et ensuite, quand elle avait appelé la ligne directe de Gard Fosse, s'il n'avait pas déclaré ne pouvoir exclure la possibilité d'un enlèvement. Et cela avait suffi à Emma pour lancer son scoop.

Ses pensées s'attardèrent sur Blix alors qu'elle sirotait son café sucré. Il y avait chez lui quelque chose qu'elle n'arrivait pas à qualifier. Une sorte de réserve. Quelque chose qui stimulait sa curiosité.

Elle effaça du bout de la langue un peu de lait mousseux

sur sa lèvre supérieure, et se connecta à un site d'archives de presse auquel elle s'était abonnée. Elle tapa le nom de Blix et utilisa les outils de recherche permettant d'exclure tout ce qui avait trait à Sonja Nordstrøm, espérant découvrir sur quelles affaires le policier avait enquêté ces derniers temps. Le résultat le plus récent était un article publié la veille au soir par la version en ligne d'*Aftenposten* : *Recherche de témoin après une agression au cimetière.*

Elle cliqua dessus et découvrit une photo de Blix prise devant l'entrée du cimetière de Gamlebyen. Un croque-mort avait été agressé vers 20 heures et la police cherchait des témoins. L'article, peu documenté, disait seulement qu'un périmètre de sécurité avait été établi tout autour du cimetière pendant que la police passait le site au peigne fin. Une autre photo montrait trois voitures de patrouille et sept agents en tenue. La légende soulignait qu'il s'agissait d'une présence policière exceptionnelle.

Emma leva les yeux de l'écran et réfléchit un instant. Blix menait l'enquête sur l'affaire Sonja Nordstrøm, qui débutait à peine, et qui, selon Gard Fosse, était la priorité absolue. Cela ne collait pas avec la présence de l'enquêteur sur le site d'une agression. Emma rassembla ses affaires et abandonna sa tasse à moitié pleine.

Le froid lui piqua les joues lors du trajet qui lui fit traverser Oslo d'ouest en est. Le cimetière était tranquille. Elle mit pied à terre et poursuivit en poussant sa bicyclette, examinant les pierres tombales le long des allées. La vue de deux ou trois autres personnes, venues vraisemblablement saluer leurs chers disparus, lui donna mauvaise conscience. Cela faisait longtemps qu'elle ne s'était pas rendue sur les tombes de ses parents. Ils n'étaient pas inhumés au même endroit, ce qui compliquait d'autant les choses. Heureusement, sa mère reposait à côté de son propre père, Olav, mais il n'empêche, Emma les avait négligés.

Apparemment, le croque-mort avait été agressé dans une cabane à outils, qu'elle ne mit pas longtemps à découvrir. Au moment où elle appuyait son vélo contre le mur, son portable vibra dans la poche de sa veste. Voyant qu'il s'agissait d'un SMS de Kasper Bjerringbo, elle sentit des picotements d'excitation. Il la félicitait pour ses articles sur l'affaire Nordstrøm. Emma eut un petit sourire et lui envoya un message pour le remercier.

L'heure de fouiner était venue. Il n'y avait personne à l'intérieur de la cabane mais elle repéra un tuyau d'arrosage relié à un robinet mural et qui partait vers l'arrière. En suivant cette piste, elle découvrit un homme d'un certain âge qui avait déposé le tuyau, dont l'eau s'écoulait en formant une grosse flaque dans un fourré de plantes sauvages. L'homme rafraîchissait les plantes d'une tombe à l'aide d'un arrosoir en plastique vert.

L'arrivée d'Emma le fit sursauter.

— Oh! s'exclama-t-il, se reprenant aussitôt, vaguement gêné, pour ajouter : Pardon.

— C'est moi qui devrais m'excuser de vous avoir effrayé.

— Pas du tout, répliqua-t-il en portant sa main libre à la hauteur de ses reins. Vous m'avez pris au dépourvu, c'est tout.

L'homme, dans la petite soixantaine, lui sourit et quand il se redressa complètement, elle remarqua qu'il avait des points de suture au-dessus d'un œil. Et son nez semblait un peu rouge.

— Il n'y a peut-être pas lieu de s'en étonner, après ce qui est arrivé ici hier.

Elle n'était pas mécontente de sa réponse, car cela pouvait aussi bien lui être destiné que faire allusion à l'agression rapportée par les journaux.

— Oui, dit-il en baissant les yeux.

Emma s'approcha de quelques pas et demanda, avec une grande douceur :

— C'est vous qui avez été agressé ?

— Oui, c'est moi, dit-il en la regardant.

— Et vous êtes déjà de retour au travail ? demanda-t-elle d'un ton admiratif. J'en aurais profité pour prendre un peu de repos, à votre place, ajouta-t-elle avec un petit rire.

— Il n'y a pas grand monde qui travaille ici, à part moi. Alors…

— Eh bien, si tous les employés se comportaient comme vous…

L'homme sourit et lui demanda :

— Je peux vous aider ?

— Oui, peut-être. Je m'appelle Emma Ramm et je travaille pour news.no. Je suis journaliste.

— Je ne veux pas me retrouver dans le journal, s'empressa-t-il de dire.

— Mais ce n'est pas nécessaire, le rassura Emma. Je me demandais juste pourquoi il y avait tellement de policiers ici hier soir.

— Ça oui, ils étaient nombreux, mais ce n'était sans doute pas à cause de moi.

— Ah bon ?

Le croque-mort secoua la tête.

— Non, c'était à cause d'une dame qu'ils recherchaient.

Emma n'était pas sûre d'avoir réussi à dissimuler son excitation. Elle se rapprocha d'un pas.

— Une dame ? répéta-t-elle.

— Oui, mais tout ce qu'ils ont trouvé, c'est son téléphone, qu'était au fond d'une tombe.

Emma réfléchit un bref instant. Il ne pouvait s'agir que de Sonja Nordstrøm. Et si la police la cherchait dans le cimetière, c'est qu'il y avait eu du nouveau. Mais ils n'avaient trouvé que son téléphone, pas elle.

— Il y a autre chose que vous voudriez savoir ? demanda le croque-mort. Je suis arrivé un peu tard ce matin, et on a deux enterrements dans pas longtemps.

— Je ne crois pas, répondit Emma après réflexion. Mille mercis pour votre aide.

21

Nicolai Wibe lança un journal sur la table de conférence.

— Je l'ai trouvé, dit-il en s'approchant de Blix.

— Trouvé qui ?

— Le toxico du cimetière.

— Comment ça ? Où est-il ?

— C'est une longue histoire, dit Wibe en se tournant légèrement. Il est ici, au sous-sol. Il commence à avoir la tremblote et n'a qu'une idée, sortir au plus vite. Je n'ai pas pris sa déposition officielle parce que je me suis dit que tu voudrais sans doute être présent. Son histoire est intéressante.

Blix se leva en consultant sa montre. Encore une demi-heure avant la réunion du matin.

— Comment s'appelle-t-il ? demanda-t-il en contournant la rangée de tables.

— Geir Abrahamsen. Geia pour les amis.

L'ascenseur les emporta au sous-sol, où leurs chaussures résonnèrent le long du couloir flanqué de cellules. Le planton fit tinter son trousseau et leur ouvrit une porte.

Un homme pâle les regarda depuis le galetas du fond. Blix n'avait aucun doute, c'était bien lui, la marque rouge sur sa joue était nettement visible. Le détenu essaya de se lever mais ses jambes ne le portaient pas. Quand Blix s'accroupit et l'appela par son nom, Geia se pencha en arrière. La puanteur alcoolisée de son haleine frappa l'inspecteur de plein fouet.

— Parle-nous de l'homme qui t'a proposé de l'argent, dit Wibe.

Geia ouvrit la bouche comme s'il voulait protester. Blix constata que le croque-mort du cimetière n'avait pas affabulé : cet homme n'avait pour ainsi dire plus de dents.

— Répète-nous ce que tu m'as déjà dit, l'encouragea Wibe. Raconte-nous ce qui s'est passé.

Geia avait une expression torturée. Il commença à parler tout en se grattant la joue de ses doigts crasseux.

— Hier matin, un type est venu me trouver. Il m'a dit que je pouvais gagner du fric en lui rendant un service.

Blix changea de jambe d'appui. Ses genoux recommençaient à lui jouer des tours.

— Il m'a donné un téléphone. Fallait que je l'allume à 8 heures pile. Et après, je devais le lâcher au fond d'une des tombes du cimetière de Gamlebyen, sans me faire voir. J'étais prêt à le faire quand le croque-mort s'est pointé, alors j'ai paniqué et… j'ai été obligé de…

Il secoua la tête.

— Ça m'a rapporté dix mille couronnes, dit-il rapidement en croisant le regard de Blix. Vous avez idée de ce que ça représente pour moi ? Et il m'en a promis encore plus si je faisais exactement comme il disait. Seulement… (Il baissa les yeux, les releva, lorgnant du côté de la porte.)

Il a dit aussi que… (Il se gratta de nouveau la joue, à l'emplacement de la marque rouge.) Que si je ne faisais pas exactement comme il disait, eh bien il me retrouverait et il me ferait la peau.

Blix haussa un sourcil.

— Il vous ferait la peau ? Il a dit ça ?

— Oui.

Geia hocha la tête.

— Et je suis certain qu'il bluffait pas.

— Cet homme…, commença Blix, qui avait du mal à contenir son impatience. À quoi ressemblait-il, vous vous rappelez ?

Geia secoua la tête.

— Tout ce que je sais, c'est qu'il portait une capuche. Et qu'il faisait vachement gaffe à planquer son visage.

— Et sa taille ?

Geia réfléchit un moment et regarda Blix.

— À peu près grand comme vous.

Blix mesurait un mètre quatre-vingts.

— Et la couleur de ses yeux ?

— J'ai pas pu les voir.

— Comment parlait-il ? Quel genre de voix avait-il ?

Encore une pause. Blix s'impatienta.

— C'était une voix légère, grave, rude, douce … ?

— Elle était … calme.

— Qu'est-ce que vous voulez dire ?

— Calme. Froide. Il parlait calmement, tout le temps du même ton, si vous voyez ce que je veux dire. Exactement du même ton.

Blix enregistra ces informations pour les garder en mémoire avant de reprendre l'interrogatoire.

— Vous avez noté un signe particulier sur son visage ?

— Je l'ai jamais vu, expliqua Geia, avant de rectifier : Son visage, je veux dire. S'il vous plaît, je veux être mêlé à rien, OK ? Je…

Les articulations des genoux de Blix craquèrent quand il se leva.

— Vous avez dit qu'il vous donnerait encore de l'argent si vous lui obéissiez. Est-ce qu'il a précisé quand il reviendrait ? Quand vous le rencontreriez la prochaine fois ?

Geia secoua la tête et voulut se lever à son tour. Cette fois, il y parvint, mais de justesse.

— Je peux partir, maintenant ?

Blix regarda Wibe et, l'entraînant un peu à l'écart, lui murmura :

— Remplis la paperasse qu'il faut faire avec lui, et après, laisse-le filer. Mais il doit nous prévenir tout de suite si l'autre reprend contact. Et la prochaine fois, il doit se débrouiller pour voir ce qu'il y a sous la capuche.

Wibe acquiesça. Geia laissa échapper un profond soupir.

Blix quitta la cellule. Il était à peine sorti de l'étouffant couloir en sous-sol que son téléphone vibra.

Hello de nouveau. Gard Fosse ne me rappelle pas… Je viens de parler à Borre Simonsen au cimetière de Gamlebyen. Je tiens une bonne histoire j'aimerais la publier. Appelez-moi ou envoyez un SMS quand vous aurez une minute. Bien à vous. Emma Ramm, news.no

22

Le propriétaire de Kalle liker alle s'appelait Karl Oskar Hegerfors, et il était suédois. Debout derrière son comptoir, il servait un homme âgé qui s'appuyait sur une canne. Il sourit à Emma tout en déposant un macchiato et un petit pain à la cannelle devant son client.

— *Tjäna, grabben*, dit Emma quand l'homme à la canne se fut éloigné.

— *Tjäna, tjejen*, répondit Hegerfors. Comment va ta jambe gauche aujourd'hui ? ajouta-t-il en suédois. J'en ai marre de te parler du temps et de trucs comme ça, alors aujourd'hui j'ai décidé de m'inquiéter de ta jambe.

— Qu'est-ce qui ne va pas avec ma jambe ? demanda Emma en la regardant.

—À toi de me le dire.

Kalle donna un coup sec sur un filtre à expresso pour en extraire les grains moulus. Le bruit se répercuta dans le crâne d'Emma.

— Ma jambe gauche va très bien, affirma-t-elle en s'approchant du comptoir. Je pourrais avoir un jus d'orange, un verre d'eau et une salade grecque, s'il te plaît ?

— JO, Eau, SG, répéta Hegerfors en notant sur le carnet de commandes devant lui. Tu ne veux rien essayer de nouveau, alors ?

— Ce qui est nouveau est dangereux.

Il sourit et lui lança un regard bienveillant.

Emma le plaçait dans la catégorie « séduisant ». Il avait des cheveux bruns coupés court, la bonne taille, sept ou huit centimètres de plus qu'elle, et il se tenait les épaules légèrement en arrière, une posture agréable dans l'ensemble.

— Tu as l'air stressée, ma grande.

— De fait, je le suis, mon grand. Et j'ai faim, surtout.

Le téléphone d'Emma émit un signal. Un SMS de Blix. Il avait pris son temps pour lui répondre, mais enfin, ça y était.

Où êtes-vous ? C'était tout.

— À votre service, dit Kalle en s'inclinant profondément avant de se retirer en cuisine.

Emma tapa *Kalle liker alle, Sofies plass. Pourquoi vous me demandez ça ?* en souriant et elle monta au premier étage. Arrivée devant sa place habituelle, elle installa son ordi portable.

En revenant du cimetière, Emma avait réfléchi à la manière dont elle présenterait l'histoire du téléphone de Nordstrøm. Elle n'avait plus qu'à rédiger et à espérer un commentaire ou une confirmation de la police.

Kalle s'approcha avec sa commande.

— Quand vas-tu enfin me récompenser de mes efforts ? demanda-t-il.

— Quand tu seras un homme riche, propriétaire d'une

maison dans l'archipel de Stockholm, répondit Emma, sourire aux lèvres, et elle harponna un cube de féta avec sa fourchette.

Hegerfors tourna les talons en lui adressant une courbette théâtrale. Emma sourit de nouveau et regarda son portable. Pas de réponse de Blix. Mais son téléphone se mit aussitôt à sonner. C'était sa sœur, Irene.

— Hello, dit Emma, Fais vite, je suis occupée, là.

— Je comprends. C'était juste pour savoir si tu pouvais garder Martine aujourd'hui.

— Aujourd'hui ? demanda Emma, découragée.

— Je sais que je te prends au dépourvu, mais on m'a demandé de faire la nuit, et… bon, je ne te le demanderais pas si ce n'était pas important.

Emma regarda l'article inachevé sur l'écran de son portable. S'occuper d'une petite fille de cinq ans ne rentrait pas vraiment dans ses projets, en particulier aujourd'hui. En même temps, elle était consciente qu'Irene ne gagnait pas assez comme infirmière. Elle louait un trois-pièces à Sagene, mais les loyers étaient très élevés. Emma lui avait proposé une de ses chambres pour une somme modique, mais par fierté, sa sœur avait décliné l'offre, si tentante fût-elle.

— Bon, d'accord, dit Emma, mais je vais travailler.

— Martine a l'habitude, tu sais.

— Oui, je suppose. Et elle a l'habitude des crêpes, alors c'est ce qu'on aura aujourd'hui.

— Simplement, ne la laisse pas manger trop de sucre, elle en met une tonne dès qu'elle peut.

— Comme toi à son âge.

— Et je continue.

— Moi aussi.

Elles rirent toutes les deux.

— Vraiment, merci, Emma.

Au son de sa voix, on percevait la fatigue d'Irene. Encore une nuit de garde, après tant d'autres… elle ne laissait jamais passer l'occasion.

— Et tu iras la chercher à la garderie, n'est-ce pas ?

Emma consulta sa montre. Ça lui laissait quelques heures de travail.

— Oui, bien sûr.

— Encore merci, Emma. Tu es une star.

Au moment où elles mettaient fin à la conversation, un mouvement dans l'escalier attira l'attention d'Emma. Alexander Blix venait vers elle.

— Bonjour, Emma.

— Bonjour, répondit-elle, sidérée.

— Je peux m'asseoir deux minutes ? demanda-t-il en désignant la chaise en face d'elle.

— Oui, bien sûr, répondit-elle après une brève hésitation.

Elle rapprocha son portable et le ferma. Blix prit place.

— Vous l'avez trouvée ? demanda Emma.

Blix secoua la tête.

— Mais vous avez trouvé son téléphone.

Le policier marqua une pause avant d'acquiescer. Il esquissa un sourire. Pour commencer, il voulait savoir ce qui avait amené Emma à parler au croque-mort. En écoutant ses explications, il ne cessait de passer la main sur sa barbe naissante.

— Un excellent raisonnement, fit-il d'un ton appréciateur.

Emma accepta le compliment avec grâce. Pendant que Blix lui exposait ce qui avait conduit la police au cimetière, elle rouvrit son ordinateur.

— Qui a rallumé le téléphone ? demanda-t-elle sans cesser d'écrire.

— Ça, je ne peux pas vous le dire. En revanche, j'ai le droit de vous dire qu'à notre avis ce n'est pas Sonja Nordstrøm.

— Que pouvez-vous me dire d'autre ?

Blix hésita. Emma leva les mains au-dessus de son clavier, signifiant qu'elle ne taperait pas ce qu'il s'apprêtait à lui confier.

— Je peux laisser ça en dehors de mon papier, si vous préférez.

— Son téléphone a été découvert dans une tombe ouverte.

Emma écarquilla les yeux. Blix se pencha en travers de la table et ajouta :

— Mais vous ne pouvez pas me citer. Je ne devrais même pas être ici. Nous ne devrions pas être en train de nous parler, mais il y a quelque chose que…

Blix fut interrompu par la sonnerie de son téléphone. Il sembla à la fois découragé et inquiet, baissa les yeux et saisit le portable dans sa poche. Un instant, il parut sur le point de l'éteindre, mais il se ravisa.

— Désolé. Je dois répondre. Oui, ici Blix !?

Emma continua à écrire pendant qu'il parlait. Elle conserva ce qu'elle avait déjà précisé concernant la source policière, mais elle modifia le titre. Blix dit enfin à son interlocuteur :

— Mais où, alors ?

Il se leva, le visage soudain grave, et se détourna légèrement avant de faire de nouveau face à Emma.

— Très bien, dit-il. Merci. J'arrive.

Il raccrocha, le regard perdu dans le vide.

— Que se passe-t-il ? demanda Emma en se levant à son tour.

— Je ne sais pas au juste.

Il réfléchit et finit par lâcher :

— Vous ne pouvez rien écrire sur tout ça, Emma. Pas encore. Mais un corps a été découvert près du chalet d'été de Sonja Nordstrøm.

Emma en resta interdite.

— Mais alors, c'est elle, ou pas ?

— Il est trop tôt pour le dire. Je dois me dépêcher. N'écrivez rien là-dessus non plus. Compris ? insista-t-il en posant une main sur le dossier de la chaise. Je peux compter sur vous ?

Son ton était devenu carrément sérieux. Emma acquiesça, un peu mollement pour commencer, puis avec fermeté. Blix disparut dans l'escalier.

Elle se rassit et posa la salade grecque sur la table voisine. Un corps découvert. Au chalet d'été de Sonja Nordstrøm…

Nom de Dieu !

Une recherche rapide sur Internet lui apprit que le chalet était situé à Hvaler, un archipel au sud du fjord d'Oslo, pas loin de la frontière avec la Suède. Google lui précisa que ça se trouvait à 108 kilomètres et qu'en voiture elle y serait en une heure et vingt-neuf minutes.

Elle regarda sa montre. La crèche fermait à 16 h 30. C'était jouable, mais elle risquait quand même de ne pas y arriver. Devait-elle appeler sa sœur pour qu'elle lui prête sa voiture et lui demander de faire garder Martine par quelqu'un d'autre ? Seulement, Irene n'avait personne vers qui se tourner au dernier moment.

Il y avait encore une possibilité : Wollan. Emma ne l'aimait pas, et n'aimait pas sa façon de traiter les sujets. Il avait tendance à tirer des conclusions hâtives et à exagérer ses descriptions. D'un autre côté, Anita n'apprécierait pas qu'ils aient laissé filer l'occasion d'être les premiers à annoncer la mort de Nordstrøm. Elle prit son téléphone, le retourna dans sa main. Pour Wollan, le journalisme se réduisait à des clics et des notes. Si un élément d'information ou un angle rendait une histoire moins sensationnelle, il n'en tenait pas compte. Emma répugnait à le laisser gâcher ainsi l'affaire Nordstrøm, mais par respect pour Anita, elle prit sur elle. Elle appela Wollan et lui résuma la situation en quelques phrases.

— Alors, Sonja Nordstrøm est morte ? demanda-t-il.

— Nous n'en sommes pas du tout sûrs.

— Mais qui d'autre ça peut être ? ajouta-t-il sans attendre de réponse. Tu es en route pour là-bas ?

Emma expliqua pourquoi elle ne pouvait s'y rendre.

— Bon, d'accord, dit-il comme s'il lui faisait une faveur. Alors, je vais y aller. Tu as déjà mis quelque chose en ligne ?

— Je dois attendre la confirmation officielle.

— Quoi ? Mais tu tiens un scoop. Si tu es sûre de ton info, tu dois la publier.

— Cela détruirait mes relations avec ma source.

— Ta source ! s'exclama-t-il avec une pointe de sarcasme. Cela fait exactement un jour que tu bosses sur une affaire criminelle et tu as déjà une source ?

Emma n'avait rien à répondre. Elle regrettait de l'avoir mis sur le coup, mais elle ne pouvait revenir en arrière.

— Ce n'est pas la peine d'y réfléchir à deux fois, poursuivit Wollan. Je vais publier l'info en ligne, ça t'évitera des problèmes.

— Mais elle n'est pas vérifiée…

— Appelle-moi si tu apprends autre chose, coupa Wollan.

Emma n'avait même pas commencé à protester que la communication était coupée.

23

La circulation se déporta sur le côté dès que Blix brancha la sirène et le gyrophare. Il se faufila aisément depuis le centre-ville et gagna l'autoroute. Les panneaux indiquant les sorties des faubourgs de la capitale – Kolbotn, Ski, Ås, Vestby, Moss et Rygge – défilèrent. À l'approche de Fredrikstad, il appela Gard Fosse.

— Tu es loin ? demanda le boss.

— À une vingtaine de minutes. Il y a du nouveau ?

— Non, sinon que la presse a eu vent de la découverte du portable de Nordstrøm. Appelle-moi dès que tu en sauras plus.

Blix éteignit le gyrophare et réduisit sa vitesse pour ouvrir son téléphone et cliquer sur news.no.

LE TÉLÉPHONE DE NORDSTRØM DÉCOUVERT DANS UNE TOMBE OUVERTE.

Il survolait l'écran tout en conduisant, lisant une ou deux phrases à la fois. À en croire news.no, le téléphone de Sonja Nordstrøm avait été utilisé le dimanche soir. Selon une source de la police, on l'avait découvert au fond d'une tombe ouverte.

Blix jeta le téléphone sur le siège passager et accéléra. Évidemment, elle l'avait publié, songea-t-il en frappant le volant de son poing.

Le premier panneau annonçant Hvaler apparut. Dix minutes plus tard, Blix se garait derrière une rangée de véhicules de la police. À première vue, il n'y avait pas de journalistes sur le site, mais cela ne saurait durer.

Une bouffée d'air marin l'accueillit à sa descente de voiture. Le ciel était couvert. Avec un peu de malchance, la pluie arriverait dans l'après-midi. Blix espérait que la police de Hvaler avait trouvé quelque chose sur la scène de crime.

Il salua une policière en tenue et fit le tour du chalet de Sonja Nordstrøm. À l'arrière, il demanda à un autre policier où était la scène de crime.

— Vous n'avez qu'à suivre ce chemin.

Blix remonta un sentier étroit bordé de buissons rabougris et de quelques arbres épars qui le protégèrent des bourrasques les plus fortes. Il ne posait pas le pied n'importe où, car des racines et des branches jonchaient le sol. Il finit par atteindre une étendue rocheuse. Plusieurs policiers étaient rassemblés à quelques mètres d'un canot à rames amarré près du rocher et qui rebondissait mollement sur les vagues. Un technicien de scène de crime retenait la corde d'amarrage tandis qu'un autre prenait des photos.

Blix les salua tous et se présenta à l'officier de police responsable. Lequel semblait quelque peu confus, comme s'il avait commis une faute dont Blix n'aurait pas encore pris connaissance.

— On est venus hier, selon votre requête, expliqua l'officier. L'abri à bateaux était fermé à clé et le canot était dedans.

— C'est celui de Sonja Nordstrøm ?

— Oui.

Blix s'approcha du canot et regarda à l'intérieur. Le corps était allongé sur le ventre, le visage tourné du côté de Blix.

— C'est un homme ?

L'officier de la police locale confirma d'un signe de tête.

Blix s'accroupit. Le visage couleur de cendre du mort avait quelque chose de familier. Ses cheveux blonds étaient coupés court et il avait des yeux bleus.

— Vous avez une idée de qui ça peut être ? demanda Blix en se retournant vers l'officier responsable.

— Mon fils est un fan, soupira-t-il en désignant le corps vêtu d'un maillot de football portant le numéro sept. C'est Jeppe Sørensen, un joueur de l'équipe nationale danoise. Je crois que ça fait une ou deux semaines qu'on se demandait où il était passé.

Blix ne s'intéressait pas particulièrement au foot, mais il avait entendu parler de la disparition de Sørensen.

— Il devait signer un contrat avec le Borussia Dortmund, mais il a été blessé au genou et ça a fichu sa carrière en l'air. Le bruit a couru qu'il a fait une dépression à cause de ça. Et quand il a disparu, certains ont même suggéré qu'il s'était suicidé mais… eh bien, on peut déjà éliminer cette hypothèse.

Blix observa un moment les techniciens de scène de crime à l'œuvre. Un homme tenant un appareil photo apparut sur un promontoire à une cinquantaine de mètres. Le premier journaliste, songea Blix en lui tournant discrètement le dos.

Du bateau, un technicien cria :

— Il est froid.

— Qu'est-ce que vous voulez dire ? demanda l'officier de police locale.

— Ce n'est pas la rigidité cadavérique normale, expliqua l'autre. Il était gelé, ça commence juste à fondre.

Blix inspira à fond et expira lentement.

L'un des techniciens surveilla ses collègues de la police locale tandis qu'ils déposaient Jeppe Sørensen dans une housse mortuaire. Ils remontèrent la glissière et quatre hommes évacuèrent le corps.

Blix les suivit, baissant la tête alors qu'une bourrasque venue de la mer le propulsait en avant.

24

— Tante Emma !

Martine se leva d'un bond dans la salle de jeux de la maternelle de Svingen. Emma, appuyée contre le chambranle de la porte, la regardait depuis quelques minutes jouer par terre avec trois autres enfants. Ils manipulaient des figurines qu'elle n'arrivait pas à identifier. Martine se jeta dans ses bras, le visage éclairé par un large sourire auquel manquaient quelques dents. Emma la serra longuement contre elle, lui murmurant à l'oreille :

— Bonjour ma chérie ! Tu m'as beaucoup manqué.

— Je viens chez toi aujourd'hui ? On peut avoir des crêpes ?

— Je pensais plutôt faire du poisson.

L'expression radieuse de Martine s'assombrit.

— Du poisson, des carottes et des pommes de terre… ce n'est pas ce que tu préfères ?

Martine était sur le point de protester.

— Allons, c'était une blague ! Bien sûr qu'on aura des crêpes.

Martine s'illumina de nouveau.

— Tu es prête ? On y va ?

La petite fille acquiesça avec enthousiasme et Emma fit un signe à une des employées de la crèche avant d'accompagner Martine au vestiaire.

Dès qu'elles furent arrivées, Martine enleva ses chaussures et courut chercher l'iPad, dont elle connaissait l'emplacement et le code. Peu après, elle était plongée dans un jeu parmi la cinquantaine que sa tante l'avait autorisée à télécharger.

Emma finissait de mélanger les ingrédients de la pâte à crêpes quand son téléphone sonna. Elle décrocha, le cœur battant.

— Salut Emma, commença Kasper Bjerringbo, et à son ton elle sut que quelque chose de grave s'était produit. Tu es au courant ?

— Au courant de quoi ?

— Tu te rappelles, ce footballeur dont je t'ai parlé ? Jeppe Sørensen ?

— Oui, eh bien ?

— On l'a retrouvé mort. Assassiné. Dans le bateau de Sonja Nordstrøm.

Emma mit une ou deux secondes à encaisser la nouvelle.

— Mais bordel, qu'est-ce que tu racontes ?

— Tante Emma, cria Martine du salon, tu ne dois pas dire de gros mots.

— Ils l'ont découvert il y a quelques heures, poursuivit Kasper. Il était allongé au fond du bateau de Nordstrøm. Je viens d'en être informé par un de mes contacts dans la police.

— Allons, qu'est-ce qu'un footballeur peut avoir en commun avec Sonja Nordstrøm ?

— Aucune idée. Mais tu devrais peut-être écrire quelque chose là-dessus, parce que ce que vous avez mis en ligne repose surtout sur des spéculations.

Emma saisit son ordi portable et activa l'écran.

— Attends une seconde, dit-elle en s'agaçant de la lenteur du moteur de recherche.

Elle cliqua sur news.no et vit que Henrik Wollan avait déjà publié quelque chose.

DÉCOUVERTE D'UN CORPS.

C'était tout, en grosses lettres, au-dessus d'une photo de l'archipel de Hvaler dans le fond, et au premier plan, d'une housse mortuaire que l'on transportait sur les rochers plats du rivage. Juste en dessous figurait une photo de Sonja Nordstrøm.

— Juste ciel, jura Emma entre ses dents.

Elle fit défiler l'article et découvrit que Wollan avait associé sa signature à la sienne. Elle survola le bref texte qu'il avait écrit. Les policiers présents sur la scène de crime refusaient de commenter la cause de la mort ou le sexe de la victime, mais l'article était présenté de telle manière qu'on en déduisait facilement que c'était le corps de Sonja Nordstrøm qui gisait à l'intérieur de la housse.

— Je vais écrire un truc, mettre les choses au point, dit Emma. Tu pourrais m'envoyer un lien ou un fichier avec ce que tu sais concernant ce footballeur ?

— Laisse-moi quelques minutes, je vais voir ce que je peux faire.

— Génial. Et merci de m'avoir prévenue.
— Je t'en prie.
— Les parents de la victime ont été contactés ?
— Pardon ?
— Au Danemark, la famille est au courant ?
— Je ne sais pas. Laisse-moi vérifier.
— D'accord. Super. Merci beaucoup.

Emma appela Blix avant de commencer à écrire. Elle voulait avoir confirmation de la découverte du corps auprès d'une autre source, de préférence norvégienne. La sonnerie se prolongea. *Répondez, bon sang*, se répétait-elle. Mais personne ne décrocha. Elle envoya un SMS à Blix pour demander si le corps qu'ils avaient trouvé était celui de Jeppe Sørensen. En attendant la réponse, elle commença à écrire. Il ne lui fallut que quelques minutes pour concevoir un autre papier, avec un nouveau titre, un chapô et une mention signifiant aux lecteurs de s'attendre à des développements ultérieurs. Elle fit monter le curseur jusqu'à « Publier » et un frisson traversa ses doigts au moment où elle appuyait sur le bouton. Au même instant, son vibreur retentit.

Kasper : *Famille informée.*

Excellent, elle pouvait aller de l'avant et confirmer la publication. Elle avait confiance en Kasper. Elle décida qu'elle n'avait pas le temps d'appeler Anita avant de se connecter à l'espace publication de la rédaction de news.no pour effacer le papier de Wollan en haut de la page du jour. Elle se fichait complètement que ce ne soit ni sa mission ni son privilège.

Cela faisait longtemps qu'elle n'avait pas connu pareille exultation. Elle osait à peine se l'avouer, mais elle en tremblait d'excitation. Elle tapa aussi vite que ses doigts le lui permettaient, cliqua sur sa boîte de courrier, ouvrit les quatre liens que venait de lui envoyer Kasper, mais elle n'eut pas le loisir de les consulter, car son téléphone sonna de nouveau.

— Salut, Anita.

— Qu'est-ce qui se passe, bordel ?

Emma fit part à sa boss de ce qu'elle savait concernant la découverte du corps.

— Tu en es sûre ?

— J'étais en train de contacter une autre source pour être doublement sûre, mais je n'ai aucune raison de douter de la parole de la première.

— Merde, dit Anita. C'est juste…

Pour une fois, Anita semblait à court de mots. Emma continua d'écrire pendant qu'elle reprenait ses esprits.

— OK, reprit Anita. Fonce, je vais effacer la première publication.

Emma se représenta la tête qu'allait faire Wollan, écumant de rage, quand il découvrirait ça. Mais ce n'était pas le moment de jubiler, c'était le moment d'écrire. Dix minutes plus tard, elle avait produit un feuillet sur Jeppe Sørensen, traduisant en norvégien des passages de ce que lui avait envoyé Kasper.

— Tante Emma, quand est-ce qu'on mange les crêpes ? cria Martine du salon.

— Bientôt, mon chou. Je m'y mets dans une minute.

Emma n'avait plus faim du tout. Elle n'avait qu'une envie, rouler jusqu'à Hvaler, parler à Blix et essayer de trouver d'autres personnes à interroger. Mais elle avait promis, et son devoir était de s'attaquer aux crêpes.

Elle réfléchit aux prochains stades de son reportage tout en versant le babeurre dans la jatte. Elle ne doutait pas que ça allait secouer toute la Scandinavie. Voire toute l'Europe. Sonja Nordstrøm et Jeppe Sørensen étaient deux célébrités du monde du sport, et c'était d'ailleurs, selon elle, la seule chose qui les reliait.

Mais il y avait quand même quelque chose de bizarre dans tout ça, se dit-elle en retournant la première crêpe. Vraiment bizarre

25

— Votre attention s'il vous plaît !

Gard Fosse tapa dans ses mains trois fois de suite. Toute la salle se tourna vers le patron qui désignait un écran depuis lequel une femme aux cheveux bruns mi-longs les regardait bien en face.

— Voici Lone Cramer. Elle travaille à la division Homicides de la police nationale danoise. C'est bien ça ? demanda-t-il en faisant face à l'image avec un grand sourire.

— Parfaitement.

— Elle est au cœur de l'enquête sur la disparition de Jeppe Sørensen et elle va nous livrer un résumé de la situation.

C'était un des trucs de Fosse, songea Blix, user de son charme quand des enquêteurs d'un autre pays participaient à une visioconférence – en particulier quand le policier en question était une femme.

L'enquêtrice danoise se redressa sur sa chaise et toussota.

— Pour ce qu'on en sait, la dernière personne à avoir vu

Jeppe Sørensen est sa compagne, dans l'appartement qu'ils partagent, et ce à 20 heures le 29 septembre.

Cramer parlait vite, sans paraître tenir compte du fait qu'elle s'adressait à des Norvégiens. Blix devait se cramponner pour tout comprendre.

—Sørensen s'apprêtait à rejoindre un de ses amis à Nørrebro, il a pris l'ascenseur pour récupérer sa voiture dans le garage souterrain. La voiture n'a jamais quitté l'immeuble.

Cramer enchaîna avec l'exposé des actions entreprises par les enquêteurs danois : examen des bandes de vidéosurveillance, vérification des mouvements de carte de crédit, enquête auprès des taxis et des transports publics. Rien de tout ça n'avait donné quoi que ce soit d'utile.

— Son téléphone est resté éteint depuis le moment de sa disparition, ajouta Cramer en consultant les documents devant elle. Mais l'opérateur nous a signalé il y a une heure que son portable avait été activé hier soir à 20 heures, à Oslo.

Blix se redressa brusquement.

— Vous avez son numéro de téléphone sous la main ? demanda-t-il en balayant ses notes du regard.

Cramer lut le numéro à voix haute. Blix se leva et se rapprocha de l'écran.

— C'est ce numéro qui a appelé le portable de Sonja la nuit dernière, dit-il. Au cimetière.

L'importance de l'annonce frappa tous les esprits dans la salle. Blix résuma brièvement l'affaire Nordstrøm à l'intention de Lone Cramer.

— Ainsi, quelqu'un a conservé le portable de Jeppe Sørensen après sa disparition et s'en est servi pour appeler

Sonja Nordstrøm au moment où nous nous trouvions au cimetière, fit remarquer Kovic. C'est vraiment tordu.

Le silence s'abattit autour de la table.

— Jusqu'ici, notre hypothèse était que Sørensen s'était suicidé, expliqua Lone Cramer. Il faisait une dépression depuis sa blessure. Il pensait que sa carrière était fichue. Et rien dans le garage ne nous a permis de soupçonner qu'on y avait commis un crime. Pas de traces de lutte, pas de sang, rien de cet ordre. Rien du tout, de fait.

Blix leva la main.

— Nous avons relevé des marques de brûlure sur son cou, suggérant qu'il pourrait avoir été étourdi avec une arme à électrochocs. Et notre pathologiste pense qu'il a pu être étranglé ensuite. Ce qui signifierait que le garage est une scène de crime potentielle.

Lone Cramer acquiesça de la tête.

— Cependant, le seul lien entre Sonja Nordstrøm et Jeppe Sørensen, à part cet appel téléphonique, est qu'ils sont tous deux des personnalités du monde sportif qui ont été victimes d'un enlèvement. Ou bien vous avez découvert autre chose ?

Cramer secoua la tête.

— Le nom de Sonja Nordstrøm n'apparaît nulle part dans notre enquête, affirma-t-elle. Je viens de le vérifier.

— Il faut que je prenne cet appel, dit Kovic en se levant, son téléphone à la main.

— Qui est l'ami que Sørensen était censé retrouver ? demanda Blix en fixant Cramer d'un regard insistant.

— Dennis Carlsen. Un agent immobilier. Il a été repéré

dans un café à l'heure dite. Mais nous l'avons mis hors de cause.

Plusieurs autres détails pratiques furent examinés avec l'enquêtrice danoise, puis la visioconférence s'acheva. La discussion ne cessa pas pour autant. Tine Abelvik prit la parole :

— Que Jeppe Sørensen soit agressé est une chose. Mais c'en est une autre que de lui faire franchir la frontière, le transporter en Norvège, le mettre d'abord dans un congélateur et ensuite dans le bateau de notre personne disparue.

— Nous ignorons si cela s'est passé ainsi, objecta Wibe. Nous ne savons ni quand il a été tué, ni quand il a été congelé.

— Non, d'accord, mais nous avons quand même affaire à quelqu'un de spécialement déjanté. Il a filé dix mille couronnes à un junkie pour qu'il jette le téléphone de Nordstrøm au fond d'une tombe à une heure précise. Pourquoi ne pas s'en charger lui-même ?

— Il n'en avait peut-être pas la possibilité, opposa Blix. Il peut avoir été retenu ailleurs, à cette heure-là.

Le commentaire resta en suspens dans l'assistance. Blix profita de son avantage.

— On peut faire une chose, en tout cas. Le bateau de Nordstrøm était encore sous son abri hier, et les routes qui mènent là-bas ne sont pas nombreuses. On doit passer un péage pour accéder à Kråkerøy, et de là à Hvaler, sauf si on est en bateau, bien sûr.

— Je peux contrôler les postes de péage, proposa Abelvik.

— Coordonnez vos actions, Kovic et toi. Elle a déjà commencé à répertorier les véhicules qui ont franchi les péages des environs de la maison de Nordstrøm le soir où cette dernière a disparu. Croisez vos listes et regardez si un même véhicule s'est trouvé aux deux endroits.

Abelvik prit note.

— Et comparez vos résultats avec les voitures qui ont franchi la frontière, ajouta Blix avant de se tourner vers Wibe : Comment avancent les recherches, pour l'homme à la capuche ?

— On a découvert quelques caméras de surveillance qui pourraient l'avoir filmé, soit avant, soit après que Geia a été approché pour faire ce petit numéro de passe-passe avec le portable. Jusqu'ici, on est bredouilles. On a collé des gars en civil aux basques de Geia au cas où Capuche reprendrait contact, mais je ne suis pas très optimiste.

Kovic réapparut et les interrompit.

— Je tiens quelque chose ! s'exclama-t-elle en brandissant de nouveau son téléphone. J'ai épluché la liste des communications de Nordstrøm. La personne avec laquelle elle a le plus parlé ces dernières semaines est Stian Josefson.

— Le coauteur de son livre, précisa Blix aux autres.

— Ça n'aurait rien de remarquable si j'arrivais à le joindre, mais son téléphone est éteint. C'est sa femme qui vient de m'appeler à l'instant. Josefson n'a pas remis les pieds chez lui depuis la disparition de Nordstrøm. Et, toujours d'après l'épouse, Josefson et Nordstrøm avaient rendez-vous ce soir-là.

— Les deux verres de vin dans la maison, dit Wibe en s'avançant au bord de sa chaise. Ça commence à devenir intéressant.

— Ce n'est pas tout, reprit Kovic. Il y a deux ans et

demi, la Norvège a joué contre le Danemark un match de foot international. L'*Aftenposten* a publié un long portrait de Jeppe Sørensen à cette occasion. Et devinez qui l'a signé ?

Kovic orienta son portable vers la salle pour montrer l'article qu'elle avait exhumé. De sa place, Blix ne réussit à lire que le titre *Footballeur et playboy*.

— Stian Josefson ! Les photographies illustrant le sujet suggèrent qu'il s'est rendu chez Jeppe Sørensen pour l'interviewer. Et il y a plus : Josefson était en déplacement professionnel à Cologne la nuit où Jeppe Sørensen a disparu. Toujours selon sa femme, il est rentré tard le 30 septembre.

Gard Fosse, qui ne s'était pas beaucoup manifesté jusqu'alors, applaudit.

— Brillant ! C'est carrément brillant !

— Quel moyen de transport a-t-il utilisé pour ce déplacement ? demanda Abelvik. Sa voiture, le ferry, l'avion ?

Kovic sourit.

— Il préparait un dossier sur l'engouement pour le mobilier danois en Norvège. Mme Josefson m'a confié qu'il devait leur acheter une étagère vitrée. Il a donc pris sa voiture.

— Quelle marque ?

— Volkswagen Tiguan. Le plus intéressant, c'est qu'il est rentré chez lui les mains vides. Il n'a pas rapporté d'étagère. L'un des voisins de Nordstrøm a remarqué une Tiguan noire devant chez elle. Ça colle. Il est beaucoup allé là-bas quand ils travaillaient ensemble sur le livre.

— Le sperme relevé dans le lit est peut-être le sien, suggéra Wibe.

Kovic haussa les épaules, comme si elle se demandait s'il plaisantait.

— Est-ce que la femme de Josefson a la moindre idée de ce qu'est devenu son mari ? demanda Fosse. Là, maintenant ?

Kovic secoua la tête. Abelvik remua sur sa chaise.

— Si Josefson est allé voir Jeppe Sørensen chez lui à Copenhague, il n'est pas impossible qu'il ait su où se trouvait son garage.

Kovic acquiesça.

— Après tout, ils se connaissaient. Sørensen aura été content de bavarder avec Josefson, si celui-ci l'a contacté.

Ils continuèrent à échanger des hypothèses et des suggestions autour de la table jusqu'à ce que Fosse mette fin à la discussion.

— Il y a un point que je veux soulever, commença-t-il, balayant lentement la salle des yeux. La découverte du corps et celle du téléphone ont très vite été révélées par la presse. News.no a été le premier à sortir les infos.

Son regard continua à balayer l'assistance jusqu'à ce qu'il s'arrête sur Blix. Celui-ci croisa les jambes sous la table. Il avait sur son téléphone, dans sa poche, deux appels en absence et un SMS d'Emma.

— La journaliste qui est allée chez Nordstrøm et a signalé sa disparition travaille pour eux, intervint Kovic. Ils doivent suivre l'affaire de très près.

— Ils parlent de sources policières, insista Fosse.

— C'est ce qu'ils font chaque fois, dit Wibe.

— Je tenais à vous dire que personne ne doit parler de cette affaire en dehors de notre groupe d'enquête, insista de nouveau Fosse. Ni à des amis, ni en famille, pas même à d'autres collègues. Et, cela va sans dire, à aucun représentant de la presse.

Blix s'efforça de respirer normalement. Il fit de son mieux pour affronter avec une expression détachée le regard scrutateur de Fosse, mais sans être vraiment sûr d'avoir réussi.

26

Calle Seeberg n'était pas du tout content de se trouver dehors. En Norvège, « dehors » égale « se les geler » et quand on voulait faire une grande marche il fallait d'abord consulter les prévisions météo, exhumer son équipement, voire en acheter un neuf. Bref, il y avait trop de préparatifs pour se lancer dans une randonnée. Seeberg ne savait même plus quand il avait marché dans un champ ou dans une forêt, ou en haut d'une montagne, pour la dernière fois. Si ça ne tenait qu'à lui, il resterait à l'intérieur, où le frigidaire, le canapé et la télécommande n'étaient jamais bien loin.

Mais il n'avait plus le choix. Son généraliste lui avait dit : « Calle, si tu veux fêter tes cinquante-cinq ans et accompagner ta fille à l'autel le jour de son mariage, tu dois sortir de chez toi et faire de l'exercice. Et je ne parle pas de marcher quelques mètres d'un magasin à l'autre, ou de ta voiture au bureau. Le mieux serait que tu commences par faire un peu de jogging. Tu démarres doucement, surtout. Ne flanque pas de choc à ton organisme. Mais tes poumons ont besoin de se décrasser, la priorité est d'en expulser toute cette fumée. Et tes artères réclament que tu bouges. Fais du sport trois fois par semaine, minimum. Et il faudra manger autre chose que des pizzas et des chips. »

Ce n'était un secret pour quiconque connaissait Seeberg qu'il avait abusé du tabac et de l'alcool pendant les trois décennies où il avait travaillé dans les médias. Ça lui avait coûté deux mariages, au moins un job et, de l'avis de son médecin, probablement quinze ans d'espérance de vie. L'objectif, maintenant, était de limiter les dégâts. Et il voulait vivre, bien sûr. Il voulait mener sa fille à l'autel, continuer à travailler pour Radio 4, prendre le pouls de la population en lançant des sujets d'actualité brûlants dans son émission du matin, et jouer ensuite les avocats du diable avec les auditeurs qui téléphonaient. Non pas qu'il fût systématiquement en désaccord avec eux, mais plutôt parce qu'il aimait les pousser à affiner leur argumentation. C'était une méthode qui faisait enrager pas mal de ses interlocuteurs, mais cela donnait de la très bonne radio et personne ne pouvait s'en plaindre.

L'âge venant, il constatait avec contrariété qu'il commençait à être étourdi, pas comme s'il avait Alzheimer, Dieu merci, mais tout de même, il oubliait souvent où il avait mis ses clés, ses lunettes, le nom de vieux amis, ou de connaissances, de politiciens qu'il avait interviewés. Il arrivait aussi que des acteurs dont il avait vu les films disparaissent totalement de sa mémoire. Son médecin lui avait dit que cela pouvait être un signal de son corps : il fallait changer de comportement.

Changer.

Passer d'un état à un autre.

C'était facile à dire. Et pas trop difficile à mettre en route. Ce qui posait un problème, c'était la persévérance. Il était parvenu à réduire sa consommation quotidienne de cigarettes. De même, il buvait moins que par le passé et essayait de s'alimenter un peu plus sainement. Des brocolis et autres légumes au lieu des frites.

Il n'empêche, les progrès étaient lents. Même en ayant perdu huit kilos en quatre mois, il était essoufflé dès qu'il montait un escalier et courir continuait d'être une épreuve : il avait toujours les jambes lourdes et la poitrine oppressée. Par moments, il se demandait si le grand-père Seeberg resterait longtemps le seul de la famille à être mort d'une crise cardiaque.

Ainsi, en plus d'animer un talk-show sur Radio 4, Calle Seeberg était parti pour le grand changement, bien que chaque fibre de son être s'y opposât. Comme beaucoup de gens connaissaient son visage et que faire de l'exercice allait à l'encontre de l'image de lui-même qu'il avait créée, il limitait ses séances de jogging aux heures nocturnes afin que personne ne le voie bizarrement habillé. Et l'automne étant là, il pouvait aussi porter une casquette. Cependant, il surprenait encore des regards stupéfaits chez les joggeurs qu'il croisait et avait pleinement conscience de ce que ses cent cinq kilos sautillant sur le trottoir avaient de ridicule. Il était également conscient de son visage aussi rouge que celui d'un nain de jardin alors qu'il courait, et du bruit considérable qu'il produisait.

Des lampadaires espacés d'une dizaine de mètres éclairaient le sentier qui longeait la rivière Akerselva. Calle Seeberg ne courait jamais au-delà de la chute d'eau de

Gjerdrums vei. S'arrêter là pour reprendre son souffle lui paraissait naturel. La pente ne cessait de s'accentuer depuis Grünnerløkka et il commençait à rêver du trajet de retour, beaucoup plus facile. Certains soirs à la fin de l'automne, une brume fantomatique s'élevait de l'eau noire sous le pont, et à la lumière sourde du lampadaire, elle prenait un aspect doré, comme si quelqu'un soufflait de la poussière d'or.

Un soir où Calle Seeberg admirait cette vue peu ordinaire, il entendit un craquement dans les buissons entourant un bâtiment de pierre voisin, qui abritait des cours de peinture au dernier étage. Il avait déjà entendu ce bruit quelques jours plus tôt, et au même endroit. Une branche foulée aux pieds ? Pourtant, quand il inspecta le buisson de plus près, il n'y vit personne. La dernière fois, il n'avait pas davantage surpris d'individu dissimulé.

Le week-end précédent, il avait remarqué en deux occasions un homme qui faisait son jogging à la même heure que lui. Il n'y avait là rien d'inhabituel, beaucoup de gens suivaient des routines régulières, mais celui-là était resté chaque fois à la même distance exactement, une cinquantaine de mètres derrière lui. Il était en survêtement foncé, la capuche remontée. Ce qui avait retenu l'attention de Calle Seeberg était sa légère claudication lorsqu'il courait.

Seeberg avait conscience que les célébrités étaient souvent épiées et harcelées. Les risques du métier. Qu'on s'intéresse de près à lui ne le dérangeait pas spécialement mais lorsqu'il commençait à éprouver une sorte de malaise, une antipathie comparable à celle qu'il développait maintenant, c'était une autre histoire.

L'homme en question n'était pas dans les parages aujourd'hui, et n'ayant pas pour habitude de se laisser facilement impressionner, Calle Seeberg décida de suivre sa routine habituelle avant de rentrer chez lui. Mais sur le chemin de Nydalen, quand il approcha du bosquet sinistre sous le pont sans éclairage, il eut la certitude d'avoir entendu un mouvement dans son dos, malgré ses halètements.

Il y eut encore un craquement de branche et son cœur se mit à battre plus fort, un martèlement intense et trépidant. Lorsqu'il entendit les pas se rapprocher, il fit un effort pour ne pas se retourner, redressa le torse et accéléra l'allure. Il fut aidé par la pente, qui amorçait la descente, mais évidemment, cela favorisait aussi celui qui le suivait. Il avait la nette impression de ne pas avancer assez vite. Les muscles de ses cuisses commencèrent à durcir, sa poitrine était nouée. Heureusement, le segment bien éclairé de Nydalen où s'alignaient immeubles en brique et bureaux de divers médias n'était plus si loin.

Lorsque Calle Seeberg arriva à la hauteur de la centrale électrique, il entendit de la musique, une basse insistante. Il lui fallut un moment pour comprendre que cela émanait des écouteurs d'une femme qui le dépassa avec une aisance déconcertante. Il réduisit alors son allure et sa respiration se fit plus légère, et il s'en voulut d'avoir cédé à la peur. Et quand il se retourna brusquement, il ne vit rien d'autre que le sentier obscur qu'il venait de longer, et le contour des arbres et des branches qui oscillaient légèrement sous la brise nocturne.

Il courut plus vite que d'habitude pour regagner son domicile, en tournant la tête de temps en temps, mais à aucun moment il n'entrevit la silhouette de l'homme qui boitait légèrement, la capuche de son sweat relevée sur sa tête. Lorsqu'il atteignit le pont au-dessous de l'Académie nationale des beaux-arts, celui auquel sont attachés les cœurs et les cadenas, Calle Seeberg pensa avec soulagement que sa prochaine séance de jogging n'était pas pour le lendemain.

Il entra dans le hall de l'immeuble de Fossveien où il habitait et monta d'un pas pesant les marches menant au troisième étage. Il s'apprêtait à ouvrir la porte de son appartement quand il se rendit compte qu'elle était entrebâillée.

Aurait-il négligé de fermer à clé en sortant ?

Il essaya de retracer ses mouvements, mais fut incapable de s'en souvenir. C'était le genre de geste qu'on accomplit machinalement. Il poussa le battant avec précaution. Dans le vestibule, tout était normal. Ses chaussures étaient alignées comme d'habitude. Mais... ne décelait-il pas une odeur particulière ?

Si, définitivement. Et même, ça commençait à lui chatouiller les narines. Il faisait une réaction, peut-être allergique. Comme si on avait introduit un chien chez lui. Il risqua un pas hésitant plus avant.

— Hello ? cria-t-il, se rendant compte qu'il avait retenu sa respiration plusieurs secondes.

Il avança un peu plus. S'arrêta. Tendit l'oreille. Une porte claqua quelque part, au loin. Et dehors, le roulement d'un skate s'éleva du trottoir. Puis le calme revint.

Non, il n'entendait aucun bruit venant de l'intérieur. Il continua à avancer avec précaution dans l'appartement, mais sans se déchausser pour autant. Il commença par regarder dans son bureau, où Liv Tonje dormait, les rares fois où elle parvenait à s'extraire de l'emprise de sa mère – cela faisait quinze ans que ça durait. Il jeta un coup d'œil dans la chambre d'amis qui était devenue une sorte de débarras. Il n'y avait personne dans la salle de bains non plus, bien que l'odeur dérangeante y fût plus présente. Mais d'où venait-elle ?

Il décida de prendre un antihistaminique sans tarder car un rien pouvait lui déclencher une réaction. Il avala deux comprimés en buvant de l'eau au robinet et fonça dans le couloir pour refermer énergiquement la porte d'entrée. Puis il s'assit à la table de la cuisine où il s'alluma une cigarette. Il l'avait bien méritée, non ?

27

Il restait encore deux candidats, sans compter Iselin. Blix fit glisser le curseur sur leurs profils. Toralf Schanke et Jonas Sakshaug. À en croire le baromètre de popularité, Sakshaug avait des chances. Chef dans un restaurant, il s'était attiré les suffrages des téléspectateurs en partageant plusieurs de ses recettes préférées, leur demandant de lui envoyer les leurs en retour. Les meilleures avaient une chance de se retrouver dans un livre de cuisine qu'il était en train d'écrire, promettait-il.

Blix ferma le site de *Que le meilleur gagne* et cliqua sur le programme « suivi des affaires » de la police. L'enquête sur la disparition de Nordstrøm n'avait été révélée à personne, hormis ceux qui y étaient directement impliqués. C'était là une procédure standard pour les cas délicats.

Il sortit son téléphone portable. Il n'avait pas encore répondu au dernier SMS d'Emma. Elle lui demandait de confirmer que le corps découvert à Hvaler était celui de Jeppe Sørensen. Le message datait de plusieurs heures, et entre-temps, la découverte avait été confirmée officiellement. Blix hésita à lui répondre et opta pour le silence. Il effaça ensuite tous les messages figurant dans sa boîte et en fit autant pour les communications téléphoniques.

Kovic s'approcha de lui à ce moment.

— Stian Josefson est au Danemark ! lui annonça-t-elle d'un ton animé, agitant une liasse de feuilles. Il a acheté un billet sur le quai hier après-midi, il a pris le ferry de DFDS Seaways pour Copenhague à 16 h 30. Il a fait chauffer sa carte de crédit pendant toute la soirée dans un des bars du bord. J'ai essayé de l'appeler mais son téléphone n'est pas allumé.

— Comme ça, il était à bord d'un ferry danois hier soir, dit Blix, perdu dans ses pensées.

— Il ne peut donc pas s'être trouvé en même temps à Hvaler, en train de déposer Jeppe Sørensen dans le bateau de Sonja.

Blix tambourina des doigts sur sa table.

— Pourtant, sa voiture a franchi la frontière entre la Suède et la Norvège le 30 septembre, après qu'il s'est rendu au Danemark. Elle est aussi passée à 20 h 21 par Sandstuveien, le péage le plus proche de la maison de Nordstrøm quand on arrive de la frontière. Soit une heure et demie avant qu'elle envoie son dernier SMS ce soir-là.

Blix jura entre ses dents. La piste qui semblait si prometteuse il y a encore un moment avait maintenant tout d'un cul-de-sac.

— Est-ce qu'il y a quelque chose à espérer des autres péages ? demanda-t-il. On a récupéré tous les numéros d'immatriculation ?

— On attend des données d'Østfold, répondit Kovic. On croise les plaques des véhicules passés par les péages de

Kongsveien et de Sandstuveien avec les fichiers criminels et avec la liste des proches de Nordstrøm, mais beaucoup de voitures sont louées, ou immatriculées au nom de sociétés. Ça prend beaucoup de temps.

— Et où en est Wibe avec ses enregistrements de vidéo-surveillance ?

— Il est en train de faire le tri dans toutes les bandes des environs d'Akerselva. Il y a un café au pied de Markveien qui est équipé de caméras orientées du côté d'Eventyrbrua. Avec un peu de chance il va tomber sur un homme à capuche qui descend en dessous du pont, là où Geia avait l'habitude de zoner.

— Très bien, dit Blix, alors qu'il doutait beaucoup du résultat de cette démarche. Merci. Moi, je vais suivre la piste du Danemark.

Il composa le numéro de Lone Cramer, l'enquêtrice danoise.

— La dernière personne à avoir vu Sonja vivante se trouve actuellement chez vous, lui dit-il, et il lui exposa la situation. Nous avons besoin de votre aide pour la retrouver.

— Envoyez-moi tout ce que vous avez à son sujet, après quoi je lancerai un avis de recherche auprès de toutes les forces de police.

Blix la remercia. Elle lui demanda :

— Et que fait-on si on le trouve ?

— Prévenez-moi, je sauterai dans le premier avion.

28

Habituellement, Emma se levait chaque matin à 5 h 45 pour faire ses exercices avant de commencer à travailler, mais Martine étant là, elle pouvait s'accorder une heure de plus, et c'était vraiment un plaisir de rester simplement allongée à regarder sa nièce endormie. Peu de choses au monde étaient aussi paisibles que le visage d'un jeune enfant au pays du sommeil.

Juste après 7 heures, Emma secoua légèrement l'ours en peluche que Martine avait serré toute la nuit dans ses bras. Et sa nièce ouvrit les yeux.

— Bonjour ma chérie, dit Emma. Tu as bien dormi ?

Martine grogna sous la courtepointe et inspira longuement.

— J'ai une question importante à te poser, poursuivit Emma.

Martine bâilla, cligna des yeux et se redressa.

— Que préfères-tu pour le petit-déjeuner, un smoothie ou quelques tranches de pain d'hier ?

L'enfant fronça les sourcils.

— Un smoothie, bien sûr ! Avec des myrtilles.

Emma sourit et caressa la joue encore chaude de la petite fille.

— Entendu, des myrtilles. Alors file dans la salle de bains faire ta toilette pendant que je te prépare ça.

— D'accord, dit Martine en bondissant du lit, et elle s'éloigna en chantant un air de dessin animé de Disney entendu la veille à la télé.

Emma s'apprêtait à retaper le lit quand elle aperçut une mèche sur l'oreiller. Longs et bruns, c'étaient les cheveux de sa nièce sans doute possible. Elle écarta la courtepointe et découvrit d'autres mèches sur le drap-housse. Et d'autres encore sous l'oreiller.

— Non, murmura-t-elle. Ce n'est pas possible…

Au même moment, Martine revint dans la pièce.

— Alors, tu ne veux pas me faire de smoothie ? demanda-t-elle d'un ton de reproche.

— Mais si, bien sûr, répondit Emma après une légère hésitation.

Elle jeta un coup d'œil aux cheveux de Martine, à moitié coiffés. Était-ce la première fois que cela arrivait ? Irene était-elle au courant ? Et le jardin d'enfants ?

Emma s'assit au bord du lit alors que Martine commençait à s'habiller.

— Viens voir ici une seconde, demanda-t-elle avec douceur.

— Qu'est-ce qu'il y a ?

— Rien. Viens.

Martine la rejoignit d'un bond. Emma lui caressa la nuque tout en examinant son crâne. Elle vit quelques taches plus claires.

Merde.

Merde, merde, merde.

— Qu'est-ce que tu fais ? demanda Martine.

Emma l'attira à elle.

— Je n'ai pas encore eu mon câlin du matin, dit-elle en embrassant ses cheveux. Tante Emma a besoin de câlins le matin, tu ne savais pas ?

— Oui, mais les petites filles ont besoin de smoothies.

— Exact. Avec des myrtilles.

Après le petit-déjeuner, Emma prépara un panier-repas pour Martine et l'emmena à bicyclette au jardin d'enfants. L'automne était radieux, air pur et ciel bleu. Elle s'attarda un instant pour regarder sa nièce jouer avec les autres. Heureuse et innocente, comme si elle n'avait pas conscience de ce problème de cheveux.

Et c'était probablement le cas. Emma se demandait si elle devrait en parler à quelqu'un. Après avoir serré longuement la petite fille contre elle pour lui dire au revoir, elle essaya de penser à autre chose. La conférence de presse de la police était prévue pour 10 heures, ce qui lui laissait le temps de faire un saut chez Kalle, où elle pourrait lire tout ce qui était sorti dans la presse concernant la disparition de Sonja et la découverte du corps de Jeppe Sørensen.

Apparemment, rien de nouveau ne s'était produit pendant la nuit. Tous les articles s'efforçaient de donner un coup de jeune à des informations anciennes.

À 9 h 45, Emma rangea sa bicyclette devant le poste de police. Elle n'avait jusqu'alors écrit que sur des célébrités et ne s'était jamais considérée comme une journaliste normale, aussi était-elle très excitée à l'idée de couvrir l'affaire. En entrant dans la salle, elle ne put s'empêcher de remarquer que plusieurs reporters la regardaient avec attention. Elle n'en salua aucun, mais elle croisa le regard noir de Henrik Wollan.

Les journalistes étaient au moins une centaine : de la télévision, de la presse écrite et en ligne, des photographes, des reporters radio et les correspondants habituels. Un homme coiffé d'une capuche noire la bouscula et marmonna une excuse. Elle identifia des journalistes qu'elle ne connaissait que de nom mais qui lui inspiraient respect et sympathie. Nora Klemetsen, d'*Aftenposten*, était présente. Ainsi que Petter Stanghelle, de *VG*. Et Line Wisting, dont Emma écoutait souvent le podcast pendant qu'elle roulait à bicyclette. Ils étaient tous là.

Et aussi Kasper Bjerringbo.

Emma le repéra au milieu de la foule, engagé dans une conversation animée avec un autre reporter. Il la vit, s'interrompit et lui sourit. Emma inspira profondément, un pincement au cœur. Et lui rendit son sourire, les joues en feu.

Quatre mois s'étaient écoulés depuis le séminaire de Gothembourg. Lorsqu'il lui avait demandé, alors qu'elle sortait en hâte de sa chambre d'hôtel à 5 heures du matin, pourquoi elle ne voulait pas rester dormir à côté de lui, elle n'avait pas été capable de trouver de réponse. Elle n'en trouvait jamais, quand les hommes lui posaient la question.

Kasper écouta patiemment ce que son collègue lui racontait avant de prendre congé et de se frayer un chemin dans l'assistance. Emma sentit redoubler les battements de son cœur.

Kasper était un peu plus grand qu'elle. Il avait des cheveux bouclés coupés assez court et portait des lunettes rondes qui lui donnaient l'air intelligent. La dernière fois qu'elle l'avait vu, il avait un visage glabre et assez juvénile, et depuis, il s'était laissé pousser une barbe qui lui allait bien. Oh oui, qui lui allait très bien.

Il s'arrêta devant elle, le sourire aux lèvres. Il dégageait quelque chose de magnétique, elle n'avait pas d'autre mot pour ça. Et quand il fit un pas de plus en ouvrant les bras, elle ne résista pas, elle se retrouva serrée contre lui, comme ce soir-là, sur la piste de danse à Gothembourg. Mais cette fois, cela ne dura pas, c'était juste pour se dire bonjour.

— C'est tellement bien de te revoir ! s'exclama-t-il. Même si les circonstances ne sont pas très joyeuses.

— Salut, Kasper. Tu es arrivé aujourd'hui ?

— Non, je suis en Norvège depuis quelques jours. Ma tante a décidé de retourner au Danemark et je lui ai donné un coup de main. Nous sommes proches, dans ma famille.

— Alors tu étais en Norvège quand je t'ai appelé hier ?

Il rit brièvement, un rire nerveux. Les voix autour d'eux dégageaient un bourdonnement sonore. Il ne répondit pas directement à sa question.

— Le camion de déménagement est parti aujourd'hui. J'ai donc un grand appartement vide à Slemdal pour moi tout seul jusqu'à la fin du mois.

Quelque chose dans son ton résonnait comme une invitation. Il ajouta :

— En réalité, il n'est pas complètement vide. Il y reste certaines choses que je vais remporter à la maison. Un lit double, entre autres…

Emma ne fit aucun commentaire. Et elle fut soulagée quand une porte coulissante s'ouvrit à côté de l'estrade, mettant fin au silence embarrassé qui était tombé entre eux. Gard Fosse entra dans la salle avec une femme qu'Emma connaissait : Pia Nøkleby, procureure de la police. Fosse avait deux têtes de plus qu'elle et malgré la gravité de la situation, ils avaient l'air plutôt comiques, côte à côte.

— J'espère qu'on pourra se parler après, dit Kasper en désignant son photographe, qu'il devait rejoindre.

Emma hocha la tête, consciente de n'avoir su pleinement exprimer à quel point elle le souhaitait également.

— Tu as l'air en forme, Emma Ramm, dit-il en s'éloignant, toujours souriant.

— Toi aussi, répondit-elle, consciente qu'elle rougissait.

Pia Nøkleby tapota doucement le micro et le silence se fit dans la salle. Même les reporters les plus bavards se turent. Retardée par sa conversation avec Kasper, Emma ne trouva pas de chaise libre et dut rester debout à côté du mur, sur le côté.

— Bonjour à toutes et à tous. Merci d'être venus, commença la procureure.

C'était une femme dans la petite quarantaine, aux cheveux bruns coupés court. Un peu trop maquillée, peut-être ? Ses lèvres étaient d'un rouge éclatant.

— Vous savez tous pourquoi nous vous avons conviés ce matin. La découverte d'un corps près du chalet d'été de Sonja Nordstrøm hier après-midi a donné une dimension nouvelle à sa disparition, et je voulais vous assurer, à vous ici présents mais aussi au public qui nous regarde, que nous faisons tout notre possible pour la retrouver et pour résoudre ce mystère. Je laisse maintenant la parole au superintendant Gard Fosse.

Assis bien droit sur son siège, Fosse sembla se délecter quelques instants d'avoir tous les yeux tournés vers lui. Puis il se pencha vers le micro et prit la parole :

— Nous pouvons maintenant confirmer que Sonja Nordstrøm est officiellement considérée comme une personne disparue et qu'elle a peut-être été la victime d'un crime. Je ne peux m'étendre sur les raisons spécifiques qui me conduisent à vous le dire, mais ce que nous avons découvert, à la fois au domicile principal de Nordstrøm et à son chalet, est tel que nous sollicitons activement l'aide du public.

Il toussa discrètement dans sa main avant de poursuivre.

— Pour être précis, nous sommes intéressés par tout ce qui a pu être vu dimanche soir à la résidence de Sonja et alentour. Nous recherchons également des témoignages oculaires pour la soirée suivante à Hvaler, où la disparue possède un chalet d'été.

Il en était là quand une sonnerie de téléphone retentit. La mélodie était celle d'une chanson aujourd'hui passée de mode, Emma l'avait souvent entendue à la radio. Le portable continua à sonner et les têtes se tournèrent en tous sens dans l'assistance, cherchant son propriétaire. Mais le bruit ne s'arrêta pas.

Fosse s'interrompit, promenant un regard agacé autour de la salle. Finalement, Emma vit une des journalistes se pencher, ramasser quelque chose par terre et presser une touche. La sonnerie cessa.

— Merci, dit Fosse. Veuillez je vous prie éteindre vos

portables tant que nous sommes ici, pour éviter d'autres interruptions.

Mais la journaliste leva le téléphone en l'air en regardant autour d'elle, visiblement à la recherche de son propriétaire. Personne ne se manifesta. La reporter haussa les épaules et remit l'appareil là où elle l'avait trouvé. Fosse reprit la parole avec une vigueur renouvelée.

— Il est naturel de se demander s'il existait un lien quelconque entre Sonja Nordstrøm et Jeppe Sørensen. C'est un des points que nous allons vérifier très attentivement dans les heures et les jours à venir. Nous travaillons en collaboration avec la police danoise à ce sujet, et nous avons envoyé un de nos enquêteurs à Copenhague.

Emma prenait des notes. Un enquêteur norvégien dépêché à Copenhague était la seule information nouvelle pour l'instant. C'était peut-être Blix, se dit-elle, puisqu'elle ne le voyait pas dans la salle. Sofia Kovic, l'autre enquêtrice qu'elle avait rencontrée au domicile de Sonja Nordstrøm, était là en revanche, elle suivait la conférence de presse sur le côté.

Gard Fosse continua à insister sur l'importance, pour la police, de pouvoir enquêter en toute transparence, à la fois techniquement et tactiquement, et il revint sur la promesse de la police danoise de donner la priorité à cette affaire.

Puis il passa la parole aux journalistes. Petter Stanghelle, de *VG*, ouvrit le feu avec une question à laquelle Fosse refusa de répondre. Emma en avait plusieurs pour sa part, mais elle décida qu'elle aurait plus de chances d'obtenir une réponse si elle les posait à Blix.

29

Du temps de leur mariage, Copenhague était l'endroit préféré de Blix et de Merete. C'était leur destination privilégiée chaque fois qu'ils voulaient passer un moment spécial ensemble. Ils s'y étaient rendus plusieurs fois, même après la naissance d'Iselin. Parfois en voiture, mais la plupart du temps en avion. Copenhague était leur seconde maison, la seule ville en dehors d'Oslo où ils se sentaient complètement chez eux. Ce sentiment les enveloppait dès qu'ils arrivaient à Vesterbrogade, dépassaient les cafés et les grands magasins et commençaient à déambuler le long de Værnedamsvej, une rue étroite débordant de restaurants et de petites boutiques fascinantes. Blix n'y était pas retourné depuis sa rupture définitive avec Merete mais en cet instant même, alors que le train d'atterrissage touchait le sol et que l'avion roulait tranquillement vers son point d'arrêt à l'aéroport Kastrup, il eut conscience que cette époque, cette vie lui manquaient. La compagnie. Le sentiment d'appartenance. Une famille. Un avenir.

Il s'efforça d'écarter ces pensées. Il avait un travail à faire.

Aussitôt sorti du hall des arrivées, il héla un taxi et se fit conduire au siège de la police danoise dans le centre-ville.

Cela n'avait pas été très compliqué de retrouver Stian Josefson. La veille à 22 h 38, ce dernier avait utilisé sa carte de crédit dans un des nombreux bars de la ville, précisément à Strøget, la rue commerciale piétonne. Armés de son signalement, deux policiers de l'équipe de Lone Cramer l'avaient appréhendé et conduit au poste. Toutefois, vu l'état dans lequel ils l'avaient trouvé et la résistance qu'il leur avait opposée quand ils lui avaient poliment demandé de les suivre, ils avaient été obligés de le laisser finir la nuit en cellule de dégrisement. C'est là que Blix le découvrit, profondément endormi.

— N'hésitez pas à le ramener en Norvège si vous le souhaitez, l'encouragea Lone Cramer qui l'avait accompagné. En dépit des devises qu'il dépense sans compter dans nos bars.

— Je vais voir ce que je peux faire, répondit Blix.

Il entra dans la cellule et referma la porte derrière lui. Au bruit, Josefson ouvrit les yeux, et, à la vue de Blix, il sursauta. Il se redressa brusquement, trop vite, car cela lui arracha une grimace et il commença à se masser les tempes.

Blix s'efforça d'ignorer la puanteur que dégageait le mélange d'alcool, d'urine et de sueur.

— Bonjour, dit-il.

— Qui êtes-vous ? Et qu'est-ce que vous fichez ici ? demanda Josefson en regardant autour de lui, n'ayant apparemment pas une idée très nette de l'endroit où il se trouvait.

— Vous êtes dans un poste de police de Copenhague.

Je m'appelle Alexander Blix et je suis ici parce que Sonja Nordstrøm a disparu et que nous soupçonnons qu'elle a été victime d'un acte criminel.

Josefson eut soudain l'air nettement plus éveillé.

— Que s'est-il passé ? demanda-t-il d'une voix altérée.

— C'est ce que nous essayons de déterminer. Vous ne voulez pas vous passer un peu d'eau sur le visage ?

Blix considéra l'épave qui lui faisait face. Une barbe de trois jours. Une chemise blanche froissée ornée d'une tache de moutarde. Un jean déchiré à la hauteur du genou, portant des traces de sang séché.

— Oui, ce n'est pas une mauvaise idée.

Blix lui montra le lavabo. Josefson se mit debout avec difficulté, fit quelques pas peu assurés et tourna le robinet. Il eut un renvoi discret, se rinça la face en se massant les paupières et se sécha avec une serviette en papier.

— Ça va mieux ?

— Un peu.

Blix sortit un magnétophone de sa poche et exposa la procédure associée à une prise de déclaration.

— Acceptez-vous de fournir une déposition officielle ? demanda-t-il.

— Je n'ai rien à cacher, répondit Josefson, les yeux rivés sur le petit magnéto.

— Est-il vrai que vous aviez prévu de rendre visite à Sonja Nordstrøm chez elle dimanche soir ?

— Oui, je... je suis allé là-bas. Je devais lui apporter un exemplaire de notre livre. Le secret de cette publication était tellement protégé que nous ne devions pas recevoir d'exemplaire avant le soir de la mise en vente officielle.

— À quelle heure étiez-vous chez elle ?

Josefson mit un moment à répondre.

— Ce devait être vers 8 heures.

— Combien de temps êtes-vous resté ?

Les yeux de Josefson filèrent vers la gauche.

— Environ deux heures.

— Ça n'est pas un peu long, juste pour remettre un livre ?

Josefson croisa le regard insistant de Blix. Il y eut un silence prolongé et le journaliste finit par baisser la tête.

— Sonja Nordstrøm et moi avions plus qu'une relation de travail.

— Vous étiez amants.

— Oui.

Josefson marqua une pause avant d'ajouter :

— « Étiez » est précisément la nuance. Elle a dit qu'elle ne voulait plus que cet aspect de notre relation continue.

Le ton de Josefson était teinté d'une pointe d'amertume, peut-être même de tristesse mais Blix n'en était pas sûr.

— Nous avons éprouvé une attirance mutuelle alors que nous travaillions à notre projet. Nous avons partagé quelques longues journées de travail intense. Alors, tout naturellement…

Il détourna les yeux.

— Après quoi, brusquement, elle n'a plus voulu avoir affaire à moi.

— Et pourquoi ?

— Bonne question. Je me la suis posée aussi. Elle a simplement dit que nous avions retiré ce que nous voulions de notre collaboration, et elle m'a prié de quitter les lieux.

— Elle l'a dit en autant de mots ?

— C'était le sens, en tout cas.

Blix réfléchit un instant avant de poser sa question suivante.

— Les techniciens de la scène de crime ont trouvé des traces de… d'ébats sexuels dans son lit. Vous avez couché ensemble dimanche soir ?

Josefson hésita, finit par acquiescer de la tête.

— C'était sans doute ce qu'en bon norvégien on pourrait appeler le coup de l'étrier, répondit-il amèrement.

— A-t-elle rompu avec vous avant, ou après ?

— Après. Au début, elle s'est comportée exactement comme d'habitude, et ensuite, ça a été comme si elle avait appuyé sur un interrupteur, elle est devenue glaciale. En une seconde. Alors que nous étions au lit. C'était… brutal.

— Ça vous a mis en colère ?

Josefson leva les yeux vers Blix.

— Et comment !

— Furieux au point de…

Josefson leva vivement la main pour l'interrompre.

— Je vois très bien où vous voulez en venir, et je comprends mieux pourquoi vous êtes ici. Écoutez, même si je lui en voulais terriblement, je n'aurais jamais pu porter la main sur elle. J'adorais Sonja Nordstrøm. Ces neuf derniers mois ont été les meilleurs de ma vie.

Blix remarqua qu'il avait baissé les yeux sur son alliance.

— Après ça, je ne voulais pas rentrer à la maison et faire face à Kristine comme si de rien n'était. J'en étais juste incapable.

— Alors vous avez préféré vous saouler. Vous avez contourné l'obstacle et pris le ferry pour le Danemark.

Josefson acquiesça de la tête, l'air penaud.

Blix lui fit préciser dans le détail la date de son départ, à quel moment il avait acheté son billet. Jusqu'à maintenant, cet homme avait été l'unique trait d'union entre Sonja Nordstrøm et Jeppe Sørensen, mais le trajet en ferry lui fournissait un alibi en béton.

Il ne pouvait être celui qui avait mis le corps du footballeur dans le bateau de Nordstrøm.

— Où est votre véhicule ? demanda Blix.

— Mon véhicule ?

— Vous êtes propriétaire d'un Volkswagen Tiguan noir.

Josefson toussota.

— Il est garé sur le quai à Hjortneskaia.

Blix en prit note avant de poursuivre.

— Vous venez assez souvent à Copenhague, semble-t-il.

— Oui, ça me plaît, ici.

— Je vois ça. Il semble que vous ayez interviewé Jeppe Sørensen il y a quelque temps.

La mention de ce nom arracha un froncement de sourcils à Josefson, mais sa réaction était trop discrète pour suggérer qu'il était au courant de la découverte du corps dans le bateau.

— Eh bien ?

— Vous avez également interviewé plusieurs fois Sonja Nordstrøm au cours des derniers mois. Savez-vous si elle avait quelque chose à voir avec Sørensen ?

Josefson secoua la tête.

— Vous êtes sûr ?

— Nous n'avons jamais parlé de lui, en tout cas. Elle ne s'intéressait pas du tout au football. Pourquoi vous me demandez ça ?

Blix lui fit part de ce que tous les médias avaient déjà abondamment raconté.

— C'est la chose la plus curieuse que j'aie jamais entendue, dit Josefson pensivement.

— Évidemment, il y a beaucoup de gens à qui votre livre ne fait pas de cadeau, mais à part ça, vous avez une idée de qui aurait pu s'en prendre à Nordstrøm ?

— La tuer, vous voulez dire ?

Blix ne répondit pas, laissant Josefson patauger dans ses réflexions. Ce dernier finit par lâcher :

— Non, je ne vois personne.

30

Couchée sur le côté, elle essayait de se détendre – autant que faire se peut, vu qu'elle avait les mains attachées dans le dos. Et en sang, après tous ses efforts pour se libérer.

Depuis combien de temps était-elle là ?

Elle n'en avait pas la moindre idée, ayant été dépouillée de sa montre. Au début, elle s'était astreinte à compter les heures, mais il lui était difficile de se concentrer, son esprit était parasité par la peur, l'anticipation de ce qu'il allait lui faire. Et maintenant, elle essayait de respirer le plus régulièrement possible, en silence, par le nez. Dans l'attente, une si longue attente.

De quoi au juste ?

Pendant combien de temps encore ?

Qu'avait-il en tête ?

Elle se posait inlassablement ces questions. Il ne l'avait pas molestée, ni violée. La seule chose qu'il avait exigée d'elle était de se lever, de s'allonger, d'ouvrir la bouche. De mettre les mains dans son dos. De rester tranquille. De ne pas résister.

« Parce que cela ne servirait à rien. »

Elle ne savait plus quand elle avait pleuré pour la dernière fois. Jamais elle ne l'avait fait en public, et pour parler franchement, à peu près jamais non plus en privé, même les plus grands mélos ne lui faisaient aucun effet. Mais au cours des derniers jours ses larmes avaient coulé abondamment, sans arrêt et sans sollicitation. Le coussin sur lequel elle appuyait sa tête en était imbibé.

Elle était étonnée de n'éprouver aucune douleur chaque fois qu'elle luttait pour se libérer. Pas dans les mains en tout cas. Peut-être que son cerveau ne captait plus la souffrance. Peut-être ses sens étaient-ils neutralisés par le froid qui régnait dans cette cabane.

Elle en était au point de se demander si elle avait blessé quelqu'un sans le vouloir à un moment donné. Elle n'était pas un ange, tout le monde était au courant, la presse prenait un malin plaisir à le répéter, mais il n'empêche que jamais elle n'aurait fait souffrir quelqu'un délibérément.

Elle songea à son plaid. Celui qu'elle déployait sur elle lorsqu'elle s'allongeait sur le canapé à la maison. Elle n'aurait jamais cru que quelque chose d'aussi trivial qu'un plaid lui manquerait à ce point. Elle rêvait de pouvoir à nouveau le draper autour de son corps. Sentir l'odeur de la laine, boire une tasse de thé et regarder quelque chose d'inoffensif à la télévision. Une émission grand public.

Elle n'avait aucun souvenir de la façon dont elle était arrivée là, elle se rappelait juste l'embuscade. Il portait des gants noirs et une capuche rabattue sur la tête. Il tenait à la main une sorte d'appareil électrique qu'il avait appliqué sur sa gorge et la dernière chose qu'elle avait vue c'étaient des étincelles bleues reflétées sur la carrosserie d'une voiture près de lui.

Quand elle avait repris conscience, elle se trouvait dans cette cabane. Il se tenait debout devant elle, la regardant s'affoler et cligner des yeux, s'efforcer de comprendre. Elle s'était débattue farouchement pour essayer de détendre ses liens, et avait découvert à quel point ils étaient serrés.

Un bruit lui fit lever la tête. Une voiture ? Quelqu'un venait l'arracher à cet affreux cauchemar ? L'espoir s'empara d'elle pour la première fois depuis de longues heures. Elle allait peut-être pouvoir sortir de là. L'épreuve touchait à sa fin.

Le murmure du moteur se rapprochait. Elle voulut se redresser et, sollicitant les muscles qu'elle avait tant de fois fait travailler, parvint à se mettre en position assise. La dépense d'énergie lui tourna la tête un instant. Le bâillon l'empêchait de bien respirer, son corps ne recevait pas assez d'oxygène.

Le véhicule était tout près maintenant. Enfin il s'arrêta. Elle entendit une portière s'ouvrir. Puis une autre. Et des pas dehors. Des clés cliqueter. Les pas de plus en plus rapprochés. Elle ne pouvait déterminer s'il y avait une ou plusieurs personnes. La porte s'ouvrit enfin.

Ce fut comme si une lourde boule qu'elle avait dans la gorge tombait brusquement dans son estomac. Elle fut secouée de sanglots. Elle ne pouvait voir son visage mais c'était lui, aucun doute. Elle reconnaissait les gants noirs. La capuche. Elle eut soudain l'impression de suffoquer, son stress générant une hyperventilation. Et cligna plusieurs fois des yeux pour voir à travers ses larmes.

Un vent froid s'engouffra par la porte ouverte, la faisant frissonner sous ses vêtements légers. Il entra dans la pièce et marqua un temps d'arrêt. Il portait un haut-parleur qu'il déposa sur le sol. Il la regarda longuement, froidement, avant de ressortir, sans fermer la porte. Elle entendit ses pas s'éloigner puis revenir une minute plus tard.

Un second haut-parleur fut posé par terre. Là encore, il la dévisagea froidement avant de disparaître de nouveau. Et quand il réapparut, c'était avec un ampli, une télécommande, une rallonge blanche et deux sacs en plastique. L'un marqué du logo d'une marque de vêtements qu'elle reconnut, l'autre celui d'une librairie. Il les déposa et commença à monter le tout.

Elle sentit l'angoisse grandir en le voyant s'affairer.

Il referma la porte. Effectua tous les branchements, mit sous tension, tourna quelques boutons et, enfin, sortit un iPod d'une poche de sa veste et le raccorda. De la musique jaillit des enceintes, une chanson. Elle reconnut un air familier, mais ne put mettre un nom dessus. Après deux ou trois mesures, l'homme à la capuche éteignit le dispositif et hocha la tête, apparemment satisfait. Le silence retomba dans la pièce.

Il pivota et s'approcha d'elle à pas lents.

— Debout, lui dit-il.

Hésitante, elle posa avec précaution ses pieds nus sur le sol froid. Se rendit compte qu'elle était encore capable d'éprouver de la douleur. Il se tint devant elle et planta un regard bleu, glacial, dans le sien.

Puis il attrapa la ceinture de son pantalon et commença

à le déboutonner. Elle se débattit, hurlant intérieurement : *Non ! Oh non, pitié, non !*

— Du calme. Je n'ai pas l'intention de vous violer.

Il s'était exprimé d'un ton froid et détaché qui la calma. Il continua à lui ôter son pantalon – elle aurait voulu lui demander pourquoi mais le bâillon étouffait ses mots – et il dut lui soulever les jambes pour l'en débarrasser complètement. Puis il fit descendre son slip, lentement, le long de ses cuisses. Elle réprima un hoquet, ferma les yeux alors que ses larmes ruisselaient. Il s'agenouilla pour dégager le sous-vêtement, le visage à quelques centimètres de son bas-ventre. Elle retint son souffle, redoutant le contact de ses lèvres mais rien ne se produisit. Il se contenta de lui soulever un pied, puis l'autre, et déposa le slip à côté du pantalon.

Elle avait la chair de poule, craignant qu'il l'empoigne et la force. Pas du tout. Il ramassa le premier sac en plastique et en sortit un bikini.

— Je vous ai acheté ça. Il devrait vous aller.

Motif léopard. Semblable à celui qu'elle portait la dernière fois qu'elle était allée nager sur la plage de sable de Huk.

Il détacha l'étiquette d'un coup de dents, se pencha et fit glisser le slip le long de ses jambes. Elle sentit frotter les coutures des gants en cuir noir qu'il n'avait pas enlevés. C'était un peu trop grand mais l'élastique à la taille compensait. Elle fut soulagée de ne plus se sentir nue.

Il se leva, la contempla et sourit.

— Très sexy. Sex Y.

Ravi de sa blague pour initiés, il reprit son sérieux et dit :

— Asseyez-vous.

Elle obéit.

— Un peu plus loin, précisa-t-il avec un geste de la tête vers le coin et l'écran de télévision, qu'elle n'avait jamais vu allumé.

— C'est parfait, merci.

Il tenait toujours le haut du bikini dans sa main.

— Je crois que je vous mettrai ça après.

Après ? se demanda-t-elle. *Après quoi ?*

— Si je détache vos bras, vous essaierez de fuir. Je ne veux pas avoir à me battre avec vous.

Il posa le soutien-gorge à côté d'elle sur le canapé et sortit du deuxième sac en plastique un livre qu'il laissa par terre. Il s'approcha d'elle, le sac vide à la main. Si près qu'elle sentait son souffle humide sur sa peau, et son odeur, fétide, répugnante.

Il leva les mains et détacha le bâillon. Elle haleta, respira la bouche ouverte. Elle avait les lèvres et la gorge sèches comme de la poussière.

— Avez-vous des remords ? lui demanda-t-il.

Elle le dévisagea. Voulut demander ce qu'il entendait par là, mais fut incapable d'émettre un son. Puis elle parvint à balbutier :

— Des remords ?

— Concernant votre attitude.

Elle ne voyait pas du tout ce qu'il voulait dire.

— Je n'ai rien à me reprocher.

Manifestement, ce n'était pas la réponse qu'il attendait.

Il braqua sur elle un regard féroce et elle baissa les yeux, cherchant désespérément quoi répondre. Mais tous les plaidoyers qu'elle avait élaborés dans sa tête, toutes les stratégies qu'elle avait conçues semblaient s'être évaporés.

— Vous allez être vraiment célèbre, maintenant, lui dit-il. Une véritable légende.

Elle le regarda de nouveau avec des yeux ébahis, ne comprenant absolument pas à quoi il faisait allusion. Jusqu'au moment où il la coiffa du sac plastique, lui coupant le souffle.

31

Blix n'aimait pas prendre l'avion, non qu'il eût peur mais simplement parce que, dans la cabine, il n'était plus joignable. Et l'isolation forcée était encore plus pénible lorsqu'il y avait une enquête en cours.

Cinquante-quatre minutes après avoir décollé de Kastrup, le commandant de bord posa l'appareil sur la piste de Gardermoen, l'aéroport d'Oslo, et déploya les inverseurs. Les moteurs du 737 tournaient encore lorsque Blix désactiva le mode avion sur son téléphone. Quelques secondes plus tard, les SMS apparurent.

Le premier émanait du centre d'opérations au QG de la police criminelle :

corps de femme découvert dans un chalet d'été à Nordmarka.

Le second, signé Kovic, disait la même chose.

Blix composa son numéro.

— Je viens d'atterrir, dit-il, puis, à voix basse pour ne pas être entendu du siège voisin : C'est celui de Nordstrøm ?

— Aucune idée. On est en route pour là-bas.

— D'autres infos ?

— Apparemment, ce sont deux cueilleuses de champignons qui l'ont découvert. La porte du chalet était grande ouverte et de la musique en sortait, à fond.

— De la musique ?

— La même chanson, en boucle, à plein volume.

L'avion s'immobilisa enfin et l'annonce lumineuse pour les ceintures disparut. Blix s'empressa de déboucler la sienne.

— D'accord, dit-il à Kovic, j'arrive.

Une lueur bleue balayait les épicéas lorsque, guère plus d'une heure plus tard, Blix se gara derrière un groupe formé de quatre voitures de police et deux ambulances. On avait déployé de la rubalise rouge et blanc autour du chalet dans lequel le corps avait été découvert, essentiellement pour maintenir la presse à distance. Dans ce coin plutôt reculé de Nordmarka, il y avait peu de chances de voir arriver des badauds, mais, par précaution, on avait posté des policiers aux endroits stratégiques.

Blix présenta sa carte d'inspecteur avant de passer. Un parfum d'air automnal l'environnait, arbres et bruyère humides. L'après-midi touchait à sa fin et une sombre teinte bleutée gagnait l'atmosphère. Wibe s'approcha et annonça :

— Ce n'est pas Nordstrøm !

Blix fronça les sourcils, songeant immédiatement aux quelques affaires de personnes disparues qu'ils avaient traitées au cours des derniers mois.

— Qui est-ce, alors ?

Wibe ouvrit la bouche pour répondre, se ravisa, et dit seulement :

— Vous devriez entrer et voir par vous-même.

Blix s'arrêta un instant devant la porte et l'examina. Le bois du chambranle avait volé en éclats à hauteur de la serrure.

— Avez-vous trouvé un pied-de-biche ou quelque chose d'avoisinant dans les parages ? demanda-t-il en pénétrant dans le chalet.

— Je n'ai pas l'impression, dit une voix dans son dos.

Blix enfila une paire de protège-chaussures avant d'aller plus avant. Il dépassa les grands haut-parleurs dans la petite entrée en veillant à ne pas les toucher, salua Kovic d'un signe de tête et toussa bruyamment. Ann-Mari Sara, penchée sur un corps, se redressa et s'écarta.

Une femme morte était assise sur un canapé, un sac plastique enfoncé sur la tête, resserré autour du cou et retenu avec du ruban adhésif. Le plastique était déchiré à un endroit de sorte que des parties du visage étaient visibles.

Cette femme était beaucoup plus jeune que Sonja Nordstrøm. Des boucles d'un blond terne s'échappaient du sac. Elle était vêtue en tout et pour tout d'un bikini. Mais ce qui interloqua Blix et le poussa à avancer plus près, c'était le livre posé sur les genoux de la morte.

Numéro un pour toujours

Les questions s'accumulaient dans sa tête. Il n'en posa qu'une :

— Qui est-ce ?

— Jessica Flatebø, répondit Kovic.

Blix resta plusieurs secondes à dévisager sa collègue sans dire un mot. Puis, comme pour lui-même, il murmura :

— La star de télé-réalité.

Et aussitôt, il pensa à Iselin.

— On la reconnaît facilement, dit Kovic. Regardez, cet énorme tatouage sur son bras.

Blix baissa les yeux. Un aigle, ou un faucon.

— Ça fait combien de temps qu'elle est assise comme ça ?

— Impossible de le déterminer avec précision, répondit Sara. En tout cas, pas plus de quelques heures. Le processus de *rigor mortis* commence tout juste.

— Mais ça fait six jours qu'elle a disparu, intervint Kovic.

Blix réfléchissait. Jessica Flatebø avait fait l'objet dans les médias d'une très longue campagne de diffamation et l'on avait pensé ensuite qu'elle se terrait quelque part. Ou qu'incapable d'en supporter davantage elle avait craqué sous la pression et mis fin à ses jours.

— Mais le livre n'est sorti en librairie qu'avant-hier, objecta Blix en montrant l'objet sur les genoux de la victime. Si elle était ici depuis le début, elle a dû rester seule pendant un moment, le temps que l'assassin aille en acheter un exemplaire.

— Mais ça fait seulement quelques heures qu'il l'a tuée. Et il aurait mis la musique à fond après coup ?

Wibe fit irruption dans la pièce.

— Tout ça est absolument…

Blix l'interrompit.

— On a des indices ? demanda-t-il à Ann-Mari Sara.

— Deux séries d'empreintes de pas. Pointures 38 et 43.

— Un homme et une femme, ajouta Kovic.

— Et la cause de la mort ?

— Pas de lésions externes visibles, par conséquent, si on considère le sac plastique autour de sa tête…

— Suffocation, conclut Kovic.

— Même avec un trou dedans ? objecta Wibe, sceptique.

— Ce n'est pas elle qui l'a fait, précisé Ann-Mari Sara, ses mains sont attachées dans le dos.

— Donc le tueur l'aura déchiré après l'avoir tuée, avança Blix. Pour que son visage soit exposé à nos regards.

— Pour faire comme si elle lisait le livre ? suggéra Wibe.

Kovic réfléchit.

— Est-ce vraiment ce qu'elle fait ? spécula-t-elle. Pour moi, elle est en train de regarder la télé.

Blix inclina la tête et observa les yeux de la victime. Kovic avait raison. Ils étaient dirigés droit sur l'écran. Puis il passa au corps, les seins d'une courbe voluptueuse peu naturelle, engoncés dans un haut de bikini un peu trop petit. Sur les photos d'elle qu'il avait vues, Jessica Flatebø était toujours en tenue légère. La chair au premier plan. Il était évident qu'elle recherchait cet effet devant les objectifs, ceux des caméras de télévision en particulier. Ça lui avait assuré une carrière, pour ce que ça valait.

Debout derrière Blix, Kovic feuilletait ses notes. Elle précisa :

— Elle portait un jean, un haut blanc et un blouson en denim quand elle a disparu. Et des tennis rouges.

Elle balaya la pièce du regard, comme si elle espérait les voir quelque part.

— Nous n'avons rien trouvé de tel ici, dit Ann-Mari Sara.

— Il va falloir revoir de près tous ses gestes et déplacements ce jour-là, déclara Wibe. Interroger tous ceux avec qui elle a été en contact.

— Que sait-on d'autre sur elle ? demanda Blix.

Kovic recommença à feuilleter son calepin.

— Vingt et un ans. Originaire de Vestfossen. Vivait à Bølen. Est apparue dans la dernière saison de *Hôtel Paradis*.

— Avait-elle un emploi régulier ?

Blix fit quelques pas de côté, s'accroupit et étudia le corps sous un angle différent.

— Je ne crois pas, répondit Kovic dans son dos. Elle tenait un blog, qu'elle mettait assez régulièrement à jour. « Sex Y ». Et puis elle a brusquement arrêté la semaine dernière. Pas de déclaration d'adieu. Elle avait plus de 117 000 followers sur Instagram. Ça peut rapporter de l'argent, à ce que j'ai entendu dire. Grâce à la publicité, ce genre de choses.

Blix se leva et promena le regard autour de la pièce. Elle n'était pas grande, et meublée à l'économie. Hormis le canapé sur lequel Jessica Flatebø était assise, il y avait une table et deux fauteuils dont les coussins avaient été grignotés par des souris. Deux tableaux représentant des paysages et une carte jaunie des forêts du Nordmarka ornaient les murs. Sur les rebords des fenêtres, poussiéreux et constellés d'insectes morts, étaient alignés divers bibelots. La cuisine se résumait à quelques placards, un plan de travail, un minuscule frigidaire et une plaque chauffante.

— À qui appartient cette cabane ?

— Les premiers propriétaires sont morts à quelques semaines d'intervalle il y a trois ans, expliqua Kovic. Ils n'y venaient plus à la fin de leur vie. Ils avaient deux enfants, qui ne vivent pas dans cette partie du pays, mais ils ont maintenu un minimum de chauffage en hiver pour éviter que les canalisations n'éclatent à cause du gel.

Wibe avait enfilé des gants de protection pour examiner le matériel stéréo.

— Un vieil iPod, constata-t-il en ramassant l'appareil.

— Ne touchez à rien ! ordonna Ann-Mari Sara.

À cet instant précis, une chanson démodée jaillit à plein régime des haut-parleurs. Blix, surpris, cria :

— Éteignez ça !

Wibe manipula l'iPod dans tous les sens et ne réussit qu'à arracher le câble.

Le silence s'abattit. Kovic resta la bouche ouverte.

— Espèce de crétin ! enragea Ann-Mari Sara.

Blix jeta un regard glacial à son collègue avant de se tourner vers Kovic, qui semblait terrifiée.

— Cette musique, balbutia-t-elle, personne n'avait précisé qu'il s'agissait de cette chanson-là.

— Qu'a-t-elle de spécial ? demanda Wibe, encore confus de sa maladresse.

— La conférence de presse, commença Kovic, s'interrompant soudain comme si elle avait besoin d'un répit avant de lâcher ce qu'elle savait. Vous n'étiez pas dans la salle, mais quand Fosse a… un téléphone s'est mis à sonner, et l'air que ça jouait…

Elle s'arrêta, désigna les haut-parleurs.

— C'était la chanson que nous venons d'entendre à l'instant.

— Je ne comprends pas, dit Blix. Expliquez-nous ça plus clairement.

Kovic relata ce qui s'était passé à la conférence de presse.

— Et à qui appartenait ce téléphone ? demanda Blix.

— Aucune idée. Personne ne semblait vouloir le revendiquer.

— Mais où est-il maintenant ?

Blix fit signe à Kovic de le suivre dehors.

— Aucune idée, dit-elle en sortant de la pièce. Autant que je sache, personne n'est venu le réclamer.

— Appelez Fosse, dit Blix. Ou Nøkleby. Ou n'importe quelle personne qui était présente dans la salle. Quelqu'un en charge de la salle de presse.

Kovic avait déjà le téléphone à l'oreille. Blix la précéda vers la voiture en réfléchissant. Tout est lié, se dit-il, la disparition de Nordstrøm, son portable programmé pour sonner à 8 heures pile et laissé dans une tombe ouverte. Jeppe Sørensen, étranglé avant d'être congelé, puis déposé au chalet d'été de Nordstrøm, de manière à être facilement découvert. Un autre téléphone qui sonne pendant la conférence de presse organisée par la police au sujet du meurtre de Sørensen. Et la mélodie est la même que celle utilisée afin d'alerter des passants de la présence d'un nouveau cadavre. Sur les genoux duquel est posé un exemplaire du livre de Sonja Nordstrøm.

En attendant, on n'avait toujours aucune trace de cette dernière. En soi, c'était inquiétant. Mais ce qui dérangeait le plus Blix, c'était l'impression que quelqu'un tirait les ficelles. Et que jusqu'alors, il ou elle contrôlait parfaitement les événements. Quelqu'un qui avait voulu que Jessica Flatebø soit découverte dans les circonstances où elle l'avait été.

Kovic termina sa conversation.

— Ils ont le portable au poste. Il était resté sur place.

— Très bien, dit Blix. Je parierais cent couronnes que c'est celui de Sørensen.

32

Emma consulta les archives de son blog et se rendit compte qu'elle avait beaucoup écrit sur Jessica Flatebø. Surtout avant sa disparition, mais plusieurs articles dataient des six jours qui avaient suivi. Les papiers qui lui étaient consacrés attiraient toujours de nombreux lecteurs, car ils renvoyaient en général à ses dernières incartades sur les réseaux sociaux et étaient souvent illustrés de photos, cadrées sur ses lèvres, son décolleté, sa chute de reins ou ses jambes.

Flatebø était devenue un phénomène. Du jour au lendemain, semblait-il, tout le monde la connaissait, surtout parce qu'elle avait intégré *Hôtel Paradis* avec un appétit insatiable pour les deux sexes, mais aussi pour son look de top-modèle et son comportement outrageusement décomplexé, que la caméra soit pointée sur elle ou pas. C'était un cocktail gagnant qui lui assurait des clics d'hommes autant que de femmes, les uns et les autres rêvant de faire l'objet de ses attentions, et qui suscitait l'intérêt des bien-pensants, curieux de savoir ce qu'elle avait encore inventé cette fois-ci.

Les lecteurs plus jeunes, eux, s'intéressaient à tout ce qu'elle faisait. Ils la trouvaient cool, drôle, stimulante, une vraie source d'inspiration. Ils étaient beaucoup trop nombreux à rêver de lui ressembler plus tard. C'étaient leurs commentaires qui avaient fait regretter à Emma d'avoir offert une si large tribune à Flatebø.

Quand l'info selon laquelle elle pourrait avoir disparu de son plein gré commença à circuler, les gens suggérèrent immédiatement le suicide et Emma reçut la consigne stricte de ne pas se répandre sur le sujet, Anita ne voulant pas que news.no tire profit d'une tragédie personnelle, quelle que fût la notoriété de la personne concernée.

Mais maintenant que la police d'Oslo venait de publier un communiqué annonçant la découverte d'un cadavre à Nordmarka et que l'on « soupçonnait Jessica Flatebø d'avoir été victime d'un crime », Anita avait fait machine arrière et encouragé Emma à réunir autant d'éléments que possible, quitte à recycler d'anciens articles.

Emma envisagea d'envoyer un message à Alex Blix pour lui demander s'il avait la moindre info concernant Flatebø, avant de se raviser. Il était certainement assez occupé comme ça avec Nordstrøm et Sørensen. Et puis elle ne voulait pas lui donner l'impression qu'elle essayait de l'utiliser. Elle se rassura en se disant qu'aucun des autres médias n'avait publié d'articles à ce sujet non plus.

Son téléphone vibra vers 7 heures. C'était Kasper :

J'ai besoin d'un guide pour m'y retrouver parmi les restaurants d'Oslo.

Emma esquissa un sourire.

Tu as essayé les Pages jaunes ?

Elle attendit sa réponse le cœur battant.

Trop de noms pour pouvoir choisir. Ai besoin d'un avis avisé. Et si possible d'une jolie blonde pour partager mon repas. ☺

Emma serra un instant son téléphone contre elle. Même si beaucoup de choses pouvaient encore arriver au cours de la soirée, il fallait bien qu'elle dîne.

Trois quarts d'heure plus tard, elle entrait au Villa Paradiso à Grünerløkka, consciente de sa fébrilité. Pour les rendez-vous de ce genre, ces dernières années, ce à quoi elle s'attendait et ce qu'elle était disposée à accepter ne faisait aucun doute. Un verre, ou cinq, le dîner, le sexe le cas échéant – chez lui ou dans un endroit neutre –, à condition qu'il remplisse tous les critères qu'elle avait établis. Mais maintenant, elle ne savait pas ce qu'elle voulait. En revanche, elle avait une idée assez précise de ce qu'il voulait, lui.

Comme d'habitude, l'établissement était bondé, mais Kasper était arrivé tôt et avait réussi à leur trouver une table dans le fond, au rez-de-chaussée. Il se leva au moment où elle le repérait. Ils échangèrent une accolade rapide. Kasper sentait délicieusement bon, le shampooing en premier lieu. Sentir bon était le critère Un.

— Je suis ravi que tu aies le temps de dîner avec moi, dit-il.

— En fait, je ne peux pas le garantir. Je risque de me

lever et de partir en courant à tout moment, expliqua-t-elle en montrant son portable.

— C'est ta spécialité, si j'ai bonne mémoire. Tu n'avais pas filé à vélo, plutôt ?

Emma hocha la tête et sourit.

— À Copenhague, nous avons beaucoup de sympathie pour les amateurs de bicyclette. Personne ne fait plus de vélo que nous, comme tu sais.

Il lui sourit largement et tira une chaise pour elle.

— Quelle galanterie.

— Oui, on dirait qu'un pauvre péquenaud de Danois essaie de faire bonne impression.

Emma sourit. L'humour, critère Deux.

— Et comment s'en sort-il ? voulut savoir Kasper.

— Il est encore un peu tôt pour le dire.

Autour d'eux, l'air bourdonnait de conversations. Sous leurs yeux, derrière la vitre, des gens se pressaient dans et hors d'Olaf Ryess plass, un petit parc circulaire au cœur de Grünerløkka. Des odeurs alléchantes émanaient du four à bois.

La serveuse, une femme trapue aux cheveux noir de jais coupés très court, leur apporta le menu. Kasper commanda une bière, Emma un verre de blanc sec. Ils firent leur choix parmi l'imposante carte de pizzas et, quand la serveuse se fut éloignée, Kasper demanda :

— Alors… comment va la vie ?

Emma n'avait pas envie de s'étendre sur le sujet, aussi se contenta-t-elle de répondre « bien », et lui retourna la question.

— Moi aussi, ça va.

— Tu as des choses intéressantes pour demain, concernant Jeppe Sørensen ? attaqua-t-elle.

Il répondit d'un ton détaché :

— Pas vraiment.

Elle eut l'impression qu'il n'avait pas l'intention d'abattre son jeu, maintenant qu'ils étaient rivaux.

La serveuse revint avec leurs verres. Kasper la remercia d'un sourire. Bien élevé, critère Trois. Il leva sa chope avec sérieux et demanda à son tour :

— Et toi ? Tu as des sujets brûlants prêts pour demain matin ?

Emma secoua la tête.

— Chez nous, on ne garde rien sous le coude. Dès qu'on tient quelque chose, on publie.

— Et la dernière chose en date ?

Emma lui cita Jessica Flatebø. Kasper n'avait pas entendu parler d'elle, mais il commenta avec résignation la célébrité d'une blogueuse danoise du même genre. À part leur physique, les deux jeunes filles n'avaient pas grand-chose d'intéressant à offrir.

Kasper prit une gorgée de bière, se pencha légèrement en avant :

— Alors, qu'as-tu fait de beau depuis Gothembourg ?

Emma leva rapidement les yeux vers lui, consciente que le rouge lui montait aux joues.

— Eh bien, j'ai eu des tonnes de travail, et j'ai fait beaucoup…

— De vélo ?

— Oui, acquiesça-t-elle, reconnaissante qu'il lui donne une raison de rire.

— Est-ce que tu as..., commença-t-il, puis, ayant marqué un temps d'arrêt : Est-ce qu'il t'est arrivé de penser à moi pendant tout ce temps-là ?

Emma gagna quelques secondes en prenant une gorgée de vin. Elle le regarda par-dessus son verre, constata qu'il n'avait pas l'air de s'inquiéter de ce que pourrait être sa réponse. Au contraire, il avait l'air sûr de lui, mais pas d'une manière désagréable. Critère Quatre coché : elle aimait les hommes qui avaient confiance en eux. En même temps, elle ne savait pas jusqu'à quel point elle pouvait se permettre d'être honnête. En répondant « oui », elle accorderait plus d'importance à leur aventure qu'elle ne voulait l'admettre, mais une réponse négative serait synonyme de rejet.

— Comme je te le disais, j'ai eu beaucoup de...

Elle se trouva à court de mots. Elle aurait pu évoquer sa grand-mère, Martine, son travail. Ou parler d'elle-même, mais elle n'était pas encore disposée à se confier à lui.

— Eh bien, moi, j'ai pensé à toi, dit Kasper de sa voix chaleureuse et posée.

Emma avait espéré qu'ils n'en arriveraient pas *là*, à Gothembourg, si tôt dans la soirée. Kasper poursuivit :

— Je me suis demandé ce que tu pensais de... *nous*.

Emma refusa de croiser son regard. Elle se contenta de répondre :

— Je n'y ai pas vraiment pensé, en fait. Tu es parti pour Copenhague et je suis rentrée à la maison.

Elle leva brièvement les yeux vers lui et comprit qu'il s'était attendu à une autre réponse. Il attendit un moment avant de réagir.

— Tu veux savoir ce que moi, j'ai pensé ?

Emma hésita une seconde, puis :

— Je n'en suis pas sûre.

— J'ai pensé que c'était une merveilleuse soirée. Une merveilleuse nuit. En compagnie d'une fille que j'aimerais pouvoir mieux connaître.

— N'est-ce pas ce que tu fais en ce moment ?

— Tu crois ? Je ne sais pas.

Emma aurait préféré pouvoir regarder ailleurs, mais elle tournait le dos à la salle et n'avait que Kasper en face d'elle. Ils continuèrent à boire sans parler et soudain, il demanda :

— À ton avis, quelle pourrait être la relation entre Sonja Nordstrøm et Jeppe Sørensen ?

Emma fut soulagée qu'il change de sujet.

— À part être chacun une star dans son pays et être lié au sport ?

Elle réfléchit un instant et finit par avouer :

— Vraiment, pas la moindre idée.

— Sørensen était au fond du trou, mais elle, pas du tout, n'est-ce pas ? Souffrait-elle d'une sorte de dépression parce que sa carrière était derrière elle ?

Emma secoua la tête.

— Ça fait un bout de temps que Nordstrøm a arrêté la compétition, et de toute manière, ce n'est pas le genre de femme à se laisser abattre. C'est même le contraire : chaque fois qu'elle a rencontré un problème, elle s'est employée à le résoudre. Elle a foncé, sans un regard en arrière.

— Tu as lu son livre.

— Oui.

— Il va falloir que je me décide à le faire aussi.

— J'en ai un à la maison, proposa Emma, le regrettant aussitôt.

Elle ne voulait pas ouvrir cette porte. Définitivement ne pas ouvrir la porte de chez elle. Ce serait trop difficile de convaincre Kasper de partir, une fois qu'il serait à l'intérieur. D'autant qu'elle n'en aurait pas forcément envie.

— Et d'ailleurs, pourquoi le meurtrier s'en prendrait-il à des célébrités souffrant de dépression ? poursuivit-elle. Ça n'a pas de sens.

— Je suis complètement d'accord avec toi, admit-il.

Il avait pourtant fourni à Emma matière à réflexion. C'était assez malin, de la part d'un tueur, de choisir une victime dont les problèmes psychologiques étaient déjà connus. Les disparitions inquiétantes se révélaient souvent être des suicides, et quand bien même l'entourage et la police menaient des recherches, ils ne privilégiaient pas la piste criminelle. Et comme les médias se tenaient en retrait, il était plus facile pour l'agresseur de passer entre les mailles du filet.

Mais dans le cas de Jeppe Sørensen, il n'y avait aucun doute sur le fait que ce soit un meurtre. Emma se demanda alors comment le corps de Jessica Flatebø avait été découvert. Cela était-il aussi évident que pour Sørensen ? Jessica avait également souffert de problèmes psychologiques ces derniers mois.

33

— Il va avoir bientôt fini ?

Ayant ramassé son assiette et ses couverts sales, Blix jeta un coup d'œil dans le couloir en direction de la salle où l'on visionnait les vidéos. Øyvind Krohn, l'expert en technologie de la communication et analyste de photos de l'unité crimes graves, avait été rappelé et prié d'examiner tous les enregistrements vidéo de la salle où s'était tenue la conférence de presse de la police.

— Je pense qu'il n'y en a plus pour longtemps, dit Kovic.

Blix emporta la vaisselle sale à la cantine de l'étage supérieur pour la déposer dans l'évier de la cuisine vide, profitant de l'occasion pour regarder sur son téléphone ses derniers échanges de messages avec Emma. Elle lui avait demandé s'il existait un lien entre Sørensen et Flatebø. Il avait simplement répondu *Oui*. Elle n'avait pas posé d'autres questions. Jusqu'ici du moins.

En dépit de l'avertissement fort clair de Fosse, Blix ne pouvait s'empêcher de vouloir aider la jeune femme. En lui lâchant des bribes d'informations, qu'on ne pourrait faire remonter jusqu'à lui. La rumeur selon laquelle le livre de Sonja Nordstrøm avait été trouvé sur les genoux de Jessica circulait déjà au poste de police. En fait, la première patrouille arrivée sur la scène de crime avait cru qu'il s'agissait du corps de Nordstrøm. Beaucoup de gens savaient que le livre était sur place, à commencer par l'équipe de secours qui était entrée dans la cabane avant la police.

Il s'apprêtait à lui envoyer un nouveau message lorsque le téléphone vibra dans sa main. C'était Kovic.

— Krohn est prêt.

— J'arrive, dit-il.

Il effaça ce qu'il avait commencé à écrire. Ce faisant, il se dit qu'il enfreignait la déontologie la plus élémentaire et il effaça également les messages récents qu'il avait échangés avec Emma. Puis il entra dans la salle vidéo.

Penché sur le clavier, Krohn était assis à côté de Wibe, qui fit de la place pour Blix.

— Tout paraît tellement bien planifié, expliqua Wibe. Le téléphone abandonné là, qui se met à sonner au moment opportun, jouant toujours ce même air. Ce n'était pas par hasard. Et ce n'était pas non plus un hasard que le portable de Nordstrøm se soit trouvé là où il était et à ce moment précis.

Blix en convint.

— Le portable de la salle de presse doit être celui de Jeppe Sørensen. Sa présence à cet endroit faisait partie du plan. Raison pour laquelle je me n'attends pas à ce que les techniciens y découvrent quoi que ce soit – sauf si le criminel veut que nous l'y trouvions.

Krohn augmenta le son de l'ordinateur. La voix de Gard

Fosse était clairement audible. Il pontifiait sur les découvertes que la police avait faites et soulignait qu'elle avait besoin de l'aide du public. Puis la musique s'éleva. Fosse s'interrompit. Blix se rapprocha de l'écran.

— Retourne en arrière, demanda-t-il. Et zoome sur l'emplacement du téléphone.

Krohn suivit les instructions et lança l'écoute de la bande.

— Où est-il exactement ? demanda Kovic.

— On ne peut pas le voir, mais il semble que cette femme le ramasse par terre.

À l'aide de la souris il traça un cercle autour d'une des journalistes. Pendant une minute, ils ne repérèrent rien de significatif.

— Très bien, dit Blix. Rembobine tout jusqu'au début. Alors qu'il n'y avait encore personne dans la salle.

Krohn revint en arrière, s'arrêtant au moment où les gens commençaient à entrer. Apparut en premier un homme qui disposa sur l'estrade des pancartes au nom des participants et un verre d'eau pour chacun. Puis les journalistes firent leur entrée. Certains prirent place dans les premiers rangs, d'autres s'affairaient encore avec leurs micros et leurs caméras. Les rangées se remplissaient peu à peu.

Emma apparut à la lisière du cadre. Debout, elle discutait avec un homme à cheveux courts bouclés qui portait des lunettes à verres ronds. En la voyant, Blix glissa la main au fond de sa poche et empoigna son téléphone. Son regard revint se poser sur le centre de la salle, là où l'on avait trouvé le portable. Des hommes et des femmes, grands et petits, déambulaient en attendant. Bientôt tous les sièges furent occupés.

— Je ne vois personne déposer un portable par terre, dit Wibe.

— Moi non plus, confirma Kovic.

— Essaie un autre angle, demanda Blix à Krohn.

Quelques clics plus tard, les images d'une autre caméra apparurent à l'écran. C'était une vue à vol d'oiseau, plongeant à hauteur de plafond sur les têtes des personnes présentes, mais elles étaient si nombreuses qu'il n'y avait pas moyen de voir ce qui se passait au niveau de leurs pieds.

L'enregistrement montrait maintenant les secondes précédant la conférence de presse. Blix observa les rangées du milieu, espérant y reconnaître quelques visages. Pia Nøkleby assura l'introduction et passa la parole à Gard Fosse. Blix fut attentif à chaque mouvement pendant le discours de Fosse. L'assistance semblait boire ses paroles mais il n'était pas possible de voir nettement tous les visages.

Puis le fameux air se fit entendre. D'abord, chacun garda le silence. Ensuite les regards fusèrent de tous côtés et les gens se tournèrent les uns vers les autres, stupéfaits, jusqu'au moment où une femme se pencha et ramassa le téléphone qui sonnait. Elle appuya sur une touche et la musique cessa. Fosse la remercia. La femme suivit l'assistance des yeux en levant l'appareil assez haut, puis elle le baissa de nouveau.

— Quelqu'un qui était assis tout près a dû le mettre là, dit Blix. Zoome sur chacun d'eux.

Krohn mit sur pause et agrandit l'image de la femme, puis celle de l'homme à côté d'elle, un grand costaud.

— Lars Rovell, dit Blix. Il bosse pour *Stavanger Aftenblad* à leur bureau d'Oslo. Passe au suivant.

Krohn délimita une autre zone derrière Rovell. Une femme mince coiffée en queue-de-cheval. Blix ne la connaissait pas.

— Continue, dit-il à Krohn, puis s'adressant aux autres : Et vous, si vous aviez voulu laisser un portable sur le sol d'une salle bondée sans vous faire remarquer, comment vous y seriez-vous pris ?

— Je me serais accroupie et aurais fait semblant de renouer mon lacet, proposa Kovic.

— Je l'aurais juste tenu dans ma paume et discrètement laissé tomber par terre, dit Wibe. Peut-être en toussotant, pour couvrir le bruit de la chute. Mais le sol est recouvert de moquette…

— Mais nous n'avons vu personne se pencher ou s'accroupir, objecta Blix. Ni entendu la moindre toux. En tout cas pas pendant les minutes précédant le début de la conférence.

Krohn continua de zoomer sur les personnes autour de Rovell et de la journaliste qui avait éteint le portable.

Blix avait également une hypothèse. Il y réfléchit un instant avant de la soumettre à ses collègues.

— J'aurais déposé le téléphone pendant que je m'asseyais, expliqua-t-il. Bien avant le début de la séance. Et alors que la conférence battait son plein, toute l'assistance concentrée sur ce qui se disait, je l'aurais poussé du pied vers le côté, ou en avant.

— Je reviens en arrière ? demanda Krohn.

— Non, laissez, répondit Blix.

Les images continuèrent à défiler. Fosse expliqua qu'ils coopéraient avec la police danoise et avaient dépêché un enquêteur à Copenhague. Aucune des personnes présentes dans la salle ne bougea ni ne changea de place, à l'exception de quelques photographes en quête d'un meilleur angle de vue.

Blix regarda de nouveau Emma avec attention. Elle se tenait debout à l'arrière de la salle, près de la porte de sortie, et prenait des notes.

— Attendez ! s'exclama-t-il. Arrêtez ici.

Juste derrière Emma, quelqu'un venait d'apparaître, une capuche relevée sur la tête. Blix le pointa du doigt.

— N'est-ce pas une tenue un peu inhabituelle pour un journaliste ?

Krohn zooma, délimita la zone et cadra sur le visage dissimulé sous la capuche. L'image parut floue au début, puis elle se stabilisa.

Blix en resta bouche bée. Les yeux de l'homme n'étaient pas dirigés vers l'estrade, et ses traits n'étaient pas nettement définis. Mais Blix l'avait déjà vu.

— Nom de Dieu, marmonna-t-il.

— Qu'est-ce qu'il y a ? demanda Wibe. Qui est-ce ?

Blix ne répondit pas à la question, il ordonna sans hésiter :

— Faites venir Gard Fosse. Rassemblez tout le monde. Il faut qu'on ait une réunion immédiatement.

34

Emma avait bu un verre de plus qu'elle n'en avait eu l'intention, mais quand Kasper régla la note et lui demanda où elle habitait, elle ne se sentait pas du tout ivre.

— C'est assez loin d'ici, dit-elle, je crois que je vais prendre un taxi.

Il avait commencé à pleuvoir. Une pluie fine et froide. Un groupe de fumeurs se tenait cependant dehors. Emma se tourna vers Kasper.

— Merci pour ce délicieux dîner.

— Ça m'a fait plaisir.

Il la considéra comme s'il pesait avec précaution les mots qu'il allait prononcer.

— Merci pour tout, ajouta-t-il, et il fit un pas vers elle pour lui donner l'accolade.

Emma le laissa faire. Kasper la serra contre lui un peu plus longtemps que pour une accolade au sens strict, exprimant ainsi ses véritables sentiments. Elle en eut conscience à la manière dont il détacha lentement sa joue de la sienne, sans vraiment s'écarter, et sa barbe l'effleura en s'approchant de sa bouche.

Emma fit un pas déterminé en arrière. Ses pensées s'égarèrent brièvement vers le bref message de Blix. Il y avait bel et bien un lien entre Nordstrøm, Sørensen et Flatebø. Elle avait hâte d'être chez elle et d'en découvrir davantage. C'est du moins ce qu'elle pensa alors.

— Je te raccompagne ? proposa Kasper. Ou tu pourrais venir chez moi…, ajouta-t-il avec un sourire embarrassé. Un peu de compagnie me serait agréable.

Il était persévérant. Une autre qualité qu'Emma appréciait.

— Je ne crois pas, dit-elle. J'ai du travail.

Kasper la regarda longuement avant de concéder :

— D'accord. Mais on pourrait se voir demain ?

Mais il n'insistait pas lourdement – ça, Emma le supportait mal.

— Oui, c'est possible.

Et ils se séparèrent. Emma décida de rentrer à pied. Au bout de deux ou trois cents mètres, elle sortit son téléphone pour écrire à Blix.

Comment tout ça est relié ?

Elle poursuivit son chemin le téléphone à la main, mais Blix ne répondit pas. Finalement elle rangea le portable dans son sac et prit la direction de Telthusbakken, une montée très pentue qui mit ses quadriceps à rude épreuve. En poursuivant vers Bjerregaards gate, elle eut la nette impression que quelqu'un suivait la même route qu'elle depuis un moment. Elle se retourna pour vérifier et aperçut la sombre silhouette d'un homme à capuche de l'autre côté de la rue. Pas moyen de distinguer son visage.

Emma pressa l'allure. L'éclairage de Bjerregaards gate était vraiment insuffisant, mais plus elle se rapprochait d'Ullevålsveien, plus il y avait de boutiques et de bistrots, et de circulation. Arrivée à Ullevålsveien, elle fonça entre un bus de nuit et un cycliste, traversa les deux voies et accéléra dès qu'elle fut de l'autre côté. Elle se retourna de nouveau devant l'Underwater Pub. Cette fois, elle ne vit pas l'ombre à capuche.

Il était déjà arrivé que des hommes la suivent. En une occasion, son instinct l'avait alertée avec une telle force qu'elle s'était réfugiée dans une supérette de Seilduksgata ouverte la nuit et avait attendu que son « suiveur » ait passé son chemin. Quelques jours plus tard, elle avait lu dans le journal qu'une jeune femme blonde d'à peu près son âge avait été violée non loin de là.

Quelques minutes plus tard elle atteignit son domicile de Falbes gate. Elle ne put vraiment souffler et se détendre qu'après avoir refermé sa porte. Elle s'imprégna de l'immobilité silencieuse de son appartement avant de laisser ses pensées s'attarder sur Kasper et l'opinion qu'il pouvait avoir d'elle. Elle regrettait de ne pas avoir su mieux orienter le cours de la soirée.

Elle consulta son portable. Toujours pas de réponse de Blix. Il était près de 23 heures. Elle n'aurait sans doute plus de nouvelles de lui avant le lendemain matin.

Dans la salle de bains, Emma remarqua que de longues mèches de cheveux bruns striaient le lavabo. Elle pensa aussitôt à sa nièce, aux épreuves qui l'attendaient si ses soupçons se confirmaient.

Elle ôta tous ses vêtements. Passa lentement les doigts

à travers ses propres cheveux tout en se regardant dans le miroir. Elle était toujours étonnée de constater à quel point on aurait dit des vrais. Nonchalamment, elle commença à soulever sa chevelure de son scalp. D'une main, centimètre par centimètre, tout en ouvrant de l'autre le placard sous le lavabo. C'est là qu'elle rangeait ses perruques. Elles étaient toutes plus ou moins de la même longueur, mais avec de subtiles différences de couleur.

Prenant son temps, elle détacha sa perruque du jour de son crâne complètement chauve et la déposa sur la console avant d'observer de nouveau son reflet. Elle pensa à Martine en caressant la surface glabre. Elle ignorait si sa propre mère avait souffert de la même maladie. Ce n'était pas directement héréditaire, lui avaient expliqué les médecins, même s'il n'était pas rare que plusieurs membres d'une même famille en soient affectés.

Elle s'attarda un moment et soudain, elle lâcha un grand soupir et se démaquilla avec résolution avant de se glisser sous la couette.

35

— Merci d'être venus si tard dans la soirée. Nous tenons peut-être quelque chose.

Blix pointa à l'aide d'une longue baguette le photomontage projeté sur le tableau devant lui.

— Voici Walter Georg Dahlmann.

L'image se divisa en deux. À gauche, le portrait en buste d'un homme d'environ vingt-cinq ans, l'air fatigué et en colère. À droite, le même homme avec quinze ans de plus et l'air encore plus négligé.

Gard Fosse apparut dans l'embrasure de la porte et s'appuya, bras croisés, au chambranle.

— Il a aujourd'hui quarante-trois ans, poursuivit Blix. Il est originaire de Dalen, dans le Telemark. Il a servi deux fois en Afghanistan et au retour de la deuxième expédition, on lui a diagnostiqué un syndrome post-traumatique. En 2004, Dahlmann a été… (Blix pointa la baguette sur la partie gauche de l'image) condamné à seize ans de prison pour avoir tué son ex-compagne, Maria Lenth, ainsi que le nouveau petit ami de celle-ci, Simen Veum. Certains d'entre vous doivent se souvenir de Simen, il bossait ici, au quatrième étage. Il avait vingt-sept ans. Un type bien. On a travaillé ensemble, lui et moi.

Dans la salle, plusieurs personnes approuvèrent de la tête.

— Dahlmann est sorti de prison il y a trois mois. On ne sait pas du tout ce qu'il a fait depuis, mais on est sûrs d'une chose : il assistait à la conférence de presse d'aujourd'hui.

Blix saisit une télécommande et cliqua rapidement à plusieurs reprises, faisant apparaître à l'image les mouvements de Dahlmann dans l'assistance quelques heures plus tôt.

— De son côté, Nicolai Wibe a visionné toutes les vidéos prises aux alentours du pont Eventyrbrua le jour où Geir – Geia – Abrahamsen a touché dix mille couronnes pour activer le portable de Sonja Nordstrøm et le jeter dans une tombe ouverte. Cet homme… (Blix cliqua sur une capture d'image vidéo peu nette prise de loin) ne correspond pas à cent pour cent avec Dahlmann mais la capuche est similaire. Même couleur. Même silhouette, même taille. Krohn et son équipe s'emploient à nous confirmer l'identification. L'homme descend sous le pont où zonait Geia et ressort à peine sept minutes plus tard, ce qui colle avec l'horaire fourni par ce dernier.

Blix observa ses troupes. Apparemment, tout le monde était d'accord avec son raisonnement.

— Nous ne pouvons affirmer que c'est Dahlmann qui a placé ce téléphone par terre lors de la conférence de presse, mais il est naturel de tirer cette conclusion. Il n'a pas de carte de presse et il ne travaille pour aucun média.

— Alors il faut le convoquer et découvrir ce qu'il fichait

là, lança Fosse d'une voix retentissante du fond de la salle. Il faudra qu'il s'explique.

— À l'évidence, c'est notre prochaine étape, déclara Blix en levant les yeux vers le boss. Dès que nous saurons où il est.

— Parce que vous l'ignorez ? demanda plaintivement Fosse.

— Lorsqu'il a été libéré, il a donné l'adresse de sa grand-mère, expliqua Kovic. Mais il n'y a pas mis les pieds. J'ai interrogé sa mère, qui n'a pas la moindre idée de l'endroit où il se trouve et qui n'a pas de numéro de téléphone pour le joindre. Mais elle pense qu'il doit être à Oslo ou à Drammen. Ou alors, peut-être, à Kongsberg. Il a des amis là-bas.

— Il dispose d'un véhicule ?

— Pas qu'on sache.

Fosse ne demanda rien de plus, mais Blix voyait bien que quelque chose le préoccupait.

— Avant d'être tuée, Maria Lenth avait une certaine notoriété : elle était l'autrice de deux livres remarqués et avait le vent en poupe. Elle est apparue deux ou trois fois à la télévision, et la presse écrite a beaucoup parlé d'elle.

Blix cliqua sur la photo de Lenth : une jolie femme aux longs cheveux bruns.

— Dahlmann et elle sont restés trois ans ensemble, et puis elle l'a plaqué. Apparemment parce qu'il commençait à lui faire peur, il s'était montré violent à plusieurs reprises. Six semaines plus tard, elle et Veum ont été tués.

Blix toussota derrière sa main.

— Dahlmann a essayé de s'enfuir mais il a été interpellé au bout de deux jours de chasse à l'homme dans la région d'Østland. Il a plaidé la légitime défense : Simen Veum et Maria Lenth auraient essayé de le tuer, lui.

— Qu'avait-il comme arguments ? demanda Wibe, assis au milieu de la salle.

Blix fit un signe à Kovic qui s'avança et regarda l'assemblée.

— Dahlmann a prétendu que Lenth avait vidé leur compte joint. Il est allé la voir pour lui demander la restitution de sa part.

Blix pointa un doigt sur une des photos récentes de Dahlmann.

— Mais Lenth, selon lui, a refusé, poursuivit Kovic. Et au cours de la discussion qui a suivi, lors de laquelle Dahlmann s'est apparemment montré extrêmement menaçant, Veum a sorti un pistolet. Dahlmann est parvenu à le désarmer, mais Lenth l'a attaqué avec un couteau de cuisine. Finalement, elle a eu la gorge tranchée. Et Veum est mort quatre jours plus tard des coups de couteau qu'il avait reçus.

Kovic jeta un bref coup d'œil à Blix qui l'encouragea d'un signe de la tête.

— Après le drame, Dahlmann a paniqué. Maria Lenth était une personnalité connue, qui avait une liaison avec un officier de police. Dahlmann s'est dit que personne ne croirait sa version des faits. Et il avait raison, ajouta Kovic, c'est pour ça, selon lui, qu'il a essayé de s'enfuir.

Elle saisit le verre posé devant elle et but une gorgée d'eau. Fosse prit alors la parole.

— Très bien, déclara-t-il, et les autres se retournèrent vers lui. Nous avons un suspect. Mais que diable Walter

Georg Dahlmann a-t-il à voir avec Sonja Nordstrøm, Jeppe Sørensen et Jessica Flatebø ?

— C'est précisément ce qu'il nous reste à découvrir, répliqua Blix.

— Et pourquoi venir à la conférence de presse et nous laisser voir son visage ? demanda Abelvik. Il devait se douter qu'on contrôlerait les caméras de surveillance.

— Bonne question, reconnut Blix. Jusqu'ici, tout nous incite à croire qu'il n'agit pas de manière inconsidérée. Il veut peut-être que nous le voyions.

Gard Fosse s'avança dans la salle.

— Il doit être complètement déboussolé, suggéra Wibe. Ce stress post-traumatique au retour d'Afghanistan, il a pété les plombs, non ?

— Je n'en suis pas si sûr, dit Blix. Pour moi, tout ça est très planifié.

Fosse, qui avait rejoint Blix et Kovic devant l'assistance, déclara :

— Pas la peine de se fatiguer avec la psychologie tant qu'on n'est pas sûrs qu'il s'agit bien de lui. Notre priorité est de le débusquer. De l'enfermer dans une salle d'interrogatoire. Et de trouver quelque chose à exploiter. Ce Geia lui a parlé, n'est-ce pas ? Faites-le venir pour une séance de tapissage.

— À l'heure qu'il est, nos gars le pistent, dit Blix.

— Très bien. Et demain à la première heure, on lancera un avis de recherche généralisé.

Fosse tourna les talons et, au moment de sortir, il pila net.

— Et on ne laissera absolument pas filtrer le fait que nous détenons un suspect ici, d'accord ?

Il promena son regard autour de la salle, sourcils froncés, avant de quitter les lieux.

36

Ragnar Ole Theodorsen était en retard, comme d'hab. Il y avait toujours quelque chose qui se mettait en travers de son chemin, un taxi ralenti par la circulation, un voisin qui voulait lui dire un mot, un appel téléphonique malvenu. Aujourd'hui, toutefois, c'était une chanson, dont il n'arrivait pas à se défaire. Il écoutait la radio lorsqu'un des airs qui passaient, un accord modifié, l'avait lancé. Il n'avait rien noté, il s'était juste laissé emporter. Tout de suite, il avait eu en tête huit mesures qui tenaient la route, il avait définitivement quelque chose, il le sentait. Ce n'allait pas forcément être le Grand Air qui ferait de lui un rentier, mais il éprouvait toujours un plaisir enfantin à croire que c'était possible, du moins pendant quelques secondes. Il n'avait pas eu le temps de l'enregistrer mais il le ferait aussitôt rentré chez lui.

Theodorsen n'avait pas le numéro de portable du journaliste qu'il était censé rencontrer, sinon il lui aurait envoyé un texto pour l'informer de son retard. Allez, se dit-il, c'est un des avantages d'être une star, pas vrai ? On a le droit d'être en retard. Il se répéta le mot « star » et hocha la tête en souriant. Ce qu'il faisait ces derniers temps n'avait rien de fracassant. Vingt ans plus tôt, ils jouaient devant des salles combles, où que ce soit. Aujourd'hui, ils pouvaient s'estimer heureux d'avoir cent spectateurs. Mais il n'y avait pas lieu de se plaindre, c'était quand même mieux que des horaires de bureau. Et ça battait tous les jobs, de pouvoir voyager d'un bout à l'autre du pays, de jouer la musique qu'on avait composée pour un public, et de vendre un ou deux albums. Il avait de quoi vivre.

Le temps où la presse s'intéressait à tout ce qu'ils faisaient était un peu passé, aussi leur imprésario leur avait-il fait la leçon : lui comme les autres membres des Fabulous Five devaient absolument accéder à toutes les requêtes. Voilà pourquoi Ragnar Ole Theodorsen sauta à bord du tram, à Stortorvet, sous la pluie, avec douze minutes de retard. En règle générale, les cinq du groupe étaient toujours interviewés ensemble, mais ce journaliste avait insisté, Theodorsen était le seul qui l'intéressait pour son article. « Vous êtes le cerveau des Fabulous Five, c'est vous qui écrivez toutes les chansons. » Quel argument lui opposer ?

Theodorsen entra dans la boulangerie-café Samson, ôta ses lunettes, regarda autour de lui, avisa dans le fond une main dressée. Il adressa un signe de tête à un serveur et s'avança. Deux ou trois personnes le dévisagèrent, mais personne ne parut le reconnaître. L'homme qui avait agité la main se leva et rajusta la parka drapée sur le dossier de sa chaise.

— Je suis désolé d'être en retard, dit Theodorsen.

— Je suis ravi que vous ayez pu venir, répondit le

journaliste. Je viens de commander une grande cafetière. Désirez-vous autre chose ? Une brioche, une part de gâteau ?

— Du café sera parfait, merci, dit Theodorsen en s'asseyant.

Puis il ramassa une serviette sur la table et entreprit d'essuyer ses lunettes avant de les chausser de nouveau tandis que le journaliste remplissait sa tasse.

— Il y a du lait et du sucre, dit ce dernier d'une voix que Theodorsen trouva plutôt apathique.

Il but une gorgée de café tout en observant la tignasse de son interlocuteur. Elle semblait un peu décentrée. Serait-ce une perruque ? se demanda-t-il.

— Les Fabulous Five, commença le journaliste. Cela fait un moment que vous vous produisez. Cela devient de plus en plus facile, ou difficile, selon vous ?

Theodorsen réfléchit. C'était une bonne question, qu'il se posait assez souvent depuis quelque temps.

— L'un et l'autre, répondit-il. C'est plus facile pour les tournées, on fait ça depuis si longtemps. À peu près comme aller à la salle de bains, si vous me suivez. Mon Dieu, ne répétez surtout pas ça ! ajouta-t-il en éclatant de rire. Ce que je veux dire, c'est que nous y allons et faisons ce que nous avons à faire, sans trop y penser. En revanche, c'est plus compliqué qu'avant de trouver de bonnes chansons. C'est peut-être lié à l'âge, après tout, j'ai cinquante-sept ans maintenant.

Il rit de nouveau mais le journaliste le regarda avec froideur. Il n'avait pas de carnet et de stylo devant lui sur la table, ni de magnétophone.

— À quoi ça ressemble, d'être célèbre ?

Theodorsen sourit.

— Eh bien, franchement, je n'ai pas du tout l'impression de l'être. Je peux me promener tranquillement dans les rues. C'est plus compliqué dans les zones rurales, quand nous sommes en tournée. Parfois il y a beaucoup de monde autour de nous, les gens demandent à faire des selfies, surtout les femmes.

Il rit de plus belle mais rencontra le même accueil froid. Il trouvait ça bizarre et commençait à se sentir vaguement mal à l'aise. Il but une nouvelle gorgée en essayant de trouver autre chose à dire.

— Tant que ça a duré, on s'est bien amusés. Tant qu'on était célèbres, je veux dire. On recevait beaucoup d'attention.

— Et vous trouviez que c'était mérité ?

Theodorsen regarda son interlocuteur avec étonnement.

— D'une manière ou d'une autre… Oui, je pense que c'est mérité, d'une certaine façon. On touche le cœur des gens, en quelque sorte. Ce qu'on fait a un écho chez eux. Je pense que c'était ça, au début en tout cas, quand on a débuté il y a trente ans, ajouta-t-il en gloussant de nouveau. Mais je veux croire que ce qu'on fait aujourd'hui a un sens pour le public. Pour ceux qui viennent encore à nos concerts, du moins. Il doit y avoir une raison s'ils se déplacent.

Le journaliste ne dit rien, il attendait la suite.

— On compose de la musique pour danser, à l'ancienne, rien de bien sorcier. Ce n'est pas non plus de la musique d'avant-garde.

— Il y a des musiciens qui écrivent des chansons à partir de quatre accords et qui deviennent des stars internationales, et ils gagnent des millions avec ça.

— Effectivement, si vous voyez les choses sous cet angle, nous ne méritons pas vraiment notre célébrité. Mais elle est liée à l'ensemble, à ce qu'on apporte en plus de la musique.

— Et vous, vous apportez quelque chose en plus ?

— En dehors de mon physique avantageux ? demanda Theodorsen en s'essayant une fois de plus à l'humour, mais sa tentative se heurta à un mur. Je pense que ce que le public apprécie chez nous, c'est que nous sommes nous-mêmes. Honnêtes. Sans prétention. Nous n'essayons pas d'être autre chose que ce que nous sommes.

— Alors, la célébrité n'est plus ce qui vous motive ?

Theodorsen prit le temps de la réflexion avant de répondre.

— Ne vous méprenez pas, ça me manque, l'ambiance des débuts, quand il y avait une foule de gens qui attendaient l'arrivée de notre car et qui hurlaient dès qu'on en sortait. J'adorerais pouvoir revivre ces moments-là. Et descendre dans des hôtels plus luxueux que ceux de maintenant.

Il sourit et but une gorgée de café en attendant la question suivante, dont il espérait qu'elle concernerait leur tournée à venir, ou l'album qu'ils s'apprêtaient à enregistrer pour la nouvelle année.

Au lieu de quoi, le journaliste demanda :

— Savez-vous qu'une de vos chansons a été jouée sur une scène de crime, récemment ?

Theodorsen leva les yeux vers lui.

— Quelqu'un a découvert une jeune femme morte dans une cabane à Nordmarka. Votre chanson « Engel » passait en boucle.

Interloqué, Theodorsen déglutit et balbutia :

— Non, je l'ignorais.

— Qu'est-ce que vous en pensez ?

— Ce que j'en pense ? Eh bien, honnêtement, je ne sais pas. C'est…

Pendant quelques secondes, il parut chercher ses mots.

— Vous voulez dire que Jessica… je ne sais plus son nom…

L'homme en face de lui acquiesça de la tête.

— J'ai lu ça dans le journal, bien sûr, mais je ne savais pas que… Je n'ai vu aucune allusion à « Engel » dans *VG* ni dans *Dagbladet*.

— L'information n'a pas été divulguée au public.

— Je vois. Mais alors, pourquoi… ?

— Quand ça se saura, vous croyez que votre chanson redeviendra célèbre ?

Theodorsen posa sa tasse. La porcelaine résonna sur la soucoupe.

— Non, je ne crois pas. Après tout, ça n'occupe pas une très grande place dans cette histoire.

— Ça arrive assez souvent, vous savez, que la popularité de certains artistes remonte en flèche juste après leur mort.

— À vrai dire, je n'ai pas du tout pensé à ça.

L'interview prit fin dix minutes plus tard.

Le journaliste mit sa casquette, se leva et enfila sa parka.

Theodorsen avait trouvé l'entrevue bizarre, cette conversation sur la célébrité… Il se demandait quel point de vue le journaliste allait adopter.

— Ça doit paraître quand ? lui demanda-t-il.

— Ça ne dépend pas de moi, mais assez vite, je pense.

— Vraiment ? Ce serait formidable.

Il y avait moins de clients que d'habitude dans le café. À cause de cette pluie, songea Theodorsen en se tournant vers le journaliste.

— Vous voulez prendre des photos ?

— D'accord, dit le journaliste en relevant sa capuche. Vous pourriez vous mettre là-bas ? fit-il en désignant l'extérieur, et l'escalier qui descendait dans la station de métro de Stortinget.

— Ici ? Juste devant l'escalier ?

— Oui, ce sera parfait.

Theodorsen avait connu tellement de séances photo insolites dans sa carrière qu'il ne fut pas autrement surpris. Il avait appris à faire ce qu'on lui demandait, histoire que l'affaire soit rapidement pliée. Ce qu'il avait à l'esprit, c'était de rentrer vite chez lui pour travailler à sa nouvelle chanson. Il se posta donc en haut des marches, prit la pose et attendit que le journaliste sorte son appareil, probablement un portable.

— Après ça, vous allez vraiment être célèbre, promit ce dernier en plongeant la main dans sa parka.

Theodorsen s'apprêtait à sourire mais ses lèvres se figèrent dans une expression de stupeur. Aussitôt, il entendit deux *pop* se succéder rapidement, il ressentit quelque chose dans sa poitrine et la douleur, aiguë, se propagea rapidement, de plus en plus profonde. Il n'arrivait plus à respirer, malgré ses efforts. Il porta la main à sa poitrine, ses mains se colorèrent de rouge et, quand il releva les yeux, de la fumée sortait du canon du pistolet qui était maintenant pointé sur sa tête.

Quand il vit le flash exploser à la bouche du canon, il pensa à la chanson qu'il voulait écrire le matin même. Et les accords lui échappèrent, ainsi que les paroles, il ne pouvait plus se souvenir d'une seule strophe. Il avait simplement conscience de ne plus être sur ses pieds, d'être en train de basculer en arrière. Vers le pied de l'escalier. Vers l'éternité.

37

La première alerte info arriva à 8 h 14. *NTB*, *VG* et TV2 annonçaient qu'il y avait eu des coups de feu et que quelqu'un avait été tué près de la station de métro de Stortinget. L'identité de la victime circulait déjà sur les réseaux sociaux. La rumeur d'un nouveau meurtre de célébrité avait poussé Emma à courir sous la pluie.

Elle se fraya un passage entre les badauds attroupés autour du périmètre de sécurité. Elle aurait voulu attirer l'attention de Blix, mais elle n'arrivait pas à le repérer au milieu de tous ces uniformes. La station de métro était fermée par les rubalises et Emma supposait que la circulation des rames avait été interrompue.

Elle essaya de se remémorer ce qu'elle savait de Ragnar Ole Theodorsen. Pas grand-chose, manifestement, c'était le chanteur des Fabulous Five, un groupe qui avait produit un tube retentissant quelques années plus tôt. Elle voulut retrouver la mélodie, n'y parvint pas à cause du bruit de la pluie qui martelait le sol et crépitait sur les parapluies.

Mais le titre lui revint subitement : *Engel*, et cela débloqua l'air dans sa tête. D'ailleurs, elle l'avait entendu récemment quelque part. La veille, à la conférence de presse de la police.

À ce moment précis, elle aperçut Blix qui se glissait sous la rubalise. Il était accompagné de plusieurs officiers, y compris l'enquêtrice qu'elle avait rencontrée au domicile de Nordstrøm.

Emma sortit son téléphone. Soucieuse d'en savoir plus sur le meurtre de Jessica Flatebø, elle avait envoyé à l'inspecteur un message plus tôt dans la matinée mais il n'avait pas encore répondu. Ce qui ne l'empêcha pas de tenter de nouveau sa chance.

> ENGEL *au point presse hier. Auteur de la chanson tué aujourd'hui. Un lien ? Des commentaires ? Suis près de l'entrée de la station Stortinget.*

Elle avait les yeux fixés sur lui, espérant qu'il la repérerait ou lirait son message. Il descendit les marches du métro, vraisemblablement pour voir le corps de Theodorsen.

Elle lui envoya un SMS :

> *Suis persuadée que d'autres journalistes ont fait le rapprochement. Pense à un article.*

Il ne se passa rien pendant plusieurs minutes, jusqu'à ce que Blix remonte à la surface. Il échangea quelques mots avec un collègue avant de consulter son portable. Puis il leva les yeux et scruta la scène autour de lui. Il croisa le regard d'Emma et secoua la tête. Ne sachant comment interpréter son geste, elle prit l'air étonné. Blix tapa quelques mots sur son portable. Celui d'Emma bourdonna.

Impossible parler maintenant. Appellerai plus tard.

Quand? répondit-elle instantanément.

Sollicité par un appel, Blix disparut aussitôt dans l'escalier. Au même instant, Emma repéra Henrik Wollan, debout parmi d'autres journalistes. Il la toisa d'un regard glacé. Elle décida de rentrer chez elle pour enfiler des vêtements secs. Et surtout, une perruque sèche.

38

— Où est Dahlmann ? Est-ce qu'on l'a localisé ? aboya Gard Fosse.

Agenouillé devant le corps de Theodorsen, Blix considéra calmement son supérieur. Tout ce qu'ils avaient appris leur permettant de se rapprocher de Dahlmann était un retrait de liquidités à un distributeur du centre-ville, une semaine plus tôt. L'image de la caméra de surveillance était pire que celle dont ils disposaient.

— Est-ce qu'on a quelque chose d'utilisable ici ? demanda Fosse en regardant autour de lui. Il a été abattu en plein jour dans un lieu très fréquenté. Il y a forcément quelqu'un qui a vu quelque chose.

Blix se mit debout et remercia Ann-Mari Sara qui poursuivait son examen du corps.

— Un homme portant une parka foncée et une casquette, débita Wibe en lisant dans son carnet. Il s'est volatilisé à l'intérieur du métro. Hélas, très peu de gens lui ont prêté attention dans la confusion. Cette station présente plusieurs possibilités de s'échapper, toutes les lignes mènent à Stortinget. L'assassin a pu se retrouver n'importe où dans la ville en quelques minutes.

Abelvik apparut, un grand sac en papier gris à la main.

— Sa parka. Elle était à l'intérieur d'une des poubelles près des barrières de contrôle des tickets.

— Il doit y avoir des caméras là-bas, non ? demanda Fosse.

— Krohn est allé récupérer les enregistrements, répondit Kovic. Mais elles ont récemment été vandalisées, de la peinture en spray.

Fosse se tourna vers l'escalier.

— On a quelque chose à donner à la presse ? En dehors de la parka foncée ?

— Casquette noire, pantalon foncé, bottes en caoutchouc bleu, répondit Wibe. Environ un mètre quatre-vingts.

Fosse contempla le corps pendant un instant avant de pivoter brusquement pour faire face à Blix.

— C'est urgent, grinça-t-il entre ses dents serrées. Dieu sait ce que ce cinglé est capable de faire maintenant.

Blix avait l'impression que son supérieur le tenait personnellement responsable de ces meurtres et lui reprochait le peu d'éléments dont ils disposaient. Il lui répondit :

— Nous n'avons pas la certitude que c'est Dahlmann le coupable.

Ils commencèrent à monter les marches.

— Nous devrions peut-être parler des différents liens, ajouta-t-il. Après tout, répandre l'information génère parfois de l'information.

— Mais nous ne savons rien !

— Certains pourraient tirer des conclusions par eux-mêmes, poursuivit Blix. Quelqu'un qui assistait à la conférence de presse hier, par exemple, et qui aura entendu la tonalité du téléphone.

Pour toute réponse, Fosse secoua la tête. Blix insista.

— Nous avons un suspect. Pourquoi ne pas rendre public le fait que nous recherchons Dahlmann ?

Ils étaient arrivés sur la place.

— Il vaut mieux qu'il ignore que nous le recherchons, déclara Fosse en couvrant l'espace du regard avant de s'avancer vers les journalistes qui attendaient.

Ne voyant pas Emma parmi eux, Blix ouvrit son téléphone et répondit au dernier message qu'elle lui avait envoyé :

Interrogez Unni Sarenbrant et Berit Norberg, les deux cueilleuses de champignons qui ont découvert Jessica Flatebø. Demandez-leur quelle musique elles ont entendue sur la scène de crime.

Il hésita une seconde avant d'appuyer sur « envoyer ». Il ne divulguait rien sur l'enquête en cours, il se contentait de la mettre sur la bonne voie. C'est tout ce qu'il pouvait faire pour elle.

39

Calle Seeberg était à quatre pattes. Il était convaincu qu'il n'avait plus rien à rendre, mais son corps semblait penser le contraire. Il laissa la nausée monter et refluer. Il n'avait qu'une envie, s'allonger, mais il devait reprendre l'antenne d'ici dix minutes, il fallait qu'il soit prêt. Enfin il sentit que son corps s'était complètement vidé. Il se demandait où il puiserait la force de se relever, d'entrer dans le studio d'enregistrement et d'animer encore une demi-heure de conversation sur les affaires du jour. Il ne savait même pas s'il avait des invités.

Seeberg cligna des yeux, qu'il sentait secs et douloureux. Il avait mal à la tête. Il essaya de se mettre debout, n'y parvint pas. Nom de Dieu, songea-t-il, qu'arrivait-il à son corps ? Ce devait être une réaction allergique. Ça s'était déjà produit, mais jamais à ce point.

Toujours à quatre pattes, il essaya d'identifier ce qu'il aurait pu avaler qui soit susceptible de lui déclencher une telle réaction. La veille, il avait mangé de la pizza pour le dîner. Rien de bien spécial. Il avait bu une bière et grignoté quelques chips. Son corps n'avait montré aucun signe d'intolérance, à ceci près que les antihistaminiques n'avaient eu aucun effet. Ses paupières étaient irritées et son nez bouché, pour une raison inconnue. Il avait eu plus de mal à respirer que d'habitude, si bien qu'il avait avalé deux comprimés supplémentaires.

Calle Seeberg fit un nouvel effort et réussit, cette fois, à se mettre debout. Il s'agrippa au lavabo, tourna le robinet et attendit que l'eau soit vraiment froide. C'est alors qu'il se rendit compte qu'il avait affreusement chaud. Levant les yeux, il découvrit dans le miroir son visage ruisselant de sueur. Seigneur, quelle tête ! La face blême, les yeux rouges, comme s'il avait plongé dans de la levure. Il s'aspergea, se rinça les mains, avala quelques gorgées d'eau et recracha. Faire ces gestes simples lui avait semblé extrêmement pénible. Comment diable allait-il pouvoir parler ?

Il mit les deux mains sur le lavabo, inspira à fond plusieurs fois, mais cela provoqua une nouvelle douleur dans sa poitrine. Il tenta de rassembler toute son énergie, sachant pertinemment qu'il n'en avait plus. Allait-il devoir faire ce qu'il n'avait jamais fait de toute sa carrière ? Laisser tomber l'émission et rentrer chez lui ? Mais qui allait le remplacer ? Personne ne pouvait prendre sa place au pied levé.

Il se lava encore une fois les mains, les sécha. Fit un effort considérable pour se ressaisir. Plus qu'une demi-heure et il pourrait prendre un taxi et rentrer chez lui, ou aller chez A&E. Il se dit que son corps était en train de réagir à son nouveau régime. Pourtant, il n'avait pas perdu beaucoup de poids. Et il avait fumé un paquet de moins chaque semaine. Rien qui soit susceptible d'affecter son organisme de la sorte. Plus il y pensait, plus il en était sûr : c'était quelque chose qu'il avait mangé.

En regagnant son bureau, il passa en revue ce qu'il avait consommé durant les dernières vingt-quatre heures. Un petit-déjeuner lambda : quatre tranches de pain de seigle non beurrées, avec un peu de fromage de Jarlsberg. Un verre de jus de fruits. Du café. Il avait bu un verre d'eau aussi, avant de se brosser les dents.

Seeberg eut conscience de heurter quelque chose sur le chemin de son bureau, sans savoir quoi. Il prit note d'un mouvement dans sa vision périphérique, de voix débitant des annonces publicitaires, de jingles. Il vacilla, dut se retenir aux cloisons à mi-hauteur qui séparaient les postes de travail en rejoignant sa place.

Ses cent cinq kilos s'effondrèrent sur le siège. Il empoigna les deux accoudoirs et serra fort. Au bout d'une seconde, la table jusqu'alors floue se détacha nettement sous ses yeux et il vit, posée sur le plateau, une enveloppe à son nom. Sans timbre.

— Tout va bien, Calle ?

C'était la voix de sa productrice, qui criait de quelque part dans la pièce. Calle Seeberg leva le pouce, car il se sentait incapable de parler. Il saisit l'enveloppe et la reposa. Ce n'était pas urgent, il l'ouvrirait plus tard.

— Tu es sûr ? Tu es blanc comme un linge.

Encore la productrice. Sans doute. Il leva de nouveau le pouce. Inspira à fond et rassembla ses forces. Sept cent mille auditeurs chaque jour. Il ne pouvait pas les planter. Juste une demi-heure, se répétait-il comme un mantra tout en se levant pour se diriger vers le studio. Quelques minutes avant la fin.

40

Emma était en train de punaiser des photos au mur de son salon et elle se sentait un peu bête. Comme si elle jouait dans un mauvais film. Pourtant, ça avait un sens : ça lui donnait une vision d'ensemble, c'est ce que faisaient tous les enquêteurs. L'imprimante cracha une photo de Jeppe Sørensen en maillot de l'équipe du Danemark. Emma l'accrocha à côté de la couverture de *Numéro un pour toujours*, le livre de Nordstrøm. Elle avait également trouvé une photo de Jessica Flatebø sur son blog, elle la plaça à côté de celle de Sørensen. Et pour conclure son tableau provisoire, celle de Ragnar Ole Theodorsen en scène, devant les autres membres des Fabulous Five.

Son nom avait maintenant été communiqué aux médias. C'en était terminé de la retransmission en direct de l'entrée de la station de métro, mais sur le téléviseur du salon d'Emma, la chaîne d'infos *Nyhetskanalen* diffusait les mêmes images en boucle.

Le téléphone sonna. C'était Blix.

— Salut, dit-elle, contente de l'avoir enfin en ligne.

— Salut.

Emma ne comprenait pas pourquoi il l'aidait, surtout depuis que Wollan avait claironné certaines informations qu'elle avait reçues en confidence. En même temps, ne voulant rien gâcher, elle hésitait à le lui demander.

— J'ai parlé aux cueilleuses de champignons, lui annonça-t-elle pour lui montrer qu'elle avait mis au jour ce qui reliait les affaires. Elles m'ont dit, pour la musique.

— Est-ce qu'elles ont parlé du livre ? demanda Blix.

— Quel livre ?

— *Numéro un pour toujours.* Il y en avait un dans le chalet.

— Oh ! s'exclama Emma pour toute réponse, en levant les yeux vers les photos sur son mur. Vous avez d'autres pistes pour Nordstrøm ?

— Pas pour l'instant.

Il y eut un silence.

— À votre avis, que lui est-il arrivé ? demanda Emma.

— Je pense qu'elle aussi a été tuée. Je m'attends à ce qu'on retrouve bientôt son corps quelque part. Accompagné d'un message.

— Un message ?

Blix soupira.

— Je ne sais pas. Ce qui est arrivé aujourd'hui, comme hier, m'a tout l'air d'une sorte de déclaration. Il n'a pas peur de se montrer. Pour certains de mes collègues, il est complètement cinglé, et ce n'est d'ailleurs pas exclu. Mais à mes yeux, c'est un être froid et calculateur. Un homme très sûr de lui.

— C'est donc ça, son message ? Qu'il n'a pas l'intention de se cacher ?

— Peut-être. Mais je ne pensais pas à ce genre de messages. Plutôt à une nouvelle pièce du puzzle. Un tout petit caillou dans une longue série, et il veut qu'on le repère, et qu'on le suive.

Le regard d'Emma se porta de nouveau sur les photos. Il glissa de celle de Nordstrøm à son livre, puis vers celles de Jeppe Sørensen et de Jessica Flatebø. Et enfin sur Ragnar Ole Theodorsen, qui avait été abattu par balle, était tombé au pied de l'escalier. Elle examina chaque cliché.

Non, ça ne pouvait quand même pas être ça, songea-t-elle. Elle reprit néanmoins son raisonnement point par point avant de se lancer.

— Bon, s'il vous plaît, ne m'interrompez pas quand vous entendrez ce que je m'apprête à vous dire. Écoutez-moi jusqu'au bout de ma démonstration, d'accord ?

— D'accord.

Emma se rapprocha du mur couvert de photos.

— Sonja Nordstrøm disparaît, dit-elle en pointant les lettres formant le mot un sur la jaquette du livre. La presse norvégienne est dans tous ses états, tout le monde est suspendu aux développements de l'affaire. Puis, *bang*, Jeppe Sørensen est découvert sur le bateau de Nordstrøm.

Le doigt d'Emma quitta le un pour se poser sur le chiffre sept du maillot de foot.

— Il est impossible de ne pas voir un lien entre le meurtre de Sørensen et la disparition de Nordstrøm, et c'est pour ça que tous les médias de Norvège étaient représentés hier à la conférence de presse, au milieu de laquelle un portable s'est mis à sonner. Assez longtemps pour que toute personne ayant écouté la radio au cours des vingt dernières années reconnaisse l'air d'*Engel*, la chanson des Fabulous Five composée par Ragnar Ole Theodorsen.

Elle marqua une pause pour reprendre son souffle, certaine d'avoir capté l'attention de Blix.

— La même chanson a été jouée dans une cabane au cœur de la forêt de sorte qu'un promeneur finisse par trouver le corps de Jessica Flatebø.

Son doigt glissa du chiffre sept au blog de Flatebø et au logo qui s'affichait en haut. *Sex Y.*

— Le lendemain, le leader des Fabulous Five est tué à son tour.

Le doigt d'Emma s'arrêta sur la batterie et le nom du groupe.

— C'est un compte à rebours.

— Pardon ? s'exclama Blix.

— C'est un putain de compte à rebours.

— Qu'est-ce que vous voulez dire ?

— Réfléchissez. *Un* pour toujours. Jeppe Sørensen portait le numéro *sept* quand il jouait. Jessica Flatebø était la candidate numéro *six* dans *Hôtel Paradis*, et elle a joué sur le mot *sex* et le chiffre *six* dans tous les contextes possibles, y compris son blog. De plus, elle avait disparu depuis six jours quand son corps a été découvert. Quant aux Fabulous Five…

Emma ne poussa pas la démonstration plus avant, certaine que Blix l'avait suivie.

— Mais ça ne colle pas, objecta Blix.

— Et pourquoi pas ?

— Un, sept, six, cinq. Ce n'est pas un compte à rebours.

— Peut-être pas. Sauf si on met Sonja Nordstrøm de

côté : on ne l'a pas encore retrouvée morte. Et tout a commencé avec elle. Elle a tiré le coup d'envoi. Il y avait même un dossard sur son téléviseur. Le numéro un.

La ligne devint silencieuse. Emma poursuivit sa démonstration.

— Vous parliez de messages. Y a-t-il d'autres liens entre les victimes, en dehors de ceux indiqués par le meurtrier ?

Blix prit son temps pour répondre.

— Vous voulez dire que la prochaine victime aura un lien avec le chiffre quatre, d'une manière ou d'une autre ? risqua-t-il d'une voix peu convaincue. Et le suivant avec le trois, puis le deux ? Et alors, on découvrira le corps de Sonja Nordstrøm, comme *Numéro un pour toujours*, et tout sera terminé ? Le meurtrier aura accompli son dessein ?

Dit comme ça, à voix haute, cela paraissait un peu tiré par les cheveux, Emma en avait conscience.

— Je ne sais plus, soupira-t-elle. C'était ma théorie.

Le silence s'installa de nouveau. Elle examina encore une fois les photos. L'explication était un peu trop bizarre pour être vraiment plausible.

À la télévision, elle voyait, pour la troisième fois un journaliste engagé dans une conversation sérieuse avec Gard Fosse. Le son était bas, et pourtant elle le coupa. Ses yeux étaient attirés par le bandeau en bas de l'écran : DERNIÈRE MINUTE. Au même moment, l'alerte messagerie de son téléphone retentit. Un message express du service infos de *VG Nett*.

— Oh, zut ! s'exclama-t-elle.

— Que se passe-t-il ?

— Vous regardez la télé ?

— Pas pour l'instant. Qu'y a-t-il ?

Emma fit quelques pas vers le téléviseur.

— Calle Seeberg. Le présentateur de radio qui anime l'émission de talk-show, vous savez ? Eh bien, il est mort.

— Oh, merde !

Emma lut en entier le message qui défilait en bas de l'écran.

— Ça dit qu'il s'est effondré pendant une émission ce matin, expliqua-t-elle en regardant le mur.

Les photos. Les chiffres.

— Vous savez pour quelle station il travaillait ? demanda-t-elle, sentant une sueur glacée lui traverser le corps.

— Non, pourquoi ?

— Radio 4.

41

Les studios de Radio 4 se trouvaient dans Lille Grensen, la rue qui traverse Akersgata et Karl Johan gate en diagonale, à un jet de pierre de la station de métro Stortinget. Il ne fallut pas plus de cinq minutes à Blix pour couvrir la distance qui le séparait de la bouche de métro où Theodorsen avait été abattu.

Il rencontra Kovic devant l'entrée.

— Qu'est-ce qu'on vient faire ici ? demanda-t-elle.

— Je ne suis pas sûr que ce soit important. Viens avec moi, je t'expliquerai plus tard.

Blix et Kovic n'eurent pas besoin de justifier leur présence à l'hôtesse d'accueil, et le personnel de la station ne parut aucunement surpris de les voir débarquer dans la salle de rédaction au premier étage. Tous avaient les larmes aux yeux.

Blix aborda un garçon qui ne devait pas avoir plus de vingt ans.

— À qui puis-je parler ? demanda Blix en sortant son badge de la police.

Le jeune homme désigna une femme de petite taille,

d'une quarantaine d'années. Elle sanglotait encore lorsque Blix s'identifia.

— Victoria Løke, je suis la productrice de Calle. Enfin, j'étais.

Blix lui présenta Kovic et demanda :

— Vous savez ce qu'il lui est arrivé ?

— Il s'est juste effondré, répondit la productrice en secouant la tête.

— Soudainement ?

— Oui.

— Aucun signe annonciateur, indiquant qu'il souffrait de quelque chose ?

— En arrivant, il n'avait pas l'air très bien. Je l'ai trouvé un peu distant, en quelque sorte. Vague. Et juste avant de mourir, il parlait plus lentement que d'habitude. Il semblait essoufflé.

Kovic lança un regard perplexe à Blix.

— Avec qui a-t-il été en contact aujourd'hui ? demanda ce dernier.

— En dehors de tous les gens qui travaillent ici, vous voulez dire ?

— C'est ça.

— Eh bien, nous avions deux invités. Un professeur de sociologie et un parlementaire. Un jour comme les autres.

Blix hocha la tête et reprit, dans l'espoir qu'il y aurait des images de Seeberg en train de s'effondrer ou, mieux encore, juste avant :

— Vous avez des caméras de surveillance ici ?

— Pas dans la salle de rédaction.

— Et dans le studio d'enregistrement ?

— On a deux webcams mais nous ne les utilisons que pour des invités particuliers. Quelqu'un qui va chanter en direct, par exemple. Dans ce cas, nous filmons et diffusons sur Internet. Mais rien aujourd'hui.

— L'enregistrement de la dernière émission de Seeberg, vous l'avez, quand même ?

— Toutes nos émissions sont conservées sur disque dur. Nous les diffusons en podcast après coup mais cette fois-ci, nous ne l'avons pas fait, évidemment.

— Vous pouvez nous montrer le studio où il enregistrait ?

Elle acquiesça et leur indiqua le chemin. Le studio était meublé de trois chaises autour d'une table sur laquelle reposaient trois micros et trois paires d'écouteurs. Løke désigna le siège devant l'écran d'ordinateur.

Blix entra et regarda autour de lui. Un bloc-notes, une grille de programmation, deux stylos à bille, une tasse de café et un verre d'eau. C'est tout. Éparpillé sur le sol, le matériel que les secouristes avaient laissé derrière eux après avoir pratiqué le massage cardiaque : des gants de latex usagés et les emballages de matériel stérilisé.

— Pouvez-vous fermer cette pièce tant que nous ne l'aurons pas examinée plus à fond ?

— Oui, bien entendu.

— Et j'aimerais entendre ce dernier enregistrement dont vous parliez.

Løke acquiesça de la tête et les emmena dans son bureau, s'assit et fouilla dans ses fichiers.

— Le voici, annonça-t-elle, et elle cliqua dessus, haussant le volume.

La voix bien connue de Calle Seeberg emplit la pièce. Cependant, quelque chose avait changé chez lui. Il souhaita la bienvenue à ses auditeurs et annonça à ses invités, lentement et d'un ton monotone, ce dont ils allaient parler pendant la demi-heure à venir. Puis il essaya d'introduire Highasakite. Il dut s'y reprendre à trois fois avant de s'en sortir, en affirmant sur le mode de la plaisanterie que c'était un nom bien difficile à prononcer pour un groupe norvégien. Mais son ton était dépourvu d'humour et de gaieté, il avait manifestement du mal à trouver son souffle et sa respiration était sifflante.

La chanson commença. Løke fit défiler l'enregistrement jusqu'au moment où elle se terminait.

— C'est là que c'est arrivé, annonça-t-elle.

Blix se concentra. Normalement, Seeberg aurait dû répéter le titre de la chanson que l'on venait d'entendre, mais il donnait l'impression de bafouiller, comme s'il ne pouvait proférer un seul mot. Il produisit ensuite une sorte de gargouillis, et l'on entendit quelque chose qui heurtait massivement la table. Lui succédèrent le bruit d'une chaise qui se renversait et le son mat du corps de Calle Seeberg qui tombait par terre.

Pendant quelques secondes, le silence régna, puis quelqu'un cria le nom de Seeberg. D'autres bruits emplirent la pièce. Des pas précipités, des pieds de chaise raclant le sol. Victoria Løke grimaça en les entendant, comme si elle ne pouvait en supporter davantage.

— *Allongez-le sur le dos*, cria une voix.

— *Il ne respire plus*, hurla une femme. *Appelez une ambulance.*

Quelqu'un jura.

— *Calle, tu m'entends ?*

— *On est toujours à l'antenne.*

Autre juron. De la musique fut diffusée. Løke baissa le son.

— C'est absolument horrible. J'ai eu la chance de ne pas assister à ça, j'ai juste entendu, dit-elle en secouant la tête. Je me suis précipitée à l'intérieur du studio dès que j'ai compris ce qu'il se passait. C'est la pire chose que j'aie jamais vécue.

— Vous avez tenté de le ranimer ?

— Évidemment, s'indigna-t-elle. On a essayé longtemps, jusqu'à l'arrivée des secours.

La musique continuait dans le fond.

— Nous en avons assez entendu, merci, dit Blix.

— Il ne pouvait pas respirer, fit remarquer Kovic lorsque le silence revint dans la pièce.

— C'est l'impression qu'on avait, en tout cas, confirma Blix. Vous pouvez me montrer son poste de travail ?

— Bien sûr.

Løke les emmena dans la salle de rédaction et s'arrêta devant une table partiellement isolée par des cloisons de deux mètres de haut. La surface disparaissait sous des papiers, des blocs-notes et des câbles. Dossiers, livres et magazines s'y empilaient, parmi lesquels traînaient deux tasses de café refroidi. Blix nota la photo d'une jeune fille qui, à première vue, ne devait pas avoir plus de quatorze ans. Il en avait une similaire d'Iselin sur son propre bureau.

Un sale coup pouvait arriver à tout le monde, se dit Blix en songeant à la théorie du compte à rebours avancée par

Emma. Même des présentateurs d'émission de radio pouvaient mourir subitement.

Son regard s'arrêta sur une enveloppe blanche portant le nom de Calle Seeberg manuscrit. Il la ramassa, la retourna et constata qu'elle n'avait pas été ouverte. Elle ne portait pas de timbre. Blix la palpa. Elle contenait quelque chose, ce pouvait être une photo.

— Une lettre de fan ? demanda-t-il à Løke.

— Ce n'est pas impossible. Il continue à recevoir pas mal de courrier.

— De vraies lettres ? Les gens ne se contentent pas d'un texto ou d'un mail ?

— La plupart des gens. Mais il y en a encore de la vieille école.

Blix retourna de nouveau l'enveloppe : pas de nom d'expéditeur.

— C'est arrivé par coursier ce matin, lança une voix du bureau d'en face.

Blix releva la tête. Une femme d'environ vingt-cinq ans, coiffée d'écouteurs.

— Ça remonte à quand ? lui demanda-t-il.

— Il y a deux heures, à peu près. Non, attendez. Moins que ça. En rentrant d'un rendez-vous à l'extérieur, j'ai entendu le coursier dire qu'il avait une enveloppe à remettre à Calle Seeberg. C'est moi qui l'ai montée ici.

Blix fronça les sourcils. Il ouvrit l'enveloppe, en sortit la photo et laissa échapper une exclamation de surprise. C'était le chiffre quatre. Dans des tons de gris, noir et blanc. Le quatre était au milieu, entouré d'un cercle blanc. Sur les côtés, des carrés gris. Cela ressemblait à une photo du compte à rebours avant le clap dans un vieux film de l'époque du muet.

— D'où venait le coursier ? demanda-t-il, conscient que sa voix tremblait.

La jeune femme haussa les épaules.

— Je ne crois pas qu'il portait une tenue particulière. Faudra que vous demandiez à l'accueil.

— Mais de quoi avait-il l'air ? insista Blix. Comment était-il habillé ?

Elle réfléchit un instant avant de dire :

— Une parka noire.

Blix lança un coup d'œil à Kovic.

— Et une casquette grise. Je ne l'ai pas très bien vu parce qu'il avait une capuche sur la tête.

— Par-dessus la casquette ?

— Oui.

Blix scruta la photo et le chiffre quatre, regrettant de ne pas porter de gants.

Il remercia la femme aux écouteurs, remit la photo dans l'enveloppe et se tourna vers Kovic.

— Je pense que Calle Seeberg est un des chiffres de la séquence, confirma-t-il en la voyant impatiente de poser des questions.

Et avant qu'elle n'ouvre la bouche il s'adressa de nouveau à la productrice :

— Il faut que je visionne les images de vidéosurveillance de l'accueil. Immédiatement.

42

Blix s'approcha d'Abelvik qui, assise à sa table, les cheveux humides, mordait dans un sandwich.

— Tu as vu Fosse ? lui demanda-t-il. Il n'est pas dans son bureau.

— Je crois qu'il est à la gym, répondit-elle, la bouche pleine.

— Maintenant ? s'étonna Blix en consultant sa montre. Avec tout ce qui se passe ?

Abelvik haussa les épaules et continua à manger son sandwich.

— Tu as trouvé une adresse pour Dahlmann ?

— Pas encore, mais je m'apprêtais à appeler son meilleur ami dans pas longtemps, dit-elle en regardant sa montre. Il rentre d'Amsterdam.

— Parfait.

Blix prit l'ascenseur pour descendre à la salle de gym, où il trouva Fosse sur l'un des trois tapis de course. Il devait y être depuis un moment, car la sueur dégoulinait sur son visage écarlate.

— Fichus toubibs, dit Fosse en voyant Blix approcher.

Prétendent qu'on doit faire de l'exercice pour vivre plus longtemps. Je suis sûr que c'est exactement l'inverse. Ça ne peut pas être bon pour vous, ce genre de truc.

Fosse avait revêtu un short collant et un maillot blanc. Son estomac ballottait sous l'étoffe peu épaisse et ses pieds traînaient péniblement sur le tapis. Il avait déjà parcouru 4,78 km et cela lui avait pris vingt-six minutes.

— Comment ça se passe avec la nouvelle recrue? demanda-t-il, le souffle court.

— Kovic s'en sort très bien. Tu savais que Calle Seeberg est mort?

— Le gars qui présente le talk-show?

Blix acquiesça et Fosse hocha la tête, attrapant une serviette posée sur un appareil proche pour s'éponger le visage.

— Il s'est effondré dans le studio d'enregistrement.

— Et alors?

Blix se rapprocha et lui montra une photo.

— Voici Walter Georg Dahlmann, capté ce matin par une caméra de surveillance de l'immeuble de Radio 4.

Fosse courut encore quelques secondes et stoppa soudain la machine en aplatissant énergiquement la main, comme si le bouton de commande au centre du panneau était un insecte dont il voulait la mort. Le bruit du tapis de course diminua progressivement, et celui de la respiration violente de Fosse n'en résonna que plus fort.

— Il a livré une enveloppe contenant cette photo à l'intention de Calle Seeberg, dit Blix en brandissant le numéro quatre.

Fosse s'épongea de nouveau le front avant de demander :

— Comment est-il mort ?

— Vraisemblablement d'un collapsus cardiovasculaire. Il est encore un peu tôt pour en être sûr.

— Mais on suppose qu'il a été assassiné, lui aussi ?

— Oui, probablement du poison, acquiesça Blix.

— Dans la lettre ? De la poudre, ce genre de truc ?

Blix secoua la tête.

— Mais je pense avoir compris de quoi il retourne ici, ajouta-t-il. Et j'ai une idée de ce qui pourrait arriver ensuite.

Fosse croisa le regard de Blix dans le miroir et s'essuya de nouveau. Blix lui exposa alors les cas sur lesquels ils enquêtaient, expliquant comment chaque victime pourrait bien être rattachée à un chiffre. Fosse prit une bouteille d'eau et avala goulûment de longues gorgées avant de regarder Blix d'un air sceptique. Ce dernier poursuivit :

— Je ne croyais pas à ce scénario, jusqu'à ce que Seeberg s'effondre en direct pendant son émission. On ne peut nier qu'il travaillait pour Radio 4. Et il est, enfin était, leur célébrité la plus évidente. Nous avons affaire à un tueur de célébrités, qui opère par ordre numérique décroissant.

Fosse quitta le tapis de course et s'assit sur un banc proche.

— Pourquoi Dahlmann attribuerait-il un quatre à Seeberg si ce chiffre n'a pas un sens particulier ?

— C'est un numéro qui figure dans un compte à rebours.

— Mais le compte à rebours de quoi ? Ça rime à quoi ?

— Ça, je l'ignore encore.

Fosse but un peu plus d'eau avant de demander :

— En ce cas, qui sera le numéro trois ?

— Je ne le sais pas davantage. Espérons que nous mettrons un terme à tout ça avant d'en arriver là.

Fosse prit le temps de réfléchir.

— Quel est ton plan, maintenant ?

— On a établi un périmètre de sécurité autour du studio d'enregistrement. Ann-Mari Sara a envoyé des techniciens examiner la scène. J'ai demandé à Pia Nøkleby de déposer une requête pour une autopsie. Et nous allons nous rendre chez Calle Seeberg pour chercher des éléments qui pourraient nous éclairer sur la manière dont il a été empoisonné.

Fosse se leva et se dirigea vers les haltères. Blix nota qu'il avait l'air sceptique.

— Très bien, dit Fosse en lançant sa serviette sur une chaise. Mais on n'ébruite pas la chose. Pareil pour les chiffres. Pour l'instant, ce n'est qu'une supposition. (Il ramassa un haltère portant le numéro dix.) Notre priorité c'est de trouver Dahlmann. (Il se regarda dans le miroir.) Et puisque Dahlmann a eu le culot d'assister à notre conférence de presse hier, il recommencera peut-être aujourd'hui. Et ce sera tout bénéfice pour nous de ne pas avoir révélé son nom plus tôt.

Le regard de Fosse se porta sur Blix. Il avait l'air content de lui.

— Si on l'avait fait, nous n'aurions pas cette occasion.

Blix eut envie de rétorquer que l'occasion ne se présenterait pas, car Dahlmann ne se montrerait certainement pas. Pas maintenant. Il n'était pas stupide. Il avait conscience qu'ils étaient très probablement sur ses traces.

— Alertez tout le monde. Assurez-vous de leur vigilance,

et qu'ils sont tous prêts à intervenir dès qu'il sera repéré, conclut Fosse d'un air important avant de saisir les haltères pour commencer son entraînement.

Blix fut tenté de lui dire qu'il ne faisait pas l'exercice de la bonne façon, mais après tout, si ça lui plaisait comme ça…

43

Un conseiller en communication accueillit l'assemblée de journalistes et passa la parole au superintendant Gard Fosse. Lequel, les joues cramoisies, se versa un verre d'eau avant d'entamer l'exposé chronologique des faits.

— Nous sommes sur la piste d'un suspect lié au meurtre de Ragnar Ole Theodorsen. Un homme de quarante-trois ans fait l'objet d'une recherche intensive.

Cette déclaration déclencha une salve de flashs. Fosse prit la pose pendant quelques secondes avant de servir à l'assemblée un petit laïus consensuel sur les efforts fournis par la police, tant sur le plan technique que tactique, pour mettre la main sur l'individu en question. Il déclara ensuite que la police était preneuse de toute information susceptible d'aider à l'enquête et brandit la photo d'un homme coiffé d'une capuche noire et regardant vers le bas. C'était un arrêt sur image provenant d'une des caméras de surveillance de la station de métro.

— Nous ignorons dans quelle direction il a fui après avoir tiré sur Theodorsen et c'est pourquoi nous sollicitons des témoignages du public.

Le temps des questions venu, Emma leva la main parmi les premiers. Elle s'était assise à l'avant, cette fois, espérant retenir l'attention, mais la parole fut d'abord accordée aux représentants des médias importants. Comme d'habitude. Mais personne ne posait la question qui l'intéressait et elle continua à lever la main. Enfin, alors que la séance se terminait, elle eut sa chance. Elle toussota et se présenta :

— Emma Ramm, de news.no.

Elle avait le trac. La conférence de presse était retransmise en direct et elle n'aimait pas s'exprimer en public.

— Calle Seeberg est également mort aujourd'hui, lança-t-elle. Considérez-vous que cette mort est liée au meurtre de Ragnar Ole Theodorsen et aux autres attentats contre des célébrités dans la région d'Ostland ?

Fosse la fixa des yeux pendant plusieurs secondes d'une manière suggérant qu'il savait qui elle était, ou du moins ne manquerait de la reconnaître à la prochaine occasion.

— Le meurtre de Ragnar Ole Theodorsen est l'objet de cette conférence de presse, répondit-il avec lenteur, comme s'il cherchait quels mots utiliser ensuite. Mais je peux confirmer que nos agents se livrent aux investigations d'usage en ce qui concerne la mort de Calle Seeberg. Il est vrai que la police d'Oslo a été soumise à une pression particulière ces derniers jours. Elle enquête aussi sur le meurtre de Jessica Flatebø et coopère avec ses homologues danois pour l'homicide de Jeppe Sørensen.

— Mais étudiez-vous les possibles connexions entre ces meurtres ? insista Emma.

— Toutes ces enquêtes en sont à leur stade initial,

répondit Fosse en se tortillant sur sa chaise. Cela implique des échanges d'expérience et d'expertise.

Dans la salle, plusieurs journalistes s'étaient tournés vers Emma.

— Est-ce que cela tient également compte de l'affaire Nordstrøm ? voulut-elle savoir.

— Oui, confirma Fosse. Mais il n'est pas vraiment utile de spéculer sur ce qui peut, ou peut ne pas, être arrivé, ne serait-ce que par respect pour la famille et les proches des victimes, en particulier lors d'une conférence publique, ainsi que vous le faites en ce moment.

Emma encaissa et réfléchit en vitesse, puis voyant que Fosse s'apprêtait à donner la parole à un autre journaliste, elle se lança.

— Il y a un lien entre Sonja Nordstrøm et Jeppe Sørensen, vous l'avez dit vous-même hier. Et il y en a un autre entre la conférence de presse d'hier et Jessica Flatebø. Je pense, évidemment, à l'air qu'on a entendu sur le téléphone portable, « Engel », composé par Ragnar Ole Theodorsen. On a entendu la même chanson par la porte de la cabane où Jessica Flatebø a été retrouvée morte. Et ce matin, Theodorsen lui-même a été tué.

Un silence irréel s'abattit sur la salle. L'espace d'un instant, on aurait pu croire que seuls Emma et Fosse s'y trouvaient. Elle poursuivit.

— Ce sont des personnes célèbres que rien ne relie visiblement par ailleurs. Il en va de même pour Calle Seeberg, qui est mort plus tôt dans la journée, et d'après ce que j'ai compris, dans des circonstances inhabituelles. D'où ma question.

Dans le fond, un journaliste toussa tandis que Fosse échangeait un regard avec Pia Nøkleby.

— Comme je vous le disais, spéculer à ce stade de nos investigations est prématuré.

Fosse se leva et fit un signe de tête à la responsable des relations publiques. Cette dernière s'avança sur l'estrade et s'adressa à l'assistance.

— Merci d'être venus. Malheureusement, il est trop tôt pour organiser des interviews avec chacun de vous en particulier.

Fosse rassembla les papiers étalés sur le pupitre et, avant de s'éloigner, jeta un dernier regard à Emma. Elle le suivit des yeux alors qu'il disparaissait par une porte latérale. Nøkleby poursuivit :

— Nous vous tiendrons informés dès que nous aurons de nouveaux éléments dans l'enquête.

Les journalistes commencèrent à ramasser leurs affaires et à se diriger vers la sortie. Emma ne bougea pas, son ordinateur portable sur les genoux, et intégra le commentaire de Fosse sur les liens entre les meurtres dans le compte rendu qu'elle venait d'écrire. Elle ne releva pas le fait que les meurtres semblaient avoir été commis selon un ordre numérique. Elle comptait inclure l'information dans le suivi de l'enquête qu'elle n'avait pas terminé.

Kasper Bjerringbo s'approcha d'elle. Emma n'avait pas remarqué sa présence. Pas d'embrassades cette fois. Pas de remerciements pour la bonne soirée de la veille. Elle se demanda s'il était déçu qu'elle se soit limitée au dîner.

— Tu es sûre que c'était une bonne idée de partager ta théorie avec la terre entière ? demanda-t-il.

Emma appuya sur « Publier » avant de lever les yeux vers lui.

— Je ne crains pas la compétition.

— Je ne parlais pas de la compétition mais des gens de l'extérieur. Ceux qui regardent et qui écoutent. Ça risque de leur filer la trouille.

— Eh bien, ce n'est peut-être pas plus mal.

— Mais ce n'est peut-être pas à toi d'en décider.

Emma sentit monter son irritation. Kasper continua :

— Tu as l'intention de parler de ces liens dans ton blog ?

Détectant de la moquerie dans son ton, elle se contenta de répondre « Je ne sais pas » et passa devant lui, rejoignant la file de journalistes qui sortaient. Au contact de l'air frais, elle se rendit compte qu'elle avait les joues en feu.

44

Le texto de Fosse arriva quinze minutes après la fin de la conférence de presse. Blix était assis à la cantine en compagnie de Kovic et d'un hamburger froid. Le superintendant le convoquait immédiatement dans son bureau, il voulait lui parler. Blix promit de venir dès qu'il aurait fini de déjeuner. Fosse répondit :

Tout de suite.

Oh, oh ! se dit Blix.

— Qu'est-ce qui se passe ? demanda Kovic qui venait juste d'attaquer une salade au poulet.

— Aucune idée, répondit Blix en levant les yeux au ciel. Mais apparemment, il faut que je me grouille. Si je suis retenu, vois comment Abelvik s'en sort au sujet de Dahlmann. Elle devait parler à son meilleur ami.

— D'accord.

Blix prit son reste de sandwich et descendit par l'escalier à l'étage inférieur. Il parvint à engloutir le dernier morceau en arrivant devant la porte du chef. Fosse était assis à son bureau.

— Quelle est l'urgence ? demanda Blix.

— Assieds-toi.

Blix ne s'empressa pas d'obéir, mais il finit par tirer une chaise. Fosse le considéra un long moment avant de lâcher : « Emma Ramm. » Puis il se leva et commença à faire les cent pas. Blix récupéra quelques miettes attardées sur ses lèvres en attendant que son patron en vienne au fait.

— Elle n'a jamais travaillé sur une affaire criminelle jusqu'à récemment, et soudain elle mène la danse devant une meute de reporters qui aboient. Et à la conférence de presse d'aujourd'hui, elle a eu le culot de m'interroger sur ce que tu m'as exposé tout à l'heure en salle de gym.

Fosse s'interrompit et se tourna pour regarder Blix en face. Ce dernier se tassa sur sa chaise. Fosse se remit à arpenter l'espace derrière sa table.

— Elle a écrit son premier papier en tant que reporter criminel juste après t'avoir rencontré dans la maison de Sonja Nordstrøm. J'ai lu aussi les autres articles qu'elle a écrits ensuite. Elle a plusieurs fois fait état d'informations provenant d'une « source policière anonyme ».

Blix ne savait que répondre. Soudain, Fosse s'arrêta et le fusilla du regard.

— C'est toi qui as fait fuiter l'info selon laquelle le téléphone de Nordstrøm avait été découvert au cimetière de Gamlebyen.

— Non, protesta Blix en secouant la tête.

Et c'était vrai. Emma avait trouvé ça toute seule.

Avant que Blix n'ait eu le temps de se disculper, Fosse se remit à l'accuser.

— Je ne suis pas stupide, même si tu penses parfois le contraire. Je sais aussi que c'est un de ses collègues qui est arrivé le premier au chalet de Nordstrøm le jour où Jeppe Sørensen a été découvert. Bien avant les autres journalistes. Qu'est-ce qui s'est passé ? Elle ne pouvait pas y aller elle-même ?

Blix tenait sa justification et pourtant il ne parvint pas à l'exprimer.

— Tu crois que j'ignore qui elle est ?

Blix se redressa brusquement sur sa chaise, l'estomac noué.

— Tu ne lui dois rien, Alex.

Blix ne fut pas davantage capable de proférer un mot.

— J'ai insisté à plusieurs reprises sur l'importance de ne pas divulguer d'informations dans cette affaire. Cela pourrait nuire gravement à l'enquête.

Fosse s'arrêta une nouvelle fois et posa la main sur le dossier de son fauteuil. Il se pencha en avant, le souffle court.

— Je ne sais pas comment ces détails ont été portés à sa connaissance, mais je ne peux pas prendre le risque d'avoir des fuites. Je ne peux pas contrôler la presse ni forcer Emma Ramm à cesser de travailler sur cette affaire. Mais toi, je peux t'écarter de l'enquête.

— Qu'est-ce que tu dis ? s'exclama Blix en le dévisageant.

Fosse ne répondit pas tout de suite.

— Je préférerais ne pas te suspendre, cela provoquerait trop de remous en interne et te mettrait dans une situation délicate vis-à-vis des autres. En même temps, ça paraîtrait bizarre que tu sois toujours là mais que tu ne travailles pas sur une affaire que tu diriges depuis le début. Donc… tu as accumulé pas mal de jours de congé en retard, Alex. Je te suggère de prendre une semaine pour commencer, avec effet immédiat.

Blix s'éclaircit la gorge. Il sentait la colère monter mais il réussit à se contrôler.

— Je peux couper tous contacts…

Fosse leva la main.

— Elle sait qui tu es ?

Blix ne répondit pas.

— Tu ne le lui as pas dit ?

— Non.

Fosse finit par s'asseoir et se rapprocha de son bureau d'un mouvement déterminé.

— J'ai besoin d'enquêteurs compétents sur cette affaire, tu en as conscience. Cela signifie que je ne peux pas t'avoir dans ce bâtiment pendant que nous enquêtons sur les meurtres de célébrités. Je suis clair ?

Blix ne répondit pas, il attendit simplement quelques secondes avant de se lever. Il baissa les yeux vers son chef, bouillonnant d'indignation. Il avait d'abord eu l'intention de tourner les talons et de sortir de la pièce sans un mot, mais il ne pouvait s'y résoudre.

— C'est typique, lâcha-t-il.

— Pardon ?

— Ça a toujours été ton problème, Gard, enchaîna Blix en essayant de maîtriser le tremblement de sa voix. Tu t'es toujours planqué derrière le règlement, le protocole. C'est probablement pour ça que tu t'es retrouvé dans ce beau bureau, ajouta-t-il en désignant les murs couverts de photos sur lesquelles Fosse plastronnait en compagnie du ministre de la Justice, du Premier ministre, du chef de la police. Cela te permet d'esquiver ce qui se passe dans le monde réel, où tu serais obligé de traiter les problèmes différemment. Où il ne suffit pas de consulter un règlement pour se sortir d'une situation délicate. Tu n'as jamais eu la moindre notion de ce qu'était le véritable travail d'un policier.

Blix empoigna alors le dossier de sa chaise avec une telle force que ses jointures blanchirent.

— Et tu t'apprêtes à le prouver une fois de plus en écartant l'un de tes meilleurs enquêteurs d'une affaire pour laquelle tu as besoin de toutes les forces vives. Simplement parce qu'il n'a pas respecté la procédure. Tu sais aussi bien que moi que l'enquête n'a pas été mise en péril parce que j'ai parlé à Emma Ramm. Au contraire. Mais ça, tu t'en fiches. À tes yeux, les principes passent avant tout.

Fosse voulut répondre mais Blix n'était pas d'humeur à se laisser interrompre.

— Rattrapage de jours de congé ? Je me contrefiche de ce que tu iras raconter aux autres membres de l'unité. Cela ne me dérange aucunement d'expliquer pourquoi tu m'as écarté de l'enquête, ni d'assumer ce que j'ai fait. Tu peux même l'exposer sur la scène publique, après tout c'est là que tu aimes briller. Cela m'est complètement égal. Ce qui m'importe, en revanche, c'est d'arrêter un meurtrier complètement cinglé qui a déjà tué Dieu sait combien de personnes en quelques semaines et qui s'apprête à continuer. Et cela devrait être également ta priorité.

Blix aurait eu des choses à ajouter, mais il s'arrêta là et sortit d'un pas décidé de la pièce en claquant la porte derrière lui. Les toilettes se trouvaient un peu plus loin dans le couloir. Il alla s'asperger le visage d'eau froide. Sa diatribe l'avait échauffé. Il inspira à fond et essaya de se calmer, puis il contempla son reflet dans le miroir.

Tu crois que je ne sais pas qui elle est ?

Il s'essuya et ressortit. Dans le couloir, il se heurta à Kovic.

— Ah, te voilà ! s'exclama-t-elle. Nous avons une adresse pour Dahlmann. L'équipe d'intervention d'urgence a été alertée. On y va ?

Blix lui passa devant en secouant la tête. Kovic se retourna et le dévisagea.

— Il s'est passé quelque chose ? Ça ne va pas ?

— Je dois m'occuper d'une affaire personnelle, répondit-il. J'en aurai peut-être pour quelques jours.

— Quelques jours ? fit-elle, interloquée. Mais…

Elle n'ajouta rien. Et bien qu'il ne le vît pas, il sentit son regard dans son dos.

— Je t'appelle plus tard, lui cria-t-elle.

Blix ne répondit pas.

45

La possibilité d'un seul et même coupable pour les meurtres de célébrités était maintenant au centre de tous les commentaires dans la presse. Personne cependant n'avait mentionné qu'une blogueuse de news.no avait été la première à repérer qu'ils pouvaient être liés. Les médias avaient préféré arracher des commentaires éclairés à d'anciens enquêteurs de police et solliciter divers experts en psychologie. L'expression « serial killer » revenait dans les titres, mais aucun des organes de presse n'avait jusqu'alors mentionné une connexion entre les chiffres.

Emma avait fini d'écrire l'article dans lequel elle exposait comment chaque victime représentait un numéro, et comment elles avaient été tuées en ordre décroissant, comme dans un compte à rebours. Elle sentait cependant que quelque chose manquait, un élément qui donnerait de la substance à son papier. Et elle espérait que Blix le lui fournirait.

Il lui avait envoyé un message pour lui suggérer de se retrouver chez Kalle. Elle ignorait de quoi il voulait lui parler et quand elle le vit émerger d'un pas lourd au premier étage, un gobelet en carton de café dans la main, tout dans son attitude et sa démarche l'intrigua encore plus. Son visage était pâle et son regard sombre.

— Salut, dit-il.

— Salut, répondit-elle en rapprochant son portable et son verre de latte.

Blix s'assit et laissa tomber son téléphone sur la table.

— Comment ça va ? demanda-t-il en la regardant avec un sourire emprunté.

— Pour l'instant, très bien. J'essaie d'écrire quelque chose à propos des chiffres mais j'ai du mal à être convaincante.

Emma espérait qu'il mordrait à l'hameçon, mais il n'en fut rien. Il se contenta de boire une gorgée de café et resta là, à faire tourner le gobelet en le fixant des yeux.

— Et puis, il en manque certains, finit-il par dire.

Emma se pencha légèrement en arrière et scruta le visage du policier en face d'elle.

— Vous voulez dire que vous enquêtez sur d'autres meurtres ? demanda-t-elle. Qu'il y a déjà eu des victimes dix, neuf et huit ?

— Nous n'avons pas de cas répertoriés qui le suggèrent, dit Blix en secouant la tête. Il est néanmoins tout à fait possible que d'autres personnalités connues aient été tuées, mais pas encore découvertes. (Il leva la tête et la regarda en face.) Les célébrités, c'est votre rayon. Vous n'en connaissez pas qui seraient mortes soudainement, et de manière inattendue, ces derniers temps ?

Emma fouilla dans sa mémoire mais ne trouva personne.

Pas en Norvège, en tout cas. Ils gardèrent le silence un instant, puis elle demanda :

— C'est de ça que vous vouliez me parler ?

Blix secoua la tête et commença, d'un ton grave :

— J'ai quelque chose à vous dire. Quelque chose que vous devriez savoir, à mon avis.

Il serra le gobelet entre ses deux mains, hésita quelques secondes, finit par se lancer.

— En 1999… (Il donnait l'impression d'avoir du mal à trouver ses mots.) Le dimanche 9 mai 1999, pour être précis.

Emma ouvrit la bouche, fut incapable de parler. À la mention de cette date, son estomac se noua brusquement. Blix poursuivit :

— J'étais encore relativement nouveau, à l'époque. Je patrouillais en tandem avec Gard Fosse. Ce dimanche-là… c'était une fraîche journée de printemps. Il n'y avait pas beaucoup de mouvement. En tout cas jusqu'à…

Blix parut se concentrer sur un point de la surface de la table. Emma remua sur sa chaise. Pressentant d'une certaine façon ce qui allait suivre.

— Le signalement a été diffusé sur la radio de la police à 14 h 23, juste avant l'heure où nous étions censés rentrer au poste. Une alerte concernant un problème domestique. À Teisen.

L'air absent, il leva les yeux vers elle, et Emma vit dans son regard ce qu'elle avait commencé à appréhender.

Blix continua à parler mais elle ne le regardait pas. Elle sentait s'ouvrir en elle une plaie qu'elle croyait cicatrisée depuis longtemps. Elle comprenait maintenant pourquoi c'était si pénible pour lui de parler. Pourquoi il avait eu un comportement si étrange avec elle. Pourquoi il l'aidait.

Blix était l'homme qui avait tué son père.

46

Ils étaient assis face à face, parfaitement immobiles, la table entre eux. Ce qui s'était passé en cette journée fatale de mai 1999 se déroula une fois encore dans l'esprit de Blix.

— Je n'avais pas le choix, dit-il, serrant plus fort le gobelet de café alors qu'il n'avait qu'une envie : poser sa main sur celle d'Emma. Il allait tirer. C'était l'affaire d'une demi-seconde, peut-être moins. Je devais intervenir.

Emma ferma les yeux. Les larmes coulaient sur ses joues.

— Il vous aurait tuée, Emma. Et moi aussi, probablement.

Le carton céda sous la pression de ses doigts et le café déborda, coulant sur sa main. Blix transféra le gobelet dans l'autre, le posa sur la table et s'essuya avec une serviette en papier.

— Vous êtes en droit de vous demander pourquoi je vous parle de ça maintenant… je n'étais pas sûr de devoir vous le dire un jour, d'ailleurs, mais après notre rencontre… (Il soupira bruyamment.) J'ai pris ce jour-là une décision qui a eu des conséquences considérables, pour vous comme pour moi. J'ai tué un homme. Vous avez perdu vos parents. Personne ne sait comment cette histoire aurait tourné si je n'étais pas entré dans la maison.

Emma cilla. Blix poursuivit.

— Pendant les années qui ont suivi, je me suis senti une certaine responsabilité envers vous. Il fallait absolument que je sache ce que vous étiez devenue. Je savais que vos grands-parents s'étaient occupés de vous et de votre sœur, mais cela ne me suffisait pas. Alors j'ai vu votre grand-père, de temps en temps, tant qu'il était de ce monde.

Elle leva les yeux vers lui.

— C'est ainsi que je sais combien ça a été dur pour vous, Emma. Que vous avez beaucoup pris sur vous. J'ai toujours pensé que c'était en partie ma faute. Lorsque nous nous sommes croisés chez Sonja Nordstrøm l'autre jour, je n'étais pas sûr que vous sachiez qui j'étais. J'ignorais si votre grand-père vous avait parlé de moi, et si vous me reprochiez ce qui s'était passé, si vous m'en vouliez. Puis j'ai compris que vous n'étiez pas au courant. Il faut dire que vous étiez toute petite quand c'est arrivé. Vos grands-parents vous ont protégée.

Il marqua une pause. Souleva le gobelet de carton et vit les traînées de café. Les essuya et replaça le gobelet sur la serviette en papier avant de reprendre la parole.

— Et ç'aurait peut-être été mieux de continuer comme ça. Mais je ne pouvais pas vous regarder en face si je ne vous disais pas la vérité. Je pense que vous méritez de savoir. Mon père a quitté la maison quand j'avais huit ans, et je n'ai jamais su pourquoi.

Il leva les yeux vers elle, s'efforçant de déchiffrer son

expression. Était-elle en colère, en état de choc, triste ? Ou n'éprouvait-elle rien pour l'instant ? Mais elle avait le regard vide. Quelques larmes coulaient sur ses joues.

— Alors… si vous vous posez des questions, demandez-moi. Je ne suis pas sûr de pouvoir apporter toutes les réponses mais… vous pouvez m'appeler quand vous voulez.

Blix attendit une réaction, une réponse. Un mot. Rien. Emma regardait toujours dans le vide, droit devant elle. Il se leva.

— Je vais vous laisser tranquille. Appelez-moi si vous voulez… en parler. Ou parler d'autre chose.

Avant de partir, il sortit une photo de sa poche intérieure. Il avait fait une copie avant de quitter le bureau.

— Ceci était posé sur le bureau de Calle Seeberg ce matin, dit-il en déposant devant elle une feuille format A4.

Il lut dans le regard qu'Emma leva vers lui un mélange de stupéfaction et d'allégresse.

— Vous ne pouvez absolument pas dire que vous tenez ça de moi, dit-il en pointant le numéro quatre, mais vous pouvez l'utiliser pour étayer votre théorie du compte à rebours.

47

Blix sortit dans le froid mordant de la nuit. Des émotions contradictoires le traversaient. Le soulagement, d'abord, parce qu'il était enfin parvenu à dire la vérité à Emma. Une certaine appréhension aussi, car il n'avait pas clairement perçu ce qu'elle en pensait. Et enfin, de la colère parce qu'il était exclu de l'enquête alors que toute l'équipe recherchait Walter Georg Dahlmann. C'était une affaire que Blix aurait sincèrement voulu suivre, d'autant qu'il était maintenant sûr que Dahlmann avait un vaste projet en tête, quelque chose qui ne pouvait se solder que par d'autres cadavres si personne ne réussissait à le neutraliser. Blix savait que l'enquête pâtirait de son absence.

Il récupéra sa voiture et rentra chez lui. Normalement, il passait le moins de temps possible dans son appartement, pour la simple raison qu'il ne s'y sentait pas bien. La cage d'escalier était régulièrement sale, le logement lui-même petit et encombré. Le mobilier avait fait son temps. Il ne disposait d'aucun espace à l'extérieur pour se détendre. Pas étonnant qu'Iselin ne lui rende jamais visite, surtout depuis qu'elle connaissait le palais du nouveau compagnon de Merete.

Blix sortit une bière du frigo et alluma son ordinateur, posé sur la table de la cuisine. La page d'accueil de *Que le meilleur gagne* signalait qu'on avait demandé aux concurrents d'écrire une tribune sur un sujet qui leur tenait à cœur. La réaction des téléspectateurs et l'intérêt suscité par les articles joueraient un rôle déterminant dans le passage à l'étape suivante : qui allait poursuivre l'aventure ?

Remarquant que sa fille avait déjà envoyé son texte, il cliqua dessus. Elle avait choisi le changement climatique. Avançant que ce serait peut-être une bonne idée de réintroduire la politique d'un enfant par foyer partout dans le monde, afin d'infléchir la courbe de croissance démographique. Il n'y avait plus assez de ressources sur cette terre pour nourrir tout le monde, écrivait-elle, et c'était déjà bien assez difficile en l'état actuel des choses.

C'était là une position sujette à controverse, et Blix fut surpris de découvrir qu'elle occupait les pensées de sa fille. Il n'avait jamais envisagé qu'elle s'intéresse aux questions sociales et politiques. Du moins, elle n'avait jamais discuté de tels sujets avec lui. Ça le déprima. Il pensa à tous les aspects de la vie d'Iselin qu'il avait laissés lui échapper parce qu'il n'avait pas su arranger les choses avec Merete. Parce qu'il s'était trop consacré à son travail et n'avait pas été capable d'oublier le passé.

La tribune avait provoqué une avalanche de commentaires, certains positifs, d'autres méprisants. Pour qui se prenait cette petite Iselin, qui avançait des opinions si affirmées sur un sujet épineux alors qu'elle n'avait même pas vingt ans ?

La société de production avait également publié un article sur la relation étroite qui s'était nouée entre Iselin et Toralf Schanke. Cela avait commencé dès la première semaine, lut Blix, mais c'était resté très superficiel. L'un et l'autre niaient qu'il y eût quelque chose entre eux.

La sonnerie du téléphone ramena Blix à la réalité. Un appel de Kovic. Il envisagea de laisser sonner, mais c'était trop insistant. Il ne put se retenir de répondre.

— Allô ? dit-il, conscient de l'épuisement perceptible dans son ton. Vous avez trouvé Dahlmann ?

Il se redressa malgré lui sur sa chaise.

— On a repéré l'appartement au sous-sol dans lequel il vivait depuis sa remise en liberté. C'est un visiteur de la Croix-Rouge qui le lui avait procuré. Mais il n'était pas chez lui.

— Autre chose ?

— Pas dans l'appartement, mais par contre, il y avait un tapis persan taché de sang sur le talus derrière un parking collectif. Je ne serais pas étonnée que les deux appartiennent à Nordstrøm, le tapis et le sang.

— Et les autres victimes, demanda Blix, vous n'avez rien qui les relie à lui ?

— Pas encore. C'est Wibe qui dirige l'enquête maintenant. Ils sont, Abelvik et lui, en train d'inspecter l'appartement plus à fond avec Sara.

— Pas la moindre idée de l'endroit où se trouve Dahlmann ?

— Non, mais on a parlé aux voisins. L'un d'eux l'a

vu tôt ce matin, alors on va rester discrètement dans les parages au cas où il rentrerait en cours de soirée. S'il repère nos voitures, ça lui flanquera la frousse.

Blix avala une gorgée de bière. Tout semblait sous contrôle.

— Mais ce n'est pas pour ça que je t'appelais, dit Kovic. Comment vas-tu ?

Blix se demandait s'il devait répondre en toute honnêteté. Il finit par adopter la ligne de conduite de Fosse.

— Je vais bien. C'est simplement que j'ai des problèmes personnels à régler et qu'il me faut un peu de temps.

Il fut surpris de constater qu'il n'avait pas eu l'impression de mentir, même si le silence qui lui répondit indiquait combien il avait été peu convaincant.

— Dis-moi si je peux faire quelque chose pour toi, répondit-elle.

— Oui, tu peux me tenir au courant pour Dahlmann. Ce serait déjà beaucoup.

48

Emma avait la clé de l'appartement de sa sœur à Halvour Schous gate, mais elle sonnait toujours à la porte de l'immeuble, même quand elle était invitée ou avait prévenu de son arrivée.

Martine répondit à l'interphone et s'écria : « Tante Emma ! » avec un enthousiasme qui serra le cœur de cette dernière. Elle monta les marches d'un pas plus lourd que d'habitude. Martine l'attendait sur le seuil.

— Mon petit chat, dit Emma en soulevant sa nièce et en la serrant fort dans ses bras, comme d'habitude.

Mais elle fit plus attention en lui passant la main dans les cheveux.

Emma la fit entrer.

— Salut, petite sœur, l'accueillit Irene en s'approchant d'un pas traînant.

Emma se demanda si elle n'avait pas un peu vieilli depuis leur dernière rencontre. Irene portait des chaussettes en laine noire, un pantalon de jogging gris informe et un haut blanc. Elle avait mauvaise mine et ses cheveux pendaient, fourchus. Elles s'étreignirent.

— Tu as du vin ? demanda Emma.

— Je suis sûre qu'il y en a dans le frigo, ça fait partie des articles essentiels. Que se passe-t-il ?

— Je vais tout te raconter, mais attendons que Martine soit couchée, répondit Emma après une seconde d'hésitation.

Une heure plus tard, après qu'Emma lui eut lu un chapitre d'un livre racontant les aventures d'une agence de détectives, Martine éteignit sa lampe. Irene ouvrit une bouteille de vin blanc et les deux sœurs s'installèrent dans la cuisine. Emma raconta sa conversation avec Blix. Quand elle eut fini, Irene garda le silence.

— Tu savais? lui demanda Emma.

— Je savais quoi ?

— Qui a tiré sur papa ? Ce qui s'est passé ce jour-là ?

— Je savais ce qui s'était passé, mais je n'ai jamais voulu vraiment savoir qui avait tiré sur lui.

Emma but une gorgée.

— C'est grand-père qui t'a raconté ?

— Oui, mais il n'a pas donné beaucoup de détails, répondit Irene en mordant dans une chips. Il a fait tout ce qu'il a pu pour nous mettre à l'abri de la vérité. Ça n'a pas dû être facile pour lui.

Le téléphone d'Emma vibra. Un SMS de Kasper. Elle rapprocha l'appareil d'elle mais ne lut pas le message.

— Je crois que papa était en colère parce que maman voulait le quitter. Parce qu'il buvait trop. Elle voulait nous emmener et partir.

C'est ce qu'Emma avait toujours pensé.

— D'une certaine façon, je suis contente d'avoir été

chez Helene ce jour-là, poursuivit Irene. Mais en même temps, je suis désolée de ne pas avoir été auprès de toi.

Emma ouvrit le message de Kasper. Il voulait savoir si elle aimerait prendre un verre avec lui quelque part. Elle ne répondit pas. Pendant qu'Irene allait chercher la bouteille pour remplir leurs verres, elle vérifia l'article qu'elle avait publié. Anita l'avait placé en haut de la page d'accueil de news.no et il avait déjà eu de nombreux lecteurs. Dans la partie commentaires, ça discutait ferme au sujet de l'identité de la prochaine victime. La plupart des intervenants essayaient d'adopter un angle humoristique. Un dénommé Jasper Lillevik pensait qu'Arne Treholt, le politicien qui avait été reconnu coupable d'espionnage, ferait un bon candidat parce qu'il y avait trois – tre – dans son nom, tandis qu'Ulf Andersen affirmait malicieusement être dans une sale posture, car il était arrivé troisième au championnat régional de tennis en 1998. Emma avait pour sa part essayé de trouver des cibles potentielles mais n'était parvenue à aucun résultat.

— Grand-père me manque, dit Irene en se rasseyant.

— À moi aussi.

Le vin se bonifiait au fil des heures. À un moment, Irene demanda :

— Tu veux dormir ici ? Je peux te préparer un lit sur le canapé.

— Tu es gentille mais non, je dois rentrer. Il y a plein de travail en ce moment, j'ai besoin d'une bonne nuit de sommeil. Merci pour le vin.

Normalement, Emma ne prenait pas son vélo quand elle avait bu de l'alcool, et elle ne se sentit pas très rassurée sur le chemin du retour. Mais enfin, elle arriva à destination. Elle laissa sa bicyclette dans le couloir, se débarrassa de ses chaussures et s'arrêta net.

Il y avait une feuille de papier pliée en deux sur le sol. On l'avait glissée sous la porte. Emma se pencha pour la ramasser et l'ouvrit. Elle contenait un dessin. Trois croix avaient été tracées au crayon, côte à côte en haut de la page. En dessous, une horloge dont les aiguilles indiquaient 3 heures. Une signature apparaissait dans l'angle inférieur droit mais Emma ne put déchiffrer les lettres sinon un D majuscule au début du nom.

49

Blix se tenait dans sa salle de bains, prêt à se coucher, lorsque le téléphone sonna. Sa brosse à dents à la main, il se dirigea vers la cuisine, plus pour identifier l'appelant que pour décrocher. Il était près de minuit. Normalement, il se couchait beaucoup plus tôt. Voyant qu'il s'agissait d'Emma, il cracha le dentifrice dans l'évier avant de répondre.

— Je vous réveille ? demanda-t-elle.

— Non pas du tout. J'étais encore debout. Que se passe-t-il ?

— J'ai reçu un message.

Blix s'essuya les lèvres.

— Quel genre ?

Emma lui décrivit les trois croix et l'horloge du dessin.

— Vous avez une idée de qui aurait pu vous envoyer ça ? demanda Blix pensivement.

— Eh bien, je ne suis pas tout à fait sûre, mais c'est quand même curieux, vous ne trouvez pas ? Calle Seeberg a reçu un numéro quatre juste avant de mourir, n'est-ce pas ? (Emma marqua une légère pause.) Mais je ne suis pas vraiment une célébrité, donc je ne rentre pas dans le schéma.

— N'empêche, vous avez peur.

Elle ne répondit pas. Blix récupéra sa brosse à dents et dit :

— Restez chez vous et n'ouvrez à personne. J'arrive.

Comme il avait bu deux bières, il héla un taxi. Quinze minutes plus tard il était devant l'immeuble d'Emma à Falbes gate, entouré de bureaux, de résidences, de garages et de macadam. Pas d'espaces où se garer à proximité. Les rues étroites étaient chichement éclairées. Ce ne devait pas être difficile de se dissimuler dans l'ombre, si on le souhaitait. Il repéra la sonnette d'Emma et appuya avec autorité. Elle répondit dans la seconde, comme si elle l'avait attendu près du bouton de l'intercom. La porte s'ouvrit après un grésillement.

Le bâtiment comprenait vingt-quatre appartements distribués sur huit étages. Emma habitait au troisième. Voyant que l'ascenseur était arrêté au septième, Blix décida de monter à pied. Tout, autour de lui, dégageait l'odeur stérile du neuf. La construction paraissait très récente, pas une éraflure au mur ou sur la rampe.

Avant de frapper à la porte d'Emma, il s'assura qu'il était seul sur le palier. Il se pencha légèrement pour qu'elle puisse le voir par le judas. Elle l'introduisit sans proférer un mot, referma vivement la porte derrière lui et poussa le verrou.

— Salut, dit-elle enfin.

— Salut.

Ils restèrent plusieurs secondes à se dévisager, puis Blix

accrocha sa parka et laissa ses chaussures à côté d'une bicyclette noire sur la barre transversale de laquelle on pouvait lire WHITE gravé en gris. Çà et là, les enjoliveurs étaient mouchetés de rose.

— Vous n'étiez pas obligé de venir, dit Emma. C'est probablement un plaisantin.

— Et qui pourrait-il être ?

Elle haussa les épaules.

— Où est le dessin ? demanda Blix.

— Par ici.

Elle le précéda dans le salon. La feuille de papier était posée sur la table basse entre le canapé et le téléviseur.

— Vous y avez touché ?

— Évidemment, il a bien fallu.

Blix s'assit et se pencha en avant, les coudes sur les genoux. Il lui vint d'abord à l'esprit que ça avait été tracé brutalement. Le contour du cercle était irrégulier, ainsi que l'espace entre les chiffres. Les croix étaient de tailles différentes. C'était un dessin impulsif et on avait l'impression que la feuille ne reposait pas sur une surface lisse, ni ferme, quand il avait été fait.

— Dahlmann, dit-il.

— Hein ?

Emma, qui s'était assise sur le canapé à côté de Blix, se pencha.

— Walter Georg Dahlmann, précisa Blix. C'est lui qui a dessiné ça. C'est sa signature.

— Qui est-ce ?

Blix s'inclina en arrière contre le dossier, prenant le temps de répondre.

— Quand étiez-vous ici pour la dernière fois ? demanda-t-il.

Elle réfléchit.

— Tôt ce matin.

— Il y a des caméras de vidéosurveillance dans l'immeuble ?

— On a parlé d'en poser, mais la décision n'a pas encore été prise.

Un silence, qu'Emma rompit :

— Qui est Dahlmann ?

Blix croisa les mains. Il lui raconta le parcours de Dahlmann, les deux personnes qu'il avait tuées, sa condamnation. Combien il en voulait au « système » comme il l'appelait, après sa sortie de prison.

— Il a utilisé l'exemple d'O.J. Simpson, ajouta-t-il, puis, se rappelant l'âge d'Emma, il précisa : Simpson était une super célébrité aux États-Unis, accusé du meurtre de sa femme et de l'amant de cette dernière, il a été acquitté. Beaucoup de gens ont pensé qu'il s'en était sorti grâce à son statut. Dahlmann doit imaginer que, dans son propre cas, les rôles ont été inversés. Que personne ne l'a cru parce que la célébrité était la victime.

— Alors il crée une autre histoire. Une sorte de revanche sur « le système ». Sur les célébrités, dit Emma.

Blix écarta les bras.

— Et puis, il a eu tout le temps de mettre ses plans au point. Ce n'est pas un secret que beaucoup de gens ne supportent pas la prison. Ça les affecte mentalement.

Emma ramena les jambes sous elle.

— À votre avis, pourquoi est-il venu jusqu'à ma porte ?

Blix ne savait pas vraiment quoi répondre.

— Parmi ceux qui commettent un meurtre selon un plan soigneusement établi, il y en a beaucoup qui sont obsédés par la manière dont leurs actions sont perçues, en particulier par les médias. Il a peut-être lu ce que vous aviez écrit. Aujourd'hui, vous avez lancé la théorie du compte à rebours. Son acte pourrait être une sorte de reconnaissance de ce que vous avez fait, ou alors... (Il s'interrompit un instant.) Ce pourrait être un avertissement.

Emma contempla pensivement un point devant elle.

— Trois croix, 3 heures, voilà un signal plutôt évident, dit Blix.

— Mais le signal de quoi ? Que trois personnes vont être tuées ?

— En tout cas le signal d'une mort à venir.

— À 3 heures.

Blix consulta sa montre. Il était minuit passé.

— Et quel jour ? continua Emma. Cette nuit, demain ?

— Le dessin ne nous permet pas d'en dire plus. Mais je ne pense pas qu'il en ait après vous, Emma. Il serait tout à fait naturel que vous décidiez de prendre des mesures de précaution, mais je crois que ceci, dit Blix en montrant le dessin, est plutôt un avertissement de ce qui va arriver à quelqu'un, mais pas à vous. Et cela peut se produire à tout moment. Et n'importe quel jour, d'ailleurs.

Emma ne paraissait pas convaincue.

— Vous croyez qu'il veut que j'utilise ce dessin ?

— Je l'ignore. Ce qui est certain, en revanche, c'est que si vous écrivez sur cet incident, ça fera la une des journaux. Il espère au minimum que vous alerterez la police. Vous ne pouvez pas vous en dispenser. Il hausse le niveau d'un cran. Et c'est peut-être bien ça qu'il recherche, davantage d'attention. En même temps, ça rendra plus difficile pour lui d'exécuter son plan.

— Que voulez-vous dire ?

— Jusqu'ici, il a choisi des victimes très en vue. Le meurtre d'aujourd'hui était encore plus spectaculaire parce qu'il l'a commis dans un lieu public et en plein jour. Bref, il ne se cache pas. Ça signifie qu'il n'a pas l'intention d'opérer dans le secret à partir de maintenant. Il doit déborder de confiance en lui parce que nous n'avons pas encore réussi à l'attraper, et il ne voit pas l'intérêt de lever le pied et de se planquer. Bien au contraire.

— Il veut peut-être que nous ayons peur, suggéra Emma. Ou alors, que moi, j'aie peur.

Un nouveau silence s'ensuivit.

— Il faut que je montre ça aux autres, dit Blix, sentant pointer l'humiliation. Voir ce qu'ils en pensent. Et vous devriez mettre votre boss au courant.

Emma acquiesça.

— Il faut que vous soyez protégée, Emma.

— C'est-à-dire ?

— Vous ne pouvez pas rester seule. Pas cette nuit à 3 heures, ni demain à la même heure. D'ailleurs, vous ne devriez pas être seule du tout.

Emma secoua la tête.

— Je ne veux pas que quelqu'un me surveille en permanence. C'est hors de question. Je peux prendre soin de moi-même.

— Je n'en doute pas. Mais c'est juste pour ne pas courir de risques.

— Je ne suis pas une célébrité, Blix.

— Non, mais c'est sur elles que vous écrivez. Vous contribuez à rendre les gens célèbres. Cela pourrait être suffisant pour justifier qu'on vous tue. Dans l'esprit de Dahlmann, en tout cas.

Blix la regarda réfléchir.

— D'ailleurs, à quoi correspond le chiffre trois ? En ce qui me concerne, du moins. Je ne travaille pas à TV3, ni pour la station de radio P3…

Elle chercha d'autres exemples et n'en trouva pas.

— Je ne sais pas, dit Blix. Pas encore en tout cas.

— Et qui me surveillerait, dans ce cas ? Vous ?

Blix envisagea cette possibilité.

— Je n'ai rien d'autre à faire, alors…

— Comment ça ? Vous devez être débordé, avec tout ce qui se passe.

Blix hésita un instant puis, baissant les yeux, il soupira et lui expliqua qu'il avait été obligé de prendre des jours de congé.

— À cause de moi ?

— À cause de moi, dit-il en secouant la tête. J'ai été imprudent. Ce n'était pas professionnel.

— Je suis désolée, dit-elle en ramenant une mèche de cheveux blonds derrière une oreille.

— Si quelqu'un doit s'excuser, c'est moi.

— Pardon ?

Blix la dévisagea mais ne répondit pas.

— Vous croyez que je vous en veux parce que vous avez tué mon père ?

— Je ne sais pas. Ce n'est pas le cas ?

— Mon père était une ordure. Il a tué ma mère et vous m'avez sauvé la vie. Je devrais vous remercier. Vous nous avez rendu service. Enfin, pas à ma mère, bien sûr, elle…

La voix d'Emma s'amenuisa et son regard se perdit au loin. Plusieurs minutes passèrent avant qu'elle reprenne la parole.

— J'ai très peu de souvenirs de ma mère. Je me rappelle son odeur. Et son apparence, évidemment. Sa voix. Mais je ne me souviens de rien de précis à son sujet. Ce qu'elle aimait manger, ou faire. Je ne me souviens pas du tout de ce qui s'est passé ce jour-là.

Elle baissa les yeux sur ses mains, frotta quelque chose sur ses ongles.

— Il est vrai que je n'ai pas essayé d'en apprendre plus, je ne veux pas savoir de quoi maman avait l'air après… (Elle s'interrompit.) Je ne veux pas savoir ce qu'elle a fait le dernier jour de sa vie. À part, bien sûr, se disputer avec mon père.

Blix ne répondit rien. Il avait compris qu'elle voulait continuer à parler, maintenant qu'elle était sur sa lancée.

Emma tourna la tête vers lui.

— Comment était-elle habillée ce jour-là, vous vous rappelez ?

Il fouilla dans sa mémoire.

— Elle portait un pantalon bleu et un épais pull marron.

Cela arracha un petit sourire à Emma.

— Il faisait froid. Il neigeait même un peu.

— Quoi d'autre ? demanda Emma. Des chaussures ? Des chaussettes ?

— Des pantoufles.

— C'est vrai, acquiesça Emma. Elle était toujours en pantoufles, je me rappelle. De grosses pantoufles grises.

Elle éclata d'un rire bref. Blix sourit.

— La balle l'a touchée à l'estomac ? risqua Emma.

Blix hocha la tête.

— Il devait y avoir beaucoup de sang, alors.

— Oui, il y en avait beaucoup, confirma-t-il.

Cela rendit Emma pensive.

— Savez-vous si… Il y a autre chose que vous pourriez dire à son sujet ?

Blix réfléchit.

— Elle avait fait cuire des petits pains ce jour-là. L'odeur avait envahi toute la maison. La plaque était posée sur le comptoir de la cuisine.

Emma sourit.

— Autre chose ?

— Je crois qu'elle aimait bien lire. Il y avait beaucoup de livres chez vous. Sur une table dans le salon et sur sa table de chevet.

— Vous vous souvenez de ce qu'elle lisait alors ?

Blix acquiesça de la tête. Il s'en souvenait surtout parce qu'à cette époque Merete lisait le même roman.

— C'était un polar de Karin Fossum, *L'œil d'Ève*.

Cela fit sourire Emma.

— Moi aussi, je l'ai lu. C'est bien.

— Je crois que votre mère vous lisait beaucoup d'histoires,

à votre sœur et à vous. Il y avait beaucoup de livres d'enfants chez vous. Astrid Lindgren et Anne-Cath. Vestly.

Emma le regarda de ses yeux humides.

— Et elle lisait des magazines. *Se og Hør*, je crois me souvenir.

— C'est peut-être de là que vient mon intérêt pour les célébrités, dit Emma en tentant de sourire.

— Vous voulez que je continue ? demanda Blix.

Emma le regarda de nouveau, cette fois avec un vrai sourire aux lèvres.

— Vous avez de la famille ? lui demanda-t-elle.

— Je suis divorcé. Et j'ai une fille d'à peu près votre âge. Iselin.

— Qu'est-ce qu'elle fait ?

Blix se rencogna dans son fauteuil.

— En ce moment, elle participe à une émission de télé.

Emma se redressa.

— *Que le meilleur gagne* ? Cette Iselin-là, c'est votre fille ?

Il hocha la tête.

— J'ai écrit plein de trucs sur cette émission.

Blix hocha de nouveau la tête, tout en remarquant que chaque fois qu'on changeait de sujet, l'humeur d'Emma se bonifiait. Il se rendit compte que lui aussi se sentait mieux quand on parlait d'autre chose. De choses anodines.

50

Blix n'aurait su dire quand précisément il s'était endormi, mais ce devait être un peu après 3 heures du matin. Kovic était arrivé un peu plus tôt. Elle avait relevé les empreintes d'Emma et emporté le dessin. Elle les avait regardés l'un et l'autre d'un air à la fois stupéfait et incrédule, si bien qu'il avait décidé de l'inviter à 9 heures au café Kaffebrenneriet à Grønlandsleiret. C'était à un jet de pierre du siège de la police, mais à cette heure-là il n'y aurait presque personne et il pourrait tout lui expliquer sans être dérangé.

Kovic arriva à l'heure dite.

— Qu'est-ce qui se passe au juste ? demanda-t-elle en prenant un tabouret en face de Blix à la grande table. On t'a retiré de l'affaire ou quoi ?

Il ne répondit pas immédiatement, hésitant sur les mots à employer.

— Quand tu étais à l'école de police, tu as entendu parler du drame de Teisen ? demanda-t-il, tout en connaissant la réponse.

— Ils ont reproduit les circonstances dans un exercice de simulation de tir, répondit Kovic. Tous les étudiants devaient passer l'épreuve. La plupart ont tiré une fois. C'est justifié par le règlement. Ce qui était sujet à discussion, c'était s'il fallait, ou pas, entrer dans la maison.

Blix acquiesça, but une gorgée de café, et commença à faire tourner la tasse entre ses mains.

— Emma Ramm est la petite fille qui était sur place. Elle ne portait pas ce nom-là à l'époque. Elle a pris celui de ses grands-parents après coup.

Kovic en resta bouche bée, mais elle ne dit pas un mot.

— J'ai tiré et j'ai tué son père, ajouta Blix pour être sûr que Kovic avait bien compris. Fosse pense que le drame de Teisen et mon lien émotionnel avec Emma me rendent incapable de continuer à travailler sur cette affaire. Nous nous sommes entendus pour que je prenne quelques jours de congé.

Kovic digéra l'information.

— Alors, Fosse pense que c'est toi qui es à l'origine des fuites ?

Blix ne pouvait se résoudre à le confirmer, mais il était content qu'elle soit parvenue à la bonne conclusion.

— Mais nous avons besoin de toi, protesta-t-elle.

— Je ne te dirai pas le contraire, admit-il en portant la tasse à ses lèvres. Pourtant, la décision a été prise.

Ils restèrent un moment assis en silence à regarder les gens passer sur le trottoir.

— Avez-vous trouvé Dahlmann ? demanda-t-il en reposant sa tasse.

Kovic secoua la tête.

— Les techniciens sont en train de rechercher d'éventuelles empreintes sur le dessin. De l'ADN. Et ils analysent l'écriture.

— Qu'en dit Fosse ? demanda Blix, sentant affleurer de nouveau la colère qui l'avait envahi lors de l'entretien de la veille dans le bureau du boss. Il prend ça au sérieux ?

Ce fut au tour de Kovic de porter sa tasse à ses lèvres.

— Oui. Nous nous tenons prêts au cas où quelque chose se produirait à 3 heures.

Blix consulta sa montre. Il restait à peine six heures à attendre.

51

Emma entra dans le bureau d'Anita Grønvold et referma la porte, bien qu'il n'y eût personne à proximité. Ce qui provoqua un froncement de sourcils chez sa supérieure.

— Que se passe-t-il ? demanda Anita.

— Je ne sais pas exactement, répondit Emma en s'asseyant. J'ai reçu une lettre anonyme hier.

Elle sortit son ordinateur portable de son sac. Anita la regarda faire sans bouger, attendant la suite. Emma sélectionna la photo qu'elle avait prise de la feuille de papier où figurait le dessin de l'horloge et des trois croix. Anita fut prise d'une quinte de toux qui lui fit monter les larmes aux yeux. Elle jura et avala une gorgée de café.

— Putain ! s'exclama-t-elle, les yeux rivés sur l'écran. C'est le meurtrier qui a fait ça ?

— Lui ou quelqu'un qui veut me jouer un tour.

— Qui pourrait avoir une idée pareille ? demanda Anita en dévisageant Emma.

— Wollan, peut-être, suggéra Emma en tournant les yeux vers le poste, derrière la vitre, où Wollan s'asseyait habituellement. Il ne doit pas apprécier de jouer les deuxièmes violons.

Anita secoua la tête.

— Ce n'est pas son genre. Et pourtant, il peut se montrer puéril, à certains moments. Où est l'original ?

— La police l'a récupéré hier soir, avoua Emma.

Anita parut sur le point de la sermonner, de lui reprocher de ne pas l'avoir d'abord contactée.

— Bon, heureusement que tu as pensé à le prendre en photo. Qu'en dit la police ?

— Ils pensent que c'est Dahlmann qui l'a dessiné.

— Dahlmann ?

— Walter Georg Dahlmann.

Anita écarquilla les yeux.

— Le double meurtrier de Dalen ?

— Tu en as entendu parler ?

— Bien sûr, nom de Dieu ! s'écria Anita. Ça remonte à quelques années, mais tout le monde se souvient de lui, non ? Wollan a écrit un grand article à son sujet l'an dernier, quand il a été question d'une demande de révision du procès. Est-ce que quelqu'un d'autre a vu ça ? demanda-t-elle en se levant.

— Non, mais on n'a pas le droit d'écrire dessus, expliqua Emma.

— Qu'est-ce que tu me racontes ?

— Pas immédiatement, en tout cas. Ma source a déjà été retirée de l'affaire. Je ne peux pas lui créer davantage d'ennuis.

— Putain, Emma ! Mais on tient le scoop de l'année avec ce truc.

— Je sais, acquiesça Emma. Mais la situation est délicate.

Anita se rassit.

— Tu couches avec lui ?

La question fit sursauter Emma.

— Pardon ?

— Est-ce que tu couches avec ta source ?

— Non, ce n'est pas du tout ça. C'est bien plus compliqué. En tout cas, tout ça commence à devenir un peu trop personnel.

Anita jura de nouveau.

— Ils croient que tu es le numéro trois ? demanda-t-elle. Que tu serais la prochaine victime ?

— Pas vraiment, répondit Emma en remballant son ordinateur.

Anita saisit sa tasse de café et constata qu'elle était vide.

— Mais il faut absolument qu'on soit les premiers informés quand il y aura du nouveau, dit-elle en reposant sèchement la tasse. Tu dois t'en assurer. Et il faudra que tu parles à Wollan pour qu'il prépare un sujet sur Dahlmann. Il a plein de documentation à son propos.

Emma acquiesça d'un signe de tête, tout en se demandant si ce serait si facile d'obtenir l'exclusivité. Elle avait déjà assez à affronter avec sa propre peur. Que Walter Georg Dahlmann l'ait choisie pour cible ne faisait pas vraiment sens, puisqu'il l'avait avertie de ce qui allait se produire. N'empêche, elle ne pouvait se libérer complètement d'une certaine anxiété.

Anita se releva pour aller préparer une nouvelle tasse de café.

— Appelle un psychologue, dit-elle.

Emma lui lança un regard d'incompréhension.

— Il faut absolument qu'on publie quelque chose, insista Anita tout en mettant la machine en marche. Tu dois obtenir une déclaration de psychologue expliquant quel genre d'homme recherche la police. Après tout, tu as la solution. Tu peux en tirer quelque chose qui tienne la route, qui colle avec Dahlmann.

Le café était prêt. Anita tendit la tasse à Emma.

— Mais tu ne bouges pas d'ici avant 3 heures.

52

L'odeur âcre de la poudre flottait en suspens comme un nuage. Suivant les ordres de l'instructeur, Blix vida le chargeur et le vérifia avant de laisser pendre son casque antibruit à son cou et de regarder la cible à l'autre bout de la salle. Cela avait tout l'air d'une bonne série de tirs.

À l'école de police, il adorait tirer. Certes, il aimait sentir la relation entre son corps et la mécanique de l'arme, mais si ça lui plaisait tellement, c'est qu'il excellait dans l'exercice. La cible ne lui résistait pas.

Ce qui s'était passé à Teisen lui avait ôté tout ce plaisir. Le simple fait de poser son doigt sur la queue de détente ramenait à son esprit le souvenir vivace de ce qui s'était produit. La façon dont la tête du père d'Emma avait sursauté au moment où la balle avait pénétré son crâne. Le sang, la chute en arrière, le choc du corps contre la table basse, comment Emma lui avait échappé. Et les yeux de la petite après ça, emplis de larmes, d'horreur et d'effroi.

Il aurait pu solliciter une dispense d'usage d'arme en service, mais utiliser son arme faisait partie inhérente du métier de policier. Néanmoins, le test annuel d'accréditation n'était pas un événement qu'il attendait avec impatience.

Après la fusillade, Blix avait glissé son arme dans le dos de sa ceinture de pantalon, franchi les quelques pas qui le séparaient de la petite fille et l'avait prise dans ses bras. Lui soutenant fermement la nuque d'une main, il l'avait emmenée hors du salon en veillant à ce qu'elle ne voie pas le corps et les yeux vides, absents, de son père. Quand il se concentrait assez longtemps sur ce souvenir, il avait l'impression de sentir encore le souffle d'Emma et les battements de son cœur.

Lors d'une session d'entraînement au tir, quelques années plus tard, un collègue lui avait demandé ce qu'il lui était resté de l'incident, ce qui l'avait le plus marqué. « À part la scène dans son ensemble ? » avait rétorqué Blix, ne voulant pas s'attarder sur le sujet. En fait, il savait que c'était le silence qui avait suivi. Après qu'il avait tiré, et quand lui-même et la petite fille étaient restés sans rien dire. La brève seconde de silence absolu. Il lui était impossible de le décrire, tant c'était chargé d'émotions. L'adrénaline. Les questions. Une peur qui le tenait encore.

L'instructeur de tir lui demanda de placer six munitions dans le magasin. Blix sortit six cartouches à chemise de cuivre d'une boîte devant lui, les soupesa avant de les insérer. La résistance du ressort augmenta au fur et à mesure qu'il alimentait l'arme.

— Mettez vos casques ! cria l'instructeur en suivant du regard la rangée de tireurs.

— Magasin en place ! Prêts à tirer !

Une série de cliquètements s'ensuivit. Blix monta une

munition dans la chambre. Puis il vérifia la sécurité et se tint prêt à tirer. S'efforçant d'oublier. De se concentrer.

— Quand les tireurs seront prêts, cinq balles au centre de la cible ! Trente secondes ! Feu !

Blix leva son arme, visa et se concentra sur l'œil noir de la cible. Il effaça la sécurité, inspira par le nez et expira par la bouche avant de presser la détente. Les tirs suivants se succédèrent rapidement.

L'exercice consistait autant à essayer de toucher le cœur de cible qu'à contrôler le nombre de tirs effectués. Il y avait six munitions dans le chargeur et, à la fin, il devait en rester une dans la chambre.

Trois, deux, un, compta-t-il dans sa tête. Chaque tir lui tordait le poignet mais il maintint fermement les cinq cents et quelques grammes de puissance létale. Les douilles des cartouches retombaient au sol autour de lui.

Il remit la sécurité et attendit les instructions suivantes. Trois, deux, un, compta-t-il de nouveau, et dans son esprit apparut le dessin reçu par Emma, et les trois croix figurant dessus. Cela faisait beaucoup, trois victimes de plus, après celles qui avaient déjà été tuées.

— Tous les tirs ont été effectués ? cria l'instructeur.

Le silence qui lui répondit valait acquiescement.

— Videz vos armes. Prêts pour l'inspection !

Blix actionna la glissière et récupéra la dernière munition quand elle fut éjectée de la chambre.

Jusqu'ici, Dahlmann avait éliminé une sportive de haut niveau, un footballeur, une vedette de télé-réalité, le chanteur d'un groupe pop et un animateur d'émission de radio, songea Blix alors qu'il présentait son arme et la cartouche en vue de l'inspection. Deux femmes et trois hommes. Rien n'indiquait quelle pourrait être la prochaine victime de Dahlmann, dans quel domaine elle évoluait. Mais ça faisait peut-être partie de son plan. Il pouvait très bien avoir l'intention de prendre une fois de plus tout le monde par surprise. Blix était aussi dérouté que les autres.

L'instructeur passa devant lui, approuva de la tête et cocha une case sur son formulaire.

— En place pour l'exercice suivant !

Blix approvisionna le magasin tout en pensant à ces trois croix. Le tracé était maladroit. Pas de la même taille, des lignes tremblées. Mais il n'y avait aucun doute, elles annonçaient trois morts. Il réfléchit. La croix était le symbole essentiel du christianisme, évoquant à la fois Jésus-Christ, la crucifixion et la résurrection, la rédemption des croyants, la mort et l'Église.

— L'Église ! s'exclama-t-il à voix haute en se rendant compte qu'il avait mis le doigt sur quelque chose d'important.

Il en fut rempli d'excitation. On pouvait nommer plusieurs célébrités chrétiennes, des musiciens, des prédicateurs, des politiciens. Mais celui qui venait en premier à l'esprit était Hans Fredrik Hansteen, le télévangéliste vedette qui sévissait sur sa propre chaîne.

Blix ne prêta pas attention à ce que cria l'instructeur. Quelques mois plus tôt, il avait regardé un documentaire qui montrait le pasteur Hansteen sous un jour défavorable. On y suggérait qu'il avait fait fortune sur le dos de Dieu. Les fidèles avaient fait d'importants dons au fil des ans, afin d'obtenir le pardon du Seigneur, apparemment. Près de quatre cent cinquante millions de couronnes avaient atterri sur le compte bancaire de la congrégation de Hansteen au cours des deux dernières décennies.

— Mettez vos casques !

Blix rangea son arme dans l'étui et sortit son téléphone. Il tapa le nom du pasteur sur un moteur de recherche et se retrouva directement sur le site d'accueil de l'Église, www.treenighetskirken.no. L'église de la Sainte-Trinité.

— La Trinité, s'exclama-t-il. Trois.

La voix sévère de l'instructeur le ramena à la réalité :

— Blix ?

Blix consulta sa montre et s'excusa :

— Désolé, il faut que je file.

Il enfila sa veste tout en sortant d'un pas vif et tapa le numéro de Fosse en s'installant derrière le volant. Fosse ne répondit pas à son appel. Les pneus déchirèrent l'asphalte. Blix essaya Kovic et eut plus de chance.

— Vite ! dit-il d'une voix pressante. Envoyez une patrouille chez Hans Fredrik Hansteen.

— Pourquoi…

Blix lui coupa la parole.

— Je crois que Hansteen pourrait être le numéro trois, cria-t-il, et il coupa aussitôt la communication pour éviter de perdre du temps en explications.

Il regarda sa montre. Il était 14 h 51.

53

Le pasteur Hans Fredrik Hansteen avait les yeux fixés sur le voyant rouge, qui représentait sa congrégation. Il n'avait aucune idée du nombre de téléspectateurs en cet instant, mais en tout cas, ils étaient nombreux. Des milliers de membres de leur grande famille. Il referma une main sur le micro sans fil et tendit l'autre devant lui.

— Vous me connaissez, commença-t-il. Vous savez que je n'essaie pas de vous exploiter. Mais je sais aussi que Dieu aime les donateurs généreux. Et n'oubliez jamais : ce que vous donnez, ce n'est pas à moi ou à nous tous, à l'église de la Sainte-Trinité, que vous le donnez, mais à Notre-Seigneur.

Il regarda l'objectif en face, sourire aux lèvres. Attendit que le voyant rouge s'efface. Et lorsqu'il fut éteint, le visage du pasteur Hansteen reprit son expression naturelle, ses traits se détendirent et son souffle retrouva son cours normal. C'est difficile de rentrer son ventre tout en contrôlant son discours.

En quittant le studio au début de l'après-midi, il nota l'heure qu'affichait l'horloge murale : 2:20. Il avait terminé. Le programme du reste de la journée comprenait des rediffusions d'anciennes rencontres évangéliques et de conférences sur les miracles. Les gens adoraient ça, même des émissions qu'ils avaient déjà vues plusieurs fois. C'était peut-être à cause de la musique. Ou de l'ambiance. Ou du message. Les trois, si ça se trouve. D'ailleurs, cela n'avait aucune importance, du moment que le décompte des dons continuait à défiler en bas de l'écran.

Les pensées de Hans Fredrik Hansteen se portèrent alors sur Michael J. Masterson, l'apôtre venu des États-Unis que l'on attendait le lendemain. Hansteen n'avait pas le temps d'aller l'accueillir en personne à l'aéroport, mais il avait prévu de lui envoyer une limousine. Ce n'était pas si fréquent de recevoir quelqu'un qui faisait revenir des morts sur terre. Enfin, sur ce point, Hansteen se montrait un peu sceptique.

Justine lui sourit quand il entra dans le bureau.

— Ça s'est bien passé ? lui demanda-t-elle.

Justine de Laet avait quitté la Belgique pour venir travailler avec lui. Il adorait son sourire. Il aimait tout en elle, à dire vrai, tant que Dieu n'en entendait pas parler, ou en espérant qu'il ne lise pas dans ses pensées.

— Tout à fait bien, répondit-il en lui rendant son sourire. J'ai autre chose de prévu aujourd'hui ?

— Oui, un rendez-vous à votre domicile, à 14 h 45.

Hansteen fit la grimace. Il avait oublié de quoi il s'agissait.

— Mais si, vous savez, le donateur ? Celui qui voulait vous rencontrer en personne. Il a mentionné un demi-million, je crois.

— Ah, bien sûr ! J'avais complètement zappé.

(Franchement, comment peut-on oublier un demi-million de couronnes ?) Vraiment, heureusement que je vous ai, Justine !

Justine avait appris le norvégien en arrivant à Oslo. Si Hansteen n'avait été marié et père de deux enfants d'âge adulte, il lui aurait volontiers proposé une chambre dans sa maison. Ça aurait été bien agréable d'avoir de la compagnie, maintenant que le reste de la famille – enfin, sa femme – se trouvait en Espagne.

Ramassant sa veste, son téléphone portable et ses clés, Hansteen souhaita à Justine une bonne fin de journée avec la bénédiction de Dieu et se hâta de rejoindre sa voiture. Il allait être en retard. Par chance, la distance entre Fornebu et Ris était raisonnable, mais sait-on jamais, avec la circulation ? Et ne conduisant pas un véhicule électrique, il n'avait pas droit au couloir réservé aux transports publics. En revanche, sa Mercedes GLS 350d avait un moteur puissant, et c'était un modèle haut de gamme, le plus grand qu'on puisse trouver. Les autres automobilistes n'auraient qu'à dégager la voie. Un serviteur de Dieu était sur la route.

Les donateurs les plus excentriques et les plus généreux préféraient en général que leur nom ne soit pas rendu public. Hansteen savait qu'ils appréciaient de le rencontrer en personne. Il n'était pas opposé à une petite conversation, à l'occasion de laquelle il pouvait les remercier. C'est ce que la plupart attendaient en échange de leur générosité – un contact, une poignée de main, le sentiment d'être écouté, reconnu. Comme si Hansteen était Dieu en personne et qu'il possédait des pouvoirs réparateurs.

En tournant dans Trosterudveien, il avait conscience

d'être en retard de quelques minutes, mais on pouvait le pardonner à un homme de son envergure. Il se gara devant sa maison, ne vit aucun autre véhicule et se demanda s'il était en avance. Mais non, le rendez-vous était bien pour 14h45. Un curieux horaire, d'ailleurs. Il descendit de voiture et regarda alentour. Personne ne l'attendait sur les marches. Il entra, déposa ses clés, accrocha sa veste, vérifia son téléphone – pas de messages – et le laissa à côté des clés.

La maison était calme, étant donné qu'il y vivait seul maintenant. D'habitude, cela lui plaisait. Mais aujourd'hui, il avait une étrange sensation de présence. Ces derniers temps, le système de protection électronique avait donné des signes de faiblesse et il se demandait s'il fonctionnait vraiment bien. Quelques jours plus tôt, l'alarme s'était déclenchée alors qu'il était au bureau, mais l'employé dépêché par la société de sécurité n'avait rien détecté de particulier lors de son inspection.

Hansteen entra dans le salon où tictaquait la grosse horloge en bois. Et il s'arrêta net.

Il y avait un homme dans le jardin. Vêtu d'un costume bleu marine, chaussé de souliers noirs, il était assis les jambes croisées, une mallette posée sur les cuisses. Hansteen sortit sous la véranda, laissant la porte ouverte derrière lui. L'homme tourna la tête et se leva en souriant. Il s'approcha de lui, traînant légèrement la jambe.

54

— Pardonnez-moi d'avoir ainsi pris mes aises. Je suis arrivé en avance et j'ai fait le tour. C'est d'une beauté incroyable, ici.

Hansteen descendit jusqu'à la pelouse encore humide de la pluie de la veille. Il n'aimait pas trop que des gens pénètrent sur sa propriété sans y être invités mais il n'était pas en position d'exprimer son mécontentement. Un demi-million, c'était beaucoup d'argent. Il ne pouvait pas se permettre, et ne le ferait pas, de le laisser filer. Son visiteur transféra la mallette dans sa main gauche et serra celle que lui tendait Hansteen.

— Les voies du Seigneur sont en vérité impénétrables, déclara-t-il.

Hansteen ne saisit pas à quoi il faisait allusion, du moins pas dans ce contexte précis, mais c'était le genre de choses que disaient les gens sans savoir vraiment ce que cela signifiait.

L'homme qui lui faisait face n'avait apparemment rien d'un excentrique. Plutôt... En fait, il ne savait pas de quoi il avait l'air. Un agent immobilier, peut-être. Son costume ne lui allait pas, mais c'était peut-être dû à sa façon de le porter. Comme s'il ne se sentait pas à l'aise dedans, ou s'il n'avait pas l'habitude de le porter souvent.

— Hans Fredrik Hansteen, reprit l'homme. En chair et en os. C'est fantastique de pouvoir rencontrer quelqu'un qui sert Dieu comme vous le faites.

— Le plaisir est partagé.

Hansteen libéra sa main de cette poignée intense et musclée.

— Eh bien, comment ça se passe, à l'église de la Sainte-Trinité, ces temps-ci ? demanda l'homme.

— Oh, ça va ! Tout va bien, merci.

— Vous avez eu mauvaise presse, récemment, si je ne me trompe ?

— Oui, dit Hansteen en hésitant. Et pas du tout méritée, si je peux me permettre. Une forme peu honnête de journalisme. Pas un mot au sujet de tous ceux que nous aidons à vivre leur vie dans l'esprit de Dieu.

— Du sensationnel, voilà ce que ce média recherchait.

— Je suis tout à fait d'accord. Et si on rentrait à l'intérieur ? proposa Hansteen. Je n'ai pas mis ma parka et…

— Je n'ai pas beaucoup de temps devant moi, coupa l'homme en regardant sa montre et levant les yeux avec un sourire emprunté. Et puis, c'est une belle journée. Je n'ai pas souvent l'occasion de profiter du merveilleux air frais que nous offre Dieu.

Bien que réticent, Hansteen acquiesça et ils se dirigèrent vers le banc sur lequel l'homme s'était assis auparavant. Une pie jaillit au-dessus de leur tête et alla se réfugier dans un arbre voisin. Un avion à l'approche de l'aéroport d'Oslo troubla le silence.

— Alors, qui êtes-vous au juste? demanda Hansteen tandis qu'ils prenaient place. Vous avez été un peu… vague au téléphone, si j'en crois ma secrétaire.

L'homme posa la mallette, croisa les jambes et joignit les extrémités de ses doigts.

— Je préfère garder l'anonymat.

— Je le comprends tout à fait, répondit Hansteen en essayant d'être le plus obligeant possible. Mais il n'y a que vous et moi ici. Je sais garder un secret.

— Parce que vous êtes un homme droit et honnête, n'est-ce pas?

Hansteen n'aurait su dire s'il avait capté une pointe d'ironie dans la voix de son interlocuteur, mais il n'en hocha pas moins la tête et promit que tout ce qui serait dit resterait entre eux.

— Vous pouvez faire confiance à un serviteur de Dieu, ajouta-t-il, car c'était un argument qui fonctionnait très bien auprès de sa communauté.

L'homme se contenta de rire comme si Hansteen avait proféré une sottise. Hansteen trouva sa réaction bizarre, mais décida que si la conversation se prolongeait un peu, il finirait par mieux comprendre la personnalité de son mystérieux visiteur.

— Vous n'êtes pas souvent dehors, me disiez-vous, continua Hansteen en joignant les mains et en se tournant pour faire face à l'inconnu. Vous travaillez dans un bureau? Ou chez vous?

— Je travaille partout, répondit l'homme, sans s'expliquer davantage.

— Je suis sûr que Dieu aimerait en savoir plus sur la personne qui va lui donner autant d'argent.

— Je *suis* Dieu.

Hansteen sourit, puis il réagit d'un ton grave.

— Qu'entendez-vous par là ?

— Je peux donner la vie et la mort. N'est-ce pas cela même que Dieu fait ?

Hansteen se déplaça légèrement sur le banc, qui était dur et froid.

— Je suppose que l'on peut considérer les choses ainsi. Mais que voulez-vous dire, plus précisément ? Vous êtes écrivain ?

— Non, dit l'homme en riant, mais ce n'est pas une mauvaise hypothèse.

Hansteen attendit une précision qui ne vint pas. Il consulta sa montre.

— Je vois bien que vous ne voulez rien me dire. Je respecte votre volonté. En ce cas, pouvons-nous en venir au fait et conclure ? ajouta-t-il en désignant la mallette.

Il frappa dans ses mains, luttant contre une soudaine envie de les frotter l'une contre l'autre. Mais l'homme n'ébaucha pas le moindre geste vers sa mallette. En revanche, il regarda sa montre à son tour et dit :

— Il n'est pas encore 3 heures.

Une bourrasque traversa le jardin, glaçant la nuque de Hansteen.

— C'est important ? demanda-t-il.

— Oh, oui. C'est déterminant.

— Je ne comprends pas.

— Ça ne m'étonne pas, dit l'homme. D'ailleurs, vous n'avez pas compris non plus que vous aviez escroqué une grande quantité de gens crédules. Ou alors vous l'avez compris, mais cela vous était complètement égal. Parce que vous vous êtes enrichi. Regardez la maison dans laquelle vous vivez. Et votre chalet à Norefjell est presque aussi grand. Et votre résidence d'été à Alicante, dans laquelle votre femme se trouve actuellement…

Hansteen avait l'habitude d'affronter des attaques personnelles, mais cet assaut le prit de court. Et il n'y avait pas que ça. Il sentait monter en lui un malaise. Cet homme savait qu'Ulla Marie était en Espagne. Et le regard qu'il posait sur lui était très désagréable, tout comme le ton de sa voix, qui était devenu agressif.

—Dites-moi, poursuivit l'homme, combien de gens avez-vous dupés au cours des vingt dernières années ?

Hansteen en resta bouche bée.

— Dupés ? Mais je n'ai dupé personne.

— À force, vous ne savez peut-être plus. Mais moi, je sais. J'aime beaucoup les chiffres.

Hansteen ne comprenait pas pourquoi cet homme avait tenu à le rencontrer si c'était seulement pour débiter des sornettes et l'accabler d'accusations non fondées. *L'argent*, se répéta-t-il, comme un mantra. *N'oublie pas l'argent.*

— Laissez-moi vous expliquer ce que nous faisons, dit-il en empruntant sa voix de télévangéliste, celle qui plaisait tant aux fidèles. Nous construisons des écoles dans des pays beaucoup plus défavorisés que le nôtre. En Éthiopie, par exemple, nous avons installé des toilettes dans l'une d'elles, nous avons acheté des vêtements pour les plus jeunes élèves, des crayons et des gommes, tout un tas de fournitures. Et bientôt, il y aura une cantine.

Il s'efforça de sourire, voulant absolument que l'homme constate et apprécie tout le bien qu'il faisait autour de lui.

— Mais évidemment… nous avons énormément de sponsors, et il a bien fallu que nous percevions de modestes aides administratives.

Il afficha un nouveau sourire, mais le petit discours de bonimenteur qu'il avait servi tant de fois ne sembla avoir aucun effet.

— J'ai regardé vos campagnes de collecte de fonds, dit le visiteur inconnu. À la télévision. Seulement dix pour cent des sommes que vous recevez sont affectés aux projets dont vous vous vantez. Le reste atterrit dans votre poche.

— Vos chiffres ne sont pas corrects, objecta Hansteen en secouant la tête.

— Oh, que si.

Hansteen dévisagea l'homme qui lui faisait face. Manifestement, il avait eu tort d'accepter cette rencontre. Il commençait à avoir vraiment froid. Il s'apprêta à se lever, mais l'homme le retint fermement par le bras en déclarant :

— Il n'est pas encore 3 heures.

— Oui, vous l'avez déjà dit, répliqua Hansteen qui sentait l'agacement le gagner. Qu'est-ce qu'au nom sacré de Dieu l'heure a à voir avec tout ça?

Il ne reçut aucune réponse.

— Et pourquoi avez-vous insisté pour me rencontrer, si c'était juste pour…

— En réalité, intervint l'homme en se levant, il faut un peu de temps pour tout mettre en place, alors autant commencer tout de suite.

Perplexe, Hansteen regarda l'homme ramasser sa mallette et ouvrir vivement les deux loquets. Un frisson lui traversa le corps quand il le vit prendre un morceau de corde qu'il lui tendit. Hansteen le saisit sans réfléchir.

— Qu'est-ce que c'est ? demanda-t-il.

— Je vous ai menti, avoua l'homme en sortant un objet carré de la mallette – cela aurait pu être un téléphone portable. Vous n'allez pas recevoir un demi-million de ma part.

— Mais…

— Quel effet cela fait ? D'apprendre qu'on vous a menti ? Ce n'est pas agréable, n'est-ce pas ?

Toujours assis, Hansteen dévisagea l'homme en s'efforçant de reprendre ses esprits.

— Eh bien, qu'éprouvez-vous ? Vous êtes furieux ? Déçu ? Triste ?

Hansteen contempla la corde, sentant sa texture froide et rêche. Il se leva.

— Je rentre. Ceci est…

Mais l'homme se dressa devant lui, l'empêchant d'avancer. Hansteen voulut le contourner mais l'autre lui barra la route et demanda d'une voix froide et contenue :

— Qu'allez-vous faire ? Crier à l'aide ?

Hansteen croisa son regard impassible. L'homme demanda alors :

— Où est donc votre Dieu, juste au moment où vous avez le plus besoin de lui ?

Hansteen déglutit, et sa gorge lui parut particulièrement sèche. Et il avait si froid, des pieds à la tête. Il voulut parler mais aucun son ne sortit de sa bouche. Il éprouva un besoin soudain d'appeler Ulla Marie, l'envie irrésistible d'entendre encore une fois le son de sa voix.

Au même moment, l'homme se rapprocha d'un pas. Hansteen n'eut pas le temps de réagir, il perçut un bourdonnement, comme quelque chose qui lance des étincelles. Il allait demander ce qu'au nom du ciel cela pouvait bien être quand il sentit son corps tout entier trembler et se fermer. Il ne pouvait proférer un mot. Il tomba sur le côté, vers le banc. Et quand il le heurta, il eut l'impression qu'au-dessus de lui le ciel d'un bleu étincelant se déchirait en mille morceaux.

55

Blix se retrouva pris dans les embouteillages à hauteur de Røa et le gyrophare qu'il activa aussitôt ne l'aida pas à progresser beaucoup plus vite.

Hansteen ne répondait pas à son téléphone, mais une secrétaire prit l'appel au bureau. Elle expliqua à Blix que le pasteur avait un rendez-vous personnel chez lui à 14 h 45. Le nom noté dans l'agenda était Dahlmann.

Blix baissa les yeux vers le tableau de bord. Il lut 15:04. Furieux, il donna plusieurs coups de poing sur le volant. Mais il fallait un certain temps pour tuer quelqu'un, tout de même. Ainsi que pour s'échapper. Il ouvrit l'œil en longeant les belles maisons et leurs jardins dans la banlieue résidentielle d'Oslo. Il croisa une femme qui poussait un landau, ainsi qu'un joggeur. Un homme en costume un peu trop serré, une mallette à la main et une pancarte d'agence immobilière sous le bras, se retourna et le suivit du regard.

Son téléphone sonna. C'était Kovic.

— On ne t'avait pas retiré de l'affaire ? demanda-t-elle.

— C'est sans importance. Où êtes-vous tous ?

— À côté du stade d'Ullevål. Et toi ?

— Je suis presque arrivé. Il y a des voitures de patrouille avant moi ?

— Ça devrait.

Alors, songea Blix en mettant fin à l'appel, il y a peut-être encore de l'espoir. Quelques centaines de mètres devant lui, il aperçut l'arrière d'une voiture de police. Il se gara sur le trottoir et bondit dehors. Chercha le numéro de Hansteen dans ses contacts et l'appela une nouvelle fois.

Un policier en tenue attendait devant la vaste demeure du pasteur.

— On entre ? demanda-t-il.

Blix passa devant lui sans répondre, poussa la porte et constata qu'elle était ouverte. Il entendit une sonnerie de téléphone à l'intérieur et se précipita en direction du bruit. L'appareil était posé sur le comptoir de la cuisine. Hansteen n'était pas là. Blix ignora le téléphone et cria le nom du pasteur. Pas de réponse. Il entra dans le salon, appela de nouveau, mais n'obtint pas plus de réponse. L'agent qui l'avait suivi à l'intérieur et s'était approché de la fenêtre attira son attention :

— Blix ! dit-il en tendant le doigt.

Ils virent le pasteur Hansteen pendu à un arbre en bas du jardin.

— Merde, jura Blix, et ils s'élancèrent dehors.

Avec l'aide du jeune policier, il parvint à descendre le corps. Ils l'allongèrent par terre, tentèrent de le réanimer mais se rendirent compte assez vite que c'était en vain. L'homme était mort depuis plusieurs minutes. Kovic, Wibe et Abelvik surgirent au moment où ils renonçaient.

— Il faut être drôlement costaud pour hisser un type de cette taille en haut d'un arbre, fit remarquer Wibe. Il devait bien peser cent vingt kilos.

— Quelque chose comme ça, confirma Blix en essuyant la sueur à son front. Il est encore tiède. Dahlmann ne peut pas être allé bien loin. Il faut qu'on se déploie. Rameutez autant d'officiers que vous pourrez. Il peut être n'importe où, dans une maison voisine, dans une cave…

— La forêt de Nordmarka est à deux pas, dit Abelvik, et on a vu des empreintes qui partent en direction du lac de Sognsvann.

— Alors envoyez un homme au lac, et qu'il revienne vers nous à partir de là-bas. Cherchez un type trapu qui ait l'air fort, qui…

Blix s'interrompit. Son trajet jusqu'à la maison de Hansteen défila dans sa tête. Il jura mentalement. Il y avait quelque chose qui clochait chez le type en costard qu'il avait croisé en roulant. Quelque chose qui avait accroché son subconscient. C'était son attitude, ou sa démarche. Cet homme aurait très bien pu être Dahlmann.

— Qu'est-ce qu'il y a ? s'inquiéta Kovic.

— J'ai repéré quelqu'un en venant ici. Un agent immobilier. Il me semblait familier. L'horaire colle parfaitement. Il marchait seul. Il était massif, un mec baraqué, avec un costard trop serré.

— Est-ce que Dahlmann est baraqué ? demanda Wibe.

Blix réfléchit un instant.

— C'est difficile à dire, compte tenu des photos récentes que nous avons, mais je n'ai pas cette impression.

— Et il n'est pas agent immobilier non plus ?

— Non, mais il peut très bien s'être fait passer pour. Il paraissait prendre la direction de la station de métro. Je vais aller voir. Cet arrêt ne dessert qu'une ligne, ajouta Blix alors qu'il était déjà dans la rue. Appelez le central de Ruter et demandez-leur de stopper toutes les rames en direction et en provenance de Ris. Et lancez une enquête de voisinage.

De nouveau au volant, il repensa à l'homme qu'il avait repéré. Ce ne pouvait pas être Dahlmann, n'est-ce pas ? Il avait pu partir dans n'importe quelle direction, et pas seulement en métro. Quoi qu'il en soit, Blix n'avait pas une seconde à perdre.

56

Les horloges murales du bureau éditorial de news.no indiquaient l'heure qu'il était à Tokyo, New York, Londres et Oslo. Au-dessous, des écrans de télévision montraient les images en direct de CNN et d'autres chaînes internationales, ainsi que les pages web des journaux les plus importants.

Sur l'horloge d'Oslo, il était 15 h 48. Le regard d'Emma glissa vers la large porte qui ouvrait sur le couloir. Anita l'avait fermée à 14 h 50. Et bientôt, on aurait dépassé d'une heure le délai fixé par Dahlmann. Et rien ne s'était produit. Le compte Twitter de la police n'affichait rien de nouveau et aucun des médias majeurs n'avait signalé quoi que ce soit d'important.

Emma essaya de se concentrer sur son interview d'une professeure de psychologie et parvint à rédiger les derniers paragraphes. Elle lui avait soumis l'intégralité de son hypothèse, lui expliquant que tout semblait laborieusement converger vers un homme qui suivait un plan. Le but de l'interview avait été d'encourager la psychologue à trouver un sens à ce plan. La seule citation utilisable qu'Emma avait pu lui arracher était que le criminel avait lui-même envie de devenir une célébrité. « Cela me rappelle un peu Gary Gilmore, avait-elle dit, qui a en quelque sorte acquis le statut qu'il convoitait en devenant un double meurtrier. Il semblait prendre son pied à l'idée que les gens n'oublieraient jamais son nom. »

La professeure estimait que l'homme recherché par la police était à l'évidence un psychopathe, que c'était très probablement un individu qui se berçait d'illusions, soit sur sa propre personne, soit sur le monde dans lequel il vivait. Emma avait également interrogé un enquêteur de la police à la retraite, personnage souvent sollicité pour commenter des affaires en cours, mais il n'avait rien trouvé de mieux à exprimer que sa « profonde inquiétude quant à l'issue de tout ceci ».

Cela suffisait cependant pour construire un article, et Emma avait utilisé les propos de ses interlocuteurs pour illustrer une grande partie de ce qu'elle avait déjà écrit la veille, en profitant pour remettre en avant sa théorie du compte à rebours. Elle enregistra son papier et l'expédia à Anita Grønvold. Après quoi, elle se concentra sur ses listes.

Elle avait fouillé dans les archives du journal et dressé une liste de célébrités pouvant avoir un rapport avec le chiffre trois, puis en avait fait autant pour le numéro deux. Celle liste-ci était nettement plus longue, car plusieurs présentateurs vedettes d'émissions de TV2 y figuraient. Mais ils étaient si nombreux qu'elle ne voyait pas comment elle pourrait s'en sortir, et elle avait commencé à s'intéresser aux chiffres huit, neuf et dix. Des gens qui, si l'on se référait à la théorie du compte à rebours, devaient être morts.

Elle avait limité ses recherches aux semaines précédant la disparition du footballeur danois. Jeppe Sørensen était le numéro sept, et à l'exception de Sonja Nordstrøm, tout semblait confirmer que le tueur avait suivi l'ordre chronologique. C'est ainsi qu'elle avait trouvé une possibilité pour le numéro neuf : Mona Kleven.

Seul *Aftenposten* avait rendu compte de sa disparition. Il apparaissait que la responsable syndicale de quarante-cinq ans était morte dans un accident de métro à Sinsen le vendredi précédent. Le bref communiqué laissait entendre qu'il s'agissait d'un suicide.

À l'origine, Kleven était connue comme « le bébé miracle », ayant survécu à un accident d'avion dans les années 1970. Puis elle s'était de nouveau retrouvée sous les projecteurs quand, adolescente, elle avait réchappé d'un accident de train qui avait également causé un grand nombre de victimes. Plus tard, son rôle de principale représentante d'un important syndicat avait fait d'elle un visage familier du public, mais elle avait peu après contracté une forme grave de cancer. Un quotidien national lui avait consacré une longue interview après sa guérison. On y lisait qu'elle avait toute sa vie été hantée par les accidents. Elle avait souffert d'une double fracture en tombant de cheval, et elle avait également failli mourir lors d'un accident de plongée. On la présentait comme la femme aux neuf vies, formule qui lui était restée attachée durant son long combat pour reconquérir la tête du syndicat.

Un bruit subit fit sursauter Emma. Quelqu'un essayait violemment d'ouvrir la porte. On secoua la poignée plusieurs fois, des coups furieux furent frappés contre le battant et, finalement, la porte fut ouverte de l'intérieur.

— C'est la nouvelle mode, de s'enfermer comme ça? s'exclama Henrik Wollan d'une voix irritée en se débarrassant de sa parka.

Emma n'eut même pas le temps de répondre : Anita sortait de son bureau, un téléphone à la main.

— Ruter* vient d'annoncer que la police avait interrompu toute la circulation sur la ligne 1 du métro et qu'il y avait une importante activité policière à la station Ris.

— Quelle sorte d'activité? demanda Wollan.

Les yeux fixés sur l'écran de son téléphone, Anita ne répondit pas.

— Plusieurs messages Twitter parlent d'une mobilisation notable des forces de police à Trosterudveien.

Emma consulta les sites web des différents journaux sur les grands écrans. La première page de *VG* venait d'afficher : « URGENT. Mort suspecte à Ris ».

— Saute dans un taxi, dit Anita en pointant Wollan du doigt.

— Mais je viens juste d'arriver! protesta-t-il.

— Eh bien, maintenant, tu repars! s'exclama-t-elle en désignant la porte avant de se tourner vers Emma : Poste une version courte.

Wollan soupira bruyamment et remit sa parka. Emma se pencha sur son ordi pour voir ce que disaient les autres médias. *VG Nett* avait sorti deux lignes : la police

---

* Société qui gère les transports publics des comtés d'Oslo et d'Akershus. (*Toutes les notes sont de la traductrice.*)

confirmait avoir été appelée pour une mort suspecte à Ris, l'opération était en cours.

Emma appela le service clients de Ruter et profita du délai d'attente pour commencer à taper son papier. Un jeune homme lui répondit presque aussitôt et elle se présenta.

— Pourquoi la ligne 1 est-elle arrêtée ?

— Ça, il faudrait le demander aux flics. Tout ce que je sais, c'est qu'ils ont immobilisé quatre rames et que personne n'est autorisé à descendre tant que les agents ne les ont pas toutes fouillées.

— Merci, dit Emma avant de raccrocher.

Elle n'avait pas besoin de davantage pour étoffer son article. Elle le publia en promettant des détails à venir sur news.no. Elle envisagea alors de contacter quelques personnes qui tweetaient au sujet de l'opération de police, mais elle se ravisa et chercha Trosterudveien dans l'annuaire téléphonique. La liste de résidents était longue. Elle les passa en revue, à l'affût de noms célèbres. Il y en eut un qui lui sauta aux yeux en page trois, et toutes les pièces du puzzle trouvèrent leur place.

Hans Fredrik Hansteen, le très médiatique pasteur.

L'église de la Sainte-Trinité.

Trois.

57

Toutes les rames qui avaient quitté la station Ris entre 3 h 05 et 3 h 40 de l'après-midi étaient à l'arrêt, et les voyageurs furent retenus à l'intérieur des voitures jusqu'à ce que la police les ait toutes inspectées. Sur la ligne 1, cela concernait deux rames dans chaque direction. L'une d'elles avait été arrêtée entre Stortinget et Jernbanetorget et la fouille était terminée. Une autre rame se trouvait à plusieurs centaines de mètres devant Blix, bloquée entre les stations Steinerud et Frøen, alors que les deux dernières attendaient, l'une à Vettakollen, l'autre à Lillevann. Les voitures de police étaient en route.

Le conducteur ouvrit les portes du train quand Blix lui montra son badge. Au moment où ce dernier allait commencer l'inspection des voitures, son téléphone sonna.

— Toujours aucune trace de Dahlmann, annonça Kovic, hors d'haleine. On va bientôt avoir couvert la moitié de Trosterudveien. Beaucoup de voitures sont passées par là, on va essayer de toutes les contrôler.

— Vérifiez aussi aux péages du secteur, suggéra Blix tout en dévisageant les voyageurs, qui le regardaient sans comprendre. Avec un peu de chance, on en trouvera une que nous avons déjà repérée près des autres scènes de crime.

— On aura de la chance s'il s'est servi à chaque fois du même véhicule.

— Vérifiez-les quand même, dit Blix, et il raccrocha.

Il s'approcha d'un type jeune vêtu d'un costume, qui dormait à moitié sur son siège. Ce n'était ni Dahlmann ni l'homme repéré par Blix. Un passager demanda ce qu'il se passait. Un autre voulait savoir s'il s'agissait d'une menace terroriste.

— Non, répondit Blix. On cherche quelqu'un, c'est tout.

Il y avait six hommes en costume dans cette voiture, et aucun ne ressemblait à celui que Blix avait croisé en voiture. Arrivé à l'extrémité de la rame, il sauta sur les rails et téléphona à la secrétaire de Hans Fredrik Hansteen. Elle commença par refuser de croire ce qu'il lui annonçait, avant d'éclater en sanglots. Blix attendit quelques instants avant de demander :

— L'homme que Hansteen devait retrouver chez lui, Dahlmann. Vous savez qui c'est ?

La secrétaire renifla, s'efforça de se ressaisir.

— Non. Il a juste appelé et dit qu'il voulait rencontrer Hans Fredrik personnellement. Aujourd'hui.

— Quand a-t-il appelé ?

Elle renifla encore, prit le temps de réfléchir.

— Je pense que c'était peut-être lundi.

— Vous pourriez retrouver quand précisément ? Cela nous aiderait beaucoup de le savoir, ainsi que d'avoir un numéro de téléphone.

Blix perçut le bruit de pages qu'elle tournait.

— Je ne crois pas pouvoir être plus précise, mais je suis presque sûre que c'était lundi.

Blix essaya de lui arracher d'autres détails mais peine perdue. Il se dit qu'il faudrait obtenir la liste de contacts de l'église de la Sainte-Trinité et mit fin à la communication.

Il appela ensuite Gard Fosse, qui lui répondit d'un ton froid et peu empressé. Blix ne fit aucune allusion à son éclat de la veille et alla droit au but. Il rapporta ce qui s'était passé en début d'après-midi et rendit compte du progrès de l'enquête, puis il expliqua comment il avait déduit que Hansteen serait la prochaine victime de Dahlmann.

— Mais je suis arrivé dix minutes trop tard, conclut-il.

Gard Fosse ne réagissant pas, Blix poursuivit :

— Tu ne peux pas me retirer de cette affaire, Gard. Pas maintenant. Tu as besoin de moi, et tu en es conscient.

— Et que dis-tu d'Emma Ramm ?

— Ce que j'en dis ? Rien de ce que je lui ai fourni n'a nui à l'enquête. Et si je ne lui avais pas parlé, nous n'aurions pas approché aussi près du but que nous l'avons fait aujourd'hui.

Ne laissant pas à Fosse la moindre chance d'en placer une, il enchaîna :

— Tu as besoin de toutes tes troupes, là maintenant. Que se passera-t-il s'il frappe encore, avant qu'on ait pu l'attraper ? Tes chances sont bien meilleures si je suis dans le coup.

Fosse prit le temps de la réflexion. Blix soupira bruyamment et dit :

— Tu peux me suspendre quand tout sera terminé. Dieu sait si nous avons souvent été en désaccord, mais cela mis à part, pour une fois, laisse-moi finir ce que j'ai commencé.

Fosse réagit enfin. Il soupira et répondit :

— D'accord, termine ce que tu as en cours à Ris, après quoi on fera tous un point ici.

— Merci, dit laconiquement Blix.

58

Anita prit l'appel de Wollan et mit le haut-parleur à l'intention d'Emma.

— Personne ici n'est disposé à dire grand-chose, rapporta Wollan. Mais c'est bien le pasteur qui est mort.

Emma aurait adoré pouvoir demander à son collègue s'il en était sûr, cette fois, mais elle se retint.

— On se croirait en guerre, continua Wollan, et il leur fit un récit animé de l'activité déployée, avec la brigade cynophile, les voitures de patrouille et les hélicoptères au-dessus de sa tête.

Il évaluait la présence policière à vingt-cinq policiers en uniforme au bas mot.

— Nous publierons son nom dès que nous serons sûrs que la famille a été contactée, dit Anita.

— Je vous tiens au courant, dit Wollan, et il raccrocha.

Emma prit son propre téléphone. Elle ignorait où se trouvait Blix mais il était sûrement informé. Elle lui envoya un SMS : *Hans Fredrik Hansteen = Numéro 3 ?*

En attendant sa réponse, elle démarra un article relatant

la place supposée de Hansteen dans le dispositif du meurtrier. La question demeurait cependant : comment cela s'intégrait-il dans le plan d'ensemble ? Sonja Nordstrøm n'avait pas réapparu, n'avait pas été retrouvée, et pourtant Emma était certaine que la reine de l'athlétisme, autrice de *Numéro un pour toujours*, était le un du compte à rebours de Dahlmann. Ce qui signifiait qu'il avait prévu de tuer une autre victime avant elle. La sonnerie du téléphone interrompit ses pensées. Le nom de Blix clignota sur l'écran.

— C'est le pasteur ? s'écria-t-elle sans même dire bonjour. Il est le numéro trois ?

— Oui, c'est lui. Je suis désolé de ne pas vous avoir appelée tout de suite. En tout cas, vous n'avez plus à vous inquiéter.

— Est-ce que ses proches ont été informés ?

— Oui, confirma Blix. Nous allons diffuser un communiqué dans l'après-midi pour annoncer que Dahlmann est un homme recherché.

— Nous ? Ça veut dire que vous êtes de nouveau sur l'affaire ?

— Oui, mais c'est Fosse qui lira le communiqué. Il m'a repris à contrecœur.

— Vous avez des idées concernant l'identité de la prochaine victime ?

— Pas encore.

Emma ouvrit le classeur dans lequel elle avait réuni les renseignements sur Mona Kleven et expliqua à Blix comment elle avait trouvé son nom.

— La femme aux neuf vies ? demanda-t-il.

— Elle est morte vendredi dernier. Tombée devant une rame de métro. Ça a été qualifié d'accident.

Elle entendit quelqu'un crier le nom de Blix.

— Je vais regarder ça de près, promit-il. Là, il faut que je file.

59

Blix avait les yeux fixés sur l'écran d'ordinateur. Iselin était assise à côté de Toralf Schanke, le menuisier de Tinn. Chaque fois que Blix les avait vus ensemble, la distance entre eux sur le canapé semblait avoir diminué. Il ne captait pas le son, mais ils paraissaient bavarder agréablement, voire joyeusement.

— C'est chouette de te retrouver ici, lança Kovic en se laissant tomber sur la chaise à côté de lui. Je suis contente que Fosse soit revenu à la raison.

Blix cliqua sur une fenêtre et répondit d'un bref signe de tête.

— Il va falloir que tu me mettes au courant, dit-il. Quoi de neuf, à part la mort du pasteur ?

Kovic détacha deux rapports de la pile de papiers qui jonchaient sa table et les lui tendit.

— Calle Seeberg a été empoisonné et Jeppe Sørensen, étranglé, annonça-t-elle.

Blix lut rapidement le premier rapport d'examen post mortem. Les voies respiratoires du footballeur danois avaient été obstruées quand une corde épaisse d'un millimètre s'était resserrée autour de son cou. Des clichés illustraient cette conclusion. Blix passa ensuite au rapport sur Seeberg.

— C'est peut-être le plus intéressant, remarqua Kovic.

Blix apprit que des traces de Digoxine avaient été relevées dans le sang de l'animateur radio.

— La Digoxine est un médicament conçu pour soigner les affections cardiaques, lui expliqua Kovic. Seeberg n'était pas cardiaque mais il prenait de l'Aerius, un antihistaminique prescrit aux sujets souffrant d'allergies. La Digoxine peut facilement être confondue avec l'Aerius. Des comprimés de Digoxine ont été découverts dans le flacon de plastique contenant l'Aerius de Seeberg.

Blix observa ensuite la photo d'une touffe de poils qui traînait sous l'étagère à chaussures dans l'entrée de Seeberg. À en croire le rapport de Sara, ces poils provenaient d'un berger allemand.

— Alors, c'est que quelqu'un a introduit des comprimés dans son flacon d'Aerius et déposé des poils de chien dans son entrée pour provoquer une réaction allergique ?

— Tout converge vers cette explication, confirma Kovic. Une dose assez légère peut être fatale.

Putain, se dit Blix. Alors Seeberg avait avalé de lui-même et sans le savoir le poison qui l'avait tué.

— Il y a du nouveau au sujet de Sonja Nordstrøm ? demanda-t-il.

Kovic secoua la tête.

— Rien, sauf que toutes les personnes dont elle disait du mal dans son livre ont été écartées de la liste des suspects.

Blix feuilleta encore une fois la liasse de documents forensiques concernant Calle Seeberg.

— Tout le mal qu'il s'est donné, murmura-t-il.

— Qu'est-ce que tu veux dire ?

— Dahlmann aurait pu se contenter de lui tirer dessus, non ? Ou de l'agresser dans un parking souterrain, comme il l'a fait pour le footballeur. C'est vrai aussi pour Nordstrøm. Il n'était pas obligé de l'enlever. Il n'avait qu'à lui loger une balle au bon moment. Tout ça est très innovateur, ajouta-t-il en brandissant les feuilles.

— Cela doit faire partie de son plan, suggéra Kovic. Exercer le contrôle et attirer l'attention. Prouver combien il est brillant.

Blix approuva de la tête, pensif.

— Qu'avons-nous au juste sur Dahlmann ? demanda-t-il. Est-il vraiment capable de concevoir et de mettre en action un tel plan ?

Il leva les yeux de la masse de rapports, quoiqu'il n'ait pas vraiment attendu de réponse. Wibe se dirigeait vers eux.

— Tout ça n'a pas servi à grand-chose, dit ce dernier en lançant un paquet de photos sur la table.

L'une d'elles, représentant Dahlmann, se détacha du lot. Wibe avait traîné Geir Abrahamsen au poste de police pour un tapissage de photos, afin de voir s'il pouvait identifier Dahlmann comme étant l'homme qui l'avait payé pour jeter le téléphone de Sonja Nordstrøm dans une fosse du cimetière.

— Il n'a pas été fichu de le pointer.

— Pas étonnant, fit valoir Kovic. Il était à peine capable de décrire l'homme qu'il avait rencontré.

Fosse apparut derrière Wibe et claqua des mains pour attirer l'attention de tous. Les enquêteurs se rassemblèrent autour de lui.

— Nous venons d'émettre un avis de recherche pour Walter Georg Dahlmann, annonça-t-il. Nous espérons que ses amis et relations se feront connaître et nous diront où il se cache. (Fosse regarda chacun d'eux, l'un après l'autre, en face.) De surcroît, il est important que les gens prennent des précautions.

Il passa la parole au chef de la section de policiers en tenue, qui leur exposa les différentes mesures de sécurité mises en place dans les bureaux de TV2 à Oslo et à Bergen, ainsi qu'ailleurs.

— Nous connaissons donc l'identité du meurtrier, poursuivit Fosse. Il ne nous reste qu'à le trouver. Jusque-là, tous les congés, absences validées et jours de repos sont annulés.

Sur ce, Fosse sortit de la salle. Dès qu'il fut parti, Tine Abelvik s'approcha du bureau de Blix.

— Je ne comprends pas comment Dahlmann peut continuer à nous échapper comme ça, dit-elle.

— Personnellement, lui confia Blix, conscient que tous les regards s'étaient tournés vers lui, je ne suis pas convaincu que Dahlmann soit la personne que nous recherchons.

— Qu'est-ce que tu entends par là ? demanda Wibe.

— Je ne suis pas sûr que ce soit lui que j'ai vu quitter la propriété de Hansteen. Peux-tu extraire l'enregistrement des caméras de surveillance à la station de métro de Stortinger juste après le meurtre de Ragnar Ole Theodorsen ?

demanda-t-il en se tournant vers Kovic. Ainsi que les photos de Dahlmann prises le même jour dans le bâtiment de Radio 4 ?

Kovic isola les images et les afficha côte à côte sur l'écran.

— Regarde la silhouette sur la gauche, dit Blix en pointant le cliché pris à la station de métro. Nous avons ici un homme coiffé d'une casquette, avec une capuche rabattue par-dessus, à l'évidence pour qu'on ne puisse pas voir son visage. Il ne lève les yeux sur aucune des photos que nous avons de lui à l'intérieur de la station. Pas une seule fois. Ce qui nous met dans l'impossibilité d'affirmer avec cent pour cent de certitude qu'il s'agit de Walter Georg Dahlmann.

Blix regarda les autres avant de passer au cliché suivant.

— Voyez la différence. Sur cette photo, prise à l'intérieur de l'immeuble de Radio 4, nous avons quelqu'un qui ne fait aucun effort pour dissimuler son identité. Et cela vaut aussi pour la conférence de presse qui a suivi la découverte du corps de Jeppe Sørensen.

— C'est peut-être parce que, dans ces deux derniers cas, il ne venait pas de commettre un crime, suggéra Wibe. Ce n'est pas du tout la même chanson quand on vient de tuer quelqu'un. À la conférence de presse, il était là pour déposer un téléphone, et à Radio 4, il livrait une photo.

Blix posa le doigt sur l'image de Radio 4.

— Cette photo date de quelques heures seulement après le meurtre de Theodorsen. Vous trouvez que ce type a l'air d'être en cavale ?

Kovic se laissa aller contre le dossier de sa chaise, provoquant un grincement.

— Tu veux dire qu'il pourrait y avoir deux hommes dans le coup ? demanda-t-elle d'une voix empreinte de doute.

— On ne peut pas l'exclure, admit Blix. Cela expliquerait pourquoi Geir Abrahamsen n'a pas pu reconnaître sa photo au milieu des autres. L'autre truc bizarre, c'est pourquoi Dahlmann n'a pas jeté lui-même le téléphone dans la fosse, alors que manifestement ça ne l'a pas dérangé d'assister à la conférence de presse le lendemain, pour faire un geste à peu près identique.

Blix laissa sa démonstration pénétrer les cerveaux avant de poursuivre.

— J'ai depuis le début le sentiment que quelqu'un coordonne tout ça. Et décide quand, très précisément, les différentes pièces du puzzle doivent nous être présentées. Qu'il s'agisse d'un téléphone, d'un cadavre, d'une chanson ou d'un dessin, il y a quelqu'un qui contrôle tout.

— Alors, c'est une même personne qui a payé Geir Abrahamsen et lui a donné des instructions et qui a téléguidé Dahlmann ? avança Kovic.

— C'est une idée que nous devrions effectivement prendre en compte, confirma Blix. Et toi, dit-il en se tournant vers Wibe, tu nous as dit dès le début que le meurtrier jouait à un petit jeu très complexe avec nous. Tu ne trouves pas que ça nous facilite diablement la tâche que Dahlmann demande soudain à rencontrer un pasteur célèbre, puis qu'il exprime clairement ses intentions sur un dessin qu'il glisse sous la porte d'Emma Ramm ? Si c'est vraiment Dahlmann qui est derrière tout ça, alors il veut absolument que nous l'épinglions.

— Quoi qu'il en soit, dit Abelvik, Dahlmann est la clé. Si il suit un plan, il peut nous dire qui est son complice.

Le silence s'installa quelques secondes. Wibe reprit la parole.

— Nous savons que Dahlmann n'est pas chez lui. Nous savons qu'il n'utilise pas de carte de crédit ni de téléphone portable et qu'il n'envoie pas de mails. Ou en tout cas, pas ces derniers jours. Depuis qu'il s'est montré à Radio 4, il se terre.

— Quelqu'un sait forcément quelque chose, insista Abelvik. Nous interrogerons tous ses codétenus, toutes les personnes qui lui ont rendu visite en prison. Nous devrions tôt ou tard avoir d'autres informations sur lui.

L'ordinateur de Kovic émit un bip d'alerte. Elle se redressa, lut le texte qui s'affichait et ouvrit une des pièces jointes qu'elle considéra attentivement.

— J'ai demandé à une analyste avec qui j'ai travaillé à Majorstua de vérifier les postes de péage, expliqua-t-elle. Elle a recherché les véhicules utilisés dans le voisinage des différentes scènes de crime. Il semblerait qu'il y en ait deux qui correspondent : une voiture qui a passé le péage proche de la maison de Sonja Nordstrøm le dimanche soir a également franchi un péage près de Kråkerøy le soir suivant. (Elle leva les yeux.) Kråkerøy est tout à côté de Hvaler, là où Jeppe Sørensen a été retrouvé, ajouta-t-elle.

— La voiture de qui ? demanda Wibe. Qui était au volant ?

— Nous n'avons pas d'images prises au poste de péage, répliqua Kovic, le nez collé à l'écran. Mais il semblerait que le véhicule, une Audi, appartienne à un dénommé Thor Willy Opsahl.

Le silence qui s'était établi dans la pièce fut rompu par Wibe.

— Mais qui diable est ce type ?

— Aucune idée, répondit Kovic. On sait qu'il habite à Holmenkollen. Je suggère qu'on lui rende visite au plus vite.

60

D'habitude, Emma se déplaçait dans Oslo à pied ou en vélo, quelle que soit l'heure du jour ou de la nuit, mais ce soir-là elle rentra chez elle en taxi et demanda au chauffeur d'attendre qu'elle se soit introduite dans l'immeuble.

Arrivée dans l'appartement, elle vérifia qu'il n'y avait personne d'autre à l'intérieur, et seulement alors parvint-elle à se détendre et à respirer de nouveau normalement. Et quand elle fut enfin assise sur le canapé, son ordinateur portable sur les genoux, elle s'en voulut de s'être ainsi laissé dominer par la peur. De quoi, en fait, avait-elle eu si peur ?

De Dahlmann, évidemment. Qu'il ait eu encore un plan ou un autre la concernant. Pourtant, en étudiant la situation rationnellement, elle ne lui trouva aucune raison d'agir ainsi. Il s'était servi d'elle pour lancer un avertissement au sujet du pasteur Hansteen. Quel intérêt pouvait-elle présenter à ses yeux après ça ?

Le visage de Dahlmann la regardait de chaque page web. Ça spéculait bon train dans les sections de commentaires et sur les réseaux sociaux. Le hashtag *#quiseralenumérodeux* était en train de devenir viral.

Un bip retentit sur son téléphone. Elle espérait que c'était un message de Blix, mais c'est le nom de Kasper qui apparut. Il lui proposait d'aller au cinéma. Jusqu'ici, cela n'avait pas été difficile de repousser ses avances, son travail avait retenu toute son attention ces derniers jours. Et en cet instant même, elle avait une très bonne raison de ne pas vouloir mettre le nez dehors.

Lorsqu'ils s'étaient rencontrés à Gothembourg, ils avaient parlé de leur travail, celui d'Emma essentiellement. Kasper ne pouvait pas saquer les people, en particulier ceux qui étaient à peine capables de chanter mais étaient pourtant connus et bourrés de fric parce qu'ils bénéficiaient d'un bon service de relations publiques. Les pires, à ses yeux, étaient les célébrités dont le seul exploit était leur participation à une émission de télé-réalité et qui avaient tiré le maximum de profit de leurs quinze minutes de gloire.

Au début, Emma avait cru que Kasper essayait juste de la provoquer. Il s'était en tout cas étonné qu'elle écrive sur tous ces gens, se demandant pourquoi le public avait tellement besoin de connaître les détails les plus intimes de la vie des personnalités.

— Peut-être parce que les gens aiment rêver, avait répondu Emma. Ils ont peut-être envie d'une vie différente. Ils voudraient peut-être devenir eux-mêmes des célébrités.

— Je préférerais vivre dans un monde sans célébrités, avait rétorqué Kasper. Les gens n'ont pas plus de valeur parce qu'ils sont connus, ou qu'ils jouent bien au football.

Se rappeler cette conversation ramena Emma à l'affaire en cours et à Jeppe Sørensen. Elle leva les yeux vers le mur sur lequel elle avait punaisé les photos des célébrités assassinées. Le footballeur danois détonnait, au milieu de la rangée de victimes, pour la bonne raison qu'il était danois. Tous les autres étaient norvégiens. Pourquoi Dahlmann était-il allé chercher une de ses victimes au Danemark ? Il aurait certainement pu trouver un joueur qui soit connu en Norvège et porte le maillot numéro sept. Elle envisagea de discuter de ce point avec Kasper mais ne donna pas suite. Elle reposa son téléphone sans prendre l'appel et se concentra sur le grand sujet consacré à Dahlmann par Wollan qu'elle avait trouvé dans les archives de news.no. L'article était très complet et, elle devait l'admettre, bien écrit. Wollan avait creusé en profondeur et expliqué pourquoi Dahlmann avait demandé une révision du procès. Il était manifeste que l'homme l'intéressait, mais il n'en demeurait pas moins qu'il n'y avait là aucune référence au Danemark, ni d'ailleurs à aucune des autres victimes.

Elle s'apprêtait à refermer son ordinateur quand une notification d'e-mail apparut en haut à droite de l'écran. Le titre, « Sonja Nordstrøm RIP ? », l'incita à ouvrir le message. L'expéditeur était countdown@countdown.com.

Dahlmann, se dit-elle, son cœur battant soudain la chamade. *Il essaie de renouer le contact.*

Le mail ne comportait pas de texte, simplement un lien et une image. Elle cliqua d'abord sur cette dernière, s'attendant au pire, à ce qu'il s'agisse d'une photo de Nordstrøm morte. La pièce jointe mit deux secondes à s'ouvrir. Au début, Emma ne sut pas très bien ce qu'elle était en train de regarder. L'éclairage était faiblard et le grain accentué.

Ça lui fit penser à une capture d'écran. Puis les détails commencèrent à émerger.

On voyait une personne en chemise de nuit, en position assise, les pieds relevés près du corps. Des pieds minces, sales. Des pieds de femme. Les doigts des mains, également sales, étaient croisés devant les jambes, comme pour les retenir. Il était impossible de voir les traits de cette femme, car elle avait la tête penchée. Comme si elle priait ou sanglotait. Ou qu'elle était morte.

Emma hésitait à cliquer sur le lien, mais elle finit par céder. Une fenêtre Internet s'ouvrit. Le chargement de la page dura plusieurs longues secondes, centimètre par centimètre. Emma empoigna les bords de son ordinateur.

Écran noir.

Puis une horloge digitale s'inscrivit dans l'angle supérieur droit. Les secondes s'égrenaient. Emma regarda sa propre montre. L'horloge de l'écran affichait l'heure réelle.

Une lumière s'alluma alors et Emma se rendit compte qu'elle regardait une image en live. Prise dans un endroit réel, une vraie chambre. Et quand les contours du décor se précisèrent, elle se leva, recula d'un pas et se couvrit la bouche de la main.

61

Blix regarda la lumière verte alors qu'ils dépassaient la station de péage sur le périphérique près du stade d'Ullevål.

— C'est un de ceux où il a été repéré ? demanda-t-il.

— Oui, confirma Kovic, assise à côté de lui, le nez dans ses notes. Sa voiture a été d'abord enregistrée à Sandstuveien, pas loin de l'adresse de Sonja Nordstrøm. Horaire : 22 h 47. Puis il est passé ici un quart d'heure plus tard. Le lendemain, c'est-à-dire dans la nuit de lundi, il a franchi le péage que nous venons de traverser à 01 h 05. Après quoi il a été enregistré sur la E6, de l'autre côté de la ville, dix-sept minutes plus tard. Et presque exactement une heure après, il était à Kråkerøy.

Elle feuilleta les pages sur ses genoux avant d'ajouter :

— Il ne faut pas plus de vingt à vingt-cinq minutes pour gagner Hvaler, où se trouve le chalet d'été de Nordstrøm, du moins au milieu de la nuit. Après quoi il serait retourné en ville par le même chemin, environ une heure vingt plus tard.

— Largement le temps de lâcher Jeppe Sørensen dans le bateau de Nordstrøm et de revenir.

— Absolument.

Le téléphone de Kovic se mit à sonner. Elle ficha une oreillette dans son oreille avant d'accepter l'appel. Elle se contenta de répondre « oui » et « non », tout en prenant des notes. Blix manœuvrait vite et adroitement dans la circulation.

— Très bien, merci beaucoup, conclut Kovic et elle appuya sur un bouton du kit mains libres. Thor Willy Opsahl, lut-elle à l'intention de Blix. Originaire d'Asker. Pas de famille. Pas de casier, mais six points en moins sur son permis.

— Un lien quelconque avec Dahlmann ?

— Non, mais il pourrait s'agir d'autre chose, répondit-elle sur un ton hésitant. Thor Willy Opsahl est aussi connu sous le nom de Willy le Viking.

Blix sortit de Sørkedalsveien et accéléra pour monter sur Holmenkollveien, tout en vérifiant dans son rétro que Wibe et Abelvik le suivaient de près.

— Il a gagné cent quatre-vingt-trois millions de couronnes l'an dernier à la loterie du Viking, poursuivit Kovic. Il était le seul possesseur d'un billet portant les six bons numéros.

Blix se souvenait des articles dans la presse. Le plus souvent, les gens qui gagnent à la loterie préfèrent garder l'anonymat, mais Opsahl n'avait pas boudé la publicité.

— C'est là-bas, dit Kovic en montrant la direction.

Blix tourna dans une rue à sens unique bordée de vieilles demeures dans de vastes jardins. La villa d'Opsahl se trouvait au bout du cul-de-sac. Peinte en blanc, avec un toit de tuiles noires qui luisaient sous l'éclairage des constructions voisines. Un garage aussi grand qu'une maison avait été construit à côté. Une Audi Q8 était stationnée devant. Blix pointa la plaque minéralogique, un montage personnalisé de chiffres et de lettres.

— AFTER 8, lut-il à voix haute. Est-ce que ça colle avec les listes de la société de péage ?

— C'est automatiquement comparé aux numéros figurant dessus, commença Kovic, qui s'arrêta soudain, comme frappée par une révélation. Huit est le chiffre qui l'a fait gagner à la loterie, expliqua-t-elle doucement. Six autres personnes avaient les mêmes chiffres gagnants que lui, sauf le huit. C'est donc le chiffre qui l'a rendu millionnaire, je m'en souviens maintenant.

Ils descendirent de voiture et regardèrent la maison. Une lanterne éclairait la façade aux abords de la porte d'entrée.

— Il a refusé de partager le jackpot avec qui que ce soit, dit Kovic. Un ou deux journaux l'ont surnommé « le Picsou de l'année ».

Le téléphone de Blix sonna. L'appel venait d'Emma, mais il n'avait pas le temps de lui parler maintenant.

— Numéro 8, dit-il en approchant de l'Audi.

Wibe et Abelvik s'étaient garés et arrivaient à sa hauteur. Wibe alluma une lampe torche et dirigea le faisceau sur la vitre latérale. Un exemplaire de *Numéro un pour toujours* était posé sur le siège du conducteur.

— Contactez Ann-Mari Sara, ordonna Blix en levant les yeux vers la façade. Ceci est une scène de crime.

Wibe contourna la voiture en continuant à braquer sa lampe sur l'habitacle.

— Elle est vide, constata-t-il, mais il y a quelque chose sur le siège à côté du livre.

— C'est fermé à clé ? demanda Kovic.

Blix enfila une paire de gants en latex avant de toucher la poignée côté conducteur. La portière s'ouvrit facilement.

— C'est une télécommande pour la porte du garage, dit-il en ramassant le petit boîtier.

Il regarda les autres avant d'appuyer sur le bouton. Lentement, la porte glissa sur sa charnière. La lumière s'alluma automatiquement.

Thor Willy Opsahl pendait à une des poutres du plafond. Ses pieds effleuraient à peine le sol. Il n'y avait aucun objet à proximité sur lequel il aurait pu grimper. Le suicide était inenvisageable. Les quatre enquêteurs restèrent un moment devant l'entrée.

— À votre avis, demanda Blix en regardant le visage bleui qui virait au noir, ça fait combien de temps qu'il est là ?

— Plus d'une semaine, évalua Wibe. Le corps est sur le point de se détacher de la tête.

Blix acquiesça. Chronologiquement, plus d'une semaine situait ce meurtre avant celui du footballeur danois.

— Sa voiture a été utilisée pour la dernière fois tôt mardi matin, fit remarquer Kovic. En tout cas, elle n'a été enregistrée par aucun poste de péage après ça.

— Dahlmann a dû l'utiliser pour rouler dans les parages, suggéra Wibe. Pendant que Willy le Viking se balançait à sa poutre.

— Comme ça, il est resté pendu là pendant plus d'une

semaine et personne ne s'est étonné de ne pas le voir ? demanda Abelvik.

— Il n'avait ni emploi ni famille, expliqua Kovic. Personne pour remarquer son absence.

— C'est vraiment pervers, commenta Wibe. Prémédité et rusé.

Blix hocha la tête, et pourtant ces adjectifs ne correspondaient pas au Dahlmann qu'il connaissait, et cela le conforta dans son intuition que Dahlmann n'était qu'un pion dans cette histoire.

Son téléphone sonna de nouveau. Encore Emma.

— Je dois le prendre, dit-il.

Il s'éloigna de quelques pas. Les autres continuèrent à bavarder dans leur coin. Quand il fut sûr qu'ils ne pouvaient pas l'entendre, il décrocha.

— Elle est vivante ! s'écria Emma.

— Vivante ? Qui ça ?

— Sonja Nordstrøm, précisa-t-elle d'une voix qui tremblait. J'ai reçu un e-mail avec un lien vers une webcam qui enregistre en direct. Je suis en train de la regarder en ce moment !

— Qu'est-ce que vous me racontez là !?

Il ne put s'empêcher de hausser le ton et Kovic se retourna.

— Blix, elle est vivante ! Sonja Nordstrøm.

Il changea le portable d'oreille.

— Décrivez-moi ce que vous pouvez voir.

— Elle est assise par terre. Un sol de ciment, je crois, mais ce n'est pas sûr. Elle est dans une petite pièce, on dirait une cellule ou un cachot ou… Je ne sais pas, en vrai. En tout cas, elle est vivante.

— Que fait-elle ?

— Rien. Elle est assise là, c'est tout. Il y a une assiette de nourriture par terre. Des tranches de pain. Elle en a mangé une demie.

Blix se frotta le visage. Il regarda Kovic qui approchait avec une expression intriguée, demanda à Emma :

— Cet e-mail que vous avez reçu, il est spécifié quelque part qu'il vient de Dahlmann ?

— Non, il n'est pas signé. Mais… attendez un instant.

— Attendre quoi ?

— Juste… attendez un instant. J'ai reçu un autre mail du même expéditeur.

— Quoi ? Qu'est-ce qu'il dit ?

Emma ne répondit pas tout de suite.

— Qui… ?

— Mon écran est figé, expliqua-t-elle. Il tourne très lentement.

Blix attendit. Longuement.

— Oh, merde ! s'exclama Emma. Ce n'est pas possible !

— Que se passe-t-il ?

Il entendit Emma prendre une grande inspiration avant de parler.

— Il dit que je dois publier le lien sur news.no. Et que je dois le faire demain samedi avant midi. Sinon…

— Sinon, quoi ?

— Sinon, Sonja Nordstrøm mourra.

62

Sonja Nordstrøm était assise sur le sol. Elle bougea légèrement la tête, se passa lentement la main sur le genou. Emma nota l'heure et se leva. Cela faisait exactement huit minutes qu'elle avait appelé Blix. Son cœur battait à tout rompre. Elle imaginait ce que Nordstrøm pouvait ressentir.

Blix arriva juste après 11 heures. Il était accompagné de la même enquêtrice que la veille, Kovic. Celle qu'Emma avait rencontrée pour la première fois devant la maison de Nordstrøm à Ekeberg.

— Voyons ça, dit Blix en entrant sans ôter ses chaussures.

Emma les précéda jusqu'à la cuisine où son ordinateur était toujours sur le plan de travail. Les images en direct occupaient tout l'écran.

— Merde ! s'exclama Sofia Kovic en tendant le cou vers le PC. Elle est bel et bien vivante !

Blix contempla l'écran sans dire un mot.

— Montrez-moi les mails, demanda-t-il.

Emma se faufila entre les deux enquêteurs et sélectionna

sa messagerie. Tout en s'écartant pour que Blix puisse opérer, elle précisa :

— Il n'a pas signé le deuxième e-mail non plus. Mais il ne fait aucun doute qu'il s'agit de Dahlmann, n'est-ce pas ?

Kovic jeta un coup d'œil à Blix, qui ne répondit pas.

— Qu'est-ce qu'on va faire ? demanda Emma.

— J'ai convoqué les meilleurs spécialistes en technologie informatique, lui dit ce dernier. On va devoir embarquer l'ordi au poste de police et l'examiner là-bas. Essayer de voir si on peut découvrir d'où ces messages ont été envoyés.

— Je ne parlais pas de l'ordinateur, je parlais de Sonja Nordstrøm. On va faire ce qu'il demande, n'est-ce pas ? On ne peut pas risquer qu'il lui arrive quelque chose, maintenant qu'on sait qu'elle est vivante.

Blix ne disant rien, elle poursuivit :

— Enfin, si on apprend que nous avons négligé de suivre ses instructions et que ça se termine par un meurtre…

— Et s'il la tue quoi qu'il en soit, interrompit Blix. En direct. Sous les yeux de tout le monde. On ne peut pas laisser ça arriver non plus.

Emma n'avait rien à opposer à cet argument.

— Ce que je ne comprends pas, dit Kovic, c'est pourquoi il ne diffuse pas le lien lui-même. En utilisant la section commentaires d'un blog, ce genre de choses. On peut faire ça en restant anonyme.

— Il nous contraint à partager la responsabilité, expliqua Blix. Et en même temps, il nous met dans une position impossible. Si nous diffusons le lien, nous cédons à un terroriste et en plus nous n'avons aucune garantie qu'il ne la tuera pas, ou qu'il n'aura pas de nouvelles exigences. Et si nous ne faisons pas ce qu'il demande, Nordstrøm meurt.

— Un terroriste ? s'étonna Kovic.

— Oui, c'est exactement ce qu'il est, tu ne trouves pas ? Il fait monter la peur dans toute la ville. Dans tout le pays.

— Et la règle est de ne jamais céder aux terroristes, commenta Emma.

Blix s'approcha de l'évier, fit couler l'eau froide pour se rincer les mains, qu'il se passa rapidement sur le visage. Il referma le robinet avec un peu trop d'énergie.

— C'est sa scène finale, dit-il. Tout a débuté avec Nordstrøm et se terminera avec Nordstrøm. La boucle sera bouclée. Voilà le grand plan, et il veut que nous soyons tous spectateurs, dit-il en se tournant vers les deux femmes.

— Mais s'il s'apprête à tuer Nordstrøm dès demain midi, spécula Kovic, c'est qu'il a déjà disposé du numéro deux.

— Peut-être, admit Blix, ou alors il s'apprête à le faire d'un instant à l'autre. Ou encore il se moque complètement de l'ordre dans lequel sont découverts les cadavres, maintenant que son schéma de compte à rebours a été éventé.

Emma comprit, à voir l'attitude de Blix, qu'il y avait autre chose. Elle demanda :

— Vous avez enquêté sur la mort de Mona Kleven ? Le numéro neuf ?

Le regard de Blix croisa celui de Kovic.

— La femme aux neuf vies, précisa-t-il. Il n'y a pas d'images de vidéosurveillance à la station de métro où elle a trouvé la mort, mais tout laisse à penser qu'elle n'a pas sauté et qu'elle n'est pas tombée.

Emma absorba l'information.

— En revanche, poursuivit Blix, nous avons trouvé le numéro huit. Juste avant votre appel.

Kovic parut sur le point d'ajouter quelque chose mais elle le garda pour elle. Blix résuma la situation en deux phrases concises avant de se diriger vers la porte en concluant :

— Pour l'heure, la priorité est de parvenir à sauver la vie de Sonja Nordstrøm.

63

Blix se tenait près de la fenêtre, les yeux baissés vers l'entrée. Un homme était en train de sortir, un sac en plastique dans chaque main.

— Il utilise Tor.

Blix se retourna. Øyvind Krohn était penché sur le portable d'Emma Ramm, lequel était relié à un de ses propres ordinateurs fixes. Blix ne comprenait rien à la succession de chiffres, de colonnes et de lettres qui palpitaient sur l'écran.

— Qui est Tor ? demanda Emma. Ou qu'est-ce que c'est ?

Un sourire éclaira le visage de l'analyste.

— C'est un moteur de recherche qu'utilisent les gens soucieux de rester anonymes quand ils naviguent sur Internet. Vous téléchargez l'appli Tor et l'installez sur votre ordinateur, elle contient un moteur de recherche incorporé. Vous voyez alors apparaître Tor à la place de Chrome ou de Firefox, enfin ce que vous utilisez d'habitude. Comme ça, quand vous ouvrez une nouvelle fenêtre, votre adresse IP n'apparaît pas. (Il tourna légèrement la tête pour s'assurer que les personnes présentes dans la pièce suivaient ses explications.) De fait, Tor a été initialement mis au point par la marine américaine. Tout ce qu'Edward Snowden a publié, il l'avait obtenu via Tor.

— Mais comment ça fonctionne, en gros ? demanda Emma.

Krohn fit de nouveau face à ses écrans et reprit sa tâche.

— Le réseau Tor dissimule votre identité en basculant votre activité Internet sur d'autres serveurs Tor, qui sont en réalité des ordinateurs appartenant à d'autres usagers. En plus, Tor code et recode l'activité déployée sur le réseau, chose qu'une connexion Internet ordinaire ne peut pas faire.

— Une accumulation de couches d'emballage, commenta Emma.

— Exactement. Au bout du compte, ces empilements de données codées en profondeur sont envoyés au hasard via les divers serveurs. Et pour nous ici, ce n'est qu'un des deux problèmes.

— Quel est l'autre ? demanda Blix.

— Qu'il s'agit d'une vidéo Me2b. C'est à peu près pareil que YouTube, la même configuration en tout cas.

Debout à côté de Blix, Kovic demanda impatiemment :

— Qu'est-ce que ça signifie ?

— Ça signifie que trouver à partir de quel ordinateur a été diffusée la vidéo va prendre du temps. L'autre problème est le labyrinthe codé à travers lequel nous devons nous frayer un chemin. Me2b est tout aussi obsédé par la protection des données personnelles que YouTube et Facebook ou les autres grandes sociétés. On ne peut pas s'introduire clandestinement pour découvrir cet ordinateur par nous-mêmes. Nous devons parler à quelqu'un de Me2b et le convaincre de trouver pour nous l'adresse IP d'origine.

Kovic vérifia l'heure.

— Nous sommes au milieu de la nuit à Oslo et c'est le soir aux États-Unis, alors ça ne va pas être facile. Les gens ne sont plus au bureau. En plus, ils font de la rétention quand il s'agit de données personnelles.

— Même s'il s'agit de sauver une vie ? s'étonna Kovic.

— La protection de l'identité de l'usager est taboue, expliqua Krohn. Nous avons les mêmes discussions ici en Norvège. Où doit-on placer la limite des données personnelles que nous pouvons extraire de l'ordinateur des usagers sans qu'ils soient au courant ?

— Quand ils ont un comportement criminel, affirma Kovic.

— Ce n'est pas moi qui vous dirai le contraire, mais il est clair que d'autres ne se montreront pas si…

— Concentrons-nous sur notre affaire, intervint Blix. Il ne nous reste pas beaucoup de temps. Vous êtes en train de me dire que vous n'avez aucun moyen de découvrir d'où émane cette vidéo ?

Krohn cessa de taper, fit pivoter sa chaise et regarda Blix, Kovic et Emma.

— Bien sûr, il y a deux ou trois choses que nous pouvons essayer. Mais ce ne sera pas fait en un claquement de doigts et de toute manière, on ne peut pas beaucoup avancer sans l'aide des Américains. Cependant, j'ai un contact chez Me2b, je peux tenter ma chance. Espérons juste que je parviendrai à la joindre.

Blix consulta sa montre. Il leur restait à peine onze heures avant l'expiration du délai.

— Mais n'importe qui ne peut pas avoir accès à ce lien, puisque ça a été mis sur Me2b ? demanda-t-il.

— C'est ce qu'on appelle un lien privé, la personne qui l'a chargé n'a invité qu'un seul utilisateur. Une adresse e-mail. La vôtre, dit-il en se tournant vers Emma.

Blix réfléchit un instant.

— Donc le lien ne peut être ouvert qu'à partir de l'adresse d'Emma ?

— Oui, mais on peut le faire circuler si on choisit de le poster.

— D'accord, dit Blix en hochant la tête. Nous ne bougerons pas d'ici cette nuit. Appelez-nous si vous trouvez quoi que ce soit.

64

Avant d'arriver au poste de police, Blix avait appelé Gard Fosse puis Pia Nøkleby pour leur exposer la situation. Ils avaient rappliqué sans tarder.

Fosse écarquilla les yeux en constatant la présence d'Emma. Blix l'avait fait monter dans le bureau. Il se précipita au-devant de son boss pour éviter un incident public.

— Qu'est-ce que vous fabriquez, bordel ? siffla Fosse à voix basse.

— Dahlmann, ou quiconque mène la danse dans cette affaire, commença Blix sur le même ton, a utilisé Emma à deux reprises pour communiquer des informations cruciales. Soit elle fait partie de son plan, ce qui justifie que nous la surveillions, soit il va entrer de nouveau en contact avec elle. Dans un cas comme dans l'autre, elle est essentielle au progrès de l'enquête.

Fosse soupira en se passant la main sur le crâne.

— Cela n'a rien à voir avec Teisen, ajouta Blix. Tu le sais très bien.

Le superintendant resta quelques secondes les poings sur les hanches, perdu dans ses réflexions.

— D'accord. Mais elle ne peut pas rester assise ici et écouter tout ce que nous disons. Il va falloir trouver un endroit où la caser.

Blix en convint. D'ailleurs, lorsqu'il l'installa sur le canapé d'un bureau libre, elle ne protesta pas.

— Essayez de dormir un peu, lui suggéra-t-il.

Emma secoua la tête et sortit une tablette de son sac.

— J'ai un article à rendre.

— Vous ne pouvez rien écrire sur tout ceci, s'opposa Blix.

Elle le regarda d'un air indulgent.

— Je suis au courant ! Mais je dois raconter quelque chose au sujet de Willy le Viking, et dire que vous enquêtez sur la mort de Mona Kleven. Le numéro huit et le numéro neuf.

Blix embrassa la pièce du regard.

— Ça, c'est bon, mais inutile de préciser à vos lecteurs que vous êtes en train de travailler au poste de police.

Il sortit en refermant la porte et alla rejoindre les autres. Fosse, qui présidait à la table de conférence, annonça :

— Le chef de la police a convoqué les haut gradés pour une réunion de crise. Je dois le voir, ainsi que le procureur général, dans quinze minutes. Ils veulent connaître votre avis. Que pensez-vous, les uns et les autres ? Quelle action devons-nous engager ?

— Rendons le lien public, suggéra Abelvik. Il y a eu assez de morts ces derniers jours. Nous ne voulons pas en avoir un de plus sur la conscience.

— Ce ne sera pas sur notre conscience, objecta Wibe. Ce n'est pas nous qui tuerons Nordstrøm. Et ce n'est pas notre faute si un psychopathe circule en liberté dans la ville.

— Il y a un tas de gens qui ne seraient pas d'accord avec ça, protesta Abelvik. Notre devoir est d'empêcher ce genre d'individu de nuire. Et nous n'y sommes pas parvenus. Nous avons maintenant l'occasion d'éviter qu'il cause une autre mort et nous devons la saisir.

Fosse regarda Blix et lui demanda :

— Combien de chances avons-nous de la retrouver avant demain midi ?

— Je ne le sais pas plus que vous. C'est un peu comme chercher une aiguille dans une botte de foin, si j'ai bien compris ce que disait Krohn. Il n'est pas exclu qu'on ait un coup de bol, mais au cas où Krohn et son équipe seraient bredouilles, il faut qu'on pense à un plan.

Blix prit place dans son propre fauteuil et les autres en firent autant alors que Fosse restait debout au milieu de la pièce.

— Peut-être qu'il bluffe, suggéra Kovic.

— Rien de ce qui s'est passé jusqu'ici n'indique qu'il n'ira pas jusqu'au bout de son projet, dit Blix.

Fosse toussa derrière sa main.

— Le chef de la police ne cédera jamais aux exigences d'un fou, déclara-t-il. Je suis d'accord avec Wibe, et ce que je m'apprête à dire pourra vous paraître cynique mais dans mon esprit, Sonja Nordstrøm était déjà morte deux jours après qu'elle n'a plus donné de signe de vie. Je n'ai pas l'intention de laisser un meurtrier s'offrir un final sanglant sous les yeux du monde entier. Nous ne diffuserons pas ce lien.

— Mais nous courons le risque qu'il le diffuse lui-même, quoi qu'il arrive, fit valoir Abelvik.

— Oui, c'est vrai, reconnut Fosse. Mais nous n'avons aucune prise sur ce point, sauf si nous le localisons.

Il consulta sa montre.

— Nous disposons de dix heures, reprit-il. Et l'heure tourne. Il doit quand même y avoir quelque chose que nous pouvons faire, vous ne croyez pas ?

65

Blix était trop impatient pour rester assis à l'intérieur du poste de police, à regarder par-dessus l'épaule de Krohn. Et Kovic était dans la même disposition.

Ils prirent une voiture de service et roulèrent vers le quartier de Nydalen avec l'idée d'aller voir certaine pizzéria de près. L'appel à l'église de la Sainte-Trinité datait de 11 h 47 le lundi matin, cela faisait maintenant près d'une semaine. Les recherches avaient permis d'établir qu'il provenait d'un établissement de Gulhaug Torg. On avait retrouvé le serveur qui avait laissé le meurtrier utiliser le téléphone du restaurant, mais il se souvenait juste que l'homme avait jeté de la monnaie dans le pot des pourboires sur le comptoir avant de demander s'il pouvait passer un rapide coup de fil. Il était incapable de le décrire. Les gars de la police technique et scientifique s'étaient rendus sur place mais en vain.

C'était plus facile de trouver un endroit où se garer au milieu de la nuit que quand il était venu voir Iselin au studio de télé, qui était situé au coin de la rue. Un gigantesque bus de la production était parqué devant le bâtiment anonyme où se trouvait sa fille. Le ministère de la Justice se dressait à un jet de pierre de là, et plusieurs sites commerciaux étaient disséminés dans le quartier.

— Qu'est-ce que tu espères découvrir ? demanda Kovic.

Blix haussa les épaules.

— Je voulais simplement jeter un coup d'œil dans le coin, me représenter le tueur au moment où il entre dans le restaurant. Avoir une idée de là d'où il pouvait venir, et de là où il aurait pu aller après.

Ils s'approchèrent de la devanture. Blix mit ses mains en coupe contre la vitre et regarda à l'intérieur. Il repéra le téléphone mural au bout du comptoir. Il était possible d'avoir une conversation sans être entendu d'un serveur affairé.

Deux clients qui se trouvaient également dans l'établissement au moment de l'appel avaient été localisés grâce à l'empreinte de leur carte bancaire. Aucun ne se souvenait d'un type utilisant le téléphone.

— C'était un risque calculé, dit Kovic. Il savait qu'on essaierait de retracer la communication et a veillé à ne rien faire qui risque de retenir l'attention.

Blix se retourna vers la rue et balaya les alentours du regard. À part un taxi qui décollait du trottoir, le coin était désert. Tandis qu'à 11 h 47, à l'heure du déjeuner pour beaucoup, des centaines de gens pouvaient avoir vu l'homme entrer dans la pizzéria et en ressortir. Il y avait aussi plusieurs écoles à Nydalen, ainsi qu'un nouveau bloc d'immeubles pas très loin, sans compter la station de métro, grouillant de monde.

— Et puis il devait savoir qu'il n'y avait pas de vidéosurveillance par ici, remarqua Kovic.

Blix avait les yeux fixés sur l'entrée de la station de métro.

— Quelle est la station suivante ?

Kovic réfléchit une seconde et tourna la tête en direction de l'ouest.

— Ullevål et Blindern par ici, et vers l'est, Storo et Sinsen.

— La femme aux neuf vies, dit Blix. Mona Kleven. Elle a été renversée par le train à Sinsen, à deux stations d'ici.

— Et après les coups de feu à Stortinget, enchaîna Kovic, le meurtrier s'est aussi volatilisé dans le métro. Il a probablement procédé de même après avoir abattu le pasteur. On a un dénominateur commun.

Blix pivota pour faire face au siège de la télévision, là où sa fille était sous l'œil des caméras vingt-quatre heures sur vingt-quatre, sept jours sur sept.

— S'il utilise le métro, on pourrait peut-être retrouver sa trace en examinant les enregistrements de vidéosurveillance, suggéra Blix. Voir où il monte et où il descend. Mettre ça en relation avec son usage de l'Audi appartenant à Willy le Viking. Cela permettrait de circonscrire ses déplacements, de se rapprocher de l'endroit où il se planque. De là où il séquestre Nordstrøm.

— Ça prendrait trop de temps, objecta Kovic en jetant un coup d'œil à sa montre. Et on ne peut pas s'y mettre avant que les équipes nécessaires soient à l'œuvre.

— Ça vaut tout de même le coup d'essayer, dit Blix. Même si ça ne donne pas de résultats avant midi, ça pourrait néanmoins se révéler utile.

66

La sensation de ne pas être seule dans la pièce arracha Emma à sa somnolence. Surprise, elle se redressa brusquement sur le canapé. Kovic était devant elle. Emma porta les mains à sa tête pour s'assurer que sa perruque était bien en place.

— Je ne voulais pas vous effrayer, dit la policière. Je vous ai apporté de quoi manger.

Emma s'éclaircit la gorge et acquiesça, elle avait besoin de quelques secondes pour se ressaisir. Kovic tenait une tasse fumante et deux tartines sur une assiette.

— Nous n'avons pas beaucoup de provisions ici, le samedi matin, dit-elle, mais j'ai misé sur le fait que vous aimiez le pâté de foie.

Elle sourit aimablement en déposant assiette et café sur une petite table devant le canapé.

— Merci, dit Emma, c'est vraiment gentil à vous.

Elle se sentait comme un lendemain de cuite. Mal dans tout le corps, et les yeux gonflés.

— Quelle heure est-il ? demanda-t-elle en s'étirant.

— Pas loin de 8 heures.

Emma n'aurait su dire quand elle s'était endormie, mais cela ne pouvait pas être depuis très longtemps.

— Comment ça s'est passé hier soir ? demanda-t-elle en saisissant la tasse de café.

— Je ne peux pas vous dire grand-chose, dit Kovic. Mais en tout cas, je n'ai rien de nouveau à vous annoncer.

Emma hocha la tête et but une gorgée de café, s'étonnant de le trouver si bon.

— J'imagine que vous ne seriez pas devant moi si vous l'aviez trouvée au cours de la nuit, dit-elle en étudiant les tartines. Ou Dahlmann, d'ailleurs.

Kovic sourit de nouveau. La fatigue se lisait dans ses yeux. Emma mordit dans une des tartines, que Kovic avait agrémentée d'une lamelle de concombre.

L'enquêtrice parut un instant se perdre dans ses pensées avant de se lancer :

— Blix m'a raconté… à propos de vous deux. Ce qui s'est passé à Tiesen.

Emma cessa de mastiquer l'espace d'une seconde. Kovic poursuivit.

— J'avais onze ans quand mon père est mort. Un accident du travail. Il est tombé d'une échelle et son crâne a heurté un rocher.

Elle secoua imperceptiblement la tête. Emma ne savait que dire.

— Il… Je l'adorais. Il m'emmenait tous les soirs nager au port de Trogir. C'était le grand moment de la journée. Seulement lui et moi. Et l'eau. Le poisson. Parfois il apportait quelque chose de sympa à manger après la baignade, poursuivit Kovic, un sourire rêveur aux lèvres. Un fruit, un truc.

— Ce devait être un père génial, dit Emma, la gorge serrée.

— Oh, ça oui.

Emma commençait à se demander où Kovic voulait en venir avec cette conversation.

— Les statistiques montrent que la raison pour laquelle beaucoup de personnes ont eu une vie difficile, qu'ils soient des criminels, des junkies ou autres, c'est l'absence d'un de leurs parents, ou des deux. Mais vous vous en êtes bien sortie. Et moi aussi. Il m'arrive de me demander pourquoi les choses se sont bien passées, finalement, pour des gens comme nous, alors que d'autres ne se relèvent jamais.

Pendant un moment, Kovic sembla méditer sur ce qu'elle venait de dire.

— C'est peut-être une question de chance. Ou alors c'est tout simplement que certaines personnes sont nées fortes et d'autres pas.

Emma réfléchit quelques secondes avant de parler.

— Pour moi, tout a changé à la mort de mon grand-père. Il nous avait caché le fait que grand-mère commençait à souffrir de démence, mais c'est devenu évident par la suite, bien sûr, quand il n'y a plus eu qu'elle pour s'occuper de ma sœur et de moi. J'ai compris que ce n'était pas seulement moi le problème. (Elle marqua une pause.) J'aurais pu très mal finir si grand-père n'avait pas eu cette crise cardiaque.

Kovic attendit un instant et demanda :

— N'est-ce pas étrange que la mort de quelqu'un soit capable de vous briser mais aussi de vous construire ?

Emma n'avait jamais vu les choses sous cet angle auparavant, mais elle réagit presque tout de suite.

— Oui, c'est vrai.

Blix entra alors dans la pièce. Il avait l'air extrêmement pressé. Il salua Emma et s'adressa aussitôt à Kovic.

— J'ai besoin de toi, maintenant.

Kovic se leva. Emma demanda :

— Il s'est passé quelque chose ?

Blix ne répondit pas. Et les deux enquêteurs sortirent en hâte du bureau.

67

— On a eu de bonnes nouvelles de Krohn, lança Blix à Kovic par-dessus son épaule. Il a réussi à joindre son contact à Me2b, qui a pu nous fournir une adresse. Le lien en live est envoyé d'une ferme proche de Nannestad.

— C'est où, ça ?

— Pas loin de Jessheim.

Kovic était obligée d'avancer au pas de course pour rester à la hauteur de l'inspecteur.

— Il en est sûr ? demanda-t-elle.

— Aussi sûr qu'on peut l'être. Et en plus, on a des bonnes preuves matérielles. Je vais t'expliquer dans la voiture.

— Est-ce qu'une brigade d'intervention spéciale ne devrait pas s'occuper de ça ?

— On doit faire profil bas, expliqua Blix. Et d'ailleurs, on n'a pas le temps de les solliciter.

Quelques secondes plus tard, ils étaient en route. La fatigue qui avait envahi Blix à l'aube était totalement dissipée. Tout au long de la nuit il avait vérifié des tuyaux, scruté les documents relatifs à l'affaire en quête du plus petit détail qu'ils auraient négligé ou survolé. Il était sur le point de perdre tout espoir. Mais c'était revenu.

— De quelles preuves matérielles parlons-nous ? demanda Kovic alors qu'ils se dirigeaient vers le garage.

— La ferme appartient à un octogénaire, commença Blix. Mais c'est son petit-fils qui l'habite. Et ce garçon était dans la même école que Walter Georg Dahlmann.

— Punaise ! s'exclama Kovic. Il y a forcément un lien.

Blix acquiesça tout en s'installant au volant. Kovic n'avait pas fini de boucler sa ceinture que la voiture jaillissait du garage. Il était près de 9 heures et pourtant il n'y avait pas beaucoup de circulation. Temps couvert, pas de pluie.

— Nous ne pouvons pas régler ça tout seuls, dit Kovic.

— Un véhicule de patrouille venu de Romerike nous rejoindra là-bas, la rassura Blix en lui tendant un morceau de papier sur lequel il avait noté l'adresse de la ferme de Jekkestad. Wibe et Abelvik suivent dans une voiture banalisée.

Kovic entra l'adresse dans le GPS, qui indiqua qu'il leur faudrait trente-sept minutes pour parvenir à la ferme. Blix avait l'intention de réduire sérieusement la durée du trajet.

— Comment s'appelle-t-il, le copain de classe ? demanda Kovic.

— Bjørn Helge Bergan.

— Un casier judiciaire ?

— Oui, mais rien de majeur. Des histoires de drogue, pour l'essentiel.

— Tu crois qu'il sera là ?

— Son téléphone portable y est, en tout cas, dit Blix en

assurant sa prise sur le volant. Une ferme, c'est l'endroit idéal. Pas de voisins proches, plein d'espace autour.

Il se remémora la face blême de Sonja Nordstrøm, le lent frémissement de ses paupières. Son regard vide se perdant dans le lointain.

La ferme n'était pas très éloignée de Gardermoen, l'aéroport d'Oslo. Ils quittèrent bientôt l'E6 pour prendre cette direction. Blix enfonça la pédale d'accélérateur et doubla autant de voitures qu'il put. Il n'avait pas actionné le gyrophare mais la plupart des conducteurs se rangèrent sagement sur le côté. Il appela Abelvik.

— Où êtes-vous ?

— À sept ou huit minutes.

— OK. On y sera dans cinq.

Un avion aux couleurs de la compagnie norvégienne s'apprêtait à décoller au moment où la voiture de Blix et Kovic passait devant la piste ouest. Après quelques centaines de mètres, Blix tourna à gauche au rond-point et accéléra sur la 120. Ils suivirent Nannestadveien et s'arrêtèrent à un croisement où un panneau indiquait Jekkestad. Une voiture banalisée les y attendait, le moteur tournant au ralenti. Blix salua de la tête le conducteur en uniforme.

Ils étaient entourés de champs. L'un avait été fauché, l'autre verdoyait comme si on était au printemps. Un alignement de balles enveloppées de plastique blanc attendait le long d'un bâtiment de ferme. Blix et Kovic descendirent de voiture pour rencontrer les policiers locaux et les mirent en quelques mots au fait de la situation. Quand Wibe et Abelvik les rejoignirent deux ou trois minutes plus tard, Blix expliqua rapidement son plan.

La route goudronnée qui menait à la ferme de Jekkestad serpentait au milieu des champs. Le plan était simple : les autres voitures devaient se garer pas trop loin et les officiers marcher vers l'arrière du corps de ferme de manière à ne pas perdre l'ensemble du site de vue. Blix et Kovic rouleraient jusqu'au bâtiment principal et se gareraient devant. Il avait obtenu l'autorisation d'utiliser les armes.

Avant de quitter la voiture, Blix prit le temps de respirer à fond.

— Nerveuse ? demanda-t-il à Kovic.

— Extrêmement.

— Bien, dit-il en posant la main sur la poignée. Je n'aimerais pas travailler avec quelqu'un qui ne soit pas nerveux dans ce genre de situation.

Ils entendirent sur la radio que Wibe, Abelvik et les deux policiers locaux étaient en position. Ils sortirent et s'avancèrent vers la grande ferme blanche. Une grange peinte en rouge se dressait à une courte distance. Un tracteur était garé tout près. De l'autre côté de la maison, un chat noir traversa l'herbe verte avec précaution. Une formation d'oiseaux progressait dans le ciel vers quelque lointaine destination.

— Reste un peu en arrière, dit Blix en actionnant la sonnette.

Ils entendirent ding-dong à l'intérieur.

— Une camionnette de livraison blanche est stationnée à l'arrière, les informa Wibe sur la radio. Je vais faire vérifier le numéro d'immatriculation

Blix n'entendait aucun bruit de pas dans la maison.

— J'ai un mauvais pressentiment, dit Kovic. Exactement comme quand on a trouvé Willy le Viking.

Blix espérait également qu'ils n'allaient pas découvrir une nouvelle victime. Il pressa de nouveau la sonnette, maintenant longuement son doigt enfoncé avant d'enchaîner une rapide succession de coups brefs. Puis il consulta sa montre.

9 h 50.

Toujours pas le moindre bruit. Blix décida d'appeler Bergan. Sortant son mobile il composa le numéro. Quelques secondes plus tard, il capta une vibration sourde qui montait des profondeurs de la ferme. Il laissa sonner et poussa la porte. Elle était ouverte. Il annonça sur la radio de police :

— On entre.

68

Une fois à l'intérieur, Blix s'immobilisa et tendit l'oreille. Le souvenir de Teisen affluait : ce silence. L'incertitude. La crainte de ce qui allait arriver. Le sentiment que le temps jouait contre lui.

— Tu ne vas pas dégainer ? chuchota Kovic juste derrière lui.

Après une brève hésitation, Blix sortit tranquillement son arme de son étui. Il constata que ses muscles s'étaient immédiatement raidis. Il inspira une goulée d'air. Haussa les épaules et les laissa aussitôt retomber. Il fallait garder la tête claire. Penser en professionnel – fouiller, évaluer, rapporter, agir.

Des chaussures jonchaient le sol de l'entrée. Bottes en caoutchouc crottées, tennis crasseuses. Une puanteur d'alcool et de fumée froide flotta jusqu'à eux.

— Bergan ? appela Blix. C'est la police !

Pas de réponse. Ils avancèrent d'un pas décidé. Dans la cuisine, il y avait des cannettes de bière vides, des flacons de gnôle épars sur la table. De-ci, de-là une bouteille d'un litre et demi de soda, vide en général. Plusieurs cartons à pizza étaient empilés sur la cuisinière, quelques vestiges et croûtes dans celui, ouvert, du haut. Des pochettes de snuff. De la cendre de cigarette. Un paquet froissé.

— Bergan ? insista Blix en haussant le ton.

Soudain ils entendirent bouger à l'étage du dessus. Des pas lourds qui traversaient le plancher.

— C'est qui ? cria une voix ensommeillée.

— C'est la police.

— La police ?

Blix et Kovic échangèrent un regard.

— Y a pas de dope ici en ce moment, grogna la voix. Je le jure.

— Nous sommes armés, avertit Blix. Descendez, et placez vos mains de manière qu'on les voie.

Plusieurs secondes s'écoulèrent avant qu'ils entendent des pas sur les marches. Un homme en caleçon descendit, les mains sur la tête. Son ventre débordait vers son entrejambe, ses cheveux crasseux étaient hirsutes.

— Bjørn Helge Bergan ? demanda Blix, son arme directement pointée sur l'homme.

— Oui, mais… qu'est-ce… ?

Blix rangea l'arme dans son étui. Kovic en fit autant.

— Pouvez-vous nous montrer votre matériel informatique ?

— Euh ?

— Vous avez un ordinateur, je suppose ? Un Mac, une autre marque ?

— Ben oui, bien sûr, mais…

— Montrez-le-nous, c'est tout, dit Kovic, la main posée sur son étui de hanche.

— Le bureau est par là, dit l'homme avec un geste du menton. Mais bordel, qu'est-ce qui vous intéresse dans mon ordinateur ?

Blix annonça dans la radio que la situation était sous contrôle et demanda à Wibe et Abelvik de les rejoindre à la maison. Bergan désigna un T-shirt accroché à un dossier de chaise. Kovic approuva de la tête. Bergan enfila le vêtement et les introduisit dans ce qu'il avait qualifié de bureau mais qui avait tout l'air d'un débarras. Des cartons, des sacs, un aspirateur, des caisses de bière vides, des cartes enroulées. Sur une étagère, quelques magazines et une poignée de livres de poche. Un écran de la taille d'un téléviseur était placé sur une table près de la fenêtre. Il était connecté à un disque dur Tour posé par terre sous la table à côté d'une imprimante. Des enceintes flanquaient l'écran.

— Je comprends vraiment pas ce qui vous intéresse dans mon ordinateur, dit Bergan. Je m'en sers que pour les jeux. Et pour acheter des trucs sur Internet.

Blix effleura la souris. Une fenêtre demandant le mot de passe apparut.

— Vous pouvez l'ouvrir pour nous ?

— Je crois pas que j'ai vraiment envie.

Blix lui lança un regard mauvais.

— Et pourquoi pas ?

Ils entendirent du bruit à la porte d'entrée, suivi de craquements de semelles sur le parquet, et la voix de Wibe qui s'identifiait.

— On est ici ! cria Kovic.

— Vous avez quelque chose à cacher ? demanda Blix en faisant un pas vers Bergan.

— Non, mais y a rien dessus

— On veut s'en assurer par nous-mêmes.

Bergan hésita encore un peu, finit par s'approcher du clavier et tapa un code interminable. L'écran s'anima. Baissant le menton, Bergan regarda le sol.

— Y a que moi qui vis ici. Personne d'autre se sert de l'ordi.

L'image qui s'étalait sous leurs yeux montrait deux femmes nues. L'une avait la main sur le sexe de l'autre. Blix lança un long regard peu amène à Bergan.

— Nous savons que vous allez beaucoup sur le darknet, Tor.

— Et alors, c'est pas illégal.

— Exact. Mais en ce moment même, nous essayons de trouver l'endroit où est placée une webcam qui enregistre en live une femme séquestrée. Et il semble que les images sont envoyées d'un ordinateur se trouvant chez vous.

Bergan en resta bouche bée.

— Ici ?

— Oui, ici.

Wibe et Abelvik entrèrent dans la pièce. Blix tourna la tête.

— Inspectez toutes les pièces, particulièrement le sous-sol. Cherchez des pièces secrètes. Si vous ne trouvez rien ici, passez à la grange.

Wibe et Abelvik s'étaient déjà élancés.

— Enfin, commença Bergan, un peu de sueur commençant à perler à son front, c'est complètement insensé. Je ne fais pas ce genre de choses.

Blix ne répondit pas.

Kovic s'assit et se mit à ouvrir les fichiers de Bergan, vérifiant les contenus. À en juger par les titres, il stockait pas mal de porno. Les doigts de Kovic volaient au-dessus des touches. Elle tapa ensuite le début du lien de la vidéo en live mais cela ne déclencha pas de réaction automatique, et rien n'indiquait que Bergan ait ouvert précédemment cette adresse.

— Vous avez un autre ordinateur ? demanda-t-elle.

— Non, juste celui-ci.

— Pas de tablette ?

— J'ai un iPad, mais je m'en sers pas beaucoup.

Blix scruta le visage de Bergan, qui passa une main dans sa tignasse hirsute. Il ne pouvait s'empêcher de sentir de plus en plus nettement qu'ils étaient embarqués dans une mission impossible. Et cela depuis un moment.

— Quelles sont vos relations avec Walter Georg Dahlmann ? demanda-t-il.

Bergan les dévisagea avec des yeux écarquillés, puis il devint clair, à voir son expression, qu'il venait de comprendre le rapport entre leur présence chez lui et les gros titres des dernières vingt-quatre heures.

— Je l'ai pas vu depuis qu'on était à l'école ensemble. Vingt-cinq ans au moins. Il n'est pas ici, si c'est ce que vous avez en tête. Et puis, quelle sorte de femme irait… ?

Blix l'arrêta d'un geste de la main. Au même moment, Wibe et Abelvik revinrent dans la pièce.

— Il n'y a rien ici, dirent-ils. On va regarder dans la grange.

— Faites vite.

Kovic effectua encore quelques recherches dans l'ordinateur et finit par se tourner vers Blix en secouant la tête.

— Il y a peut-être quelque chose là-dedans, mais si c'est le cas, c'est drôlement bien caché. Faudrait quelqu'un de plus doué que moi.

— Appelle Krohn, lui dit Blix. Vois s'il peut nous aider.

Bergan protesta mais, toujours en caleçon et T-shirt, n'en suivit pas moins Blix quand ce dernier quitta la maison pour se diriger vers la grange. Il s'arrêta tout de même en chemin pour enfiler une paire de bottes en caoutchouc. Wibe attendait Blix devant la porte grande ouverte. De petits oiseaux battaient des ailes sous les poutres.

— Il n'y a définitivement pas de cave là-dedans, dit Wibe. Et aucune pièce de quelque sorte. Elle n'est pas ici.

Blix jura et balaya des yeux les alentours de la ferme, en pleine réflexion. Soudain, il pivota sur ses talons et courut retrouver Kovic. Elle était assise près de l'ordinateur de Bergan, le téléphone à l'oreille.

— C'est Krohn ? demanda-t-il.

— Oui. Nous ne trouvons pas…

Blix lui prit le téléphone des mains.

— Vous suivez la vidéo en direct ?

— Oui, dit Krohn. Nordstrøm est réveillée.

Blix se pencha en avant et arracha le câble d'alimentation à l'arrière de l'ordinateur. L'écran devint noir.

— Vous la voyez toujours ? demanda-t-il à Krohn.

— Oui, l'écran est devenu noir pendant une fraction de seconde, mais j'ai toujours l'image. Qu'est-ce… ?

— Attendez, dit Blix en fonçant dans le couloir, où il avait repéré une boîte à fusibles. (Il l'ouvrit et éteignit le fusible principal. Toutes les lumières de la maison étaient éteintes.) Et maintenant ?

— Pas de changement, déclara Krohn. Qu'est-ce que vous fabriquez ?

Blix le lui expliqua. Krohn soupira et dit :

— Elle n'est pas ici. On nous a très intelligemment lancés sur une fausse piste.

— Que voulez-vous dire ?

— Que quelqu'un a bidouillé l'ordinateur devant lequel vous êtes assis et a laissé à l'intérieur les détails qui vous ont conduits là. On s'est fait avoir.

Blix jura entre ses dents et regarda l'heure. Il était 10 h 31.

Bergan sortit dans le couloir. Blix lui demanda aussitôt :

— Il y a eu des inconnus par ici au cours des semaines passées ?

— Des inconnus ? Non, je…

— Pas d'ingénieurs en informatique, de réparateurs, d'électriciens ?

— Non, dit Bergan en secouant la tête.

— Vous n'avez pas constaté d'effraction dans la maison ? intervint Kovic qui s'était approchée.

— Non… (Bergan hésita un instant, comme si un vague souvenir commençait à poindre.) Mais je me suis quand même vaguement demandé si quelqu'un ne s'était pas introduit ici, y a pas si longtemps.

Le regard de Blix croisa celui de Kovic.

— Et pourquoi ça ?

— C'est une impression que j'ai eue un soir en rentrant du boulot. Que certains trucs avaient été déplacés.

— Vous avez un système d'alarme ?

— Non, j'en ai jamais eu besoin. D'habitude, je ferme même pas ma porte, alors… Après tout, y a jamais personne par ici. Et puis je possède vraiment pas grand-chose qu'on pourrait avoir envie de voler, alors…

— OK, dit Blix en retournant dans le bureau. On embarque votre ordinateur.

Bergan se mit à protester quand Blix commença à tirer sur les câbles. Mais quelqu'un avait manipulé l'appareil qu'il allait falloir examiner de plus près. Peu importait ce que Krohn et son équipe trouveraient dedans, les minutes filaient. Sonja Nordstrøm pouvait toujours être n'importe où.

69

Emma avait été baladée de bureau en bureau, car une équipe s'était pointée pour travailler et ils avaient besoin de leur espace. Elle n'avait aucune idée de qui occupait habituellement celui où elle se trouvait maintenant, mais à en juger par les photos alignées, il avait une femme et trois enfants.

Elle avait laissé la porte entrebâillée. Elle entendait les pas pressés des enquêteurs. De temps à autre, quelqu'un criait ou se mettait à courir. Le poste de police entier semblait en proie à une activité frénétique. Des agents concentrés sur un seul et même objectif : retrouver Sonja Nordstrøm.

Emma songea à ce qui occupait habituellement ses journées de travail. Kasper avait raison : les célébrités n'avaient aucune importance dans le grand ordre des choses, quand bien même entretenir des rêves comptait beaucoup pour certaines personnes. Quand cette affaire serait bouclée, elle aurait une conversation avec Anita, pour voir s'il y avait une possibilité qu'elle travaille dans d'autres domaines à news.no.

Il ne restait plus qu'une heure avant midi. Emma consulta ses e-mails. Toujours pas de message, et aucune nouvelle demande. De temps en temps, elle se connectait au lien en live pour voir ce que faisait Sonja Nordstrøm, mais il n'y avait pas grand-chose à voir. Elle avait fait quelques pompes et travaillé ses abdominaux vers 9 heures. Et juste avant, elle avait reçu sa ration de nourriture et d'eau. Elle avait hurlé, invectivé le porteur du plateau, mais comme il était hors champ, Emma ne pouvait savoir s'il lui avait répondu. La vidéo n'était pas sonorisée.

Une impulsion poussa Emma à appeler Kasper.

— Eh bien, tout arrive ! s'exclama-t-il, et elle entendit le sourire dans sa voix.

— Tu ne dis jamais simplement bonjour ?

— Hein ?

— Tu as dit ça la dernière fois que je t'ai appelé, que tout finissait par arriver.

— Ah ! Je vois que je ne suis pas assez original à ton goût.

Emma éclata de rire.

— Ça roule pour toi ? demanda-t-elle, sans préciser si elle parlait de la sphère privée ou professionnelle.

— Très bien, merci. Je suis juste un peu déconcerté.

— Déconcerté ? Comment ça ?

— Eh bien, je croyais qu'il y avait peut-être, enfin qu'il y avait quelque chose entre nous. Mais quand j'ai voulu aller dans ce sens, tu t'es défilée. Totalement. Je ne m'y attendais pas du tout. C'était déconcertant.

Emma savait très bien ce qu'elle aurait dû dire, mais elle ne pouvait s'y résoudre.

— Gothembourg, ce n'est pas pareil qu'à la maison. C'est plus facile de se lâcher un peu là-bas.

— Tu es en train de me dire que la fille rencontrée en Suède n'existe pas en Norvège ?

Emma ne répondit rien.

— Dans ce cas, ajouta Kasper, j'espère qu'elle va bientôt venir au Danemark.

Emma rit. Cela faisait du bien de rire de nouveau. Il y avait longtemps que ce n'était pas arrivé.

— Je suis très prise par cette histoire de Jeppe Sørensen, expliqua-t-elle. Je ne parviens pas à comprendre pourquoi Dahlmann serait allé choisir une proie au Danemark pour la ramener en Norvège.

Kasper hésita un instant et admit que le footballeur danois détonnait assurément dans cette série de victimes.

— Est-ce que la police danoise ou vous, les journalistes, avez enquêté aussi sur ses relations en Norvège ?

— Les policiers ont dû étendre leurs investigations aux deux pays. Nous avons trouvé deux trucs sur Dahlmann dans nos archives, mais ça concernait une vieille affaire, le meurtre de son ex et du nouveau compagnon de celle-ci. C'est un cinglé, il a été bouclé ces dernières années et je ne vois pas comment lui et Jeppe auraient pu se connaître.

— Ça pourrait être grâce à un autre Norvégien, suggéra Emma. Une relation commune.

Kasper finit par convenir que c'était une possibilité.

— Peut-être que sa petite amie le saurait, dit Emma.

— Mais oui, bien sûr.

Emma sentit qu'elle avait donné une idée à Kasper.

— Laisse-moi vérifier ça, lui dit-il, mais à condition

que tu répondes à mes messages ou même, que tu fasses quelque chose d'aussi simple que prendre une tasse de café en ma compagnie avant mon départ pour le Danemark. Ce serait sympa.

— Oui, c'est vrai, reconnut-elle après un moment d'hésitation, espérant qu'il n'avait pas perçu une légère réserve dans sa voix.

— Alors je te rappelle très vite.

Emma le remercia et, après avoir raccroché, resta les yeux dans le vague pendant quelques minutes, habitée par une sorte d'anxiété. Elle détestait attendre, ne pas savoir. Kasper allait peut-être découvrir quelque chose, mais elle ne pouvait pas rester là sans rien faire.

Elle ouvrit des pages de sites danois qu'elle connaissait bien. Mit de côté les innombrables articles sur la mort de Sørensen, à l'affût du petit détail que les médias norvégiens n'auraient pas relayé. Elle ne trouva rien d'intéressant. Décidant alors de consulter ce que Kasper avait écrit sur le footballeur, elle tapa leurs deux noms dans le moteur de recherche. Le résultat était impressionnant, mais elle n'avait pas besoin de les ouvrir tous, étant donné que les articles produits par l'agence Ritzau se retrouvaient toujours dans de nombreux quotidiens. Elle apprécia le travail approfondi de Kasper.

Elle s'apprêtait à conclure sa recherche sur Internet quand un lien de *Dagbladet Holstebro-Struer* attira son regard. L'un des articles semblait se concentrer sur le coin où Sørensen avait grandi. Il soulignait que plusieurs membres de l'équipe de foot dans laquelle il avait joué adolescent avaient très bien réussi par la suite. Ce qui retint son attention fut surtout le nom de Kasper Bjerringbo, mais pas en tant qu'auteur de cette enquête.

Sur la photo qui illustrait le papier, cinq équipiers de Sørensen étaient entourés d'un cercle rouge. L'un était devenu député. Un autre était un financier en vue, propriétaire d'appartements tant à Manhattan qu'à Tokyo. Le regard d'Emma s'attarda sur le garçon agenouillé à côté de Jeppe Sørensen, un bras sur les épaules de son camarade. La photo datait de plusieurs années et pourtant, il n'était pas difficile de reconnaître le visage de Kasper Bjerringbo. On pouvait lire un résumé de sa carrière de reporter, précisant que, chez Ritzau, on le qualifiait de « journaliste qui ne se contente pas de couvrir l'actualité, mais est capable de la créer ».

Un frisson glacé parcourut le corps d'Emma. Elle se redressa. Ce n'était pas un crime d'être l'ami d'enfance d'un homme assassiné. Mais pourquoi Kasper n'en avait-il rien dit ?

70

Blix et Kovic furent de retour dans leur bureau du sixième étage à 11 h 14.

— C'est quoi, déjà, ce qu'a fait Dahlmann en Afghanistan ? demanda Kovic.

— Je ne me rappelle pas exactement, répondit Blix en s'affalant sur sa chaise. En tout cas, il n'était pas expert en techniques de l'information et de la communication.

Tout autour d'eux, ça s'agitait frénétiquement. Chacun était au téléphone ou penché sur un élément de l'affaire. Certains étaient sortis vérifier des informations. L'un des écrans était branché sur les images en live de Sonja Nordstrøm. Elle était assise, dos contre le mur et genoux relevés.

Blix se caressa le crâne, fouillant dans ses souvenirs, dans ses pensées qui bouillonnaient depuis ces derniers jours, ces dernières heures. Mais il ne put mettre la main sur rien de nouveau.

— Il n'est pas trop tard, dit Kovic. Nous pouvons encore poster le lien.

— Fosse ne sera jamais d'accord. Et le chef de la police non plus.

— On ne pourrait pas créer une sorte de fausse page web ? suggéra-t-elle. Quelque chose qui donne l'impression que nous l'avons mis en ligne.

— Je suis sûr qu'on pourrait, dit Blix. Mais il s'en rendra très vite compte.

— Comment ?

Blix se tourna pour lui faire face.

— Si on le diffusait réellement, Internet ne tarderait pas à exploser. Les journaux se jetteraient dessus, il y aurait presque assurément des bulletins d'information spéciale. Si nous postons un faux lien, rien de tout ceci ne se produira et le type qui manigance tout ça comprendra que quelque chose cloche.

— Mais ça nous ferait gagner un peu de temps.

— Pas plus de dix minutes. Et de toute manière, ça ne nous suffira pas. Il nous en reste trop peu.

Kovic s'éloigna vers les toilettes et Blix la suivit des yeux un instant avant de se lever pour chercher Emma. Il la trouva dans un bureau dont la porte indiquait le nom « Bjarne Brogeland ».

— Comme ça, vous êtes encore là, lui dit-il.

Elle posa sa tablette mais ne répondit pas. Il remarqua qu'elle avait les joues en feu.

— On ne l'a pas trouvée.

Emma parut vouloir dire quelque chose, mais elle se ravisa.

— En tout cas, vous ne lui avez pas offert le dénouement qu'il souhaitait.

— Non, peut-être pas.

— Que comptez-vous faire maintenant ? demanda-t-elle.

Blix se posait la même question.

— On continue à chercher. On arrivera peut-être trop tard pour Sonja Nordstrøm, mais on va finir par débusquer Dahlmann ou quiconque est derrière tout ça.

Emma fronça les sourcils.

— Ou quiconque est derrière tout ça ? Vous ne croyez plus qu'il s'agit de Dahlmann, n'est-ce pas ? demanda-t-elle.

Blix toussota, hésitant sur la conduite à tenir. Devait-il lui expliquer qu'il était loin d'être certain que Dahlmann ait agi seul ? Mais des cris retentirent dans le bureau principal avant même qu'il ait pu parler. Blix se rua dans le couloir, Emma dans son sillage.

— Qu'y a-t-il ? demanda-t-il à ses collègues en arrivant dans la salle d'enquête.

Abelvik pointa l'écran où apparaissait Sonja Nordstrøm.

— L'horloge a disparu.

Fosse fixa sévèrement Blix avant de porter son regard sur Emma. Il s'apprêtait à faire une remarque quand tous les yeux se tournèrent vers l'écran. Il était devenu complètement noir.

— Que se passe-t-il ? s'exclama Fosse. On a perdu la connexion ?

Personne n'avait de réponse. L'écran demeura noir. Puis une autre horloge apparut, elle indiquait 10:00.

— Dix minutes, dit Blix à voix basse en regardant sa montre.

Il était midi moins dix.

L'horloge commença à tictaquer.

09.59… 09.58… 09.57…

— Oh, merde, lâcha Kovic.

Pendant quelques secondes, chacun resta cloué sur place.

— Qu'est-ce qu'on peut faire ? demanda Wibe.

Personne ne répondit. Tous regardaient défiler les secondes, qui ne s'étaient jamais écoulées aussi vite. Bientôt il ne resta plus que neuf minutes. Puis huit.

— Je ne veux pas voir ça, dit Abelvik.

— Moi non plus, dit un autre enquêteur, mais personne ne bougea.

Sept minutes devinrent six, puis cinq.

Une nouvelle image de Nordstrøm apparut. Une image fixe cette fois. C'était la photo que les éditions Soleane avaient utilisée pour la jaquette de *Numéro un pour toujours.* L'athlète levant les bras au moment où elle franchissait la ligne d'arrivée en tête.

Quatre minutes.

— Qu'est-ce qui se passe, à votre avis ? murmura Abelvik.

— Quand le compte à rebours sera terminé, dit Wibe, il nous montrera une autre photo de Nordstrøm. Morte.

Personne ne fit de commentaire.

Plus que trois minutes.

Blix ne tenait pas en place. Il regarda Emma, puis Kovic.

Deux minutes.

— Pourquoi on ne poste pas ce putain de lien ? s'écria Abelvik, qui était debout à côté de Fosse.

Ce dernier ne répondit pas. Il se contenta de fixer l'écran.

Une minute trente.

Chaque seconde qui approchait de zéro résonnait comme un coup dans le corps de Blix.

Une minute.

La salle s'était remplie. Blix lança un coup d'œil à Fosse. Le superintendant avait des auréoles de sueur sous les aisselles.

Quarante-cinq secondes.

Quelqu'un renversa un gobelet de café sur le bureau de Kovic, le liquide se répandit partout. Blix n'avait pas vu qui c'était mais il entendit le coupable grogner et s'excuser. Kovic dit que ce n'était pas grave.

Trente secondes.

Wibe toussa dans le creux de son épaule. Abelvik avait une main plaquée sur la bouche.

Quinze secondes.

C'était comme si tous les bruits, tout l'air avaient été aspirés hors de la pièce.

Dix secondes devinrent cinq.

Quatre.

Trois.

Deux.

Une.

Puis ce fut terminé. L'horloge indiquait 0:00. Les regards se croisèrent.

— Il ne se passe rien, dit Wibe.

C'est alors que l'horloge disparut. Elle fut remplacée par un sous-titre sous la photo de l'athlète star.

SONJA NORDSTRØM (1968-2018)

Le texte fut maintenu pendant à peu près trente secondes

avant de disparaître, ainsi que la photo. Un écran noir leur succéda. La connexion semblait interrompue.

— Nous l'avons tuée, dit Abelvik. Putain, nous l'avons tuée.

71

Pendant les minutes qui suivirent, personne ne dit un mot. Ils étaient tous hagards. Puis, l'un après l'autre, chacun reprit place à sa table. Un silence religieux régnait dans le bureau en open space. Emma n'avait jamais pratiqué de sport d'équipe mais elle imaginait très bien l'ambiance du vestiaire à l'issue d'un match perdu. À ceci près que là, c'était un enjeu de vie ou de mort. Le sentiment de vide n'était pas dû à une simple déception.

Ceux qui osaient parler le faisaient à voix basse. Un téléphone sonna, quelqu'un répondit aussitôt : « Attends une minute. » La personne sortit de la salle pour continuer sa conversation ailleurs.

Gard Fosse prit le chemin de son propre bureau. Blix s'affaissa sur sa chaise. Emma constata qu'il était exténué. Il avait la tête baissée. Il semblait complètement vidé de toute énergie.

Pour sa part, elle n'avait qu'une envie : prendre une douche et retrouver son lit. Mais elle avait du travail. Les événements des dernières vingt-quatre heures étaient de l'info brûlante.

— Vous savez que je vais devoir écrire sur tout ça ?

Blix releva la tête et la dévisagea.

— Je préférerais que vous vous absteniez, dit-il. Cela ne servira qu'à nous mettre plus de pression, nous jeter en pâture aux médias, aux parents, à tout le monde. Cela nous empêchera de progresser. Et ça rendra encore plus difficile de boucler cette affaire.

— Je le sais, répondit-elle, mais je n'ai pas le choix. Anita m'a appelée quatre fois en une heure. Elle se demande ce que je suis en train de fabriquer. Ceci est un rebondissement majeur dans ce qui pourrait être la plus grosse histoire que nous ayons eue en Norvège ces dernières années. Je perdrai mon job si Anita découvre que j'étais au cœur de l'action et que je ne lui ai rien dit. De son point de vue, c'est peut-être un crime encore plus grave que de ne pas l'écrire.

Blix baissa de nouveau les yeux. Visiblement, il était conscient du dilemme auquel elle se trouvait confrontée.

— Nous avons besoin de garder votre ordinateur encore un moment, finit-il par dire.

— C'est sans importance, nous en avons d'autres au bureau.

Il soupira, se frotta plusieurs fois le visage des deux mains. Alors qu'Emma approchait de la porte, il la héla :

— Je ne veux pas que vous restiez seule.

— Je vous préviendrai s'il me recontacte, lui promit-elle. Quoique maintenant, il n'y ait plus vraiment de raison qu'il le fasse.

— Il pourrait…

— Et si jamais il le fait, je vous le dirai. Tout de suite.

Blix pesa le pour et le contre. Finalement, il se leva en déclarant :

— Je veux que vous preniez un système d'alarme.

— Une alarme personnelle, vous voulez dire ?

— Appelez ça comme vous voudrez.

Emma n'était pas emballée.

— Ce n'est pas un peu exagéré ? Nordstrøm est probablement morte. D'un moment à l'autre, Dahlmann va balancer son corps quelque part. Tout ça est bel et bien terminé, non ? Maintenant, il va se consacrer au numéro deux, qui que cela soit.

— Nous n'en savons rien, objecta Blix. Et nous ne sommes pas sûrs que Dahlmann soit l'homme que nous cherchons, ajouta-t-il en la regardant gravement. Ce pourrait n'être qu'un pion, comme vous. Nous ne savons pas qui est derrière tout ça, et tant que nous l'ignorons, je ne veux prendre aucun risque.

Emma se mordit la lèvre.

— La journée a été longue, insista-t-il. Et la nuit aussi. Vous ne pouvez pas faire simplement ce que je vous demande ? Ce n'est pas comme si vous alliez vous balader avec un putain de médaillon d'alarme autour du cou.

Emma capta dans le regard de Blix une expression de découragement qu'elle n'avait jamais vue auparavant. Et sa voix était bien plus déterminée.

— La plupart des gens la portent au poignet, comme une montre, ajouta-t-il plus aimablement.

Emma haussa les épaules et les laissa retomber doucement.

— D'accord. Si vous insistez.

— J'insiste, dit-il en lui souriant.

— Au fait, c'est la théorie officielle de la police ? demanda-t-elle.

— Quoi ?

— Qu'il peut y avoir un autre meurtrier dont on ignore le nom ?

— Non, soupira Blix. C'est la mienne, et non, vous ne pouvez pas me citer.

72

Le vent d'automne s'était de nouveau levé. Les feuilles montaient en tourbillons des trottoirs. Les passants marchaient dans tous les sens et la circulation était intense. Tout était comme avant. Pas tout à fait, cependant.

Emma grimpa dans un taxi et donna l'adresse des bureaux de news.no. Elle eut l'impression que le chauffeur considérait son alarme avec un drôle d'air lorsqu'il se retourna pour prendre sa carte de crédit. Du coup elle se sentit dans la peau d'une victime. Elle détestait ça, aussi enleva-t-elle le médaillon pour le fourrer dans son sac. Si une situation dangereuse se présentait, elle l'aurait tout de même à portée de main.

Au moment où elle s'introduisait dans l'immeuble, une voix cria derrière elle :

— Attends !

Henrik Wollan la rejoignit en courant, saisit le battant et tint la porte ouverte pendant qu'elle entrait.

— Où étais-tu passée ? demanda-t-il en notant d'un coup d'œil ses vêtements froissés.

Les mêmes que la veille. Emma avait espéré éviter ça,

mais puisqu'il était là, il faudrait bien qu'elle le mette au courant.

— Je vais tout vous raconter quand on sera dans le bureau d'Anita, dit-elle, le laissant monter les marches en premier.

Anita les accueillit. Emma exposa la situation en quelques minutes.

— Comme ça, Dahlmann t'a envoyé, à toi, des photos de Sonja Nordstrøm ? demanda Wollan, qui choisissait une capsule devant la cafetière électrique d'Anita.

— Je ne sais pas si c'était Dahlmann, répondit Emma, se rappelant la remarque de Blix au sujet d'un autre meurtrier, un inconnu. Mais les images étaient en direct.

Anita se pencha au-dessus de son bureau.

— Est-ce qu'on peut les voir ? demanda-t-elle avec un geste brusque des mains, comme si elle voulait arracher le portable du sac d'Emma.

Cette dernière expliqua que le lien était mort.

— La police l'a tuée ! conclut Wollan en allumant son ordinateur. Dis-moi au moins que tu as fait une capture d'écran.

Emma secoua la tête alors que la cafetière lançait un signal sonore.

— Il m'a aussi envoyé une photo, ajouta-t-elle, mais la police détient toujours mon portable. Et je n'ai plus accès non plus à mes mails via mon téléphone. Il est possible que la police les ait enlevés du serveur.

— Tu n'as donc rien de concret pour étayer ton histoire ? demanda Wollan en regagnant son siège, une tasse de café à la main.

— Pas de preuve matérielle, non. Mais Gard Fosse ne peut refuser de répondre à certaines questions précises. Et comme il sait que j'étais présente, il n'a pas le choix, il est obligé de confirmer ce qui est arrivé. S'il refuse, il mentira.

— Je vais appeler Weedon, dit Anita, et lui demander s'il pourrait récupérer tes mails.

— Qui est Weedon ?

— Notre petit génie informatique, expliqua Anita, qui se tourna alors vers Wollan. Nous allons adopter une approche à deux niveaux. Pour commencer, nous rapporterons que le meurtrier a contacté une de nos journalistes et lui a transmis des photos de Sonja Nordstrøm en captivité. Ensuite, lorsque l'info aura été confirmée par la police, nous sortirons un article sur les requêtes du criminel, la manière dont les enquêteurs ont mené l'affaire et le sort fatal de Sonja Nordstrøm. Commence par appeler Gard Fosse.

— Pourquoi dois-je tout faire, soudainement ? protesta Wollan.

— Parce que Emma ne peut pas continuer à signer les articles.

— Et pourquoi pas ?

— Parce qu'elle est désormais impliquée dans l'histoire.

73

Emma s'adossa à la porte de son appartement et laissa tomber son sac par terre. Elle était vannée comme jamais. Elle garda cette position une longue minute, avant de se débarrasser de ses chaussures et de suspendre sa veste. Elle ôta ses autres vêtements sur le chemin de sa chambre. Elle pouvait enfin se détendre, songea-t-elle, et elle enleva sa perruque avant de se glisser entre les draps.

Lorsqu'elle se réveilla quatre heures plus tard, elle resta un instant à contempler le plafond avant de saisir son téléphone portable, en charge sur la table de chevet. Un message de Blix, qui demandait si elle était rentrée saine et sauve chez elle. Un appel en absence de sa sœur. Rien d'autre. L'appel avait été suivi d'un texto dans lequel Irene lui proposait de passer la soirée du samedi avec Martine et elle, et de rester dormir. Emma n'était pas sûre d'en avoir envie et, au lieu de répondre, elle se brancha sur Internet, où elle constata que Wollan n'avait toujours rien posté concernant Sonja Nordstrøm. Gard Fosse avait peut-être fait en sorte de rester injoignable. Elle vérifia ensuite les autres journaux en ligne. Aucun n'avait publié quoi que ce soit de nouveau sur l'affaire.

Emma s'attarda au lit. Après avoir répondu à Blix, elle envoya un texto à Kasper.

Quoi de neuf de la part de tes sources danoises concernant les amis norvégiens de Jeppe Sørensen ?

La réponse ne tarda pas.

Rien pour le moment. C'est le week-end. Mes sources se reposent.

Elle envisagea de lui demander pourquoi il lui avait caché son amitié avec Jeppe Sørensen, mais elle y renonça. Cela reviendrait à admettre qu'elle avait fait des recherches sur lui.

Elle sauta du lit et fila dans la salle de bains, directement à la douche. Sous le jet d'eau chaude, cambrée, elle ferma les paupières. Elle y resta longtemps, s'essuya, déambula dans la cuisine, vêtue en tout et pour tout d'une serviette-éponge. Le frigo était quasiment vide. Elle n'aimait pas trop l'idée de se mêler à un tas de gens si elle sortait faire des courses. Elle accepta l'invitation de sa sœur, lui précisant qu'elle serait chez elle à 8 heures.

Au moment où elle allait appeler un taxi, Emma reçut un message d'Anita :

Ça vient de sortir. Elle ouvrit news.no. Les caractères du titre étaient beaucoup plus grands que d'habitude, et elle trouva détestable de lire un article qui parlait d'elle, même si elle n'était pas expressément nommée. Gard Fosse n'avait rien lâché, simplement annoncé qu'un communiqué de presse serait diffusé dans la soirée. Elle avait à peine fini de lire que le téléphone se mit à sonner. Il ne fallait pas faire preuve d'une grande imagination, de la part de ses confrères, pour deviner qui, parmi les journalistes de news.no, pouvait avoir été approché par la personne qui avait kidnappé Sonja Nordstrøm.

Elle laissa les messages s'accumuler dans la boîte vocale et finit par désactiver les modes son et vibreur. Il n'empêche que cet intermède l'avait retardée, et, quand elle arriva chez Irene à 20 h 30, Martine dormait déjà, épuisée par sa journée au parc aquatique d'Asker.

— Je ne lui ai pas parlé de ta visite, lui précisa sa sœur. Ce sera une jolie surprise pour elle de te voir là demain matin.

Irene servit les lasagnes entamées par Martine et ouvrit une bouteille de vin rouge. Emma lui raconta le tumulte des dernières vingt-quatre heures. Irene écouta, les yeux écarquillés, et se leva pour aller vérifier le verrou et jeter un coup d'œil à Martine. Puis elles s'assirent dans le salon, pas plus rassurées que ça, et zappèrent d'une chaîne d'infos à l'autre.

— Reviens à celle d'avant, demanda Emma.

Irene s'exécuta. C'était un montage des derniers développements de *Que le meilleur gagne*. Les trois candidats restants étaient assis autour d'une table.

— Celle-ci, c'est la fille d'Alex Blix, dit Emma en pointant du doigt l'écran. Le flic qui a abattu papa.

Irene ne fit aucun commentaire. Emma remplit leurs verres.

— Je suis censée couvrir la demi-finale demain, enchaîna-t-elle, consciente que ça lui ferait un drôle d'effet de revenir à ce style de journalisme.

— Il n'y a personne pour le faire à ta place ? lui demanda sa sœur.

— On n'est pas tellement nombreux. Tout dépend de ce qui est sur le feu ailleurs.

Ils regardèrent l'émission jusqu'à la fin, puis basculèrent sur une chaîne musicale. Au bout d'un moment, Emma risqua :

— Il y a quelque chose dont je devrais te parler.

Irene attendit. Emma repoussa légèrement son verre devant elle.

— Je crois que Martine souffre de la même maladie que moi, commença-t-elle.

Irene leva les yeux vers elle et les baissa aussitôt.

— J'ai trouvé quelques touffes de ses cheveux dans mon lit la dernière fois qu'elle a dormi à la maison.

Irene ne dit rien. Son silence se prolongea.

— Tu ne m'en as jamais parlé, insista Emma. Ou peut-être que tu n'étais pas au courant.

Irene leva brièvement les yeux et dit :

— Tu crois que je n'avais rien remarqué ?

Emma écarta les mains. Les yeux de sa sœur trahissaient son embarras. Il y avait de la colère dans sa voix quand elle reprit :

— Je voulais juste que Martine ait une vie aussi normale que possible, le plus longtemps possible. Ça te paraît si étrange que ça ?

— Non, dit Emma, qui s'était mise à dessiner de petits cercles sur la table en bougeant son verre de vin. Non, pas du tout.

Elles restèrent un long moment sans prononcer un mot.

— Quel âge avais-tu quand ça a commencé ? demanda Irene d'un ton radouci.

Emma hésita.

— Au début de l'adolescence. À treize ou quatorze ans, par là.

— C'est aussi l'époque où tu as… changé.

Emma savait à quoi sa sœur faisait allusion. Il y avait eu un temps où elle croyait que le monde entier était ligué contre elle. Que tout était injuste.

— Tu n'as vu que la moitié du tableau, dit-elle. J'allais à plein de fêtes, je rentrais tard à la maison, tout ça, mais tu ne voyais pas le reste.

— Qu'est-ce que tu veux dire ?

Emma ne continua pas tout de suite.

— Je me faisais du mal, entre autres choses. Je ne me suis pas scarifiée parce que je ne voulais pas qu'il y ait des plaies, il ne fallait pas que les autres sachent. J'avais simplement besoin de ressentir la douleur. Et une fois que j'y étais parvenue, je faisais tout ce que je pouvais pour la calmer. Je buvais. Je buvais seule, aussi. Dès l'âge de quinze ans. Soit je piochais dans les bouteilles de grand-père, soit je me débrouillais pour que des gens m'achètent de l'alcool.

— Et où trouvais-tu l'argent ?

Emma fixait intensément le fond de son verre.

— Je volais, avoua-t-elle, penaude. Je volais l'argent.

— Emma…

— À grand-mère.

Elle leva son verre, fit longuement tourner le vin à l'intérieur. But une gorgée avant de poursuivre :

— J'ai fait un tas de choses horribles dont je ne suis pas fière. C'est un miracle, en réalité, que ça n'ait pas fini en catastrophe.

Le silence revint. Irene finit par demander :

— Tu penses toujours que la vie est injuste ?

— J'essaie de ne pas trop y penser, répondit Emma après un temps de réflexion. Ça n'aide en rien. Le problème des cheveux est une chose avec laquelle je dois vivre. Après tout, il y a pire.

— Mais tu n'y arrives pas réellement, Emma. À vivre avec.

— Que veux-tu dire ? demanda Emma en relevant la tête.

— Tu as juste mis un couvercle dessus. Tu n'en as jamais vraiment parlé à personne à part moi, par exemple. Ce n'est pas comme si tu vivais avec.

— Je n'éprouve pas le besoin de partager ma maladie avec les autres. On ne doit pas nécessairement tout exhiber en public. J'ai décidé de m'accommoder de ça à ma manière. C'est mon choix, et seulement le mien.

Elles continuèrent à boire leur vin.

— Bien sûr, le choix t'appartient, dit Irene au bout d'un moment. Mais si Martine a la même maladie que toi, j'aimerais bien qu'elle ait sous les yeux un modèle positif. Quelqu'un qui connaît les problèmes qu'elle aura à affronter au cours des années à venir, et qui saura la conseiller sur la façon de les maîtriser. Je ne veux pas qu'elle se fasse du mal comme tu l'as fait, ni qu'elle se cache.

— Je ne me cache pas.

— Tu crois ? (Irene reposa son verre.) Combien de petits

amis as-tu eus ces dernières années, Emma ? Avec combien de garçons as-tu pris le risque de passer la nuit ? Tu en as laissé combien rester chez toi jusqu'au lendemain ?

Emma ne répondit rien pour la bonne raison qu'elle n'avait pas de réponse satisfaisante à donner.

— Combien ont été autorisés à voir qui tu es réellement ?

74

Blix ne savait absolument plus quand il était resté toute la nuit au poste de police pour la dernière fois. À un moment, l'aube pointait, il était entré dans une salle de réunion et avait dormi par terre, sur un tapis de gym, une couverture déployée sur lui. Les dernières heures, passées le nez sur les dossiers de l'affaire, ne lui avaient rien apporté d'utile, hormis une conviction renforcée que Dahlmann n'opérait pas seul.

Il se leva ankylosé après ce repos inconfortable, se doucha, dénicha un T-shirt propre dans le placard et se dirigea vers la salle des enquêteurs pour se faire une tasse de café. Le bureau étant vide, il profita de l'occasion pour jeter un coup d'œil aux informations avant d'ouvrir le site de *Que le meilleur gagne*.

Les trois derniers concurrents, assis dans la cuisine, partageaient une omelette que Jonas Sakshaug, le chef, avait préparée pour leur petit-déjeuner. Ce ne pouvait être que lui, Iselin n'était même pas capable de cuire un œuf à la coque.

Blix prit la liberté de monter le volume et il les entendit

se plaindre d'avoir dû se lever tôt. Il avait sincèrement hâte que tout ça se termine, tout en espérant qu'Iselin arriverait en finale, maintenant qu'elle avait franchi toutes ces étapes. Ce que leur réservait cette finale était un secret, mais le producteur, Petter Due-Eriksen, avait promis quelque chose d'exceptionnel, que personne n'avait jamais vu dans une émission de télé-réalité. Pour en arriver là, il fallait d'abord gagner la demi-finale.

Une pensée soudaine frappa Blix, qui se redressa brusquement.

Trois seraient réduits à deux.

Deux.

Le chiffre qui manquait dans le compte à rebours du meurtrier.

À bien des égards, se dit Blix, une émission de télé-réalité offrait un scénario parfait. L'idée qu'il venait d'avoir le terrifiait, mais en même temps, elle était excitante. Un concurrent de reality show correspondait parfaitement aux critères d'un meurtrier qui cible délibérément des célébrités. Et comme il n'avait pas réussi à faire retransmettre en live la fin de Sonja Nordstrøm…

Blix se leva.

Il restait trois concurrents, trois se réduiraient à deux…

Toralf Schanke.

Jonas Sakshaug.

Et Iselin.

Cette pensée le rendit malade. Il sortit s'asperger le visage d'eau fraîche. À son retour dans la salle, les enquêteurs les plus matinaux étaient déjà à leur place. Quand

Gard Fosse arriva à son tour, Blix convoqua une réunion pour exposer sa théorie.

— Que trois doivent se réduire à deux ne crée pas un lien direct avec le numéro deux, objecta Abelvik. C'est le candidat qui perd en finale qui devient numéro deux.

— Dans un sens, admit Blix, qui s'était préparé à entendre ce contre-argument. Considère les choses ainsi : c'est l'arène idéale pour un individu déterminé à éliminer des célébrités. Ce n'est pas forcément la personne qui terminera en deuxième position qu'il vise. Le chef, par exemple, est le concurrent numéro deux.

— Que veux-tu dire ? demanda Fosse.

— Au départ, il y avait dix participants, expliqua Kovic, et ils ont chacun reçu un numéro.

— Et quel numéro a ta fille ? demanda Pia Nøkleby.

— Trois, répondit Blix. Donc, vous le voyez, cela fait beaucoup d'opportunités pour un homme ayant le profil de notre meurtrier. Il a plusieurs options qui toutes collent à son « projet », si je peux le qualifier ainsi. Celui qui devient le numéro deux et celui qui porte le numéro deux n'en sont que deux parmi d'autres. Il pourrait aussi décider d'éliminer deux concurrents, par exemple. Ce serait un double meurtre. Il n'a pas encore fait ça avant. Prendre la vie de deux finalistes dans une émission en live, ce serait aussi une sorte de déclaration.

Rien que d'y penser, Blix en eut la nausée.

— J'entends ce que tu dis sur cette menace potentielle, Alexander, mais je ne suis pas sûr que tu sois totalement objectif, déclara Fosse. Vu qu'Iselin est au milieu de tout ça.

— C'est possible, mais cela tient la route.

Kovic hocha vigoureusement la tête pour exprimer son approbation.

— Il reste un peu plus de neuf heures avant la demi-finale, poursuivit Blix. Un tas de choses peuvent arriver dans ce laps de temps, mais si nous n'avons pas significativement progressé dans notre enquête d'ici la fin de la matinée, il faudrait envisager de contacter la société de production et la chaîne de télévision et les persuader de repousser la date.

— Ils n'accepteront jamais, dit Wibe en débouchant une bouteille de coca. Il y a beaucoup trop d'argent et de prestige en jeu.

— Ils n'auront pas le choix si nous nous montrons fermes, affirma Blix.

— Le studio peut accueillir combien de spectateurs ? demanda Fosse.

— Trois cents, au moins, dit Blix.

— On ne pourra pas tous les fouiller à l'entrée, commenta Wibe. Il faudrait contrôler toutes leurs affaires.

Blix les dévisagea l'un après l'autre. Il n'avait pas obtenu le soutien qu'il espérait.

Fosse prit la parole.

— Il nous reste encore beaucoup de temps, déclara-t-il en fixant Blix. Assurez-vous que l'émission sera organisée avec le maximum de sécurité. En attendant, nous continuons à exploiter toutes les pistes que nous pouvons.

Il se leva, signalant ainsi que la réunion était terminée.

Ayant besoin de prendre un peu l'air, Blix monta à la cantine, déserte en ce dimanche, et sortit sur la terrasse. Là, il inspira à pleins poumons et laissa son regard s'attarder sur la ville à ses pieds avant d'expirer longuement. Il répéta l'exercice trois fois avant d'appeler Merete.

— Hello ! Comment vas-tu ? demanda-t-elle d'une voix plus aimable que d'habitude.

Il l'entendit passer dans une autre pièce et refermer la porte. Elle devait être chez son nouvel ami, à Holmenkollen.

— Comme tu l'imagines, on a pas mal de boulot, surtout en ce moment.

— Tu es sur l'affaire du compte à rebours, devina-t-elle.

— Nous sommes nombreux dessus.

Il y eut un silence prolongé, comme si chacun attendait que l'autre se lance. Blix finit par demander :

— Tu as l'intention d'assister à l'enregistrement en direct, ce soir ?

— Oui, bien sûr. C'est la demi-finale. Je n'en ai pas raté un depuis le début. Pourquoi poses-tu la question ? Tu ne viens pas ?

— Je…

Blix ne savait pas comment formuler la chose sans affoler Merete. En réalité, il l'avait appelée pour lui demander de ne pas y aller, mais il venait de comprendre que ça ne marcherait pas.

— J'irai, si, bien sûr, finit-il par répondre. À ton avis, ça va se passer comment ?

— À ce stade, tout peut arriver.

Exactement ce que redoutait Blix.

75

Presque en haut de la petite côte, Emma se mit en danseuse, essayant de faire monter ses pulsations cardiaques. En plus des bénéfices sur le plan physique, elle trouvait au vélo des vertus thérapeutiques. Elle réfléchissait toujours avec beaucoup plus de facilité quand elle était en mouvement. Dès qu'elle n'essayait pas consciemment de penser à quelque chose, les idées lui venaient naturellement au moment où elle s'y attendait le moins.

Après avoir dormi chez sa sœur, elle avait partagé son petit-déjeuner avec Martine puis elle était rentrée chez elle, décidée à travailler sur son canapé. Mais elle avait eu du mal à se concentrer. Une bonne séance de pédalage saurait l'affûter pour la réunion éditoriale programmée au milieu de la journée.

Son corps n'était pas suffisamment reposé, elle constata qu'elle se fatiguait beaucoup plus vite que d'habitude. Rendue au parking de Bjerke, elle n'avait déjà plus de souffle. Elle freina et posa le pied gauche au sol. En attendant de récupérer, elle pensa à Jessica Flatebø, à la façon dont son corps avait été retrouvé au début de la semaine dans le chalet d'été de Nordmarka. Elle avait l'impression que ça datait d'un lointain passé. De nouvelles victimes avaient été découvertes depuis lors, si bien qu'Emma n'avait pas eu le temps de reconsidérer le cas de Jessica Flatebø. Maintenant, elle était frappée par le fait que le meurtrier devait parfaitement connaître les lieux pour savoir exactement quel chalet serait inoccupé, quand et pour quelle durée.

Dahlmann était peut-être terré là-bas, songea-t-elle en regardant du côté de la forêt. Wollan connaissait bien le secteur de Marka. Elle lui en parlerait. Et puis, ça lui donnait un prétexte pour appeler Blix.

Elle tourna sa bicyclette dans l'autre sens et reprit le chemin de son appartement, veillant à rester proche d'un groupe de trois hommes portant la même tenue qui descendaient vers la ville. Chez elle, elle fit trois séries de pompes et de tractions avant de passer sous la douche.

Quand elle arriva au bureau, elle était d'attaque, fraîche et pleine de tonus. Cela faisait plusieurs jours qu'elle ne s'était pas sentie aussi bien.

Henrik Wollan leva des yeux fatigués de son écran et la dévisagea.

— Du nouveau ? lui demanda-t-elle.

Il secoua la tête.

— Tout le monde attend son prochain mouvement. La seule question étant : y en aura-t-il un ? Ou est-ce que ça se termine avec Nordstrøm ?

— Ce n'est pas encore fini, affirma Emma. Il manque deux numéros, le deux et le dix.

Wollan exprima son accord d'un ton qui, pour une fois, était dépourvu de sarcasme.

— Un café ? proposa-t-elle en allant vers la machine.

— Avec plaisir, répondit-il.

Elle remplit deux tasses et lui en tendit une.

— Tu bosses sur quoi ? demanda-t-elle en désignant l'ordinateur de Wollan.

— Un genre de biographie de chacune des victimes. C'est Anita qui a insisté, ajouta-t-il comme si ça ne l'intéressait que modérément.

— Tu connais bien Nordmarka, n'est-ce pas ? dit Emma en pointant une photo de Jessica Flatebø sur la table. Tu n'avais pas invité notre classe dans un chalet là-bas, il y a quelques années ?

Wollan aspira un peu de mousse à la surface de son café. Emma connaissait la réponse, car elle se souvenait de toutes les discussions qui avaient suivi cette sortie. Elle-même n'y était pas allée.

Wollan hocha la tête.

— Ta famille possède toujours ce chalet ?

— Oui, dit-il, un peu sur la défensive.

— Où est-il ?

— Près de Mylla.

— C'est loin de l'endroit où Jessica Flatebø a été découverte ?

— Pas tellement. (Wollan haussa les épaules.) Pourquoi cette question ?

— Je me demandais si le coin t'était familier, si tu connaissais certains des voisins.

— Je crains que non.

— Très bien, alors, dit Emma, et elle se rendit dans la salle de réunion pour téléphoner à Blix.

— Qu'est-ce qu'il y a ? demanda-t-il. Il s'est passé quelque chose ?

— Non, dit Emma en souriant. Aucun risque, je suis au travail. J'étais juste curieuse de savoir comment ça avançait.

— Il n'y… il n'y a rien de nouveau.

Emma avait remarqué son hésitation. Pour la première fois depuis qu'ils se connaissaient, elle n'était pas sûre qu'il lui ait dit la vérité.

— Avez-vous envisagé que la personne que vous recherchez puisse se cacher quelque part à Nordmarka ? lui demanda-t-elle, et elle lui exposa sa théorie : le meurtrier devait bien connaître les parages.

— Nous avons dressé la liste de tous les propriétaires des environs, répondit Blix. Une de nos équipes est chargée de les interroger tous, un par un.

Emma se dit qu'évidemment la police avait suivi cette piste.

— Bon, il faut que j'y aille, maintenant, conclut Blix.

Emma nota la pointe d'incertitude dans sa voix. Il avait l'air inquiet, ou anxieux.

— D'accord, dit-elle, peu convaincue. Désolée de vous avoir dérangé.

76

À 14 heures, Blix s'enferma dans une salle d'interrogatoire vide pour téléphoner à Enter Entertainment. Il fit défiler la liste d'appels sur son portable et sélectionna le numéro correspondant à « TV Eckhoff ».

— Oui, allô ?

Blix se présenta.

— Vous êtes le père d'Iselin, dit son interlocuteur.

— Exactement. Mais aujourd'hui, j'appelle en tant qu'inspecteur de police. Je me demandais quelles mesures de sécurité vous aviez prises en prévision de l'émission de ce soir.

Il y eut un silence.

— Eh bien, nous avons notre service de sécurité habituel – des gardes qui surveillent les entrées, ces choses-là.

— Vous ne contrôlez pas les sacs des spectateurs ? (Blix réfléchit un instant.) Est-ce facile ou difficile pour quelqu'un qui n'est pas de la maison de monter sur la scène, ou d'accéder aux coulisses ?

— Il n'y a pas de barrière physique entre le public et la scène, expliqua Eckhoff. Mais plusieurs agents de sécurité sont présents. Voyez-vous, nous ne pouvons pas prendre le risque de voir n'importe qui surgir devant la caméra. Pour accéder aux coulisses, il faut un passe.

— Et pour ce qui est de la maison qui abrite les candidats? poursuivit Blix. Quelqu'un peut y accéder ?

— Pas n'importe qui, assura Eckhoff. Il y a deux entrées : la porte de sécurité par laquelle nous acheminons la nourriture et le matériel dont ils ont besoin, et la porte donnant sur la scène qui n'est utilisée qu'à l'occasion des émissions en direct.

— Et ces portes sont fermées à clé ?

— Elles sont activées depuis la salle de contrôle, précisa Eckhoff. On ne peut pas entrer et sortir comme on veut.

Blix nota ces détails sur un bloc à portée de sa main.

— Est-ce que le personnel qui travaille pour la production a fait l'objet d'une habilitation de sécurité ? Vous avez vérifié les antécédents de chacun ?

— Nous avons vérifié les références de chacun. Mais nous n'avons pas regardé s'ils avaient un casier judiciaire, si c'est de ça que vous parlez. On n'y aurait pas accès, de toute manière.

— Pouvez-vous m'envoyer la liste de toutes les personnes qui travaillent sur *Que le meilleur gagne* ?

Le silence revint. Eckhoff finit par demander :

— Pourquoi avez-vous besoin de ça ?

Blix hésita sur la réponse à donner.

— Nous prenons des mesures particulières à la lumière de ce qui est arrivé à d'autres célébrités en Norvège ces derniers temps, expliqua-t-il. On va avoir besoin de davantage de personnel de sécurité pour l'enregistrement de ce soir.

Eckhoff parut considérer la nouvelle.

— En général, nous avons recours au personnel salarié par la maison, mais je vais voir ce que je peux organiser, dit-il enfin.

— Il va falloir faire mieux que « voir » ce que vous pouvez organiser, Eckhoff, dit Blix. La situation est critique.

— Oui, bon, d'accord. Je vais m'en occuper tout de suite. C'est juste qu'il y a un millier d'autres choses à faire les jours de retransmission en direct.

— Je le comprends très bien, mais la sécurité de vos candidats doit passer en premier.

— Oui, oui, bien sûr.

Ils raccrochèrent. Blix se frotta le visage. Il avait besoin de manger et de dormir. Mais plus que tout, il avait besoin de boucler cette affaire au plus tôt, afin de pouvoir être sûr qu'Iselin était hors de danger.

La liste d'Eckhoff arriva dans l'heure. Blix la survola. Vingt-cinq personnes travaillaient à la production. Il constitua un petit groupe – Kovic, Abelvik et lui-même –pour les examiner une par une, en vérifiant si elles avaient un casier judiciaire et si elles avaient des liens, quels qu'ils soient, avec Walter Georg Dahlmann ou une des victimes. À 18 heures, ils avaient terminé. Un des caméramans avait été condamné huit ans plus tôt pour voie de fait, mais c'était tout.

Blix étudia une dernière fois la liste du début à la fin.

— Tiens, Eckhoff ne s'est pas inclus.

— Tu crois qu'il a des choses à cacher ? s'inquiéta Kovic.

— Ça ne m'étonnerait pas qu'il ait quelque chose sur la conscience, dit Blix.

Il récupéra la date de naissance d'Eckhoff et procéda aux recherches habituelles. Aucune condamnation judiciaire. Une recherche plus approfondie produisit plusieurs résultats dans des bases de données de films et d'acteurs. Sur une photo de CV fournie par skuespiller.no, un site qui regroupait les acteurs norvégiens, il avait les cheveux longs. Cela rappela à Blix quelqu'un de célèbre, mais il n'arrivait pas à retrouver son nom.

Il s'appuya contre le dossier de sa chaise et se frotta de nouveau le visage.

— Les portes sont ouvertes à quelle heure ? demanda Kovic.

— Dans une heure, dit Blix. Je ne vais pas tarder à y aller.

— Je t'accompagne.

77

Blix était nerveux, et plus il s'approchait du siège de la chaîne, plus il était fébrile. Il pensait à Iselin. Les candidats avaient été complètement coupés de l'actualité depuis quelques semaines. Ils n'avaient pas eu accès aux journaux et n'avaient communiqué avec les téléspectateurs que via une page Facebook contrôlée. À moins que l'un d'eux leur ait parlé de Dahlmann et du compte à rebours, ils ne savaient rien de ce qui se passait. Et c'était peut-être aussi bien.

Une foule de badauds s'était déjà amassée devant l'entrée de l'immeuble de la chaîne. Certains avaient bricolé des pancartes d'encouragement à un candidat. Blix eut un pincement au cœur en constatant qu'aucune ne soutenait Iselin, mais il fut vite remis de sa déception.

Blix et Kovic s'approchèrent de l'entrée du public. Sur ordre de Fosse, ils étaient tous les deux en uniforme. L'idée était que la vue de cette présence policière dissuade le criminel de passer à l'acte. D'un autre côté, ils ne pouvaient pas risquer un débarquement en nombre de policiers en tenue, car cela pourrait créer un mouvement de panique.

Ils avaient décidé de laisser des agents en civil contrôler la foule de sorte que personne n'ait conscience de leur statut.

Une fois à l'intérieur, Blix localisa Even Eckhoff qui lui présenta le producteur, Petter Due-Eriksen. Blix l'avait déjà rencontré à l'occasion de discussions sur la promotion et la ligne éditoriale de l'émission.

— Notre sécurité est très au point, affirma le producteur. Nous n'avons pas besoin d'aide extérieure.

— Ce n'est pas pour vous aider, vous, que nous sommes ici, répondit Blix. Notre mission est de garantir la sécurité des spectateurs et des candidats.

— Croyez-moi si vous voulez, inspecteur, rétorqua Petter Due-Eriksen tout en continuant à regarder son portable, notre personnel est tout à fait capable d'assurer ce service. C'est pour cela que nous les avons embauchés. Je ne veux pas que vos hommes interfèrent avec leur travail.

— Croyez-moi si vous voulez, lui renvoya sèchement Blix, je n'ai pas besoin de votre autorisation. Dites-leur de venir me voir.

Petter Due-Eriksen sourit, manifestement peu impressionné, mais il fit un signe de tête et les emmena dans une salle de réunion où il rassembla tous les agents de sécurité et quelques figures importantes de la production.

Blix prit dix minutes pour leur exposer la situation. Il fit en sorte que ça ait l'air d'une procédure normale à leurs yeux, une simple mesure de prévention. Il consacra la demi-heure suivante à prendre connaissance de la disposition des lieux. La salle de contrôle pour la retransmission était située à côté de la scène. À l'intérieur, trois hommes et deux femmes suivaient les vingt-huit caméras qui assuraient le flux continu en direct, vingt-quatre heures sur vingt-quatre.

Iselin se trouvait au centre de l'image sur un des écrans muraux. Blix s'approcha d'un des membres du personnel qui avaient assisté à la réunion et lui demanda :

— Est-il possible d'interrompre la retransmission en direct si c'est nécessaire ?

L'employé, un homme d'une vingtaine d'années, se tourna vers lui.

— Pour la retransmission télé en direct, ce ne serait pas difficile, au cas où quelque chose se produirait. Mais ce sera plus délicat pour toutes les images qui partent sur Internet. On y arrivera, bien sûr, mais ce sera plus long.

À l'écran, Iselin s'approcha d'une table et prit une pomme dans une coupe. La caméra suivait chacun de ses gestes.

— Qui contrôle les caméras ? demanda Blix.

— La plupart sont activées par le mouvement. Elles suivent automatiquement les candidats dès qu'ils bougent. Et nous avons deux opérateurs derrière le miroir sans tain là-dedans.

Il inclina la tête en direction d'une porte. Blix alla vérifier. C'était une petite arrière-salle exiguë dont le sol était couvert de câbles entremêlés. Un homme filmait, caméra à l'épaule, à travers une baie vitrée qui donnait sur la maison. Iselin était en train de rire à quelque chose que venait de dire Toralf. Blix appuya les doigts sur la vitre et regarda sa fille. Elle était si proche qu'il aurait presque pu la toucher. Mais il ne pouvait pas, et ça le fit cligner rapidement des yeux, à plusieurs reprises. Il ne savait même plus quand il l'avait serrée dans ses bras pour la dernière fois.

Le caméraman se tourna vers lui. Blix lui adressa un bref signe de tête avant de ressortir, de fermer la porte derrière lui et de s'éloigner. Il fit le tour du reste du studio, parlant à tous ceux qui portaient un T-shirt estampillé STAFF, afin d'établir qui ils étaient, quelle était leur fonction et quelle serait leur position pendant l'émission.

Quelques minutes avant 19 heures, Blix se dirigea vers l'entrée du public. Dehors, les gens étaient pressés les uns contre les autres. Un haut-parleur diffusait une musique avec un puissant et lancinant fond de basse, histoire de chauffer l'ambiance. Deux agents de sécurité flanquaient la porte et un autre était posté de l'autre côté, à l'intérieur.

On pria les premiers spectateurs qui se présentèrent de vider leurs poches. L'un des agents s'étant contenté d'un simple coup d'œil au contenu du sac d'une jeune fille, Blix intervint.

— Vous devez contrôler avec plus de soin, lui dit-il.

— Laissez tomber, répondit l'homme d'un air maussade, elle ne peut pas avoir plus de quatorze ans.

Blix s'approcha de lui et chuchota :

— Je m'en fous. Tous les sacs à main et à dos, toutes les poches, vous devez tout contrôler.

C'est exactement ce qu'il avait dit pendant la réunion de préparation. L'agent leva les yeux au ciel d'un air écœuré mais Blix s'abstint de tout commentaire. Il avait besoin de tout le monde de son côté.

Bien que le processus de contrôle à l'entrée ait un peu ralenti le mouvement, l'auditorium s'était rempli assez rapidement. Pour l'instant, on avait l'impression que le public était composé de parents des candidats, de fans enthousiastes et de spectateurs lambda. Les agents de sécurité n'avaient rien repéré qui puisse être considéré comme une arme potentielle.

Quand Merete se présenta à l'entrée, Blix s'avança à sa rencontre.

— Laissez-la passer, je la connais, dit Blix aux gardes.

Celui qu'il avait réprimandé quelques minutes plus tôt leva de nouveau les yeux au ciel.

— Que se passe-t-il ? demanda Merete en regardant la chemise amidonnée que Blix portait sous son uniforme. Tu travailles ? Ici ?

— Oui. C'est...

Il ne savait comment s'expliquer. À la place, il demanda :

— Jan-Arne n'est pas avec toi ?

— Jan-Egil, rectifia Merete. Non, il n'était pas libre ce soir. Maintenant, raconte-moi ce qui se passe.

— Ce n'est probablement rien. C'est juste par précaution.

Merete n'eut pas besoin de très longtemps pour faire le lien. Elle porta la main à sa bouche. Blix essaya de la rassurer en répétant :

— C'est une simple mesure de précaution. Nous avons également des gens à TV2 et à NRK. Dans beaucoup d'endroits, en fait.

Merete déglutit avant de hocher la tête. Blix l'escorta à l'intérieur, la suivant jusqu'à un siège à peu près au milieu de l'auditorium, d'où ils auraient une bonne vue sur la scène.

78

Anita avait rappelé à Emma qu'elle lui devait de la copie sur la demi-finale de *Que le meilleur gagne*. Et elle avait ajouté qu'elle pouvait aussi bien faire ça de chez elle, devant son téléviseur, car elle avait beaucoup travaillé ces derniers jours. Mais ça n'ennuyait pas du tout Emma de se rendre au studio d'enregistrement. Elle écrivait toujours de meilleurs articles quand elle était sur les lieux. De plus, la présence de la fille de Blix parmi les trois finalistes avait relancé son intérêt pour l'émission.

À 19 h 30, Emma rangea sa bicyclette dans une rue latérale proche du bâtiment où l'on enregistrait *Que le meilleur gagne* et se joignit à la file d'attente. Il n'y avait pas d'entrée réservée pour la presse, ce qui avait agacé beaucoup de ses confrères. Elle nota plus d'agents de sécurité que les fois précédentes. Elle dut présenter son sac ouvert à l'un d'eux, qui la dévisagea lorsqu'il en sortit son alarme.

— À cause d'un ex un peu énervé, expliqua Emma.

Le garde remit l'alarme en place et lui fit signe de passer.

Emma trouva un siège libre dans la section délimitée par un cordon rouge portant une pancarte PRESSE. Elle salua de la tête quelques confrères et s'assit. Elle repéra Blix près de la scène. Il était en uniforme et s'entretenait avec un membre de l'équipe de production.

En balayant la salle du regard, elle reconnut certains policiers qu'elle avait croisés au poste pendant le week-end. Assez nombreux, en fait. Elle fronça les sourcils. Blix ne la vit pas quand elle essaya d'attirer son attention, il paraissait trop préoccupé. Elle lui envoya un SMS pour lui demander ce qui se passait et ne reçut aucune réponse.

Bientôt l'auditorium fut plein. Blix n'était pas encore assis. Une employée de la production prit un micro et demanda l'attention du public pendant quelques instants. Elle expliqua la nature des signaux qui seraient projetés pour indiquer à quels moments les spectateurs devaient réagir chaleureusement et hurler de toutes leurs forces. Deux ou trois essais se révélèrent satisfaisants.

Emma nota l'heure. 19 h 57. L'atmosphère bruissait d'impatience et d'excitation. Les cris montèrent d'un cran lorsque le présentateur apparut sur la scène.

Tore Berg Tollersrud s'empara du micro et salua l'assistance. Il les remercia d'être venus et souhaita qu'ils réalisent tous ensemble un spectacle formidable. Ses paroles ne plurent pas trop à Emma. Ça donnait l'impression qu'on assignait un rôle à chacun.

— Totto, tu es prêt ?

La voix avait jailli de quelque part dans la salle, Emma ne parvint pas à la localiser. Les éclairagistes vérifièrent que tout fonctionnait comme prévu. Un caméraman se rapprocha du canapé où les candidats devaient prendre place. Emma fut saisie d'une sorte de pressentiment. Une fois de plus elle vit Blix qui, posté près de la scène, observait attentivement le public.

Alors que le présentateur s'avançait vers le centre de la scène, le régisseur leva la main. Tollersrud inspira à fond et ferma les yeux, comme en transe. La concentration absolue. C'est alors que tout devint clair dans l'esprit d'Emma.

Tore Berg Tollersrud. Totto.

Elle faillit se lever d'un bond, l'appeler par son surnom. À l'origine, c'était « To-To », son prénom et son nom commençant par « To ». Soit deux fois To, c'est-à-dire le chiffre deux.

Au même moment, la musique explosa dans les haut-parleurs.

L'émission avait commencé.

79

Jusqu'ici, ça s'est bien passé, songea Blix quand la première partie s'acheva. Dans l'auditorium, les spectateurs s'étaient levés pour se dégourdir les jambes et s'étirer le dos. Mais personne ne quitta le studio ni ne manifesta l'intention de vouloir sortir.

Blix n'avait pas entendu un seul mot de ce qui se disait sur scène, il était trop occupé à scruter le public, à guetter le moindre geste dans la salle, derrière les caméras et sous le toit, partout où quelqu'un aurait pu se cacher. Armé d'un pistolet, par exemple. Mais ça s'était déroulé sans encombre.

Il se retourna et ses yeux rencontrèrent ceux d'Iselin. D'abord, il ne sut pas comment réagir. Puis il sourit et agita discrètement la main, n'obtenant qu'un regard interrogateur en retour. Iselin portait un jean, un haut blanc et un cardigan tricoté. Un foulard rose clair était négligemment noué autour de son cou. Il avait l'impression de ne pas la reconnaître. Elle avait l'air différente. Plus grande que nature. Plus adulte, peut-être.

Un membre de l'équipe de production s'approcha

d'elle, et l'attention d'Iselin se porta sur lui. Blix se remit en mode radar. L'auditorium frémissait d'activité. Il repéra une main qu'on agitait. C'était Emma, qui pointait le doigt avec insistance sur le téléphone qu'elle tenait. Blix sortit le sien et constata qu'il avait reçu plusieurs messages. Il ouvrit celui d'Emma et lut :

Le présentateur est surnommé Totto. To-To. Deux fois deux.

Blix leva les yeux et croisa le regard d'Emma. Puis il observa Tore Berg Tollersrud qui buvait un verre d'eau, debout derrière le rideau de scène, et vérifiait son aspect dans un miroir.

Kovic s'approcha.

— Qu'y a-t-il ?

Blix lui fit part du message d'Emma.

— Putain ! s'exclama Kovic. Comment ça se fait qu'on n'ait pas pensé à lui ?

— Je ne savais pas que c'était son surnom, dit Blix, dont le cœur battait la chamade. Il faut qu'on interrompe la retransmission immédiatement et qu'on l'exfiltre.

— Et comment va-t-on s'y prendre, selon toi ?

Blix réfléchit et ne trouva aucune solution satisfaisante. Tollersrud était le seul présentateur possible. Et la chaîne n'allait certainement pas interrompre une émission en direct à moins d'une attaque terroriste ou quelque chose de cet ordre.

Blix observa de nouveau le présentateur, en quête d'un signe indiquant qu'il ne se sentait pas bien, comme ça avait été le cas de Calle Seeberg avant qu'il ne s'effondre. Mais

Tollersrud faisait défiler des messages sur l'écran de son portable. Un petit sourire aux lèvres, comme si quelqu'un lui avait envoyé une proposition obscène.

— Allons en coulisse, lança Blix en sortant son passe temporaire. Je veux jeter un coup d'œil à sa loge. La chaise sur laquelle il s'assoit pour le maquillage, la penderie. Et interroger tous ceux qui ont été en contact avec lui depuis son arrivée.

— Mais il faut aussi lui parler, fit remarquer Kovic.

— Ce ne sera pas possible avant la prochaine pause, répondit Blix tandis qu'ils se hâtaient vers la porte de sécurité la plus proche.

— L'essentiel est qu'il ne tombe pas mort sous nos yeux avant ça.

80

Emma ne tenait pas en place. À la deuxième pause publicitaire, elle fonça aux toilettes, surtout pour se donner l'occasion de bouger. Elle attendit son tour dans la file, la tête lui tournant à force de se dire que la retransmission était la cible idéale pour un tueur désirant attirer l'attention. Trois personnes allaient être réduites à deux.

Regardant autour d'elle, elle nota une grande quantité de policiers en civil équipés d'une oreillette. Le meurtrier pouvait être n'importe où à l'intérieur du bâtiment. Si ça se trouvait, elle l'avait frôlé sans le savoir. Il était peut-être même en train de l'observer. Rien qu'à cette idée, elle frissonna.

L'annonce retentit : l'émission allait reprendre son cours. Elle quitta la file et rejoignit son siège. Tore Berg Tollersrud interrogeait Toralf Schanke sur sa relation avec Iselin. C'était devenu un thème récurrent. Le présentateur voulait connaître leur niveau d'intimité.

— Ce n'est un secret pour personne que nous sommes attirés l'un par l'autre, admit Schanke.

— Mais vous êtes ensemble ? insista Tollersrud.

Schanke fit durer le suspense. Il sourit, comme s'il s'apprêtait à servir un mensonge auquel personne ne croirait. Il lança un regard à Iselin qui bondit à sa rescousse.

— Réponds « pas de commentaire », suggéra-t-elle.

Des spectateurs rirent.

Tollersrud ne voulait pas lâcher l'affaire. Il se tourna vers Iselin et lui posa exactement la même question. Emma imaginait très bien quels seraient les grands titres si les deux tourtereaux avouaient. « Nous avons trouvé l'amour dans la maison du reality show », « Oui, nous sommes amoureux », « Nous avons déjà gagné ». Autant de déclarations qu'aucun des deux n'aurait réellement faites. Ce soir-là, Emma espérait sincèrement ne pas être obligée d'écrire sur cette histoire publique à l'eau de rose.

Puis vint le moment où Jonas Sakshaug fut interrogé sur les plats qu'il avait cuisinés pour les candidats. Emma avait déjà cessé d'écouter quand son téléphone vibra.

Un message de Kasper. Il avait parlé à la petite amie de Jeppe Sørensen qui n'avait su lui dire si Jeppe connaissait beaucoup de Norvégiens. Et le seul qu'elle connaissait, pour sa part, était un garçon qui avait été soigné dans la même clinique que Jeppe après son opération des ligaments croisés du genou. Seulement, elle ne connaissait pas son nom.

Quelle clinique ? écrivit aussitôt Emma.

La réponse ne tarda pas.

Rééducation de l'athlète. Pas très loin de Copenhague.

Emma googla le nom et trouva leur page d'accueil. Consciente que ces établissements ne communiquaient jamais de renseignements sur leurs patients, elle leur envoya néanmoins un mail en expliquant qui elle était, et qu'elle essayait d'entrer en contact avec un citoyen norvégien qui avait été soigné chez eux à la même époque que Jeppe Sørensen. Cela ferait un excellent article, expliqua-t-elle, si elle pouvait recueillir un point de vue norvégien sur le comportement de Jeppe pendant cette période post-opératoire.

Après ça, elle envoya un SMS à Kasper pour le remercier et se mit à réfléchir intensément. Elle sélectionna la capture d'écran qu'elle avait faite de la photo de Kasper entourant du bras les épaules de Sørensen, parue dans *Dagbladet Holstebro-Struer*. Elle décida de la lui envoyer en demandant pourquoi il avait caché sa relation amicale avec le footballeur.

Plus sa réponse tardait, plus elle craignait de l'avoir embarrassé, ou de lui avoir posé une question à laquelle il lui était difficile de répondre. Enfin, le téléphone vibra.

C'est drôle, j'avais oublié cette photo.☺. Ça remonte à longtemps. Et je n'aime pas mélanger travail et plaisir.

Au même moment, Emma entendit un cri d'effroi s'élever du public. Elle leva les yeux, que se passait-il ?

— Vous avez parfaitement entendu, dit Tore Berg Tollersrud. Les candidats vont être soumis au détecteur de mensonges sous vos yeux, ici et maintenant. Vous êtes prêts ? Iselin, qu'en pensez-vous ?

— Eh bien, commença-t-elle après un moment d'incertitude, je m'attendais plus ou moins à quelque chose de spécial quand j'ai accepté de participer à ce jeu, mais pour être honnête, je n'ai pas pensé un instant au détecteur de mensonges.

— Et vous, Toralf ?

— Je n'ai rien à cacher. À condition que vous ne me demandiez pas où sont les clés de chez moi.

Le public rit. Le présentateur se tourna ensuite vers Jonas Sakshaug.

— J'ai un tas de recettes tout à fait secrètes, dit le chef. Ne me demandez pas de les révéler et je suis sûr que je passerai le test sans difficulté.

— Parfait, dans ce cas, dit Tollersrud. Maintenant, chacun des concurrents va être examiné individuellement par notre expert.

Il désigna un homme qui avait pris place derrière une table sur laquelle était posé un ordinateur. L'expert sourit et salua le public de la main.

— Il va vous relier à la machine et vous posera quelques questions auxquelles vous devrez répondre par oui ou par non, expliqua Tollersrud aux candidats.

Il fit alors face à la caméra.

— Ensuite, comme d'habitude, il vous reviendra à tous, de chez vous, de voter pour qui, à votre avis, mérite d'aller en finale. Je pense pouvoir vous assurer que nous allons ce soir démasquer un ou deux menteurs, voire trois. Dans quelle mesure leur mensonge peut-il leur être fatal ? Cela dépend de leur niveau de moralité. Nous aurons bientôt la réponse. Mais d'abord, faisons une courte pause. Ne quittez pas vos sièges, chers spectateurs, nous serons de retour dans quatre minutes environ.

81

Comme il sied à une star du petit écran, Tore Berg Tollersrud avait droit à une loge privée et une maquilleuse. Une employée de la production y conduisit Blix et Kovic.

— Il faut que j'y retourne en vitesse, dit-elle. On reprend le direct maintenant.

— Juste une question, dit Blix. À votre avis, combien de personnes ont été en contact avec Tollersrud aujourd'hui ?

— Oh, mon Dieu ! Sans doute trente, peut-être quarante en tout.

Elle attendit, pressée de partir, pendant que Blix assimilait l'information.

— Très bien, merci pour votre aide.

Les deux policiers entrèrent dans la loge.

— Qu'est-ce qu'on cherche ? demanda Kovic.

— Des comprimés. Peut-être des gélules comme celles qu'on a trouvées chez Calle Seeberg.

Ils fouillèrent la coiffeuse devant le miroir. Que des produits de maquillage et une bouteille d'eau. Blix souleva la capsule de la bouteille et huma le contenu. Kovic explora les poches de la veste du présentateur. Elle en sortit un paquet de chewing-gums, une boîte de snus*, un stylo à bille et la carte de visite d'une dénommée Jorunn Tangen qui travaillait à Rubicon TV. Blix inspecta la corbeille. Elle était vide. Il renifla tous les produits de maquillage étalés sur la table. Rien ne laissait supposer qu'un élément suspect y avait été introduit.

— Il s'en est bien sorti jusqu'ici, dit Kovic en balayant la petite pièce du regard. Le présentateur, je veux dire. Rien ne suggère qu'il se sent mal.

Blix considéra également la loge. Tout paraissait normal.

— Allons-y, dit il. On le chopera pendant la prochaine pause publicitaire.

Ils traversèrent le bâtiment dans l'autre sens et se retrouvèrent juste derrière la scène, où un homme, coiffé d'écouteurs, les arrêta.

— Vous ne pouvez pas passer par là pour l'instant, déclara-t-il en leur faisant signe de garder le silence.

Blix s'approcha d'un écran de contrôle pour voir ce qui se passait sur scène. Toralf Schanke était assis sur une chaise, tournant le dos au public. Des câbles étaient reliés à sa tête et à ses poignets.

Tollersrud lui posa quelques questions préliminaires dont il était facile de vérifier les réponses. Son nom, son âge, les membres de sa famille. Le test se déroulait bien, les réponses de Schanke concordant avec la réalité. Puis Tollersrud aborda des sujets plus délicats.

— Avez-vous déjà volé quelque chose ? demanda-t-il.

---

* Poudre de tabac, parfois conditionnée en sachets que l'on glisse sous la lèvre supérieure.

Schanke prit son temps et finit par répondre :

— Oui.

Plusieurs secondes s'écoulèrent. L'image changea et l'on vit apparaître un homme chauve, les yeux fixés sur un écran d'ordinateur. Les secondes s'égrenèrent. Il leva les yeux et fit signe que tout était OK.

Tollersrud poursuivit :

— Iselin Skaar et vous-même, êtes-vous ensemble ?

Schanke sourit et secoua la tête, comme s'il s'attendait à la question. L'image montra Iselin en gros plan. Elle regardait, fascinée. Blix remarqua que sa fille avait le cou en feu.

— Non, répondit Schanke.

La caméra revint sur l'homme qui opérait et sur son détecteur de mensonges. Il leva la main en l'air comme l'aurait fait César, décidant si un esclave combattant dans l'arène méritait de vivre ou de mourir. Puis il tourna le pouce vers le bas. Un cri étouffé s'échappa du public.

Tollersrud sourit, laissant entendre que tout le monde était déjà au courant. La caméra revint se fixer sur Schanke dont le crâne brillait sous l'éclairage.

— Est-ce que l'argent est plus important que l'amour à vos yeux ? demanda ensuite Tollersrud.

— Non, répondit Schanke après avoir réfléchi deux secondes.

De nouveau, zoom sur l'opérateur. Il leva la main et abaissa le pouce. Schanke eut un petit sourire penaud. Un plan rapide d'Iselin permit de constater sa déception. Tollersrud posa encore quelques questions avant de conclure :

— C'est tout ce que nous avons pour vous, Toralf.

Les spots se concentrèrent sur lui et le public applaudit. Schanke prit une profonde inspiration, soulagé que ce soit terminé.

— Comment c'était ? demanda Tollersrud quand les applaudissements se raréfièrent.

Schanke se débarrassa des câbles et regarda le présentateur.

— Vachement mortifiant.

Tollersrud ne répondit rien, se contentant de hocher la tête. Puis, s'adressant aux spectateurs :

— Après la publicité, ce sera le tour d'Iselin. Ne bougez pas, nous revenons tout de suite.

Un grand voyant rouge s'éteignit derrière la scène et Blix dit à un employé qu'il devait parler brièvement à Tollersrud.

— C'est impossible maintenant, dit l'homme. On est en pleine retransmission.

— On est en pleine publicité, riposta Blix, et il est vital que je lui dise un mot avant la reprise du direct.

L'homme fit mine de protester mais il finit par ouvrir le chemin. Ils se retrouvèrent sur la scène. Blix fut d'abord ébloui par les projecteurs puis il finit par s'y accommoder et situer le présentateur, qui discutait avec Iselin. L'employé de la production s'approcha et les interrompit. Pendant une fraction de seconde, Blix croisa le regard stupéfait de sa fille.

— Que se passe-t-il ? demanda Tollersrud d'un ton agacé en venant vers lui. Pourquoi faut-il que vous me parliez tout de suite ?

— J'en ai juste pour une minute, dit Blix. C'est très important. Avez-vous été en contact aujourd'hui avec une personne que vous n'aviez jamais vue auparavant ?

— Oui, ça m'arrive à peu près tous les jours. Pourquoi me posez-vous cette question ?

— Nous recherchons un homme qui pourrait avoir essayé de s'approcher de vous. Est-ce que quelqu'un qui ne vous est pas familier a voulu vous donner quelque chose, ou vous a touché d'une manière ou d'une autre ?

Tollersrud semblait ne pas comprendre ce que lui demandait Blix.

— Non, personne.

— Vous n'avez rien mangé ou bu qui avait un goût bizarre ?

Tollersrud recula, jetant un coup d'œil juste derrière le rideau de scène à une table couverte de boissons, de biscuits et de fruits.

— Mais non, bon Dieu, non. Qu'est-ce que c'est que cette histoire ?

Petter Due-Eriksen les rejoignit et demanda :

— Que se passe-t-il ?

Tollersrud, un biscuit à la main, désigna Blix.

— Eh bien, vous verrez ça plus tard, dit le producteur en poussant le présentateur vers la scène.

— Une minute ! cria quelqu'un à la régie.

Blix et Kovic s'éclipsèrent.

— Il y a de fortes chances qu'il n'arrive rien ici ce soir, dit Kovic quand ils furent seuls. Le meurtrier a dû nous repérer et a décidé d'attendre.

— C'est aussi ce que je pense, confirma Blix. Il faudra assurer la protection de Tollersrud quand l'émission sera terminée. Il va falloir le surveiller de près, jusque chez lui.

82

Emma suivit la fin de l'enregistrement avec soin, notant toutes les questions posées aux candidats ainsi que leurs réponses. Elle s'imaginait mettant en scène les événements de la soirée pour ceux qui n'avaient pas regardé l'émission. Elle garda son ordinateur portable sur les genoux pendant que Tollersrud interrogeait chacun des trois concurrents.

Jusque-là, c'est Iselin qui s'en sortait le mieux. Elle s'était fait prendre sur un mensonge – qu'elle n'avait jamais rien volé. Stupéfaite, elle avait avoué immédiatement que oui, c'est vrai, elle avait chapardé un bonbon sur un rayon du supermarché Rema 1000. Il n'y avait pas si longtemps… Avant que Tollersrud ait pu l'interrompre (seules les réponses oui ou non étaient autorisées), les spectateurs avaient souri et hoché la tête. Beaucoup d'entre eux, apparemment, en avaient fait autant, ainsi les dégâts étaient-ils limités. Iselin avait dû répondre elle aussi aux questions sur sa relation avec Toralf Schanke, mais contrairement à lui, elle avait triomphé de l'épreuve, car elle avait reconnu qu'il y avait quelque chose entre eux.

C'était maintenant au tour de Jonas Sakshaug de passer

sur le gril. Tollersrud ne lui posa pas de question au sujet de ses petites amies, mais il se fit presque tout de suite prendre en flagrant délit de mensonge. Quand il lui fut demandé s'il avait déjà ajouté un ingrédient à un plat pour embêter un client, il fit mine de réfléchir. Tollersrud donna des exemples : morve, grains de café, sang, aliments pour chien ou pour chat… Sakshaug répondit non. Le détecteur montra qu'il avait menti. Mal à l'aise, le chef se tortilla sur son siège.

— Est-il vrai que vous avez signé un contrat avec un éditeur pour un livre de recettes ?

Là encore, Sakshaug gagna du temps. Emma savait qu'on avait déjà pas mal parlé de ce livre de cuisine depuis le début de *Que le meilleur gagne*. Sakshaug avait encouragé les spectateurs à faire part de leurs recettes préférées sur sa page Facebook, promettant d'intégrer la meilleure dans son ouvrage.

Il répondit un oui hésitant.

L'opérateur du détecteur de mensonges abaissa le pouce.

Emma regarda les spectateurs autour d'elle. Plusieurs d'entre eux semblaient effarés. Aussitôt, elle entrevit la suite. C'était une chose d'avoir caché un petit larcin mais c'en était une autre de mentir au sujet d'un contrat d'édition. Elle nota les questions et réponses suivantes, mais Sakshaug avait perdu tout aplomb. Il était affaissé dans son fauteuil. Quand son tour fut terminé, il rejoignit les deux autres candidats sur le canapé en traînant des pieds. Le vote qui s'ensuivit confirma, un quart d'heure plus tard, ce que tout le monde savait. Toralf et Iselin, le jeune couple, étaient en finale.

Avant d'annoncer une autre pause publicitaire, Tollersrud précisa aux spectateurs : « Les candidats n'ont été informés à l'avance d'aucune des épreuves qu'ils ont dû subir. Comme notre producteur l'a répété à plusieurs reprises dans les médias au cours des semaines passées, la finale comportera quelque chose de tout à fait spécial. Quelque chose qui n'a jamais été tenté en live à la télévision. Pour découvrir ce dont il s'agit, il va falloir que vous rallumiez votre téléviseur à 21 h 40. D'ici là, bonne soirée et merci d'avoir regardé *Que le meilleur gagne* !

Emma profita de l'entracte pour finir de rédiger son article et le publier sur le web. Elle espérait pouvoir interviewer Sakshaug après la fin du spectacle, bien qu'il ait disparu en coulisse, complètement effondré. Emma songea qu'il serait capable de lui dire que c'était rude de se faire éliminer pour un mensonge, alors que les autres aussi avaient menti. En même temps, il obtiendrait très probablement un vrai contrat pour un livre, après tout.

Quand la retransmission reprit, le présentateur demanda aux deux jeunes finalistes de s'asseoir sur deux fauteuils placés côte à côte.

— Bon, eh bien nous voilà avec vous deux, pour finir. Un rêve de tourtereaux.

Iselin sourit, embarrassée.

— Que pensez-vous, l'un et l'autre, de tout ce que vous avez traversé ces dernières semaines ? Vous imaginiez atteindre la finale ?

— Pas du tout, répondit Iselin. J'étais persuadée que je serais parmi les premières éliminées.

— Vous savez ce que je crois ? demanda Tollersrud. Je

crois que les téléspectateurs ont été enthousiasmés par votre relation. Je ne veux pas dire que vous ne méritiez pas de gagner, loin de moi cette idée, et d'ailleurs vous avez brillamment réussi les tests, mais c'est aussi que l'amour et les histoires qui débutent, c'est spécial, n'est-ce pas ? Quelque chose de beau qui arrive sous vos yeux. Je ne crois pas être le seul à m'être demandé s'il ne se passait pas quelque chose entre vous. En vérité, ajouta-t-il en leur faisant un clin d'œil, c'était complètement évident pour toute personne qui suivait l'émission.

Toralf et Iselin se regardèrent et sourirent. Tollersrud prit un ton plus sérieux pour continuer.

— Mais, chers finalistes, nous n'avons pas encore atteint notre but ultime. Il reste une étape à franchir. Et cela… (Il marqua une pause.) Cela commence immédiatement.

Toralf et Iselin échangèrent un coup d'œil peu rassuré.

— Au fil des dix semaines passées, nous avons essayé de découvrir lequel, parmi les concurrents, méritait le plus de gagner. Nous leur avons lancé divers défis d'ordre moral et c'était à vous, qui suivez l'émission de chez vous, de décider qui se comportait le mieux. Cela nous a par la même occasion permis d'évaluer ce à quoi le public attache le plus d'importance. Ensemble, nous sommes parvenus à une sorte d'acception collective de ce qui caractérise quelqu'un de bien, et nos deux merveilleux finalistes en sont assurément un excellent exemple. Je pense que vous, et nous, nous avons vraiment bien travaillé. Vous êtes d'accord ?

Tollersrud recueillit les applaudissements qu'il avait sollicités. Le public frappa bruyamment dans ses mains en poussant des cris.

— Nous voici donc parvenus au moment crucial : comment choisir entre les deux ?

Il plongea les yeux d'un air pénétré dans l'objectif avant de se tourner vers Toralf et Iselin.

— Et ceci, chers finalistes, est quelque chose que vous allez devoir découvrir par vous-mêmes.

Les deux candidats se regardèrent de nouveau. Ni l'un ni l'autre n'avait compris de quoi il s'agissait. Tollersrud eut un sourire en coin.

— Vous avez parfaitement entendu. Toralf Schanke et Iselin Skaar, vous allez maintenant regagner la maison et dans les vingt-quatre heures qui viennent, il faudra que vous vous mettiez d'accord sur le nom de celui ou celle qui mérite de l'emporter.

Les deux candidats en restèrent sans voix.

— Vous vous demandez probablement comment vous allez y parvenir, poursuivit Tollersrud. Eh bien, c'est à vous de trouver la solution. En parlant ensemble. En apprenant à mieux vous connaître. En creusant dans vos passés respectifs. En discutant de vos rêves d'avenir. Mais, ajouta Tollersrud avec un sourire sournois, ce n'est pas un processus que vous autres, téléspectateurs, aurez l'avantage de pouvoir observer. Pas avant demain, en tout cas, quand nous nous retrouverons pour la retransmission en direct. C'est seulement alors que nous décortiquerons tout ce que les finalistes se sont dit. Pour ceux d'entre vous qui nous suivent sur Internet, nous allons également couper les micros installés dans la maison, afin que le suspense demeure entier pour les téléspectateurs qui rallumeront leur poste demain à 20 heures. Ceux qui nous regardent sur Internet pourront continuer à suivre les mouvements des deux finalistes grâce à leur webcam, mais ils ne pourront entendre leurs paroles. Ceci, chers candidats et cher public, est l'épreuve ultime. Les tourtereaux.

Dans l'auditorium et sur la scène, chacun digérait ces propos. Tollersrud se tourna vers Toralf et Iselin.

— Vous n'êtes pas autorisés à faire part de votre décision avant l'heure fixée. Et vous ne pouvez pas vous accorder pour partager l'argent du gagnant une fois que tout sera terminé. Ce doit être une décision authentique et sincère, émanant de vos cœurs. Et si vous ne parvenez pas à cette décision… (Une fois de plus Tollersrud marqua une pause, ménageant son effet.) Eh bien, aucun de vous ne sera déclaré gagnant. Vous avez bien compris ce qu'il vous restait à faire ?

Toralf et Iselin, interloqués, finirent par hocher la tête.

Emma se dit que ce serait fascinant de voir comment les deux candidats avaient résolu le dilemme. D'autant plus qu'ils étaient tombés amoureux l'un de l'autre en cours de route.

83

Blix poursuivit Tore Berg Tollersrud à travers le studio, guettant l'occasion de lui expliquer en privé la menace potentielle qui pesait sur lui. Mais quand il put enfin le faire, il eut l'impression que le présentateur ne prenait pas cela très au sérieux.

— J'espère que vous allez me surveiller de près, aboya ce dernier tout en se hâtant vers sa loge afin de se faire démaquiller.

Blix donna des instructions pour qu'on organise la surveillance vingt-quatre heures sur vingt-quatre et se laissa tomber sur le canapé de l'accueil.

— On rentre ? demanda Kovic.

— Dans une minute, dit-il.

Il pensait autant à l'affaire en cours qu'à sa fille, qui venait d'atteindre la finale. Il commençait tout juste à concevoir ce qui allait arriver pendant les vingt-quatre heures suivantes. C'était facile de choisir entre un meurtrier et un aide-soignant, pour prendre un exemple extrême. Personne n'hésiterait, s'agissant de décider lequel des deux possédait les meilleures qualités morales. Mais comment

Toralf et Iselin allaient-ils pouvoir déterminer celui qui avait les meilleures valeurs ? C'était quasiment impossible, puisque si l'un des deux se sacrifiait et laissait la victoire à l'autre, il démontrait par là même que sa magnanimité faisait de lui le vainqueur moral.

Blix se mit à penser à Teisen. Il avait souvent retourné la question dans sa tête : avait-il fait le bon choix en tirant, tuant le père d'Emma ? Et Gard Fosse avait-il eu raison de suivre le protocole et d'attendre les renforts ? Lequel était le meilleur, dans cette situation ?

Even Eckhoff, de la production, s'approcha, un classeur sous le bras.

— Vous avez encore besoin de moi ?

Blix regarda autour de lui et demanda :

— Combien de personnes vont rester ici cette nuit ?

— Nous avons prévu un minimum de quatre.

— C'est tout ?

— Plus un agent de sécurité.

Blix se leva et indiqua d'un geste de la main qu'ils en avaient terminé.

— Je te raccompagne, dit-il à Kovic. Où habites-tu ?

— Non merci, je vais prendre un taxi. Sinon tu ne seras jamais rendu.

Blix lui en fut reconnaissant.

— D'accord. À demain.

Kovic s'éloigna dans la nuit. Blix se retrouva seul avec Eckhoff. Il sentait qu'il avait encore quelque chose à faire ou à vérifier, mais il était complètement incapable d'identifier quoi.

— Alors, que pensez-vous de cette finale ? demanda Eckhoff. Vous croyez que votre fille va la remporter ?

Blix haussa les épaules.

— Bon, ça sera terminé demain soir, de toute manière, dit Eckhoff. Ce sera vraiment un soulagement. Ça a été un long voyage.

Blix détestait que les gens utilisent le mot « voyage » dans ce genre de contexte, mais il acquiesça de la tête.

— Et vous, comment ça va ? demanda-t-il. Vous voulez que je vous dépose ?

— Non merci, répondit Eckhoff. J'ai ma voiture au garage.

Ils se séparèrent et Blix se dirigea vers son propre véhicule. Avant d'y monter, il jeta un dernier coup d'œil au siège de la chaîne. Il s'était trompé, rien ne s'était passé et il s'en félicitait. La question se posait maintenant de savoir quand, et où, cela allait se produire.

~

Emma se sentait lasse. Le manque de sommeil cumulé à la surcharge de travail des dernières semaines commençait à lui peser. Elle venait de persuader Jonas Sakshaug d'avouer à quel point il était déçu, et désolé, et maintenant, elle n'avait qu'une envie, rentrer chez elle et se coucher.

Elle salua un confrère de *Se og Hør* et gagna l'arrière du bâtiment où elle avait rangé sa bicyclette. Elle avait passé en bandoulière le sac contenant son ordinateur portable et son téléphone avant de serrer son écharpe autour de son cou. Son souffle projetait un brouillard givré dans l'air.

Elle s'approcha du double portail qui permettait l'accès aux voitures. Plusieurs bicyclettes s'étaient trouvées là à son arrivée mais il ne restait plus que la sienne. Une lampe au-dessus de la porte d'entrée offrait le seul éclairage alentour. Sinon, Emma était cernée par l'obscurité.

Elle sortait ses clés quand elle s'interrompit et pivota sur place. Une voix l'avait appelée mais elle ne pouvait distinguer d'où elle provenait. Le seul son qu'elle percevait était celui de talons frappant le macadam. Puis l'individu sortit partiellement de la pénombre.

— Emma.

Ce n'était pas formulé comme une question, plutôt comme une déclaration. La voix était étouffée par une écharpe qui dissimulait la partie inférieure du visage. L'individu avait la tête couverte par une capuche. Instinctivement, Emma recula de quelques pas et jeta un rapide coup d'œil autour d'elle. Elle était seule, et il n'y avait aucun endroit où se réfugier. Les portes des sorties et celle de l'entrée étaient fermées.

L'homme fit un pas en avant. Emma baissa la main vers son sac, dans lequel elle avait rangé l'alarme. Mais elle la ressortait à peine que l'homme était sur elle. Un éclair bleu jaillit d'un objet qu'il tenait.

Le corps d'Emma fut saisi de convulsions. Elle sentit ses muscles se relâcher sans qu'elle puisse les contrôler. Elle fit un effort considérable pour pousser un cri, mais elle ne réussit pas à émettre le moindre son.

84

Emma entrouvrit les yeux, cligna pour mieux voir. Des murs gris, une lumière brutale qui tombait du plafond. Une silhouette se matérialisa devant elle.

— Comme ça, vous êtes encore vivante.

C'était une voix de femme.

Emma se toucha la tête dans un réflexe de panique et essaya de se redresser. Le sol était froid et dur. Son corps protesta. Avalant sa salive avec difficulté, elle cilla de nouveau comme si elle n'en croyait pas ses yeux. Mais c'était bien Sonja Nordstrøm, assise devant elle. Elle paraissait plus fatiguée que sur la vidéo. Ses cheveux étaient sales, hirsutes, ses joues creusées.

— Qui êtes-vous ? demanda Nordstrøm d'une voix rauque et affaiblie.

Emma s'éclaircit la gorge et déclina son nom et sa profession. Tout en expliquant qu'elle connaissait Nordstrøm, qu'elles s'étaient déjà rencontrées lors d'une interview, son regard faisait le tour de la pièce. C'était celle de la vidéo. Pas de fenêtre, une ampoule pendant du plafond. Une puanteur rance flottait dans l'air. Il n'y avait pas de toilettes, rien qu'un seau un peu plus loin.

Elles restèrent ainsi à s'évaluer pendant plusieurs secondes. Comme si l'une et l'autre avaient des questions à poser mais qu'elles ne savaient pas par où commencer.

— Je suis ici depuis combien de temps ? finit par demander Emma.

Nordstrøm baissa inconsciemment les yeux vers son poignet, bien qu'elle n'eût pas de montre.

— Quelques heures.

— Vous savez où nous sommes ?

Nordstrøm secoua la tête.

— Mais ce que je sais, c'est que ce n'est pas en ville. Il n'y a pas un bruit. On doit être dans une vieille ferme.

Emma chercha son sac des yeux et ne le vit pas.

— Et vous, depuis combien de temps êtes-vous là ?

— J'ai cessé de compter les jours.

Le silence retomba.

— Y a-t-il…, reprit Nordstrøm, y a-t-il des gens qui me réclament ? On me recherche ?

L'humanité de la question étonna Emma. Dans son autobiographie, Sonja Nordstrøm apparaissait comme une machine à résultats, qui ne se souciait pas des autres et se moquait de savoir si quelqu'un se souciait d'elle. Et là, Emma avait perçu dans sa voix un sentiment de solitude, de dépendance.

— Ça vous intéresse ? demanda Emma en essayant de sourire.

— Je ne parle pas de tout le monde. Je pensais à ma famille. À Liselotte, ma fille.

Emma avait lu une interview de Nordstrøm et de sa fille dans un journal. Il n'en ressortait pas qu'elles étaient particulièrement proches. Pourtant, elle répondit :

— Elle s'inquiète pour vous. Tout le monde est inquiet.

Emma eut l'impression que ça lui faisait plaisir. Elle se demanda alors quelle heure il pouvait bien être, si quelqu'un de sa connaissance avait essayé de savoir où elle était passée. Blix, peut-être. Avec un peu de chance, il avait lancé des recherches. Ce qui n'était pas forcément rassurant. Cela faisait une semaine que la police était sur la piste de Nordstrøm et ils n'avaient rien trouvé jusqu'alors.

— Je m'apprêtais à me retirer pour la nuit quand la sonnette de l'entrée a retenti, dit Nordstrøm en secouant la tête. J'ai cru que c'était Stian.

— Josefson ? L'écrivain ?

— Il avait appelé plus tôt dans la soirée. Il… Je… Nous…, bafouilla-t-elle, le regard dans le vague. Mais avant que j'aie pu refermer la porte, j'ai été étourdie par ce truc électrique.

En repensant à la scène de la veille, Emma regretta d'avoir hésité lorsque l'homme s'était approché d'elle. Si elle avait réagi plus vite, elle aurait pu déclencher son alarme.

— Savez-vous quoi que ce soit concernant celui qui vous a agressée ? demanda-t-elle. Vous l'avez revu, depuis ?

— Il m'apporte de la nourriture de temps en temps. Et à boire, dit Nordstrøm en montrant une trappe en bas de la porte, comme pour les chats.

— Il a déjà parlé ?

Nordstrøm secoua la tête.

— Alors vous ne savez même pas s'il est norvégien ?

— Non.

— Et vous n'avez reçu aucune explication ? Pourquoi vous êtes ici ?

Emma faillit ajouter « et pourquoi il ne vous a pas encore tuée », mais elle se rattrapa à temps. Pour toute réponse, Nordstrøm secoua une nouvelle fois la tête.

Emma bougea légèrement, consciente d'être ankylosée. Et elle avait mal partout. Le sol de ciment était couvert de poussière et de terre. Elle se rendit compte aussi que, malgré les circonstances, la situation critique dans laquelle elles se trouvaient toutes les deux, elle n'avait pas cessé de cogiter. Elle envisagea de parler du compte à rebours et des autres victimes, puis jugea qu'il n'y avait pas de raison valable d'accroître l'anxiété de Nordstrøm. Elle changea d'angle.

— Vous avez essayé de vous échapper ?

— J'ai tout essayé. Mais les murs sont en ciment et cette porte est très épaisse, au moins dix centimètres. Je ne sais pas en quoi elle est faite, mais c'est vraiment dur. Du chêne, peut-être. Et je n'ai aucun objet avec lequel frapper dessus. De toute manière, il a des caméras, il doit me surveiller tout le temps, ajouta Nordstrøm en levant le menton vers le haut.

Emma regarda. Deux épais globes de verre fumé étaient fixés au plafond. On ne voyait pas les caméras, mais elles étaient certainement derrière, hors d'atteinte. L'un des globes était couvert d'éclaboussures, de la nourriture que Nordstrøm avait dû lancer dessus.

— Mais maintenant nous sommes deux. Il va falloir essayer d'en tirer parti, ajouta cette dernière.

Emma ne pouvait s'empêcher d'admirer la femme en face d'elle. Elle-même n'avait repris conscience que depuis quelques minutes et déjà elle souffrait de l'exiguïté du lieu, de l'odeur fétide et de l'humidité, du froid qui remontait du sol et suintait des murs. Elle ne pensait qu'à s'enfuir. Sonja Nordstrøm avait vécu là une semaine et rien n'indiquait qu'elle ait lâché prise. Bien sûr, elle avait toujours su canaliser plus d'énergie que ses adversaires, elle en avait fait une philosophie. Cela tenait à la capacité d'embrasser la douleur. De se l'approprier. De ne jamais montrer à son adversaire que l'on va mal et de lui donner au contraire l'impression que l'on dispose d'une source d'énergie illimitée. C'était sa force mentale, autant que sa condition physique, qui avait fait d'elle le Numéro un pour toujours.

Cette pensée donna de l'espoir à Emma.

Nordstrøm marchait de long en large, comme pressée par l'urgence. Emma voyait qu'elle réfléchissait intensément. Finalement, elle l'entendit dire, comme pour elle-même :

— Il faut qu'on le prenne au dépourvu, d'une façon ou d'une autre. Qu'on trouve un objet pour le blesser. On doit le surprendre.

Elle s'arrêta soudain et dévisagea Emma, qui demanda :

— Qu'y a-t-il ?

— Vous portez des boucles d'oreilles. Elles pourraient être assez pointues.

Emma porta la main à ses oreilles. Non, ça ne pouvait servir d'arme.

Nordstrøm continuait à faire des allers-retours comme une lionne en cage, en se grattant la tête. Emma ôta ses chaussures et palpa les semelles. Trop minces. Elles ne pouvaient faire de mal à personne.

Sonja Nordstrøm reprit sa position assise dos au mur, les mains autour des genoux, en face d'Emma.

— J'ai entendu un bang il n'y a pas très longtemps, dit-elle. Avant votre arrivée.

— Un bang ?

— Une détonation.

— Un tir de pistolet, vous voulez dire ?

— Oui, ou de fusil, une arme à feu, je n'y connais rien. Mais il y a parfois d'autres personnes ici. J'ai entendu des voix. Des pas.

Nordstrøm leva les yeux au plafond. Emma s'interrogea sur ce que cela pouvait signifier. Que quelque chose allait bientôt arriver ? Au bout d'un long silence oppressant, Nordstrøm ajouta, les yeux dans le vague :

— Je n'ai jamais dit à ma fille que je l'aimais. Pas une seule fois. J'ai un petit-fils aussi, dit-elle d'une voix pensive. Je ne l'ai pour ainsi dire jamais vu.

— Comment s'appelle-t-il ?

— Simon.

Emma s'aperçut que Nordstrøm avait les yeux luisants.

— Je ne sais même pas s'il se souvient de moi. S'ils mentionnent de temps en temps mon nom.

Elle fut sur le point d'ajouter quelque chose, se retint.

— Quel âge a-t-il ? demanda Emma de sa voix la plus douce.

Nordstrøm semblait désireuse de répondre, pourtant elle se contenta de brandir les cinq doigts de sa main. Emma avait encore beaucoup de choses à lui demander, mais elle se rendit compte que Nordstrøm clignait nerveusement des yeux, se frottait le visage à plusieurs reprises. Puis elle leva encore une fois les yeux au plafond, comme si elle voulait détruire les caméras de son regard d'acier.

Emma aurait aimé lui offrir des paroles encourageantes, l'aider à espérer qu'elle reverrait son petit-fils, qu'elle trouverait à l'avenir le moyen d'exprimer ses sentiments à sa fille. Mais elle laissa tomber car elle n'était pas sûre d'y croire elle-même.

85

Emma perdait la notion du temps. Elle n'aurait su dire si trente minutes ou deux heures s'étaient écoulées. Et elle avait l'impression que les murs se resserraient sur elle. Soudain, elle entendit des pas, qui lui parurent résonner sur des marches toutes proches. Et un cliquetis de clés.

Elle s'efforça de penser rapidement. Si elles avaient une chance de prendre leur ravisseur par surprise, il fallait frapper vite et fort. Il n'y avait aucun endroit où se cacher. Aucun objet qui puisse être utilisé comme une arme.

Les pas se rapprochaient. Emma prit sa décision : elle bondirait dès que la porte s'ouvrirait, elle donnerait un grand coup de pied dedans, se jetterait sur les mains de l'homme, sur son entrejambe. Elle essaierait de le neutraliser.

La clé s'inséra dans la serrure. Tourna doucement, une fois, deux fois.

— Non, dit la voix derrière le battant. Je vois ce que vous vous apprêtez à faire, Emma.

Elle jeta un bref coup d'œil aux caméras du plafond.

— Reculez, ordonna l'homme.

N'avait-elle pas déjà entendu cette voix ?

— Placez-vous contre le mur.

Le bruit avait cessé dans la serrure. Emma regarda Nordstrøm qui lui fit signe d'obéir. Elle recula lentement jusqu'au mur et mit ses mains dans le dos, ne voulant pas que le ravisseur les voie. Nordstrøm resta assise par terre, les jambes croisées, les mains entrelacées, les yeux fixés sur la porte.

La clé acheva son tour dans la serrure. Un claquement métallique résonna sur le mur. Le battant s'ouvrit doucement vers les deux captives. Et soudain il fut là dans l'embrasure, l'homme qui s'était approché sournoisement d'Emma derrière le bâtiment de la télévision à Nydalen. Était-ce Dahlmann ? Elle n'en était pas sûre. La capuche rabattue projetait une ombre sur son visage. Il tenait un pistolet à la main. Il leva l'arme en entrant dans la pièce. La pointa d'abord sur Emma, puis sur Nordstrøm.

Et il pressa la détente.

86

Lors de la réunion du matin, Blix dut subir les récriminations de Gard Fosse, selon qui l'opération sur le site d'Enter Entertainment avait été superflue, qu'elle avait mobilisé une proportion démesurée de leurs maigres ressources sans donner de résultats. Lorsque Blix lui avait opposé qu'il était impossible de savoir à l'avance si le tueur allait frapper ou pas, Fosse avait rétorqué que l'opération avait été montée sur la base d'éléments insuffisants et non pas de preuves solides.

— On n'est pas là pour jouer aux devinettes, dit-il d'un ton rageur.

Blix et ses collègues savaient pourtant qu'ils n'avaient pas le choix. Si quoi que ce soit était arrivé sans qu'ils aient tenté de l'anticiper ou de l'empêcher, la critique aurait été encore plus sévère.

— Le directeur de la maison de production a demandé des explications, poursuivit Fosse en arrachant une feuille à son bloc-notes. Je lui ai promis une réunion à 9 heures. Vous pouvez disposer.

Il posa sur la table la feuille où étaient inscrites les

coordonnées du directeur et la poussa vers Blix, qui leva les bras pour protester : il avait bien assez de choses à faire comme ça.

— C'est vous qui avez foiré, dit Fosse en se mettant debout. La finale est pour ce soir, vous leur expliquerez qu'ils n'ont rien à craindre.

Blix baissa la tête. Il aurait voulu se défendre mais il en avait plus qu'assez de perdre du temps et de l'énergie à justifier ses décisions.

— On a fait ce qu'il fallait, dit Kovic dès que Fosse eut quitté la pièce. Si tu veux, je viens avec toi.

Blix faillit refuser, mais il acquiesça de la tête et regarda l'horloge murale.

— Je vais effectivement avoir besoin de soutien. On profitera de notre présence là-bas pour regarder les enregistrements d'hier.

Ils descendirent au parking. Kovic prit le volant et ils s'éloignèrent.

Blix ne savait pas s'il devait être satisfait ou pas. Il ne s'était rien produit la veille. La seule explication était que leur présence s'était avérée dissuasive. Il était certain que Dahlmann n'était pas sur les lieux. Mais ce n'était pas Dahlmann qu'ils recherchaient. Le véritable meurtrier pouvait s'être caché au milieu du public ou dans le voisinage proche. Cela signifiait qu'il faudrait non seulement visionner l'enregistrement de l'émission, mais aussi les bandes des caméras de surveillance.

À Nydalen, Kovic tourna au coin de la station de métro. Le bâtiment abritant le studio ainsi que le car de la production apparurent au bout de la rue. Blix vérifia les coordonnées que lui avait remises Fosse.

— Il va falloir faire le tour et passer par-derrière, dit-il à Kovic.

Kovic bifurqua vers l'entrée de secours. Quelques voitures étaient garées sur des emplacements réservés mais partout ailleurs on voyait des inscriptions « parking interdit ».

— Là, dit Blix en pointant une grille d'accès pour les véhicules de grand gabarit.

Kovic y glissa leur voiture et s'arrêta juste derrière, veillant à bloquer le moins d'espace possible. Blix récupéra une pancarte « véhicule de police en service » et la posa en évidence derrière le pare-brise.

— Si tu pouvais juste déplacer ce vélo, lui demanda Kovic en inclinant la tête vers sa vitre, je ne gênerais personne.

Blix bondit dehors et fit le tour de la voiture. Il saisit la selle et le guidon et interrompit aussitôt son geste. C'était une bicyclette noire à pneus minces et guidon corne de vache. Le mot WHITE figurait en relief en gris sur le cadre et les enjoliveurs des roues étaient tachetés de rose çà et là. Emma avait exactement la même bicyclette, il l'avait remarquée dans le couloir de l'entrée quand il lui avait rendu visite. Serait-elle venue écrire un article en vue de la finale ?

Le cadenas était fermé et Blix dut porter le vélo pour le déplacer. Ce faisant, il aperçut un trousseau de clés par terre, tout près de la roue arrière. Une tresse bleu et blanc y était attachée, comme on en fait au jardin d'enfants. Il lâcha la bicyclette et ramassa les clés. Kovic abaissa sa vitre.

— Qu'est-ce qu'il y a ?

— C'est le vélo d'Emma Ramm. Et ses clés traînaient par terre.

— Elle était là, hier soir.

Blix sortit son téléphone et chercha le nom d'Emma sur sa liste d'appels.

— Je n'ai rien reçu d'elle, dit-il. Elle savait très bien que nous avions monté une opération ici. C'est curieux qu'elle n'ait pas suivi ça de près.

Il tapa le numéro et tomba sur la messagerie.

— Hum, hum, dit-il en essayant le numéro de news.no.

Anita Grønvold décrocha à la troisième sonnerie.

— Emma n'est pas là, répondit-elle. Elle ne vient pas très souvent, en fait. Vous avez essayé chez Kalle ?

— Pas encore, dit Blix en mettant fin à la conversation pour éviter d'autres questions.

Il essaya une fois de plus le numéro d'Emma, sans davantage de succès. Il commença à soupçonner qu'il lui était arrivé quelque chose.

— Son alarme personnelle, murmura-t-il autant pour lui-même que pour Kovic. On doit pouvoir la localiser, non ?

Il appela Krohn et lui exposa la situation. Il entendit aussitôt le cliquetis d'un clavier.

— Négatif, dit Krohn.

— Négatif? répéta Blix en jetant un coup d'œil à Kovic. Qu'est-ce que ça signifie ?

— Que l'alarme est désactivée.

— Vous voulez dire qu'elle l'a coupée ?

— Oui, confirma Krohn. Ou bien quelqu'un l'a fait à sa place.

87

Emma se prit la tête à deux mains et sentit la panique l'envahir. Elle voulut crier et ne produisit qu'un son étouffé.

Sonja Nordstrøm bascula sur le flanc, un gros trou noir au milieu de la poitrine. Le sang commença à se répandre sous son corps tandis que ses yeux grands ouverts restaient fixés dans le vide. L'homme abaissa son pistolet et dévisagea Emma. Elle tendit ses mains secouées de spasmes.

— Je vous en prie, ne tirez pas.

Sa voix tremblait alors qu'elle peinait à assimiler ce qui venait de se passer. Elle regarda l'homme mais sa vision était troublée par la peur. Elle ne pouvait pas distinguer ses traits. Était-ce Dahlmann ? Elle ne parvenait pas à concilier les vieilles photos qu'elle avait vues et celui qui se tenait devant elle.

L'odeur douceâtre et métallique se mêlait à la puanteur des excréments dans le seau. Elle tituba, fit un pas de côté, et supplia de nouveau l'homme de l'épargner. Mais au lieu de tirer, il lui dit :

— Suivez-moi.

La gorge d'Emma se serra. Le bruit de la détonation résonnait encore à ses oreilles. L'homme lui signifia d'avancer en agitant le pistolet. Lentement, elle fit un pas vers lui.

— Je vous en prie, répéta-t-elle.

Il ne répondit pas.

Irene, Martine, grand-mère se succédèrent dans son esprit. Blix et Kasper apparurent aussi, mais elle cligna des yeux, s'efforçant de les tenir à distance.

— Vous d'abord, dit l'homme.

Emma se concentra sur sa respiration. Elle emplit ses poumons d'air et essaya de rassembler son courage.

— Où va… ? bégaya-t-elle.

— En haut, fit-il en agitant de nouveau le pistolet, impatient.

— Mais…

Il extirpa une montre de la manche de son sweat-shirt.

— Allons, dit-il d'un ton sec en s'écartant pour la laisser passer.

Emma sentit ses jambes vaciller, mais elle parvint à sortir de la pièce et commença à monter les marches d'un escalier raide et grinçant. En agrippant la rampe, elle sentit que ses forces revenaient. Elle envisagea de tenter une action – pivoter, lancer un coup de pied, essayer de le toucher à la tête, ou d'atteindre l'arme qui était pointée sur son dos, puis de prendre les jambes à son cou, aussi vite qu'elles pourraient la porter. Mais ça pouvait mal tourner. L'homme avait le doigt sur la détente, et même si elle réussissait à le toucher, rien ne disait qu'il lâcherait prise.

Arrivée en haut des marches, elle constata qu'ils se trouvaient dans une grange. La porte était ouverte. La lumière l'éblouit. Une bouffée d'air frais la heurta. Avec son arme, l'homme lui fit signe de sortir. Elle dépassa une grande tache rouge foncé sur le sol de ciment. Cela pouvait être de la peinture ou du sang, et elle se souvint que Sonja Nordstrøm lui avait parlé d'un coup de feu. L'homme la fit marcher vers une grande maison peinte en blanc. En avançant dans la cour, jusqu'au perron, elle regarda autour d'elle. Que des arbres de tous les côtés, encerclant une vaste prairie. Inutile de crier à l'aide. Il n'y avait ni maisons ni habitants dans le voisinage.

— Entrez, lui ordonna l'homme.

Emma poussa la porte et se retrouva dans un large couloir. La chaleur d'un poêle de faïence noir la frappa de plein fouet, mais il n'y avait pas que du bois qui brûlait là-dedans. Elle ne savait pas ce que c'était, quelque chose de pourri, de moisi, en tout cas. Le couloir conduisait à une pièce spacieuse, au fond du corps de ferme. L'homme l'attrapa brusquement par le bras et lui fit franchir sans ménagement une porte qui ouvrait sur une cuisine à l'ancienne.

— Que voulez-vous faire de moi ? demanda-t-elle.

— Asseyez-vous, dit-il en désignant un banc appuyé au mur, sous la fenêtre.

Elle fut prise d'une nouvelle crise de tremblements, la tête lui tourna. Elle dut se retenir à la table de la cuisine avant de se laisser tomber derrière. Entre les deux épaisseurs du double vitrage, la fenêtre était parsemée de taches humides, et Emma sentit passer un courant d'air. À l'extérieur, la forêt atteignait presque les murs de la maison.

L'homme ôta un bougeoir, un journal et un stylo à bille de la table. Le sac d'Emma était sur le sol, à côté du frigidaire. On voyait poindre un angle de son ordinateur. L'homme ramassa le sac et le posa devant elle.

— Qu'est-ce que vous voulez ? demanda-t-elle.

Il la dévisagea longuement avant de répondre.

— Je veux que vous fassiez mon interview.

88

— Votre interview ? demanda Emma, déstabilisée.

— C'est bien votre métier, non ? dit l'homme en poussant le sac vers elle. Ça fait plusieurs jours que les médias parlent de moi. Qu'ils spéculent sur mon identité, sur la raison pour laquelle j'ai fait ce que j'ai fait. Quelqu'un doit écrire la véritable histoire. Et je vous ai choisie.

Emma déglutit. Le regarda avec stupeur.

— Sortez votre ordinateur.

L'homme tira une chaise et s'assit face à elle, sa main armée reposant sur la table. Emma se saisit du sac.

— Inutile de chercher votre alarme, dit-il comme s'il lisait dans ses pensées. Je l'ai ici, ajouta-t-il en tapotant la poche de son pantalon.

Emma soutint son regard et sortit lentement l'ordinateur du sac. Elle n'avait pas la moindre idée de ce qu'elle devait faire ou dire. Il lui sourit, consulta sa montre et lui dit de commencer. Elle regarda un moment devant elle avant de demander :

— Vous croyez… ce serait possible d'avoir un verre d'eau ?

Il la dévisagea d'un air soupçonneux.

— J'ai soif.

Il mit quelques secondes à se décider, finit par se lever et alla à l'évier. Il revint avec un verre d'eau, sans lâcher le pistolet. Emma se fit violence pour lui sourire. Elle se mit à trembler en portant le verre à ses lèvres, renversa un peu d'eau, l'essuya de la paume, reposa le verre.

— Merci.

L'homme pointa le pistolet sur le portable. Emma souleva le couvercle. Il ne lui restait plus que cinquante pour cent de batterie, de quoi tenir deux heures. Elle dit pourtant qu'elle avait besoin d'électricité, tout en sortant un fil de son sac. L'homme lui montra une prise près du banc. Emma enfonça la fiche, connecta l'appareil et ouvrit Word.

— Bon, dit-elle d'un ton hésitant, en déplaçant la souris vers l'icône du réseau et en cliquant.

L'appareil se mit à chercher le wi-fi et elle demanda :

— On pourrait peut-être commencer par qui vous êtes ? Quel est votre nom ?

— Mon nom n'a pas d'importance. Il apparaîtra en pleine lumière le jour venu.

Pas de réseau wi-fi. Elle s'éclaircit la gorge.

— Je vois, dit-elle doucement. Où êtes-vous né, alors ? Où avez-vous grandi ?

— Cela n'a pas d'incidence non plus.

— Quelle sorte d'éducation avez-vous reçue ? tenta-t-elle. Où êtes-vous allé à l'école ?

— On s'en fout.

Emma bougea sur le banc, mal à l'aise.

— Il faut bien que je démarre quelque part, dit-elle en

levant les yeux vers lui, et elle attendit qu'il prenne l'initiative.

Il resta un moment sans prononcer un mot, puis il toussota et se lança :

— Quand j'étais plus jeune, je voulais devenir réalisateur. Steven Spielberg. Ingmar Bergman. Je voulais déployer mon talent et être reconnu pour ça. Pour la personne que je suis réellement.

— Et qui êtes-vous ? risqua Emma.

Il poursuivit son récit sans répondre.

— Certaines personnes atteignent des positions qu'elles ne méritent pas. Elles deviennent riches et célèbres sans posséder le moindre talent, rien d'autre à offrir que des seins qui leur ont coûté une fortune, ou des chansons qui ont été écrites par un autre. En même temps, vous avez des génies que personne ne remarque jamais.

— Comme vous ? demanda Emma sans cesser de taper.

Il ne réagit pas immédiatement.

— Ils ne se sont jamais rendu compte, dit-il d'une voix rageuse. Putain, ils n'ont rien remarqué.

— Qu'auraient-ils dû remarquer ?

— Mes talents ! hurla-t-il. Mon génie ! Mais tout le monde s'en fichait. Personne n'a rien vu. Et puis…

Il secoua la tête. Emma continua à taper tandis qu'il expliquait comment il en était venu à mépriser ces gens qui réussissaient alors que lui se nourrissait de rêves.

— Mais regardez-moi maintenant, dit-il fièrement. De qui parle-t-on, partout ? Qui est sur toutes les lèvres ? Qui est celui qui intrigue tout le monde ? De qui a-t-on peur ?

(Il marqua une courte pause.) Je leur ai fait une faveur, vous savez.

Emma devina qu'il faisait référence aux célébrités qu'il avait tuées.

— Je leur ai donné l'immortalité. Grâce à moi, on va continuer à parler d'eux pendant des années. Je les ai libérés de leur vie misérable, continua l'homme, haletant. Prenez Sonja Nordstrøm, par exemple. Elle a gagné tout ce qu'il était possible de gagner, mais elle n'a jamais réussi à mener une vie normale. Elle repoussait tous ceux qu'elle aimait. Sa fille. Son mari. Ses collègues. Ses concurrents. Même en écrivant son livre, elle ne pensait qu'à dénigrer les autres. Cela en dit long sur sa vie, sur sa froideur. Je ne crois pas avoir rencontré une personne plus solitaire.

Emma concevait difficilement comment cet homme s'imaginait que tuer Sonja Nordstrøm pouvait être considéré comme un acte de compassion. Ses doigts dérapèrent sur les touches.

— Et Ragnar Ole Theodorsen qui a passé les vingt dernières années de sa vie à essayer de reproduire un tube basé sur quatre accords. Quatre ! Vous trouvez que c'était difficile ? poursuivit l'homme d'une voix légèrement plus aiguë. Et Calle Seeberg, dont la contribution consistait à donner à des types sans talent tels que Theodorsen du temps d'antenne et un public ? Quelle sorte de vie est-ce donc ? (Il ricana amèrement.) D'ailleurs, il était en mauvaise santé. Il souhaitait peut-être prolonger son existence mais il n'était pas assez discipliné pour ça. (Il secoua la tête.) Je l'ai vu courir pour se maintenir en forme. Si on peut appeler ça courir. Calle Seeberg était un faible. Ce n'est pas une grande perte pour l'humanité.

Emma avait compris qu'il était enfermé dans son délire. Quoi qu'elle dise, elle ne réussirait jamais à le persuader de considérer ses actes sous un autre angle.

— Exactement la même chose pour Jeppe Sørensen. Il était déjà suicidaire. Il avait lâché prise. Je l'ai juste aidé à franchir la dernière ligne.

Il regarda en biais, comme si un souvenir venait de surgir.

— Jessica Flatebø aussi avait cessé de lutter. La pauvre créature s'apitoyait sur elle-même, après toute la haine qui avait déferlé sur elle, parce qu'elle s'était déshabillée devant une caméra de télé. Personne ne l'a crue quand elle a affirmé qu'elle n'essayait pas d'attirer l'attention. Snif.

Emma leva les yeux vers lui, bouche bée. Le plus terrifiant, c'était cette absence totale de regrets.

— Je connaissais Jeppe, vous savez, poursuivit l'homme en confidence. C'était un imbécile. Un bon à rien, ajouta-t-il, l'air soudain en colère. Il s'était blessé au genou. Comme moi. Et il s'est comporté comme si ses problèmes étaient plus importants. Comme s'il était supérieur à tout le monde. Juste parce qu'il était footballeur et avait marqué deux buts pour l'équipe nationale ? J'ai trop rencontré de gens comme lui au cours de ma vie. (Il semblait réellement très en colère, maintenant.) Jeppe Sørensen était un petit merdeux arrogant.

Emma tapait le plus vite possible, consciente que ce que l'homme venait de dire au sujet de Jeppe était la première confidence qui pourrait contribuer à l'identifier. Elle demanda alors :

— Donc vous aussi avez été soigné à la clinique de rééducation de l'athlète ? demanda-t-elle prudemment, espérant que Kasper avait réussi à se procurer la liste des patients et avait trouvé le nom de l'homme assis en face d'elle, une arme à la main.

Il cligna des yeux et déglutit à plusieurs reprises.

— Qu'était-il arrivé à votre genou ? demanda-t-elle pour faire diversion.

Il secoua la tête.

— Une entorse. Les ligaments croisés. Heureusement, j'ai obtenu une compensation généreuse de l'assurance.

Il se tut, souriant de satisfaction à cette idée. Elle poussa son avantage.

— Mais ça s'est passé au Danemark ?

— Ça ne fait aucune différence, dit-il en reprenant son sérieux.

Emma n'insista pas. Elle essaya un autre angle.

— C'est à ce moment-là que vous avez commencé à concevoir vos plans ? À l'époque où vous vous remettiez de votre blessure ?

— Plus ou moins. (Il soupira bruyamment, à la limite du grognement.) Jeppe Sørensen était vraiment un connard. Je souhaitais réellement sa mort. Et partout on entendait « le numéro sept ne foulera plus jamais la pelouse ». La presse danoise n'en avait que pour lui. La télé aussi. Son club a décidé de retirer le maillot du numéro sept, en son honneur. J'en aurais gerbé. Je ne voyais que ça partout, ce foutu numéro sept.

— Mais il n'était pas le premier.

— Qu'est-ce que vous voulez dire ? demanda-t-il en croisant le regard d'Emma.

— Personne ne commence un compte à rebours à partir du sept, dit-elle. Normalement, on part du dix, ou du cinq, ou du trois.

— Il n'était pas le premier, vous avez raison.

Il n'en dit pas davantage sur la question et continua à parler de lui en employant des mots grandiloquents. Emma avait changé de méthode, elle ne notait plus que les mots-clés. Son histoire trahissait quelqu'un qui cherchait à attirer l'attention. Les meurtres et la gestion du compte à rebours étaient des moyens de capter les projecteurs. Il avait donc sélectionné des victimes qui s'inscrivaient dans son projet global. Des gens qui ne méritaient pas d'être des célébrités, ou dont le comportement n'était pas à la hauteur de ce statut. Il attendait d'Emma qu'elle explique au monde quel génie il était en réalité.

— J'ai toujours dû me débrouiller tout seul, expliqua-t-il avec une trace d'amertume. Je suis toujours resté dans l'ombre des autres. Mais c'est fini maintenant. Tout ce que j'ai fait à ce jour, c'est à moi seul que je le dois.

Emma n'avait plus vraiment de questions à lui poser mais elle voulait qu'il continue à parler. Elle était persuadée que c'était la seule façon de l'empêcher de la blesser, et de donner à la police le temps de la retrouver.

— Vous pourriez me développer un peu ce point ? demanda-t-elle.

L'homme soupira lourdement et réfléchit.

— J'étais un enfant fragile. De constitution délicate. Un

jour, j'ai décidé d'y remédier. De devenir grand et fort. Il faut de la discipline pour y arriver. De l'autodiscipline et de la persévérance.

Il hocha la tête, content de lui.

— Qu'avez-vous réussi à accomplir d'autre ?

Il regarda l'horloge en répondant :

— C'est hors sujet.

Emma pensa au compte à rebours, qui était presque achevé. Oserait-elle en parler ? Elle posa la question avec précaution.

— Qui est le numéro deux ?

Il la regarda.

— Vous venez de tuer Sonja Nordstrøm, aussi je suppose que vous avez déjà tué le numéro deux. Qui était-ce ?

Il eut un sourire en coin.

— Allons, vous n'avez pas encore deviné ?

Emma secoua doucement la tête. Il continua à sourire mais il était clair qu'il n'avait pas l'intention de répondre. Elle insista.

— Par qui avez-vous commencé, alors ? Qui était le numéro dix ?

Une lueur traversa le regard de l'homme. Son petit sourire disparut.

— Vous aurez bientôt fini ? demanda-t-il.

Emma le considéra avec stupeur. Ils venaient à peine de s'y mettre. Il se leva brusquement et fit quelques pas avant de se planter devant la fenêtre pour regarder dehors.

— Ça suffit pour l'instant, déclara-t-il en consultant sa montre.

— Mais…

— Vous avez probablement besoin de mettre votre interview en ordre et de la peaufiner, fit-il en montrant l'ordinateur de sa main qui tenait le pistolet. Alors, au travail. Je n'ai plus beaucoup de temps.

89

À 11 h 32, Gard Fosse autorisa Blix à déclarer qu'Emma Ramm avait disparu. Après quoi Blix étudia, assis à sa table, la photo d'elle qu'ils avaient utilisée pour le bulletin d'avis de recherche. Il ne pouvait pas faire grand-chose de plus. Kovic et lui étaient allés sonner à sa porte, avaient fait un tour chez Kalle et rendu visite à sa sœur. Leur enquête de routine n'avait rien produit de substantiel. Aucune activité n'avait été relevée sur son compte téléphonique ni sur son compte bancaire, aucun hôpital ne l'avait admise récemment et son alarme ne réagissait toujours pas aux appels.

Wibe s'approcha à grands pas du bureau de Blix.

— Cette fille travaille avec un type intéressant, dit-il.

Blix examina les papiers qu'il apportait. Wibe expliqua :

— Henrik Wollan, il bosse pour news.no et il est apparu sur la liste des visiteurs de Dahlmann en prison.

Blix hocha la tête. Le nom lui était familier.

— Pourquoi est-il allé visiter Dahlmann en taule ?

— Pas la moindre idée, mais il est le seul nom de la liste de visiteurs qui figure aussi sur nos documents d'enquête.

— En quoi est-il lié à l'enquête ?

— Il se trouvait à Hvaler lorsque le corps de Jeppe Sørensen a été découvert. Il a été le premier à écrire là-dessus.

— Après tout, il est journaliste, fit remarquer Kovic.

Blix s'appuya contre son dossier et posa sur Wibe un regard où se lisait le doute.

— Il n'empêche, insista Wibe, on devrait l'entendre.

Le téléphone de Blix sonna. C'était Merete. Elle voulait probablement parler d'Iselin et de la dernière phase de *Que le meilleur gagne*. Il laissa sonner.

— Bon, d'accord, dit-il à Wibe. Tu t'en charges ?

Wibe acquiesça. Le téléphone de Blix sonna de nouveau. Ce n'était plus Merete mais Øyvind Krohn.

— Tu m'avais demandé de surveiller l'activité de l'alarme personnelle d'Emma Ramm…

— Oui, eh bien ?

— Elle a été activée il y a quinze secondes.

90

Emma était en train d'écrire. Du moins, elle essayait. En tentant de se convaincre qu'il s'agissait d'un article comme les autres. N'empêche, elle avait froid aux doigts et ses pensées vagabondaient très loin de son texte. Et, pour tout arranger, le sujet de son papier faisait nerveusement les cent pas dans la cuisine, son pistolet à la main. Elle avait du mal à s'enlever de l'idée que ceci serait la dernière chose qu'elle ferait dans sa vie. Elle allait servir de haut-parleur à ce meurtrier.

Cette pensée la rendait malade. Comment pourrait-elle glisser entre les lignes une information qui puisse aider à la localiser, et à identifier l'homme qui était maintenant posté devant la fenêtre ? Mais ce genre de réflexion ne menait nulle part : elle ignorait son nom et elle ne savait pas où ils étaient. Pas de message à dissimuler.

Emma essaya de structurer son papier en suivant l'ordre chronologique, le centrant sur les victimes. Le meurtrier avait simplement poussé Mona Kleven devant la motrice du métro après avoir saboté les caméras de surveillance. Cette femme avait eu plusieurs chances dans sa vie, mais selon lui, sa notoriété ne lui avait apporté que la force d'écarter ceux qui se trouvaient sur son chemin. Emma inséra une digression sur le point de vue du meurtrier quant à l'injustice de la vie. Ainsi certains vivaient jusqu'à cent ans alors qu'ils fumaient, buvaient et se comportaient de manière répréhensible, alors que d'autres, qui menaient une existence saine et vertueuse, trouvaient la mort alors qu'ils n'avaient pas trente ans. Elle broda sur le commentaire absurde selon lequel quelqu'un pouvait gagner cent quatre-vingt-trois millions de couronnes à la loterie du Viking pendant que tant d'autres luttaient pour joindre les deux bouts. Elle raconta ensuite comment il avait pendu Thor Willy Opsahl à un crochet au toit de son garage et était ensuite reparti au volant de l'élégante Audi de sa victime.

Elle répéta verbatim ses propos méprisants sur le télévangéliste, ainsi que l'expression de sa satisfaction de le voir « rencontrer son Créateur bien plus tôt qu'il n'aurait pu le soupçonner ». Elle s'abstint de préciser que les numéros deux et dix manquaient encore à son grand projet.

— Vous pouvez m'appeler Le Maître de cérémonie, dit soudain l'homme.

— Le Maître de cérémonie ?

— Prenez ça comme titre, confirma-t-il, y pensant visiblement depuis un certain temps. C'est exactement ce que j'ai fait, porter tout ceci sur la scène publique.

Emma obtempéra. Elle tapa le titre et ajouta un paragraphe d'explication.

— Ne vous perdez pas en conjectures et commentaires, lui enjoignit-il, les yeux sur l'horloge. Il va falloir boucler maintenant.

— Quel est le délai ? demanda Emma d'une petite voix.

— Vous avez deux minutes.

— Deux minutes ?

La panique s'empara d'Emma. Elle avait l'impression qu'on l'étranglait. Dans deux minutes, il n'aurait plus besoin d'elle. Elle déglutit, tenta vainement de retenir ses larmes et finit par éclater en sanglots, prise de tremblements. Quand il lui ordonna durement de s'arrêter, elle se mit à sangloter de plus belle.

Emma avait cru, et espéré, être capable de lui opposer davantage de résistance, de lutter contre lui, y compris physiquement, mais elle sentait ses muscles la lâcher. Ils ne répondaient pas à ses injonctions, pas plus que son cerveau. Elle ne pouvait plus penser rationnellement.

— Quoi ? dit-elle, la gorge sèche et la voix vacillante. Et après, que va-t-il m'arriver ?

Il ne répondit pas, plongea la main dans la poche de son pantalon et en sortit l'alarme. Il la posa devant elle sur la table et sourit.

— Ils croiront que c'est vous qui l'avez éteinte, dit-il.

Emma le regarda, incrédule.

— Vous l'avez activée ?

Il acquiesça de la tête, toujours avec son affreux sourire. Emma ne comprenait pas. Cela allait immédiatement attirer la police.

— Je l'ai fait il y a dix minutes, confirma-t-il, l'air très content de lui. Ils seront ici dans… (il regarda de nouveau l'horloge) une vingtaine de minutes. Un peu plus, peut-être.

Emma était perplexe. Elle ne saisissait pas ce qui se

passait dans le cerveau de cet homme. À moins que, dès le début, son plan n'ait été de se faire abattre par la police quand son œuvre serait achevée. Cela lui éviterait un procès pour tous ces meurtres. Ou alors il avait également prévu un plan pour les flics quand ils arriveraient. Elle réfléchit. Vingt minutes. Il fallait qu'elle tienne vingt minutes. Elle regarda le texte sous ses yeux. Loin d'être terminé. Brusquement, elle ferma l'ordinateur.

— Vous avez fini ? demanda-t-il.

— Non.

— Mais…

Elle empoigna le portable et l'abattit violemment contre la table, à plusieurs reprises, dans le but de faire exploser l'écran. Sans l'interview, le projet de cet homme n'était pas complet. À voir la panique qui gagna ses yeux, il l'avait compris. Il se jeta sur elle. Emma poussa la table vers lui, mais elle était très lourde. Elle ne put la déplacer que de quelques centimètres mais cela suffit à le ralentir un peu et à la dégager suffisamment pour qu'elle puisse se lever. Elle jeta alors l'ordinateur contre la fenêtre, de toutes ses forces. Le portable heurta la vitre et retomba par terre. Il ne vola pas en éclats mais il se fissura. Il paraissait intact.

L'homme bondit de l'autre côté de la table pour le ramasser. Saisissant l'occasion, Emma s'élança dans le couloir obscur en direction de la porte d'entrée, mais elle ne l'atteignit pas à temps. Il l'avait rattrapée, la tirant brutalement en arrière, saisissant sa veste d'une main et ses cheveux de l'autre. La perruque se détacha du crâne d'Emma et resta dans la main de l'homme. Il en fut tellement surpris qu'il lâcha la veste. Emma se projeta en avant et ouvrit la porte. Elle dévala les marches en deux enjambées et courut vers la forêt épaisse, aspirant l'air frais à pleins poumons.

Elle n'avait pas beaucoup avancé quand elle entendit les pas de l'homme sur le gravier derrière elle. Aveuglée par la panique, elle força l'allure mais les vingt-quatre dernières heures l'avaient vidée. Il la rattrapa avant la lisière des arbres. Il la jeta au sol et lui enfonça la tête dans l'herbe. Il lui immobilisa un bras dans le dos et appuya son avant-bras dans son cou. Elle comprit qu'il voulait bloquer son artère. Il était fort. Elle se rendit compte que les autres victimes n'avaient pas eu beaucoup de chances de s'en sortir. Elle ne pouvait pas se défendre. Elle était coincée.

Soudain, sans crier gare, il lâcha prise. C'est alors qu'elle entendit un bruit. Comme des étincelles. La douleur suivit, ses muscles étaient paralysés. Elle ne voyait plus que de l'obscurité.

91

— Espérons qu'il ne s'agit pas encore d'une fausse alerte, dit Blix. Ou d'une manœuvre de diversion.

Kovic lui lança un coup d'œil. Ils avaient dépassé Majorstua et s'approchaient de Røa. Les automobilistes leur laissaient volontiers le passage. Bientôt Røa fut derrière eux et les maisons s'espacèrent sur la route de Sørkedalen, remplacées par des fermes. Le Nordmarka s'étendait sur leur droite. Plusieurs voitures de renfort s'étaient élancées, mais Blix et Kovic gardaient la tête.

— Ce n'est pas situé très loin du chalet où l'on a retrouvé Jessica Flatebø, fit remarquer Kovic, qui étudiait la carte déployée sur son écran de portable. Ça a l'air d'être une ferme.

Encore une ferme, songea Blix. Il s'était déjà fait avoir une fois…

— On sait qui est le propriétaire ? demanda-t-il.

Kovic ouvrit un message du centre d'opérations de la police.

— Elle appartenait à un type qui est mort depuis dix-huit mois.

— Et maintenant ?

— Apparemment, à une société.

— OK, et elle est au nom de qui, la société ?

Kovic lut plus attentivement le message.

— Ce n'est pas précisé.

— Aucune information ?

— Une banque étrangère est mentionnée, mais il n'y a ni nom ni coordonnées.

Blix secoua la tête et resserra sa prise sur le volant au moment de traverser Sørkedalen. Peu après, il tourna à droite pour entrer dans Zinoberveien et dépassa un parking. Graviers et cailloux succédèrent à l'asphalte. Il avait souvent skié dans le Nordmarka mais la nature du terrain ne lui était pas familière pour autant. Il savait qu'il y avait beaucoup de sentiers, de rivières et d'étangs dans la région, des forêts et des étendues sauvages prisées tout au long de l'année par les randonneurs. C'était également un endroit idéal pour qui souhaitait se cacher du reste du monde.

— Ça fait combien de temps que l'alarme a été activée ?

— Vingt-huit minutes.

— Et il nous reste combien à parcourir, en gros ?

— On devrait atteindre le tournant d'une seconde à l'autre.

Blix leva le pied. La route de terre s'était quasiment réduite à un simple chemin.

— C'est ici, à droite, dit Kovic en désignant un sentier étroit qui sinuait à partir de la route.

Blix ralentit pour s'y engager. Il y avait de hauts buissons de part et d'autre, les branches fouettaient les flancs de la voiture.

—Putain ! s'exclama Kovic en se retournant vers quelque chose qu'ils venaient de dépasser.

— Quoi ?

— Tu n'as pas vu la caméra ?

— Quelle caméra ? demanda Blix en lâchant l'accélérateur et en tournant la tête.

— Il y avait une caméra de surveillance qui pendait à un arbre juste après l'embranchement.

— Donc il peut nous voir arriver, dit Blix. Merde.

— Freine ! l'avertit Kovic, c'est tout de suite après ce virage.

Ils roulèrent à travers un bosquet extrêmement dense. Une lumière brillait un peu plus loin. Blix freina de nouveau et s'arrêta à la lisière de la forêt, devant une grande étendue d'herbe. Une maison peinte en blanc se détachait au fond, une spirale de fumée s'échappant de la cheminée. Une antenne parabolique était fixée à un mur et on apercevait une grange, partiellement cachée par la maison.

— Les autres sont loin derrière ? demanda Blix.

— À quatre ou cinq minutes, estima Kovic.

Le moteur de la voiture était trop bruyant, Blix le coupa. Ils furent aussitôt enveloppés par un épais silence.

— Une des fenêtres est allumée, remarqua Kovic.

Blix resta un moment assis à observer la maison, à l'affût d'un mouvement derrière les vitres. Une alarme déchira le calme. Intermittente et stridente, on ne pouvait s'y tromper : c'était un détecteur de fumée.

Blix et Kovic échangèrent un coup d'œil entendu avant de se concentrer de nouveau sur la maison. Une masse grise ondulait derrière une des fenêtres.

— Nom de Dieu, s'exclama Blix en remettant le contact. Appelle les renforts.

Kovic s'empara de la radio de bord tandis que Blix enfonçait la pédale, dérapant sur le gravier. L'accélération subite les projeta contre leurs dossiers.

— On est vachement exposés, cria-t-elle. Il doit être armé. On devrait attendre les renforts.

Sans répondre, Blix continua à avancer vers la maison blanche. L'alarme hurlait toujours et l'on voyait de plus en plus de fumée derrière les vitres. Quand ils furent dans la cour, il freina brusquement et ouvrit la portière, sautant tout en dégainant son arme dont il dégagea la sûreté.

— Je vais voir là-dedans, dit-il à Kovic qui n'était même pas encore descendue de voiture.

— Alex…, commença-t-elle.

— Reste là et couvre la sortie. Reste en contact avec le centre. Je dois vérifier si Emma est à l'intérieur.

Il gravit les marches d'un bond et essaya la porte. Elle était ouverte. Il la poussa et l'odeur âcre de la fumée le saisit à la gorge. Il inspira quelques bouffées d'air frais et plongea dans la fournaise. Là, il se couvrit la bouche d'une main, toussa. Cria le nom d'Emma. N'obtint pas de réponse.

Le large couloir avait un haut plafond. Le sol était couvert de solides planches qui craquaient sous ses pieds.

— Emma ?

Toujours pas de réponse. En revanche, il percevait un son inquiétant.

Le crépitement des flammes, par brèves rafales. Le bois qui éclatait quand il cédait, le frémissement des flammes escaladant un mur ou un rideau. Il était impossible de savoir s'il y avait quelqu'un dans cette maison. Les pas, les déplacements, les cris, s'il y en avait, tout devait être absorbé par le bruit de l'incendie et le hurlement de l'alarme.

Il s'engagea dans le couloir. L'arme au poing, il avançait aussi vite qu'il le pouvait. Ses yeux commençaient à piquer. Il toussa de nouveau, mit son bras en travers de son visage. Arriva devant une autre porte ouverte. Au-delà, le couloir continuait, et un peu plus loin, par terre, après ce qui devait être un salon, il aperçut deux pieds immobiles et des jambes de pantalon. Il appela encore une fois :

— Emma ?

Un avant-bras lui protégeant la bouche, le pistolet pointant dans l'autre main, plié en deux pour donner moins de prise aux flammes, il avança. Un jet de flamme éclaira la pièce. Les jambes immobiles au sol devaient être celles d'un homme car les chaussures étaient grandes. Blix s'approcha.

L'homme était couché sur le flanc, un pistolet abandonné sur le parquet à côté de lui. Malgré un trou béant dans le crâne, il était facilement reconnaissable.

Walter Georg Dahlmann.

La déflagration d'une petite explosion retentit dans les profondeurs de la maison. Les flammes gagnaient du terrain dans la pièce. Blix recula. Il ne pourrait pas extraire le corps de Dahlmann de là. Il fallait qu'il réserve ses forces pour trouver Emma. Titubant et empêtré, il continua à crier son nom tout en se frayant un chemin dans la pièce suivante. Elle était vide hormis une rangée de bonbonnes de gaz alignées contre un mur. Une odeur menaçante s'élevait des planches.

Blix recula en chancelant dans le couloir. Sa tête commençait à tourner et il avait du mal à se situer. La fumée lui piquait violemment les yeux. Il baissa un instant les paupières. Lorsqu'il les rouvrit, il parvint à discerner la porte d'entrée devant lui à travers le brouillard. S'appuyant au mur, secoué par la toux, il parvint à sortir et sentit enfin les marches sous ses pieds. Kovic se précipita vers lui.

— Éloignons-nous, lui cria-t-il, le bâtiment pourrait exploser.

Kovic gagna la voiture tandis que Blix traversait péniblement la cour en direction de la forêt. Elle le rejoignit en marche arrière.

— Ils arrivent bientôt ? lui demanda-t-il.

— Oui, tu n'entends pas les sirènes ?

Mais les oreilles de Blix résonnaient encore de la stridence de l'alarme. Il secoua la tête pour reprendre ses esprits. Une seconde plus tard, le ciel au-dessus d'eux se déchira en deux.

92

L'explosion projeta un tourbillon incandescent vers Blix et Kovic, les renversant en arrière. Il se releva en chancelant et regarda l'enfer incandescent repartir de plus belle au contact de l'oxygène frais. Les flammes illuminaient les alentours de lueurs orangées. La fumée changea d'aspect, fonçant pour devenir presque noire.

— Dahlmann était dedans, dit Blix. Mort, un pistolet à côté de lui.

Kovic fit quelques pas en direction de la maison embrasée, comme si elle cherchait une explication à ce qui venait de se produire.

— Tu crois qu'il s'est suicidé ? demanda-t-elle. Il savait peut-être qu'on n'était plus très loin. Que tout était terminé.

Blix entendit une autre explosion, moins violente, ailleurs dans le bâtiment. Elle produisit des flammes qui s'étendirent sur un côté, tels des bras et des poings, avant de fuser en hauteur. Ayant l'impression que ses poumons étaient remplis de suie, il se racla plusieurs fois la gorge.

— Qu'est-il arrivé à Emma ? demanda Kovic.

— Je n'en sais rien, répondit-il. Elle est peut-être restée à l'intérieur.

La première voiture de renfort entra dans la cour et s'arrêta à bonne distance des flammes. Un jeune officier s'approcha de Blix et de Kovic.

— Les pompiers sont encore loin ? demanda cette dernière.

— À environ un quart d'heure.

— Allez vérifier la grange et l'arrière de la maison, des fois qu'il y aurait quelqu'un, commanda Blix.

Le jeune policier acquiesça d'un signe de tête et fonça vers la grange tout en relayant les instructions sur sa radio. L'incendie redoublait d'intensité, les flammes jaillissant maintenant à travers le toit et s'élevant en torsades vers le ciel.

Une deuxième voiture arriva sur les lieux. Blix l'orienta sur la première.

— Il doit avoir passé la maison au crible pour enlever tout ce qui pouvait servir de preuve, affirma Kovic.

— Peut-être, répondit Blix pensivement. Il y avait des bonbonnes de gaz à l'intérieur. Mais je crois que c'est nous qui avons déclenché l'incendie.

— Qu'est-ce qui te fait penser ça ?

— Ça s'est déclaré juste au moment de notre arrivée, à la seconde où nous nous sommes arrêtés dans ce bosquet d'arbres. Comme si nous avions roulé sur un fil de détente, quelque chose de ce genre.

— Nous sommes passés devant cette caméra.

— C'est vrai. Et depuis le début, nous avons affaire à quelqu'un qui a tout programmé dans le moindre détail, qui a méticuleusement disposé les pièces du puzzle à notre intention et qui a virtuellement minuté à quel moment nous devions trouver un corps et quand une victime devait être tuée. Ceci, ajouta Blix en montrant la maison, s'inscrit parfaitement dans son plan.

— Tu crois que Dahlmann en aurait été capable ?

Blix avait toujours douté des aptitudes de Dahlmann. Et maintenant plus que jamais.

— Je ne peux pas l'envisager, répondit-il. Et pourquoi ferait-il partie des victimes ?

— Et aussi, quel est son titre de gloire ? avança Kovic. Il a tué deux personnes. C'était un double meurtrier. Pourrait-il être le numéro deux ?

Blix acquiesça. Il y avait de fortes chances que l'hypothèse de Kovic soit la bonne.

L'un des policiers en tenue sortit de la grange et accourut vers eux.

— Ils ont trouvé quelque chose, annonça Kovic, et ils allèrent à sa rencontre.

— Il y a un cadavre à l'intérieur ! s'écria-t-il en pointant le doigt derrière lui. Une femme.

Blix lâcha un juron et accéléra le pas, Kovic dans son sillage. L'officier les conduisit vers une pièce du fond, d'où partait un escalier menant à une cave aux murs épais. Blix s'arrêta sur le seuil. Une ampoule nue était la seule source de lumière. Près du mur du fond, Sonja Nordstrøm gisait dans une flaque de sang coagulé.

— La mort ne doit pas remonter à plus de deux heures, dit l'officier.

Deux heures, songea Blix, pour qui ça ne faisait pas sens. Il avait raté quelque chose.

— Vous avez fouillé le reste du bâtiment ? demanda-t-il.

— Oui. Il n'y a personne d'autre.

— Très bien, dit Blix. Dans ce cas, sécurisez les lieux, c'est une scène de crime.

Ils entendirent des sirènes à l'extérieur. Les pompiers étaient arrivés. Quand Blix et Kovic sortirent de la grange, la brigade était déjà occupée à dérouler de gigantesques tuyaux. Au même moment, le mur pignon gauche s'effondra dans une cascade d'étincelles que les courants d'air chaud rabattirent vers le ciel. L'eau gronda dans les tuyaux mais les flammes reprirent de plus belle, comme alimentées en permanence. La maison allait être entièrement détruite, et il faudrait des heures, voire des jours, avant que les ruines calcinées soient examinées et que l'on puisse rechercher les restes d'Emma.

— C'est fini, alors, n'est-ce pas ? demanda Kovic à Blix, debout à ses côtés. La série de chiffres est complète. Sonja Nordstrøm, Numéro un pour toujours, est morte.

Des flocons de cendres grises voltigèrent au-dessus d'eux.

— Mais nous n'avons toujours pas de numéro dix, objecta Blix.

— Moi, je pense que c'est bel et bien terminé, maintenant, dit Kovic. Le numéro dix a été tué en premier, non ?

— Dans le cas où Dahlmann a agi seul, oui.

— Il n'y a rien pour suggérer le contraire. Je pense qu'il ne pouvait pas envisager de retourner en prison. Ça a dû faire partie de son plan depuis le début, de s'inclure dans son grand projet.

— Mais pourquoi embarquer Emma dans cette histoire, alors ? protesta Blix. Toutes les autres victimes étaient des célébrités. Pas Emma.

Kovic ne sut lui opposer d'argument valable. Blix suivait des yeux la trajectoire des lances d'incendie. Il toussa à plusieurs reprises.

— Mais il avait un problème avec les célébrités, insista Kovic. Sa compagne est devenue célèbre et sa vie à lui a été détruite. Elle a trouvé un autre mec, et personne n'a cru qu'il les avait tués en état de légitime défense. Et quand il est lui-même devenu une célébrité après qu'on a diffusé partout dans le pays sa photo assortie d'un avis de recherche, il a tué quelque chose qu'il en était venu à profondément mépriser. À bien des égards, la boucle est bouclée. Et son œuvre est achevée.

Blix s'accrochait à chaque parole de Kovic et continuait à contrer sa démonstration. Le rôle d'Emma dans tout ça et l'ordre des meurtres continuaient à le déranger. Toutes les autres victimes avaient été tuées selon une chronologie particulière. Si Dahlmann, supposé numéro deux, était derrière ce projet, il aurait dû tuer le numéro un, Sonja Nordstrøm, avant de se suicider. Ce n'était pas conforme au schéma.

D'autres voitures de police arrivèrent et Gard Fosse sortit de l'une d'elles. Blix marcha jusqu'à lui et expliqua que le corps de Dahlmann était à l'intérieur de la maison en flammes et que celui de Sonja Nordstrøm avait été découvert dans la cave de la grange.

— Et Emma Ramm ?

Blix secoua la tête au moment où un dernier pan de

mur s'effondrait, dégageant une nouvelle nuée d'étincelles. Kovic exposa à leur supérieur sa théorie, selon laquelle Dahlmann avait tué Nordstrøm avant de se suicider.

— Dans ce cas, dit Fosse, cette histoire est terminée. Tout s'arrête ici.

Blix en était moins certain. Il se remémora le corps de Dahlmann étendu sur le sol du salon. La position, la quantité de sang, l'emplacement de l'arme. Quelque chose ne collait pas. Pour lui, l'association de ces éléments ne cadrait pas avec un suicide.

— Nous devons absolument découvrir où tout ça a commencé avant d'être sûrs que c'est terminé, déclara-t-il en se dirigeant vers la voiture. Cela signifie qu'il faut trouver le numéro dix.

93

Une heure plus tard, ils étaient de retour à leur poste de travail. Assise à côté de Blix, Kovic étudiait un fichier log. Nicolai Wibe parlait au téléphone tandis que Tine Abelvik feuilletait une liasse d'annonces de décès. Ils disséquaient tous les communiqués relatifs à des disparitions susceptibles d'avoir un lien avec le nombre dix. Blix leur avait demandé d'aborder la question avec un esprit ouvert et créatif, et de contacter d'autres postes de police dans la région d'Østland.

— Jeppe Sørensen a disparu le 29 septembre, leur dit-il. Nous savons que Willy le Viking, le millionnaire de la loterie, et Mona Kleven, la femme aux neuf vies, ont été tués avant lui, de sorte que tout décès survenu entre la mi-septembre et le 29 est à considérer. Si vous ne trouvez rien dans cette fourchette, remontez à avant.

Le mort, ou la morte, avec qui tout avait démarré était forcément une célébrité, et il était très probable que cette victime-là revêtait une signification particulière pour le meurtrier.

Blix avait pris une douche en rentrant du Nordmarka. Il

respirait toujours avec difficulté mais il avait fait la sourde oreille quand on lui avait conseillé de consulter.

Et puis il avait du mal à se concentrer. Ses pensées revenaient sans cesse à Emma. On ne savait pas ce qu'il lui était arrivé. Il était taraudé par l'idée qu'elle avait pu se trouver à l'intérieur de la maison. Il essaya de se focaliser sur Iselin. D'ici quelques heures, son séjour dans la maison serait terminé. Il devait absolument assister au dernier épisode.

Il ouvrit le moteur de recherche pour regarder où elle en était mais au même moment quelqu'un dans la salle alluma le téléviseur au-dessus de leurs têtes. Blix leva les yeux. Gard Fosse avait improvisé une conférence de presse. Un message passait en boucle en bas de l'écran. On venait de découvrir le corps de Sonja Nordstrøm. Le meurtrier, voyant la police sur le point de le cerner, avait déclenché une série d'explosions et avait probablement trouvé la mort dans l'incendie qu'elles avaient provoqué. Des images aériennes en direct de la ferme du Nordmarka apparaissaient dans un angle de l'écran. La fumée montait encore des ruines.

Blix se tourna vers Kovic et dit :

— Il faudrait envoyer Krohn là-bas pour examiner cette caméra en bordure du chemin. Elle doit transmettre des images par wi-fi. On devrait pouvoir essayer de les capter et voir les allées et venues autour de la ferme.

— Tu ne crois toujours pas que Dahlmann a agi seul ?

— Je veux surtout en être certain à cent pour cent, répondit-il en se levant. Et cette caméra peut avoir déclenché l'incendie d'une manière ou d'une autre.

Blix chercha en vain Krohn dans le bâtiment et finit par le joindre au téléphone.

— Ça ne peut pas attendre demain ? demanda Krohn quand il lui eut exposé la situation.

— Ça pourrait, si tu es sûr qu'il n'y a pas de données qui risquent d'avoir été effacées par un enregistrement ultérieur.

Krohn soupira avec ostentation.

— D'accord.

Blix le remercia et alla se rincer le visage à l'eau froide avant de regagner son bureau et de réactiver son écran.

— Qu'est-ce qu'il a dit ? demanda Kovic.

— Il va vérifier.

Blix ouvrit la page d'accueil de *Que le meilleur gagne* et cliqua sur les images en live de la maison. Il n'y avait pas de son. Iselin était assise, les jambes ballantes, sur le coffre-fort à l'intérieur duquel était enfermée la somme destinée au gagnant. Toralf Schanke se tenait debout devant elle. Il était impossible de voir s'ils avaient progressé dans leur décision.

Cinq minutes plus tard, Fosse entra dans la salle des enquêteurs, Pia Nøkleby sur les talons.

— Je voudrais vous remercier tous pour vos efforts, commença-t-il. Nous avons encore du travail devant nous, mais j'ai pu voir combien vous vous êtes démenés, et avant de passer à l'étape suivante, j'ai pensé que vous méritiez tous un moment de repos et de détente en famille.

Blix secoua la tête. Il était convaincu que Fosse ne pensait aucunement à la santé et au bien-être de ses enquêteurs.

Ce qui le motivait, c'était la crainte d'un dépassement du budget d'heures supplémentaires.

Tout autour de lui, les écrans s'éteignirent et les policiers convergèrent vers la sortie. Seule Kovic demeura à sa table.

— Je ne peux pas rentrer chez moi maintenant, déclara-t-elle. Je n'ai pas l'esprit assez tranquille. Il nous reste à trouver le numéro dix.

Blix n'avait pas davantage l'intention de s'arrêter là. Il avait la désagréable impression qu'il existait quelque part une connexion importante qu'ils n'avaient pas su voir.

94

C'est l'odeur qui réveilla Emma. Une puanteur agressive qui s'insinuait lentement par ses narines et montait à son cerveau. Elle ouvrit les yeux et cilla. Son esprit mit plusieurs secondes à enregistrer ce qu'elle voyait : une femme, morte, assise dans une chaise à bascule, la tête pendant sur la poitrine. Une corde bleue lui entourait le cou et ses mains étaient attachées à l'arrière du siège. Emma hoqueta, les lèvres tremblantes. Espéra que l'homme qui se tenait devant la morte n'avait rien entendu. Il marmonnait quelque chose d'inaudible. La femme était âgée et devait être morte depuis un certain temps. Sa peau était fripée et le processus de décomposition assez avancé. D'où l'odeur.

Emma baissa les paupières quand l'homme bougea. Elle ne voulait pas qu'il sache qu'elle avait repris conscience. Pas tout de suite. Sa bouche était bâillonnée, ses bras et ses jambes ligotés à la chaise sur laquelle elle était assise.

— Tu crois que j'avais envie de l'amener ici ? demanda-t-il. Je ne peux m'adresser à personne d'autre dans les médias. Pas maintenant.

Il est en colère, songea Emma. J'ai perturbé ses plans.

— Oui, m'man, je sais, poursuivit-il. Je me débarrasserai d'elle après. Quand tout sera terminé.

M'man. La morte était sa mère. Emma avala quelque chose de sec et dur au fond de sa gorge et s'efforça de rassembler ses pensées. Il avait dû la ramener là où tout ça avait commencé. Chez sa propre mère. C'était elle, le numéro dix.

Mais pourquoi l'avait-il tuée ?

Je me débarrasserai d'elle après. Quand tout sera terminé.

Luttant contre un besoin impérieux de se libérer, Emma ouvrit les yeux et le regarda. C'était inutile de continuer à faire semblant. Elle sentait monter en elle une haine farouche. Elle détestait chaque parcelle de cet homme, de ce qu'il avait fait. À elle, à tout le monde. Elle essaya de détendre ses liens, mais les nœuds étaient bien serrés. Dessous, sa chair commençait à être douloureuse. Une blessure, dans sa tête, l'élançait terriblement. Une sensation de brûlure lui piquait le cou, comme un fer rouge. Soudain, l'homme se retourna vers elle. Emma voulut crier, lui hurler des injures, mais tout fut étouffé par le bâillon. Il clappa des lèvres, comme pour lui signifier qu'elle se comportait de manière stupide, que c'était inutile de se débattre. Ce qui n'empêcha pas Emma de continuer à se contorsionner pour se libérer de ses liens, mais l'effort ne fit qu'accentuer la morsure de la corde dans sa chair. Elle n'allait pas tarder à saigner.

— Vous voulez dire quelque chose ? lui demanda-t-il.

Emma réussit à se calmer.

— Vous désirez implorer mon pardon ? Regrettez-vous votre comportement ?

Elle avait l'impression que le bâillon était sur le point de l'étouffer.

— Si vous souhaitez vous excuser, je peux enlever votre bâillon une minute. Si vous me promettez de ne pas crier. Alors, Emma, vous êtes décidée à présenter vos excuses ?

Elle leva les yeux vers lui et ne croisa qu'un regard indifférent. Comme s'il ne se souciait absolument pas de ce qu'elle répondrait. Elle hocha la tête. Prête à tout pour être débarrassée de ce bout de tissu.

Il s'approcha si près qu'elle sentit la capuche lui effleurer le nez. Elle dégageait une odeur de friture. Elle perçut le contact des doigts de l'homme dans son cou. Les nœuds se relâchèrent peu à peu. Sa migraine reflua. Bientôt elle put se servir de sa langue pour repousser le tissu hors de sa bouche. Elle respirait mieux, maintenant.

— Merci, dit-elle, surprise de constater qu'elle était sincère.

Il recula d'un pas et la contempla. Il attendait qu'elle parle. D'abord, elle ne comprit pas son expression. Puis elle s'humecta les lèvres et ajouta :

— Je suis désolée.

Il baissa les yeux.

— Et pour quoi ?

— Pour avoir essayé de détruire le portable. Je vais finir d'écrire cet article. Je vous le promets. Je vais m'assurer qu'il sera publié, et lu.

Il sembla prendre sa promesse en considération mais ne dit mot. Il retourna auprès du corps de sa mère. Déplaça légèrement sa tête. La mâchoire inférieure de la morte se décrocha, révélant des dents tachées de nicotine. Il remit la mâchoire en place. En vain.

Emma détourna les yeux et demanda :

— Comment l'avez-vous tuée ?

Il ne répondit pas.

— Je n'ai pas besoin de l'écrire, ajouta Emma.

Il recula de deux pas, comme pour observer sa mère sous un autre angle. Au bout d'un long moment, tournant le dos à Emma, il lui demanda :

— Vous ne la reconnaissez pas ?

— Je devrais ?

— Vous êtes sans doute trop jeune, mais ma mère a été une excellente actrice à une époque. Elle se produisait au Théâtre national. Elle a joué dans quelques films également. (Il marqua une pause.) Un soir, elle s'est blessée sur scène, mais elle n'est pas allée montrer son bras à un médecin tout de suite. Elle a trop attendu, et après son opération, la douleur a été telle qu'elle a développé une addiction aux antalgiques. Cela fait une vingtaine d'années qu'elle n'est pas remontée sur scène.

Il s'assit au bord de la table, près de sa mère. Écarta une mèche de cheveux gris qui était tombée sur les yeux morts.

— Je lui ai écrit quelques textes, poursuivit-il. Pour essayer de faire renaître l'actrice en elle. J'espérais qu'elle aurait envie de développer ces textes avec moi, de les considérer d'un œil professionnel. Et que, peu à peu, le goût de la vie lui reviendrait. Qu'elle ne se contenterait pas de survivre entre deux comprimés. (Il secoua la tête.) Mais elle s'est moquée de moi. Comment moi, je pouvais imaginer que j'étais capable de créer quelque chose ? Elle était aigrie parce que sa carrière était finie. Elle en voulait à la vie, peut-être, de se retrouver dépendante d'un fils comme moi.

Il croisa les doigts et reprit d'une voix sourde.

— Elle ne m'a jamais soutenu. Jamais aidé. Elle n'appréciait même pas les choses que je faisais bien.

L'espace d'une seconde, Emma eut un élan de sympathie pour cet homme. Mais vite, voulant bouger la main, il lui revint à l'esprit qu'elle était ligotée sur une chaise dans la maison d'une morte. Et qu'elle allait connaître le même sort si elle ne trouvait pas rapidement un moyen intelligent de s'en échapper.

— Elle avait une vie misérable, dit l'homme. Alors je l'en ai libérée. Je lui ai rendu service. Elle va être de nouveau célèbre, maintenant.

Il eut un sourire fugace, content de lui.

— À ce propos, il faut que je m'absente.

— Où allez-vous ? demanda Emma.

— Je vous le dirai plus tard, à mon retour. Et vous pourrez l'ajouter à votre article.

Il s'approcha d'elle et lui remit brutalement le bâillon qu'il noua derrière sa tête. Emma voulut protester, crier, mais c'était inutile. Il était trop fort. Et trop déterminé.

Satisfait de son œuvre, il saisit un trousseau de clés sur la table et s'adressa à sa mère.

— Je serai là dans deux petites heures, m'man. Tu vas être fière de moi.

Il lui sourit, sourit à Emma et tourna les talons.

95

Emma eut du mal à s'arracher à la vision de la vieille femme. Elle essaya de bouger les mâchoires pour détendre le bâillon. Impossible. Pareil pour les nœuds qui emprisonnaient ses mains et ses pieds.

À travers les rideaux peu épais, elle aperçut une grande maison blanche pas très loin. Des voisins, songea-t-elle. Des gens.

En sollicitant toutes les forces de son corps, elle s'aperçut qu'elle pouvait se projeter vers l'avant. Et elle réussit à déplacer la chaise d'un ou deux centimètres en direction de la fenêtre. Encore un petit saut, et elle se propulsa, avec sa chaise, un peu plus loin. Et encore. C'était douloureux, mais il suffisait de serrer les dents et de tenir le coup. Centimètre par centimètre, elle se rapprocha de la fenêtre. Ses efforts lui donnaient chaud, et quand les premières gouttes de sueur perlèrent à son front, elle s'arrêta une seconde, soudain consciente qu'elle ne portait plus sa perruque. Elle avait l'impression d'être nue. Exposée. Mais elle n'avait pas le choix, il fallait sortir de là. S'efforçant de ne pas penser à son crâne glabre, elle colla ses jambes à la chaise, banda ses muscles abdominaux et s'élança, progressant de quelques centimètres.

Elle transpirait abondamment désormais. Ses vêtements lui collaient à la peau. Elle finit par trouver le bon rythme mais emportée par le mouvement, elle faillit basculer. Elle s'arrêta et retint son souffle jusqu'à ce que la chaise se stabilise. Après quoi, elle recommença.

Une table lui bloquait le chemin. Emma s'en approcha, tenta de la pousser. Pas moyen. Il fallait tout de même essayer. Le second assaut, au prix d'un effort gigantesque, ne fut pas plus concluant. Elle persévéra, rentrant littéralement dans la table, et perçut un très léger progrès. Sa chair était en sang sous les liens, ses muscles hurlaient de douleur, la sueur dégoulinait dans ses yeux, mais peu importait, ça marchait.

Enfin, elle atteignit la fenêtre. Le plus important était devant elle : établir le contact avec quelqu'un. En tendant le cou, elle réussit à glisser la tête sous le rideau. C'était la fin de l'après-midi. Une applique était allumée à l'extérieur de la maison blanche mais rien ne semblait bouger, ni dehors ni derrière la petite fenêtre proche de l'allée.

Emma parvint à poser la tête contre la vitre, qui lui parut froide. Elle poussa quelques grognements, manifestement trop assourdis pour pouvoir alerter qui que ce soit. Elle devait trouver un moyen d'attirer l'attention.

Elle attendait ainsi depuis un moment, regardant dehors, quand elle crut entendre un bruit de moteur. Quelques secondes plus tard, une voiture remonta le chemin de la maison voisine. Emma se mit aussitôt à crier, mais le bâillon étouffait le son. Elle tenta de rapprocher la chaise du mur, mais il n'y avait plus d'espace. Ce faisant, sa tête heurta la vitre et ça lui donna une idée.

Elle regarda la voiture s'arrêter, entendit que l'on coupait le moteur. Elle inspira à fond, ferma les yeux, rassembla son courage en prévision de la douleur qui allait suivre, mais c'était maintenant ou jamais. Une question de vie ou de mort.

Elle rouvrit les yeux, vit un homme descendre de voiture. Plus une seconde à perdre. Elle percuta la vitre avec sa tête, de toutes ses forces. Pas de réaction. Il ne l'avait pas vue. Plus fort, se dit-elle, tu dois cogner plus fort, faire plus de bruit. Elle rassembla de nouveau ses forces, concentra toute son énergie sur la fenêtre, oublia la douleur, pensa à l'avenir. Ce qu'elle était en train de tenter était peut-être la chose la plus importante qu'elle ferait de toute sa vie.

Et elle projeta sa tête contre la vitre. Avec toute son énergie. Encore et encore. Entendit un bruit, vit que le verre se fendait. Et continua, sans vérifier si l'homme l'avait remarquée. Elle cogna et cogna jusqu'à ce que la vitre explose. Le fracas du verre brisé fut considérable et elle hurla dans le bâillon, d'épuisement, de joie et de douleur.

Des éclats de verre aussi effilés que des lames de couteau retombèrent en pluie sur elle. Elle les sentit entamer sa chair, et le sang coula immédiatement de son crâne et de sa gorge. Mais ce qui lui permit de s'accrocher, lui donna de l'espoir tandis que les couleurs dansaient devant ses yeux, ce fut le vent, sa fraîcheur contre sa peau nue.

96

Blix visionnait la bande montrant Dahlmann en train de déposer le téléphone du footballeur danois dans la salle de la conférence de presse. Krohn avait fait un montage d'images du double meurtrier enregistrées par les caméras de surveillance à l'extérieur du poste de police.

Blix repassa la séquence plusieurs fois. Et plus il la revoyait, moins il était sûr que c'était Dahlmann qu'il avait aperçu en se rendant chez le pasteur Hansteen. Jusque-là, il n'avait pas eu de doutes. Il avait fait immobiliser les rames de métro, fermer les rues et avait envoyé un hélicoptère traquer un homme vêtu d'un costume un peu trop serré. Parce que quelque chose lui paraissait familier chez cet homme. Sa taille et sa masse corporelle collaient, mais pas sa légère claudication.

Le téléphone de Blix sonna. C'était un numéro en interne. La femme au bout du fil s'identifia comme la coordinatrice du centre d'opérations.

— Nous avons un ordre selon lequel vous devez être averti de tout message ayant un quelconque rapport avec le numéro dix, commença-t-elle. En ce moment même, nous avons une voiture en route vers le 10 Drivhusveien à Bryn.

— Qu'est-ce qui se passe là-bas ?

— Une femme ligotée à une chaise a réussi à briser une fenêtre avec sa tête. Elle saigne abondamment. C'est l'occupant de la maison voisine qui a appelé pour le signaler.

— Elle était séquestrée ? demanda Blix.

— Ça m'en a tout l'air.

— Qui habite au 10 ?

— Nous avons une certaine Martha Elisabeth Eckhoff pour cette adresse. Soixante-sept ans.

Blix se leva d'un bond.

— Répétez-moi le nom ?

— Martha Elisabeth Eckhoff. Je crois que c'est une ancienne actrice. Enfin, une artiste.

Une pensée inquiétante lui traversa l'esprit.

— Ne quittez surtout pas ! cria-t-il tout en se connectant à la page d'accueil de *Que le meilleur gagne*.

— Que se passe-t-il ? demanda Kovic.

Il ne répondit pas, occupé à cliquer sur le site de l'émission pour retrouver les enregistrements des tests qu'avaient subis les candidats.

— Caméra cachée, dit-il en désignant le passage où ces derniers trouvaient le billet de cinq cents couronnes.

Sur l'écran, le Fermier garait sa Nissan rouge. Even Eckhoff entrait dans le champ, laissait tomber un billet et s'éloignait.

— Il boite, dit Blix à voix basse, puis, s'adressant à la coordinatrice des opérations qui était toujours en ligne, il ajouta : Vérifiez si elle a un fils dont le prénom est Even. Ça urge ! ajouta-t-il en regardant sa montre.

Il entendit frapper sur un clavier. En attendant la réponse, il enfila sa veste. Kovic le regardait intensément, curieuse de savoir la suite. La voix de la coordinatrice des opérations retentit.

— Il semblerait que oui. Even Eckhoff, né le 31 janvier 1987. Fils de Martha Elisabeth Eckhoff et d'Erling Sebastian.

Tout concordait. Le studio de Nydalen, la bicyclette d'Emma restée à proximité après l'émission. Blix se rappelait maintenant à qui Eckhoff lui avait fait penser.

— L'agent immobilier ! s'exclama-t-il. Il avait la même démarche. Lui aussi boitait.

Il ne prit pas le temps de s'expliquer, se contenta de demander à la coordinatrice de les tenir informés des découvertes au 10 Drivhusveien. Puis il orienta l'écran de son ordinateur de façon que Kovic puisse suivre *Que le meilleur gagne*.

Une horloge égrenait les secondes tout en haut de la page. En dessous était écrit VONT-ILS SE METTRE D'ACCORD ? sur une pancarte où figurait une photo d'Iselin et Toralf se faisant face et se regardant comme si leur vie dépendait de l'issue de leur confrontation. L'horloge continuait à tictaquer. Encore une heure et quatorze minutes avant la fin.

— Dans un compte à rebours, demanda Blix à Kovic en essayant de dissimuler la panique qui s'emparait de lui, on termine sur un ou sur zéro ?

— Zéro, dit Kovic. C'est également un chiffre.

— Exact, pensa Blix.

L'horloge s'arrêtait à zéro.

97

— Dis-moi ce que tu as en tête, demanda Kovic alors que Blix se glissait derrière le volant.

— Even Eckhoff, répondit-il en tournant la clé de contact. Il essaie de nous manipuler, comme il le fait depuis le début.

— Comment ça ?

— Dahlmann était le numéro deux, expliqua Blix alors que le moteur démarrait. Le double meurtrier. La chronologie et le compte à rebours sont raccord. Ce n'était qu'un idiot utile dont Eckhoff s'est servi jusqu'à ce que ce soit son tour. Il devait être à la ferme, c'est pour ça que personne n'a pu le trouver. Eckhoff l'a embauché pour effectuer quelques missions mineures, telles que livrer une enveloppe à Radio 4 ou laisser un téléphone par terre à la conférence de presse. Il a été tué l'heure venue, après la mort du pasteur Hansteen, quand Eckhoff n'avait plus besoin de lui.

— Quoi d'autre ?

— La scène finale de *Que le meilleur gagne*, dit Blix, les

lèvres serrées. Eckhoff était en coulisse dès le début. Il a préparé aussi quelque chose pour le numéro zéro.

— Est-ce qu'on ne devrait pas en parler à Fosse ?

— Au diable Fosse, dit Blix. Appelle le centre d'opérations et dis-leur que nous sommes en route pour Nydalen. Demande-leur d'envoyer du renfort.

Kovic appela, fit un bref résumé de la situation, écouta un moment et lui rapporta ce qu'elle entendait.

— Ils ont réussi à forcer l'entrée du 10 Drivhusveien. Martha Elisabeth Eckhoff est morte. Assise sur une chaise et ligotée. Emma est là aussi.

Blix lui jeta un regard anxieux.

— Ils l'ont emmenée à l'hôpital.

Blix fut soulagé d'apprendre qu'Emma était sauve. Qu'elle ait pu casser une vitre en la heurtant avec sa tête prouvait une détermination exceptionnelle, ça l'impressionnait.

Ils roulaient sirène allumée, les immeubles de chaque côté de la route réverbéraient le hurlement et les véhicules se rangeaient pour leur laisser le passage.

— Que va-t-on faire quand on sera là-bas ? demanda Kovic.

— Chercher Eckhoff. L'empêcher de faire ce qu'il a prévu.

Blix regarda l'horloge du tableau de bord. L'émission avait commencé. Il aurait dû être là. Mais il avait été retardé… Il essaya de se mettre dans la peau d'Eckhoff, d'envisager ce qui pouvait se passer. Tout son plan avait été conçu en fonction du compte à rebours. Dans le studio, les secondes s'écoulaient, tout convergeait vers le moment zéro, la sélection du meilleur concurrent.

Quand ils atteignirent l'immense bâtiment, rien ne permettait d'imaginer que quelque chose de fâcheux allait se produire. Un homme attendait dehors, fumant une cigarette. Une femme tirait sur la laisse de son chien qui reniflait le socle d'un lampadaire. Blix éteignit le gyrophare et la sirène et dirigea la voiture vers la zone fumeurs près de l'entrée principale. L'homme qui fumait les dévisagea et éteignit son mégot.

Blix vérifia son arme avant de la glisser dans son étui de hanche, sous sa veste.

Et ils entrèrent.

À l'accueil, un écran géant diffusait en live les images du studio. Iselin et Toralf, assis sur le canapé, bavardaient avec le présentateur.

L'un des agents de sécurité auxquels Blix avait parlé la veille se leva de sa chaise derrière le comptoir et leur demanda :

— Qu'y a-t-il ?

— Even Eckhoff, dit Blix. Il est là aujourd'hui ?

— Je l'ai vu il y a une minute. Il doit être en coulisse.

— J'ai besoin d'un passe, dit Blix.

Le gardien ouvrit un tiroir et en sortit une carte *Visiteur*.

Sur l'écran, Tore Berg Tollerstrud demandait :

— Êtes-vous près de prendre une décision ? Il nous faut votre réponse dans vingt-huit minutes.

Blix saisit le passe et s'engagea dans un couloir après avoir dit à Kovic de ne pas bouger et d'attendre les renforts. Il ouvrit une porte latérale qui menait au studio d'enregistrement, réussit à écarter un rideau noir et regarda à l'intérieur. La scène se trouvait à une quinzaine de mètres de lui. Quatre caméras étaient disposées au sol, à mi-chemin du public. Il les observa un instant avant de balayer l'audience du regard. Il repéra Merete et Jan-Egil, mais pas Eckhoff.

Il leva les yeux. Des projecteurs de tailles et couleurs différentes étaient accrochés au plafond. Des échelles et des câbles laissaient supposer qu'il pouvait y avoir quelqu'un là-haut mais il lui était difficile de voir ce qu'il en était avec cette lumière qui l'aveuglait.

Blix ressortit dans le couloir par la même porte et se retrouva dans les coulisses. Plusieurs membres de la production étaient assis devant des écrans montrant ce qui se passait de l'autre côté. Les voix provenant de la scène et les réactions du public dans la salle étaient assourdies et légèrement décalées par rapport aux images. Tollersrud poursuivait :

— Cela fait maintenant dix semaines que vous vivez dans cette maison. Le coffre-fort abritant l'argent était avec vous pendant tout ce temps. Un million de couronnes.

Une femme coiffée d'écouteurs fit un signe de tête à Blix et sourit en le reconnaissant.

— Vous avez vu Even Eckhoff ? lui demanda-t-il.

Elle regarda autour d'elle, comme si Eckhoff aurait dû se trouver dans la pièce. Puis elle secoua la tête et reporta son attention sur l'écran. Blix s'avança vers la zone juste derrière la scène.

— La serrure du coffre est protégée par un code, expliqua Tollersrud, vous n'avez jamais été tentés de l'ouvrir ?

— Jonas a essayé, dit Toralf, parlant du concurrent qu'ils avaient éliminé en demi-finale.

Une vague de rires se répandit dans l'auditorium. Blix inspecta un réduit où il trouva des cafetières et des assiettes de biscuits.

Tollersrud brandit une enveloppe.

— Ici sont inscrits les quatre chiffres qui permettent d'ouvrir le coffre. Vous pouvez prendre l'enveloppe, retourner dans la maison et ouvrir le coffre. Mais n'oubliez pas : l'un de vous seulement pourra remporter le million de couronnes.

De la musique et des applaudissements remplirent la salle tandis que le présentateur annonçait qu'il ne restait plus que vingt-cinq minutes.

Blix regagna le couloir pour aller inspecter la loge de maquillage, puis il monta un escalier en colimaçon qui conduisait à une grande salle de repos. Deux agents de sécurité y étaient assis face à un écran géant. Blix vit Iselin ouvrir l'enveloppe contenant le code.

— Trois, deux, un, zéro, lut-elle à voix haute avec un gloussement.

La caméra sélectionna Merete, qui rit et serra la main de Jan-Egil à côté d'elle. L'objectif vint se poser sur Toralf en train de taper les quatre chiffres.

Le téléphone de Blix sonna. « Gard Fosse ». Blix ignora l'appel et composa le numéro de Kovic tout en s'approchant des gardes.

— Avez-vous vu Even Eckhoff ?

L'un des deux gardes se retourna à moitié et secoua la tête.

Kovic répondit.

— Est-ce que les renforts sont arrivés ? demanda Blix. On a besoin de davantage de monde sur le terrain.

— Une voiture est déjà là. Et l'équipe d'urgence suit à trois minutes.

— Il n'avait pas dit qu'il restait vingt-cinq minutes ? demanda Iselin à l'image.

Blix sentit qu'elle était désorientée, et il perçut l'anxiété dans sa voix. Il se retourna pour regarder l'écran. La caméra zooma sur le contenu du coffre.

Il était vide. À la place des billets, on pouvait voir des éclairs de lumière rouge. Des chiffres sur une horloge. Qui indiquaient trois minutes et vingt et une secondes.

Blix prit appui sur une chaise.

L'évidence sautait aux yeux.

— Merde ! s'exclama-t-il dans le téléphone. Eckhoff a placé une bombe dans le bâtiment. Elle va exploser dans trois minutes.

98

Blix dévala les marches de l'escalier en colimaçon, s'engouffra dans le couloir et déboula dans le studio. Un craquement s'échappa du casque acoustique du régisseur mais ni lui ni les caméramans ne parurent comprendre ce qui se passait. Tollersrud était toujours sur scène. L'intérieur du coffre apparaissait en gros plan sur un des écrans. Les chiffres rouges. 02:56 devint 02:55. On pouvait distinguer les fils sortant de quatre paquets gris trapus.

Certains des spectateurs assis dans les premiers rangs commençaient à partir. Blix repéra une alarme incendie, se précipita et brisa la vitre pour que la sirène se déclenche. L'écran du moniteur devint noir. Quelqu'un cria qu'il y avait une bombe. En quelques secondes, la panique se répandit. Un caméraman fonça vers la sortie, un deuxième sur les talons. Des spectateurs se mirent à escalader les rangées de sièges en se poussant, se bousculant et hurlant.

Blix sauta sur la scène et courut vers l'entrée de la maison. Les portes coulissantes étaient dépourvues de poignées et il s'efforça de les faire glisser. Elles ne bougèrent pas d'un pouce. Il chercha quelque chose qui pourrait servir d'outil.

Autour de lui, il y avait encore du monde. Kovic et quatre policiers en tenue se frayaient péniblement un chemin parmi les spectateurs qui s'enfuyaient, dont le producteur, Petter Due-Eriksen.

Sur l'écran désormais noir apparut un message annonçant que la retransmission allait « reprendre dans un instant ». Sur deux écrans plus petits, on pouvait encore voir des images de l'intérieur de la maison. Une des caméras semblait s'être immobilisée sur l'horloge : 02:39, 02:38. L'autre suivait automatiquement les mouvements des candidats. Iselin et Toralf se tenaient près des portes de secours, l'autre issue de la maison. Mais elles étaient également bloquées.

— Que se passe-t-il ? demanda Due-Eriksen.

— Even Eckhoff, dit Blix sans s'expliquer davantage. Ouvrez ces portes !

— Elles sont contrôlées électroniquement. Elles ne devraient pas être verrouillées, seulement fermées.

Due-Eriksen essaya de les forcer tandis qu'un des policiers présents poussait de toutes ses forces dans le sens opposé, mais sans résultat. Blix secoua un autre policier par l'épaule et hurla :

— Il faut un bélier !

Le flic transmit le message. La brigade d'intervention d'urgence répondit qu'ils seraient là dans moins d'une minute avec tout le matériel nécessaire. Sur l'écran, l'horloge indiquait 02:09. Les secondes s'écoulaient beaucoup trop vite.

— Il y a un autre accès ? demanda l'officier qui avait essayé d'ouvrir les portes.

— L'issue de secours, répondit Due-Eriksen, et ils s'éloignèrent ensemble.

Les autres policiers continuèrent de s'acharner sur les portes coulissantes. L'un d'eux avait trouvé un marteau à l'aide duquel il tapait sur les gonds. L'autre avait récupéré une barre de fer.

Iselin et Toralf s'étaient repliés à l'intérieur de la maison. Les caméras les suivirent, et un moment plus tard, on les entendit frapper. L'image montra Toralf qui martelait la porte avec ses poings.

Blix ne savait plus quoi faire. Il était sur le point de tirer sur les gonds quand la brigade d'intervention d'urgence arriva. Les hommes étaient en tenue noire, cagoulés, armés de pistolets automatiques. Deux d'entre eux portaient un bélier. Le son des bottes retentit sur le sol du studio.

Ils bondirent sur la scène sans prononcer un mot. Blix désigna les portes coulissantes en leur faisant signe de se hâter. Ils se mirent en position et propulsèrent le bélier contre les panneaux. Des échardes de bois sautèrent, les portes frémirent mais ne cédèrent pas.

Blix gardait un œil sur l'écran qui relayait les images de l'intérieur. Iselin et Toralf avaient fait quelques pas en arrière. Le bélier frappa de nouveau, mais pas assez fort. Iselin recula, pivota et disparut du champ. La caméra s'attarda sur Toralf qui avançait vers les portes et tirait sur une baguette en bois.

— Où est-elle partie ? demanda Kovic.

Sur l'écran qui affichait l'heure, on lisait 01:24. On a encore le temps, se dit Blix, paniqué, alors que le bélier transperçait enfin le battant. Puis l'arrière de la tête d'Iselin remplit un angle de l'écran.

— Elle referme la porte du coffre ! s'exclama Kovic.

Blix hocha la tête, appréciant la présence d'esprit de sa fille. Cela réduirait l'impact de l'explosion.

— Tout le monde dehors ! hurla le chef de la brigade d'intervention.

Toralf fut extirpé par le trou pratiqué dans la porte. Due-Eriksen s'élançait déjà vers la sortie, ainsi que plusieurs policiers.

— Et la bombe ? demanda Kovic.

Le chef de la brigade hocha la tête.

— Pas assez de temps, lui répondit-il avant de réitérer son ordre : Tout le monde dehors !

Blix se fraya un chemin par l'ouverture et entra dans la maison en criant :

— Iselin !

Il s'accroupit et avança en continuant d'appeler :

— Iselin !

Kovic cria le nom de Blix qui lui intima l'ordre de sortir.

— Les portes de sécurité ! lui dit-elle en montrant les deux écrans qui relayaient les images de l'intérieur.

Blix ne voyait pas de quoi elle parlait. Il se retourna, passa la tête dans l'ouverture et vit sur un écran que les portes de l'issue de secours étaient ouvertes.

— Eckhoff, haleta Kovic. Il est entré.

Blix pivota et sortit son arme.

99

Quelqu'un avait désactivé l'alarme incendie. Un silence irréel enveloppait Blix. Il tenait son arme à deux mains devant lui. Il essaya de se remémorer les images qu'il avait vues les semaines précédentes pour s'orienter dans la maison et avança selon la procédure de rigueur.

Il les vit dans un des grands miroirs sans tain du mur. Eckhoff, debout, tenait Iselin devant lui, pressant d'une main un pistolet sur sa tempe, l'autre emprisonnant son torse. Et il avait déjà repéré Blix.

— Sortez ! lui ordonna-t-il.

Blix inspira à fond et s'efforça de contrôler sa respiration. Essayant de ne pas croiser le regard de sa fille, il se concentra sur Eckhoff et sur la mire de son arme.

— Relâchez-la, cria-t-il en retour.

Eckoff sourit.

— On est toujours à l'antenne, dit-il en levant le menton vers l'une des caméras fixes qui alimentaient la retransmission en live sur Internet.

— Laissez-la partir, hurla Blix.

Eckoff recula de deux pas, entraînant Iselin avec lui en

se servant de son corps comme rempart. Blix se trouvait maintenant à quatre mètres d'eux. Le visage d'Iselin était blême. Ses lèvres tremblaient. Ses yeux étaient emplis de larmes.

Blix avait l'œil gauche d'Eckoff dans sa ligne de mire, juste au-dessus de l'épaule d'Iselin. Le regard du tueur était calme, comme s'il n'éprouvait ni doute ni remords.

— Quel effet ça vous a fait, de voir votre fille devenir de plus en plus célèbre dans cette maison ? demanda-t-il en cillant pour évacuer une goutte de sueur.

Blix ne répondit pas mais il avança d'un pas pour mieux voir sa cible. Eckhoff fit un nouveau geste vers la caméra.

— Vous savez, Blix, vous aussi vous allez être une célébrité maintenant !

Blix ne répondit pas davantage. Le canon de son arme commençait à trembler, il avait visé trop longtemps. Muscles tendus et nerfs à vif. Le point rouge dansait autour du réticule. Soudain il se retrouva à Teisen, dix-neuf ans plus tôt. Les visages d'Emma et de son père s'imposèrent dans ses pensées. C'était comme si un brouillard était descendu devant ses yeux, et tout ce qui se passait devant lui était devenu flou.

— C'est bientôt terminé, annonça Eckhoff.

Blix sentit son pouls battre à son cou. Il prit une profonde inspiration et la bloqua.

— Combien de temps nous reste-t-il ? demanda Eckhoff en donnant un coup de pied dans le coffre fermé.

Ce mouvement déplaça la mire qui traversa le front d'Iselin. Blix expira et visa.

— Dix secondes ? suggéra Eckhoff.

Blix enroula l'index autour de la queue de détente. Concentra son esprit, son corps et ses émotions. La voix d'Eckhoff lui parvint comme un écho au ralenti.

— Neuf secondes, ou huit ?

Il sourit. Blix retint son souffle. Et fit feu.

La balle pénétra l'œil gauche d'Eckhoff, le renversant en arrière dans un nuage de sang. Avant même qu'il ait touché le sol, Blix lui logea deux autres balles dans la poitrine.

Les éclaboussures de sang jaillirent sur Iselin, lui couvrant la moitié du visage. Secouée par les sanglots, elle allait s'évanouir quand Blix courut à elle, la saisit dans ses bras et l'entraîna vers la sortie. Il la poussa devant lui par l'ouverture de la porte défoncée, sur la scène et vers l'entrée du public. Sans cesser de compter mentalement.

Quatre, trois, deux…

Iselin trébucha sur une marche à côté de lui. Blix la releva et la tira dans le couloir.

L'explosion se produisit alors, une déflagration retentissante qui secoua tout autour d'eux. Blix se jeta sur sa fille et se protégea la tête de ses bras repliés. Derrière eux, la porte avait volé en éclats. Des volutes de poussière en sortaient. Des objets tombaient des murs et du plafond. Du verre brisé tintait de toutes parts. Les lumières s'éteignirent et l'alarme se mit à hurler. Blix tomba à genoux et observa Iselin dans la pénombre.

— Ça va ?

Elle toussa, hocha la tête et le serra contre elle. Blix l'aida à se relever et l'emmena vers la sortie en la soutenant. Les portes s'ouvrirent brusquement et quatre pompiers les agrippèrent, les propulsant vers le chaos de l'extérieur. Puis

Kovic apparut à côté d'eux et, tout en tenant les gens à distance, elle héla une ambulance.

Merete franchit la barrière que les policiers essayaient de dresser et se précipita vers sa fille. Iselin lâcha Blix et jeta les bras autour du cou de sa mère. Blix se pencha en avant et posa les mains sur ses genoux. Il inspira et ferma les yeux.

C'est fini, songea-t-il. Enfin, c'est fini.

100

Blix longea les couloirs de l'hôpital et se retrouva dans un espace de détente pour les patients et les familles. Il reconnut Irene Ramm. Elle lui présenta sa fille, Martine, qui sourit avec timidité mais prit la main de Blix quand il la lui tendit. À quelques pas, un homme aux cheveux bouclés qui portait des lunettes se leva.

— Kasper Bjerringbo, dit-il. Je suis un ami d'Emma.

Blix lui serra la main avant de se tourner vers une femme qu'il reconnut pour l'avoir vue aux infos. Anita Grønvold, la rédac-chef d'Emma à news.no. Elle aussi se leva pour lui serrer la main.

— Vous l'avez vue ? demanda-t-il en jetant un coup d'œil à la salle la plus proche.

— Pas encore, répondit Irene. Elle dort. Le médecin veut qu'on attende son réveil.

Ils patientèrent en regardant les informations sur un grand téléviseur. Des vidéos de l'explosion se succédèrent, ainsi que des interviews de personnes qui s'étaient trouvées dans la salle, anciens candidats et employés de la production. Petter Due-Eriksen dit quelques mots, suivis de la déclaration de Gard Fosse, dans laquelle il insista sur le fait que l'intervention rapide et efficace de la police avait prévenu un drame beaucoup plus grave.

On connaissait l'identité du criminel. Des petits épisodes de la vie d'Eckhoff furent diffusés. Une équipe de télé campait devant la maison de sa mère mais la façon dont Emma avait brisé la vitre pour appeler au secours ne faisait pas encore les gros titres.

Un peu avant minuit, un médecin les autorisa à entrer dans sa chambre. Emma les suivit de ses yeux encore ensommeillés. Une machine produisait un son aigu en continu. Un moniteur indiquait que son pouls battait à cinquante-huit. Ils se rassemblèrent autour du lit et Martine fut la première à parler.

— Tu n'as plus de cheveux !

Emma lui sourit avant de regarder tour à tour Irene, puis Kasper.

— Cela fait plusieurs années que je n'ai plus de cheveux. Mais j'ai un joli bandage, tu ne trouves pas ? dit-elle à sa nièce en se touchant le crâne.

Martine grimpa sur le lit. Emma tourna la tête vers Blix.

— Le médecin m'a dit ce qui s'était passé. Que vous l'aviez abattu.

Blix fit un pas en avant et acquiesça.

— Il m'a forcé à l'interviewer, poursuivit Emma, s'adressant maintenant à Anita. Je n'ai pas pu terminer le montage.

— Ce n'est pas le moment de penser au travail, intervint Irene. Il faut te reposer et te remettre.

Emma sourit à sa sœur.

— Mais il ne faudrait pas que ça dure trop longtemps, s'exclama Anita en faisant un clin d'œil à Emma.

Et elle se mit à tousser.

Martine posa la main sur la tête d'Emma.

— Fais attention, recommanda Irene.

— Pas de problème, dit Emma. De toute manière, je ne sens rien.

Martine caressa avec précaution la partie brillante du crâne qui n'était pas couverte par le bandage.

— C'est doux, dit-elle.

— Oui, c'est vrai.

— Ça fait un peu bizarre, ajouta Martine.

Emma lança un coup d'œil à sa sœur avant de répondre :

— On s'habitue. À dire vrai, je trouve que ça a l'air assez cool.

Kasper voulut parler, toussota d'abord.

— C'est vrai. Tu as l'air… (il chercha ses mots) encore mieux qu'avant.

Emma sourit de nouveau. Elle avait les lèvres sèches.

— Est-ce que tes cheveux vont repousser ? demanda Martine.

— Non, mon lapin, ils ne repousseront pas. Mais ce n'est pas grave. Je t'assure, c'est très bien comme ça.

ÉPILOGUE

Au cours des semaines qui suivirent, Blix eut un peu de mal à travailler. Chaque personne qu'il rencontrait ou qu'il avait au téléphone voulait parler des événements. Des journalistes le contactaient tous les jours, prétendant s'intéresser à une affaire en cours, mais en réalité, ils souhaitaient l'interroger sur les meurtres du compte à rebours. Soit pour faire un portrait de lui, dire ce qu'avait été sa vie après le drame de Teisen, soit pour obtenir plus de détails sur la traque d'Eckhoff, jour après jour, et savoir comment il avait vécu l'expérience. Sa hiérarchie pressait Blix de répondre à ces sollicitations, histoire de faire apparaître la police sous son meilleur jour. « C'est une occasion unique, avait dit Gard Fosse. Une occasion unique pour vous. »

Des chaînes de télévision norvégiennes, suédoises et danoises l'avaient invité à participer à leurs talk-shows du vendredi soir. Ils étaient prêts à enregistrer où il voudrait, à n'importe quelle heure à sa convenance, du moment qu'ils réussissaient à l'asseoir devant une caméra et un micro.

Blix avait tout décliné. Il avait reçu bien assez d'attention pour une vie entière.

Ça avait commencé à se calmer vers la fin décembre. Blix s'était inscrit pour les permanences des fêtes de Noël et du nouvel an et avait accepté de travailler davantage afin que ses collègues puissent passer du temps en famille.

— Honnêtement, ça me va très bien de travailler le 31, répondit Kovic lorsque Blix lui demanda si elle pourrait assurer la fin d'année, et je m'y attendais.

La tradition voulait que les recrues les plus récentes héritent des rotations les moins sympas.

— Et puis, ajouta-t-elle, il y a toujours un tas de drames au moment du réveillon. Toutes mes copines célibataires rechignent à l'avance, et dès qu'elles ont bu un coup de trop, elles essaient de se piquer mutuellement leurs mecs. Franchement, je préfère passer ma soirée avec des voyous.

— Ça fait trop longtemps que tu bosses avec moi, dit Blix. Fais gaffe, sinon tu vas devenir une vieille grincheuse avant l'heure.

Kovic sourit.

La Saint-Sylvestre réservait toujours des surprises dans les rues d'Oslo. Les sites à partir desquels on pouvait tirer un feu d'artifice avaient beau être réglementés, il y avait toujours quelques inconscients pour faire n'importe quoi, et les bagarres étaient nettement plus nombreuses que d'habitude. Quelques heures avant minuit, Blix et Kovic enfilèrent leur uniforme pour contribuer à afficher ostensiblement la présence de la police dans la ville.

Les trottoirs étaient couverts de neige fondue. Ils avançaient avec précaution en négociant les flaques et s'arrêtaient de temps en temps pour admirer une fusée spectaculaire dans le ciel. À hauteur de la cathédrale, le téléphone de

Blix sonna. Il était minuit moins dix. Le visage du policier s'éclaira.

— Hello, ma championne !

— Salut, papa, cria-t-elle. (Blix entendait dans le fond une cacophonie de musique, de cris et de rires.) Je voulais te souhaiter une bonne année maintenant, avant que le réseau ne soit complètement saturé.

— Comme c'est gentil, dit Blix, ému.

Iselin l'avait appelé assez souvent, ces derniers temps, juste pour prendre de ses nouvelles, parfois pour bavarder un peu plus longuement. Il connaissait ses plans pour la soirée mais il ne put s'empêcher de lui demander :

— Où es-tu en ce moment ?

— Avec des amis à Grünerløkka.

Au son de sa voix, Blix devina qu'elle avait commencé à boire, mais son élocution était encore assez claire.

— Et tout se passe bien ?

Ils avaient beaucoup commenté ensemble les événements autour de *Que le meilleur gagne*. Iselin avait eu plusieurs séances avec un psychologue, parfois accompagnée de son père. Se remettre de tout ça avait été un processus d'autant plus délicat qu'elle était devenue célèbre et que tout le monde voulait parler avec elle de ce qui s'était passé. Qu'elle fête le nouvel an avec des amis était un bon signe.

— Ça va, finit-elle par répondre, mais Blix perçut une sorte de réserve.

Le bruit des feux d'artifice devenait assourdissant, il dut se boucher l'oreille.

— Qu'est-ce qu'il y a ? insista-t-il.

— Rien, dit-elle d'abord, puis : C'est juste que… on va bientôt commencer le compte à rebours jusqu'à minuit, et je…

Blix entendit un cri à l'arrière-plan.

— J'ai un peu peur.

— Je te comprends très bien.

Blix et Kovic tournèrent dans Karl Johans gate, au bout de laquelle, au loin, se dressait la lueur jaune de la façade du palais.

— Tu veux que je reste en ligne jusqu'à minuit ? demanda-t-il à sa fille.

— Non, pas du tout. Ne t'inquiète pas, ça va aller… Je pense…

À l'entendre, Blix eut chaud au cœur. Il se demanda si Kovic et lui devraient pousser jusqu'au parc de Birkelunden, où les amis d'Iselin allaient certainement se rendre pour admirer les couleurs allumées dans le ciel, mais il s'aperçut qu'ils n'y seraient pas à temps. Alors il tenta de la réconforter :

— Il est mort. Eckhoff n'est plus là. Il ne peut plus te faire de mal.

— Je sais bien. Mais il y a peut-être d'autres fous dans la foule.

Blix comprenait son anxiété.

— Écoute, si tu as trop peur, ne sors pas. D'accord ? Ne t'aventure pas dehors.

Iselin ne répondit pas dans l'instant.

— C'est aussi flippant. Et puis ce serait laisser ce cinglé me contrôler encore. Je ne veux pas que ça arrive.

Blix sourit.

Ils approchaient de la patinoire de Spikersuppa. Pétards et crépitements fusaient de partout.

— Allez. Bonne année, papa.

— Bonne année, championne.

Ils raccrochèrent.

Blix leva les yeux vers Kovic. Elle souriait, mais ne dit rien. Ils marchèrent jusqu'à l'hôtel de ville à Rådhusplassen, qui grouillait de monde. La plupart des gens avaient les yeux fixés sur le radeau, dans le port, d'où la municipalité d'Oslo lançait chaque année son feu d'artifice, à minuit pile. Blix regarda sa montre. Plus qu'une minute.

Autour d'eux, une foule de passants chantaient joyeusement, s'enlaçaient, fumaient et buvaient. D'habitude, la police réprimait la consommation d'alcool dans la rue, mais ce soir-là, c'était une bataille perdue d'avance.

Kovic et Blix s'arrêtèrent un instant pour observer le chaos autour d'eux.

— Nouvelle année, nouvelles opportunités, dit-elle.

— Et nouvelles affaires.

Pas loin d'eux, quelqu'un brancha un mégaphone et annonça qu'il ne restait que trente secondes avant minuit. Tout le monde était encouragé à se joindre au compte à rebours.

Les regards de Kovic et de Blix se croisèrent, chacun reflétant ses pensées particulières.

Le public entonna : « DIX, NEUF, HUIT, SEPT, SIX, CINQ, QUATRE, TROIS, DEUX, UN... »

Et ce fut l'explosion.

DES MÊMES AUTEURS

DE JØRN LIER HORST

Aux Éditions Gallimard

LE MAL EN PERSONNE, Série Noire, 2023
LA CHAMBRE DU FILS, Série Noire, 2022 (Folio Policier nº 1007)
LE CODE DE KATHARINA, Série Noire, 2021 (Folio Policier nº 951)
LE DISPARU DE LARVIK, Série Noire, 2020 (Folio Policier nº 934)
L'USURPATEUR, Série Noire, 2019 (Folio Policier nº 903)
LES CHIENS DE CHASSE, Série Noire, 2018 (Folio Policier nº 878)
FERMÉ POUR L'HIVER, Série Noire, 2017 (Folio Policier nº 852)

DE THOMAS ENGER

Aux Éditions Bragelonne Poche

UNE ENQUÊTE D'HENNING JUUL, VOL. 2. *Douleur fantôme*, 2019
UNE ENQUÊTE D'HENNING JUUL, VOL. 1. *Cicatrices*, 2018

Composition : APS-ie.
Achevé d'imprimer
sur Roto-Page
par l'Imprimerie Floch
à Mayenne, le 5 décembre 2023.
Dépôt légal : décembre 2023.
Numéro d'imprimeur : 103752.

ISBN 978-2-07-298289-7 / Imprimé en France.

440398